*Amitav Ghosh*

# SCHATTENLINIEN

*Roman*

*Aus dem Englischen*
*von Matthias Müller*

*Rowohlt*

*Die Originalausgabe erschien 1988 unter dem Titel*
*«The Shadow Lines» bei Bloomsbury Publishing Ltd., London*
*Redaktion Thomas Überhoff*
*Umschlag- und Einbandgestaltung Britta Lembke*

*Anm. d. Ü.:*
*Der interessierte Leser findet am Schluß des Buches ein kleines Glossar, in das zwecks Beibehaltung kultureller Eigenheiten unübersetzt gebliebene Begriffe in der Reihenfolge ihres Erscheinens im Text aufgenommen wurden.*

*1. Auflage August 1992*

*Satz aus der Baskerville Monotype (Lasercomp)*
*LibroSatz, Kriftel*
*Druck und Bindung Clausen & Bosse, Leck*
*Printed in Germany*
*ISBN 3 498 02457 4*

*Für Radhika und Harisen*

# FORTGEHEN

*1939, dreizehn Jahre* vor meiner Geburt, fuhr Mayadebi, die Tante meines Vaters, mit ihrem Mann und ihrem Sohn Tridib nach England.

Es überrascht mich jetzt, wie selbstverständlich mir der Name «Mayadebi» aus der Feder fließt, denn ich habe sie nie so genannt, jedenfalls nicht laut. Als einzige Schwester meiner Großmutter war sie für mich stets Mayathakuma. Doch seit ich mich erinnern kann, habe ich sie insgeheim immer «Mayadebi» genannt – als wäre sie eine fremde, doch allseits bekannte Persönlichkeit, ein Filmstar oder eine Politikerin, deren Bild ich in der Zeitung gesehen hätte. Vielleicht lag es nur daran, daß ich sie kaum kannte, da sie nicht oft in Kalkutta war. Diese Erklärung erscheint einleuchtend, aber ich weiß, daß sie nicht zutrifft. In Wahrheit *wollte* ich sie nicht als Verwandte betrachten, denn das hätte sie und ihre Familie in meinen Augen herabgesetzt. Ich wollte einfach nicht wahrhaben, daß sich meine Beziehung zu ihnen auf etwas so Willkürliches und Unbedeutendes wie Blutsverwandtschaft reduzieren ließ.

Als sie Indien verließen, war Mayadebi neunundzwanzig und Tridib acht.

Im Lauf der Jahre habe ich mir eingeredet, daß auch ich acht war, als Tridib mir das erste Mal von dieser Reise erzählte, obwohl ich mich nicht erinnern kann, wann das genau war, ebensowenig wie ich mich erinnern kann, wann ich gelernt habe, die Uhr zu lesen oder mir die Schnürsenkel zuzubinden. Ich erinnere mich, daß ich mit aller Kraft versuchte, ihn in meiner Vorstellung in mein Alter zurückzuversetzen, ihn auf meine Größe schrumpfen zu lassen und mir die Brille wegzudenken, die so untrennbar zu ihm gehörte, daß ich tatsächlich glaubte, er sei damit auf die Welt gekommen. Es war nicht einfach, denn er kam mir sehr alt vor, unwahrscheinlich alt, und ich kann mich nicht erinnern, daß er jemals anders als alt ausgesehen hatte – obwohl er damals nicht viel älter als neunundzwanzig gewesen sein konnte. Da ich keinerlei Anhaltspunkte hatte, beschloß ich schließlich, daß er so ausgesehen haben mußte wie ich.

Doch als ich meine Großmutter dazu befragte, widersprach sie mir sogleich. Von ihren Schulbüchern aufblickend, schüttelte sie energisch den Kopf und sagte: Nein, er hat *völlig* anders ausgesehen – kein bißchen wie du.

Meine Großmutter hatte keine hohe Meinung von Tridib. Er ist ein Faulenzer und Prasser, hörte ich sie manchmal zu meinen Eltern sagen. Er geht keiner geregelten Arbeit nach und liegt seinem Vater auf der Tasche.

Zu mir sagte sie allerdings nur mit spöttisch verzogenem Mund: Ich will nicht, daß du dich mit Tridib herumtreibst; Tridib vergeudet seine Zeit.

Das hörte sich nicht so schrecklich an, doch tatsächlich ließ sich für meine Großmutter kaum etwas Schlimmeres über jemanden sagen. Für sie war Zeit wie eine Zahnbürste: Wenn sie nicht benutzt wurde, verschimmelte sie. Ich fragte sie einmal, was denn mit vergeudeter Zeit geschah. Sie warf ihren kleinen, silbern schimmernden Kopf zurück, rümpfte ihre lange Nase und sagte: Sie fängt an zu stinken.

Sie selbst hatte unsere kleine Wohnung gründlich von allem befreit, was uns dazu hätte verleiten können, unsere Zeit stinken zu lassen. Kein Schachbrett, kein Kartenspiel kam je über unsere Schwelle. Irgendwo steckte zwar noch ein ramponiertes «Mensch ärgere dich nicht», aber damit durfte ich nur spielen, wenn ich krank war. Sie mißbilligte es sogar, wenn sich meine Mutter öfter als einmal die Woche das Nachmittagshörspiel im Radio anhörte. Bei uns zu Hause verrichtete jeder seine Pflichten sehr gewissenhaft, meine Großmutter in ihrer Stellung als Schulleiterin, ich, was meine Hausaufgaben anging, meine Mutter im Haushalt und mein Vater in seinem Beruf als Abteilungsleiter in einer Firma, die mit vulkanisiertem Gummi handelte.

Unsere Zeit hatte nicht die geringste Gelegenheit, Schimmel anzusetzen.

Deswegen hörte ich Tridib so gerne zu: Er schien seine Zeit nie zu nutzen, doch seine Zeit stank nicht.

Manchmal tauchte Tridib unvorangemeldet bei uns auf. Bei all ihrer Geringschätzung für ihn war meine Großmutter stets begeistert, wenn er kam – zum Teil, weil sie ihn auf ihre Art liebte, doch hauptsächlich, weil Tridib und seine Familie unsere einzigen reichen Verwandten waren und sie sich geschmeichelt fühlte, daß er sich die Mühe machte, sie zu besuchen.

Aber sie wußte natürlich, wenn sie es auch nicht zugeben wollte, daß er eigentlich nur kam, um sich zu erleichtern. Seine Verdauung war nämlich völlig hinüber, ruiniert von den Unmengen starken Tees, den er an zahllosen Straßenständen im Süden Kalkuttas getrunken hatte. Hin und wieder überraschte ihn mitten auf der Straße ein Grummeln in seinen Eingeweiden, und er mußte zur nächsten sauberen Toilette rasen.

Dieser Zustand war bei uns als Tridibs Gastro bekannt.

Alle paar Monate oder so klingelte es an unserer Haustür, und wenn wir aufmachten, stand er da, an die Wand gelehnt, die Beine fest zusammengepreßt, die Stirn in Schweiß gebadet. Doch er kam nie sofort herein. Diese Besuche verliefen nach einem ausgefeilten Protokoll. Meine Eltern und meine Großmutter versammelten sich an der Haustür und erkundigten sich, ohne von seiner gekrümmten Haltung Notiz zu nehmen, eingehend nach seiner Familie, was sie treibe, wo sie sei, und er erkundigte sich seinerseits mit starrem Lächeln, wie es ihnen gehe, wie es mir gehe, und nachdem zu allseitiger Zufriedenheit klargestellt worden war, daß er uns wirklich einen Familienbesuch abstattete, stürmte er endlich herein und verschwand eilends auf der Toilette.

Wenn er wieder erschien, war er ganz der alte, lässig und gelassen. Er sank auf unser «gutes» Sofa, und das Ritual des «Familienbesuchs» konnte beginnen. Meine Großmutter eilte in die Küche, um ihm ein Omelett zu machen – ein ledriges kleines Etwas, garniert mit grünen Chilischoten, das drohend auf seinem Teller lag und Gastro stumm den Kampf ansagte. Für sie war dies der allergrößte Gunstbeweis, der einem Gast zuteil werden konnte – ein eigenhändig hergestelltes Omelett (es blieb den weniger Begünstigten vorbehalten, sich an den köstlichen Häppchen meiner Mutter zu erlaben – scharfe, mit Hackfleisch und Rosinen gefüllte Shingaras oder kleine krosse Dalpuris).

Manchmal, während sie ihn beobachtete, wie er auf seinem Omelett herumkaute, fragte sie ihn: Und wie geht's Gastro? oder: Geht's Gastro jetzt besser? Tridib nickte dann nur beiläufig und wechselte das Thema. Er redete ungern über seine Verdauung – es war das einzige Anzeichen von Prüderie, das ich je an ihm bemerkt habe. Aber da meine Großmutter dieses Wort immer wie einen Eigennamen benutzte, glaubte ich, «Gastro» sei der Name eines Organs, das nur Tridib besaß – so etwas wie ein schmerzender Zahn, der ihm aus dem Bauchnabel wuchs. Aber natürlich habe ich nie gewagt zu fragen, ob ich es mal sehen könnte.

Doch trotz des Spezialomeletts gestattete meine Großmutter ihm nie, allzu lange bei uns zu bleiben. Sie war überzeugt davon, daß er die Fähigkeit besaß, seinen Einfluß auch aus der Ferne auszuüben, wie ein schlechter Stern – und da sie zugleich überzeugt davon war, daß der Mann als Spezies von Natur aus wankelmütig und unberechenbar ist, ging sie lieber nicht das Risiko ein, ihn länger als unbedingt nötig in unserer Wohnung weilen zu lassen, wo ich oder mein Vater der Versuchung hätten erliegen können, in seine Umlaufbahn einzuschwenken.

Das störte mich nicht besonders, weil Tridib bei uns zu Hause sowieso nie in Hochform war. Viel lieber lief ich ihm an den Straßenecken in unserer Gegend über den Weg. Das geschah nicht sehr oft, nicht öfter als vielleicht einmal im Monat, doch trotzdem hielt ich seine Anwesenheit auf diesen Straßen für dermaßen selbstverständlich, daß ich nie auf die Idee kam, ich könne mich glücklich schätzen, daß er überhaupt in Kalkutta war.

Tridibs Vater war Diplomat, Beamter im auswärtigen Dienst. Er und Mayadebi waren immer fort, entweder im Ausland oder in Delhi. Alle zwei oder drei Jahre verbrachten sie manchmal ein paar Monate in Kalkutta, aber mehr auch nicht. Tridib hatte zwei Brüder. Jatin-kaku, zwei Jahre älter als er, war Ökonom bei den Vereinten Nationen. Er war auch immer fort, irgendwo in Afrika oder Südostasien, mit seiner Frau und seiner Tochter Ila, die so alt war wie ich. Tridibs zweiter Bruder hieß Robi. Er war viel jünger als die anderen beiden, da seine Mutter zuvor mehrere Fehlgeburten gehabt hatte. Bis zu seinem zwölften Lebensjahr lebte er bei seinen Eltern, dort wo sie jeweils gerade hinversetzt worden waren, und danach ging er auf ein Internat.

Tridib hatte also als einziger den größten Teil seines Lebens in Kalkutta verbracht. Jahrelang lebte er zusammen mit seiner betagten Großmutter in dem riesigen alten Haus der Familie am Ballygunge Place.

Meine Großmutter behauptete, er wäre nur in Kalkutta geblieben, weil er sich nicht mit seinem Vater verstand. Das war eins der Dinge, die sie ihm vorwarf: Nicht, daß er sich nicht mit seinem Vater verstand – denn sie hielt auch nicht viel von ihm –, sondern daß er sich durch so etwas seine beruflichen und gesellschaftlichen Aussichten beeinträchtigen ließ. Für sie waren Sympathie und Antipathie bedeutungslos angesichts der Verpflichtung, es in der Welt so weit zu bringen, daß man auf eigenen Beinen stehen konnte. Ihrer Ansicht nach war es eher unverantwortlich als sonderbar, daß Tridib sich mit seiner Großmutter in diesem alten Haus abkapselte. Damit bewies er nur, daß er einen im Grunde schwachen und leichtfertigen Charakter besaß. Sie wäre vielleicht bereit gewesen, ihre Meinung zu ändern, wenn er sich darauf eingelassen hätte, zu heiraten und sich niederzulassen (und sie hegte nicht den geringsten Zweifel daran, daß sie für ihn eine reiche Ehefrau hätte finden können), aber jedesmal, wenn sie ihm den Vorschlag machte, lachte er nur. Dies war ein weiterer Beleg dafür, daß es ihm an jener Ernsthaftigkeit und Entschlossenheit mangelte, die alle verantwortungsbewußten und erwachsenen Männer auszeichnet. Ein sicheres Zeichen, daß er entschlossen war, sein Leben in müßiger Haltlosigkeit zu vergeuden. Und doch – obwohl sie einem weismachen wollte, daß sie ihn mit einem Achselzucken abtat – beobachtete sie ihn stets mit Argwohn und wurde nicht müde, mich vor seinem Einfluß zu warnen. Im Grunde ihres Herzens glaubte sie, daß alle Männer so würden wie er, wenn ihre Mütter und Frauen sie nicht davon abhielten.

Oft wollte sie mir einreden, daß sie ihn bedaure. Armer Tridib, sagte sie. Mit seinen Beziehungen hätte er alle Möglichkeiten gehabt. Er hätte herrschaftlich leben können, hätte an die Hebel der Macht gelangen können. Statt dessen: Sieh ihn dir an. Ach, armer Tridib – wie er da in seinem vermoderten Haus vor sich hin lebt und nichts tut.

Doch auch schon als Kind wußte ich, daß sie ihn überhaupt nicht bedauerte – sie hatte Angst vor ihm.

Natürlich gab selbst sie gelegentlich zu, daß Tridib eigentlich nicht «nichts» tat. Tatsächlich arbeitete er an einer Doktorarbeit in Archäologie, irgendwas über Ausgrabungen im Zusammenhang mit der Sena-Dynastie in Bengalen. Doch stieg sein Ansehen in den Augen meiner Großmutter dadurch kaum. Da sie selbst Lehrerin war, hatte sie maßlosen Respekt vor jeglicher Art von wissenschaftlicher Arbeit. Forschung betrachtete sie als eine lebenslange Pilgerreise, die mit einer angesehenen Professur und einer Marmorbüste in den Wandelhallen der Universität von Kalkutta oder der Nationalbibliothek endete. Die Vorstellung, daß so ein verantwortungsloser Kopf wie Tridibs in diesen heiligen Hallen aufgestellt werden könnte, empfand sie als puren Hohn.

Meine Großmutter mißtraute ihm zum Teil auch deswegen so sehr, weil sie ihn ein paarmal an den Straßenecken um den Gole Park gesehen hatte, wo wir wohnten. Sie empfand tiefen Abscheu gegenüber den jungen Männern, die dort bei den Addas an den Teeständen ihre Zeit verbrachten. Alles Versager, sagte sie mit gerümpfter Nase. Denk doch nur an ihre armen Mütter, die derweil hungernd auf Dunghaufen herumliegen müssen ...

Daß sie Tridib einige Male dort gesehen hatte, genügte, um sie davon zu überzeugen, daß er seine ganze Zeit mit nutzlosem Geschwätz bei diesen Addas verbrachte. Es schien zu seiner sonstigen Art zu passen.

Aber eigentlich ging Tridib nur selten dorthin, nicht öfter als ein-, zweimal im Monat. Ich erfuhr es gewöhnlich, wenn er in der Gegend war: Nathu Chaubey, der Paanwallah, der am Stand an unserer Straßenecke saß, oder mein Freund Montu, der von seinem Badezimmerfenster aus die andere Straßenseite sehen konnte, oder jemand an den Buchantiquariatsständen sagte mir Bescheid. Sie wußten alle, daß ich mit Tridib verwandt war.

Wenn ich jetzt am Gole Park vorbeigehe, frage ich mich oft, ob das auch heute noch passieren würde. Ich weiß es nicht und kann es auch nicht feststellen. Diese Welt ist mir jetzt verschlossen, durch all die vielen Jahre, die ich weg war. Montu ist vor Jahren nach Amerika gegangen, und Nathu Chaubey ist, wie ich gehört habe, nach Benares zurückgekehrt und hat ein Hotel aufgemacht.

Wenn ich jetzt an seinem Paan-Laden vorbeigehe und mir die Menschenmengen ansehe, die sich durch diese neonbeleuchteten Straßen drängen, die klimatisierten Läden, die klapprigen Stände und die Persenning-Buchläden der Straßenverkäufer, den Verkehr, dicht gestaut wie ein Postzug bis hoch zur Dhakuria-Überführung – wenn ich mir all das ansehe, möchte ich bezweifeln, daß es heute immer noch möglich wäre, obwohl sich der Paan-Laden nicht verändert hat. Damals, Anfang der sechziger Jahre, waren so wenig Autos unterwegs, daß wir keine

Bedenken hatten, auf der Straße um das Rondell herum Fußball zu spielen. Wir mußten nur gelegentlich Platz machen, wenn der Neuner oder irgendein anderer Bus herangeschnauft kam. Damals standen nur ein paar vereinzelte Hütten an der Gariahat Road, errichtet von den ersten Flüchtlingen aus dem Osten. Gole Park lag nach allgemeiner Ansicht außerhalb von Kalkutta. Wenn ich in der Schule erwähnte, daß ich dort wohnte, fragten mich die Jungs aus Zentral-Kalkutta, ob ich denn jeden Morgen den Zug nähme, als würde ich in irgendeinem abgelegenen Flüchtlingslager an der Grenze leben.

Daß Tridib in der Nähe war, erfuhr ich gewöhnlich auf dem Rückweg von unserem abendlichen Kricketspiel im Park. Wenn's um Kricket ging, tat es meiner Großmutter ausnahmsweise nicht um die Zeit leid, die ich nicht bei meinen Hausaufgaben verbrachte. Im Gegenteil, sie bestand darauf, daß ich zum See im Park ging, ob ich wollte oder nicht. Wer ein starkes Land aufbauen will, sagte sie und schob mich zur Tür hinaus, muß erst seinen eigenen Körper stählen.

Sie sah mir vom Fenster aus nach, um sich zu vergewissern, daß ich auch wirklich die ganze Strecke bis zum Park rannte.

Aber wenn ich zufällig hörte, daß Tridib in der Nähe war, schlug ich mich durch den Park und die rückwärtigen Gassen zurück. Irgend jemand konnte mir immer sagen, wo er sich aufhielt. Er war eine vertraute Erscheinung in dem unsteten, gesprächigen Haufen von Studenten, Möchtegernfußballern, Bankangestellten und Schmalspurpolitikern und all den andern, die sich zu diesem gesprächsfreudigen Straßenabschnitt zwischen Gariahat und Gole Park hingezogen fühlten. Ich kam damals nicht darauf, mich zu fragen, warum er eigentlich so bekannt war, oder warum er überhaupt bekannt war. Ich hielt es einfach für selbstverständlich und war dankbar für die kleinen Privilegien, die mir seine Anwesenheit auf diesen Straßen sicherte – wenn mir ein Ladenbesitzer, den er kannte, hin und wieder ein Bonbon schenkte oder wenn mir ein junger Bursche, der ihn kannte, bei einer Prügelei im Gole Park zu Hilfe kam. Doch im Grunde ist es mir noch heute schleierhaft, wieso er bei ihnen so anerkannt war. Er war nie einer von ihnen, er wohnte nicht einmal in der Gegend, und er hatte oft nicht sonderlich viel zu sagen. Er begnügte sich gewöhnlich damit, sich ihre lauten, lebhaften Gespräche schweigend anzuhören. Wenn er kam, trug er oft die müde, zurückgezogene Miene eines Mannes zur Schau, der sich gerade von einer anstrengenden Arbeit erhoben hat und jetzt ausgeht, um sich zu zerstreuen.

Doch hin und wieder, wenn er in der richtigen Stimmung war und irgend jemand etwas sagte, das eine Bresche in sein riesiges Reservoir abstrusen Wissens schlug, ließ er sich über alle möglichen Themen aus – mesopotamische Stelen, osteuropäischen Jazz, die Gewohnheiten der Baumaffen, die Stücke von García Lorca. Er schien über alles und jeden etwas sagen zu können. Wenn ich an solchen Abenden die gespannten Gesichter seiner Zuhörer betrachtete und dann sein schmales Gesicht, seine zerzausten Haare und seine leuchtenden schwarzen Augen, die hinter seiner Goldrandbrille glänzten, wollte ich vor Stolz schier platzen.

Doch selbst wenn er im Mittelpunkt des Interesses stand, hatte er immer etwas Distanziertes. Er schien sich mit den Leuten, zu denen er sprach, nicht anfreunden zu wollen, und vielleicht fühlte er sich gerade deswegen an neutralen, unpersönlichen Orten am wohlsten – in Kaffeehäusern, Bars, bei den Addas – Orte, wo man hingeht, redet und wieder weggeht, ohne zu erwarten, daß man sich näher kennenlernt. Deswegen zog er es auch vor, sich den weiten Weg von Ballygunge zu seinen *Addas* in Gole Park zu machen – einfach weil es so weit weg war, daß er sicher sein konnte, dort keinem seiner Nachbarn zu begegnen.

Vielleicht abzeptierten sie ihn aber auch deshalb, weil er gerade *nicht* wie sie war, weil er anders war – vielleicht ein bißchen deshalb, weil sie etwas Angst vor ihm hatten, vor seiner gelegentlichen vernichtenden Spitzzüngigkeit und vor den seltsam beunruhigenden Redeströmen, die unvermittelt aus ihm herausbrachen.

Natürlich war er ihnen auch nützlich. Er besaß eine ordentliche Portion gewitzter Weltklugheit, die ihnen hin und wieder sehr zustatten kam. Zum Beispiel konnte er einem Studenten präzise Anweisungen geben, wie er seine Examensarbeit schreiben solle, weil er zufällig wußte, daß Professor Soundso sie korrigieren würde und er Antworten mochte, die gerade diesen bestimmten Einschlag hatten. Der Student folgte seinem Rat und bekam eine Eins. Oder wenn jemand zu einem Vorstellungsgespräch mußte, sagte er ihm, welche Fragen man ihm wahrscheinlich stellen werde, und nach dem Gespräch stellte sich heraus, daß Tridibs Prophezeiungen haargenau gestimmt hatten. Doch manchmal waren seine Ratschläge absichtlich irreführend und abstrus. So erzählte er einmal einem jungen Mann, der zu einem Vorstellungsgespräch bei einer multinationalen Firma eingeladen worden war, daß das Unternehmen, einstmals bekannt für seinen steifen Umgangsstil, von einem Geschäftsmann aus Marwari gekauft worden und jetzt sehr nationalistisch sei und daß er keinerlei Chancen hätte reinzukommen, wenn er nicht in einem Dhoti erscheine. Dem Rat treulich folgend, erschien der junge Mann zu seinem Vorstellungsgespräch im Dhoti und stellte fest, daß der Portier ihn nicht durchlassen wollte.

Man war sich nie ganz sicher, woran man mit Tridib war. Bei vielem, was er sagte, klang eine beiläufige Selbstironie mit, die seine Zuhörer derart verunsicherte, daß sie nicht wußten, ob sie das, was er gesagt hatte, für bare Münze nehmen oder eher das Gegenteil glauben sollten. Das hatte unweigerlich zur Folge, daß alle möglichen Gerüchte über ihn im Umlauf waren, vor allem auch, weil er sich erstaunlich geheimnistuerisch gab, wenn es um seine Familie und seine eigenen Lebensumstände ging. Diese Verschwiegenheit ging weit über das Maß hinaus, welches damals unter jungen Menschen, die alle gerade heimlich zum Maoismus konvertierten, als gerechtfertigt galt. So konnte es denn geschehen, daß jemand aus sicherer Quelle zu wissen meinte, daß Tridibs Familie reich und mächtig sei, sein Vater Sohn eines wohlhabenden Richters und Diplomat und sein Bruder ein brillanter Ökonom, der bei den Vereinten Nationen beschäftigt war und im Ausland lebte. Doch da schneidet ihm schon eine skeptische Stimme das Wort ab und sagt: Du meine Güte, wo lebst du eigentlich? Glaubst du etwa, wir sind alle vom Himmel gefallen, daß wir das alles glauben? Weißt du denn nicht, daß er verheiratet ist, drei Kinder hat und mit seiner verwitweten Mutter in einem Slum bei Santoshpur lebt?

Und da es ein klein wenig unwahrscheinlich war, daß der Sohn eines Diplomaten, Sproß einer reichen und mächtigen Familie, über Jahre hinweg an diesen Straßenecken auftauchen würde, neigte man eher dazu, Geschichten wie der zweiten Glauben zu schenken. Manchmal versuchte ich, ihnen die Wahrheit zu erzählen. Aber ich war nur ein kleiner Junge, und ich hatte den Ruf, blauäugig und leichtgläubig zu sein. Außerdem wußten alle, daß wir in einer kleinen Wohnung um die Ecke wohnten. Wenn ich mir zuviel Mühe gegeben hätte, sie überzeugen zu wollen, daß ich reiche und mächtige Verwandte hatte, hätten sie nur gedacht, ich wolle damit prahlen.

Als ich etwa neun war, blieb Tridib einmal seinen Stammplätzen in Gole Park so lange fern, daß die anderen sich allmählich fragten, was wohl passiert sein könnte. Ich wußte es als einziger, weil ich eines Nachmittags auf dem Weg zu meinem Mathe-Tutor kurz bei ihm vorbeigeschaut hatte (wie ich es damals oft tat). Das war zu der Zeit, als er mir die Geschichte von seiner Reise nach England in Fortsetzungen erzählte.

Wie immer hatte ich ihn in seinem Zimmer im Obergeschoß des Hauses auf seiner Matte liegend angetroffen. Er las, neben ihm glomm eine Zigarette in einem Aschenbecher. Als ich ihm erzählte, daß man sich in Gole Park schon nach ihm erkundigte, legte er einen Finger auf die Lippen. Schhh, sagte er. Verrat ihnen nichts. Weißt du was? Ich glaube, ich hab möglicherweise den Hügel entdeckt, wo die Könige der Sena-Dynastie immer ihre Schätze vergraben haben. Wenn der Staat dahinterkommt, reißt er sich alles selber unter den Nagel. Zu keinem ein Wort, und komm erst mal nicht mehr hierher – du wirst vielleicht von Geheimagenten beschattet.

Ich war aufgeregt. Jedesmal wenn man mich nach ihm fragte, drückte ich das Geheimnis fest an meine Brust. Er ist weg, sagte ich nur. Verschwunden.

Eines Abends, als ich gerade zum Park unterwegs war, hörte ich dann, daß er wiederaufgetaucht sei. Ich lief heimlich zurück und fand ihn bei seinem Lieblings-Adda, auf den Stufen eines alten Hauses, umringt von seinen Bekannten. Ich winkte ihm zwischen den Beinen der Umstehenden zu, aber er war zu sehr damit beschäftigt, ihre Fragen zu beantworten, um mich zu bemerken.

Wo hast du die ganze Zeit gesteckt, Tridib-da? fragte jemand. Das waren doch bestimmt drei oder vier Monate . . .

Ich war weg, hörte ich ihn sagen, und ich nickte bestätigend.

Weg? Wo?

Ich war in London, sagte er. Hab meine Verwandten besucht.

Sein Gesicht war ernst, seine Stimme fest.

Was für Verwandte?

Ich hab angeheiratete englische Verwandte, sagte er. Eine Familie namens Price. Ich dachte, ich besuch sie mal.

Ohne ihr skeptisches Brummen zu beachten, erzählte er ihnen, daß er bei der alten Mrs. Price gewohnt habe, die verwitwet sei. Ihr Mann sei kürzlich gestorben. Sie wohne im Norden Londons, sagte er, in einer Straße, die Lymington Road hieß. Die Hausnummer sei 44, und die U-Bahn-Station heiße West Hampstead. Mrs. Price habe eine Tochter, die May heiße.

Und wie ist sie? fragte eine Stimme. Sexy?

Er überlegte kurz und sagte: Nein, sie ist nicht sexy, jedenfalls nicht im üblichen Sinn. Sie ist stämmig, hat breite Schultern und ist nicht sehr groß. Sie ist nicht das, was man gewöhnlich als schön bezeichnen würde, denn sie hat ein grobes Gesicht und ein eckiges Kinn, aber sie hat dichtes glattes Haar, das ihr in einer glänzenden schwarzen Matte bis über die Schultern fällt, wie ein Kopfschmuck auf einem ägyptischen Fresko. Und sie hat ein wunderschönes warmes Lächeln, das ihre blauen Augen aufleuchten läßt und ihr etwas ganz Besonderes gibt.

Und was macht sie? fragte jemand spöttisch. Ist sie Ringerin oder Friseuse?

Sie ist Studentin, sagte Tridib. Jedenfalls so was Ähnliches. Sie studiert am Royal College of Music. Sie spielt Oboe, und irgendwann wird sie in einem Orchester spielen.

Ich glaube, das war der Punkt, wo ich mich nicht länger zurückhalten konnte. Ich drängte mich durch das Dickicht der Hosenbeine und rief: Tridib-da, du irrst dich! Ich hab dich doch letzten Monat gesehen. Weißt du denn nicht mehr? Du warst in deinem Zimmer, hast auf deiner Matte gelegen und eine Zigarette geraucht. Du hast . . .

Man brach in schallendes Gelächter aus und rief: Du alter Spinner, du Lügner, du hast ja alles nur erfunden, du warst überhaupt nicht weg . . .

Tridib schien nicht im geringsten irritiert, weder von dem, was ich gesagt hatte, noch von ihrem Gelächter. Er lachte mit, zuckte humorvoll mit den Achseln und sagte: Wenn ihr alles glaubt, was man euch erzählt, dann geschieht es euch recht, daß man euch alles mögliche erzählt . . .

Er beugte sich zu mir runter, kniff mir in die Wange und grinste. Stimmt's? sagte er mit einem fragenden Nicken, und seine Brille blitzte im Lampenlicht.

Seine Gelassenheit ließ das Gelächter und die Bemerkungen um ihn herum etwas unbehaglich wirken: Es sah jetzt so aus, als hätte er sich mit ihnen einen ausgefeilten Scherz erlaubt, den nur er verstand. Als er ging, lag in ihren Stimmen ein scharfer, feindseliger Ton. Man kann ihm wirklich kein Wort glauben, rief jemand, er führt einen einfach gern an der Nase herum und treibt seine Scherze mit den Leuten. Doch eine andere, schärfere Stimme schaltete sich ein und sagte: Scherze? Er hat nicht gescherzt. Er glaubt alles, was er gesagt hat. Das war kein Scherz, er ist nämlich ein Spinner. Er hat Kalkutta noch nie verlassen.

Ich ärgerte mich inzwischen mächtig darüber, daß ich Tridib ihrem Spott preisgegeben hatte. Ihr habt ja keine Ahnung, rief ich. Ich brüllte so laut ich konnte, also hörten sie zu.

Immer noch brüllend, erzählte ich ihnen die Wahrheit über Tridib, so wie ich sie kannte: daß Tridib sehr *wohl* in London gewesen war, mit seinen Eltern, vor vielen Jahren, noch als Junge. Sein Vater mußte wegen einer Operation hinfahren, die man in Indien nicht durchführen konnte. Sie mußten hin, obwohl es 1939 war und sie wußten, daß es demnächst Krieg geben konnte. Seinen Bruder Jatin hatten sie bei den Großeltern in Kalkutta gelassen, weil er älter war und nicht so lange in der Schule fehlen konnte. Und es gab *doch* eine Familie, die Price hieß und in West Hampstead wohnte, aber es waren keine Verwandten. Es waren ganz alte Freunde von Tridibs Familie, und Mrs. Prices Vater, Lionel Tresawsen, hatte in Indien gelebt, als die Engländer noch da waren, und er und Tridibs Großvater, der ein sehr wichtiger Mann gewesen war, Richter am Hohen Gericht von Kalkutta, waren Freunde gewesen. Lange nach Lionel Tresawsens Rückkehr nach England heiratete seine Tochter einen Mann, der sie auf dem College unterrichtet hatte und den alle Snipe nannten, weil sein Name S. N. I. Price lautete. Als sie erfuhr, daß Tridibs Vater krank war, hatte sie ihnen geschrieben und telegrafiert, daß sie unbedingt bei ihr in London wohnen müßten, weil sie ein großes Haus gekauft habe und sowieso auf der Suche nach Mietern sei. Und es stimmte auch, daß sie eine Tochter hatte, die May hieß, aber sie war noch ein kleines Baby gewesen, als Tridib in London war, und soviel ich wußte, hatte er sie seitdem nicht wiedergesehen. Und Mrs. Price hatte auch einen Bruder, Alan, der vor dem Krieg in Deutschland gewesen war ...

Ich gab erschöpft auf.

Die Version ist ja noch besser als Tridibs, sagte jemand und lachte schnaubend.

Es ist wahr, schrie ich. Wenn du mir nicht glaubst, dann frag doch . . .

Tridib? half jemand nach, und sie kringelten sich vor Lachen.

Ich schob mich zwischen ihnen durch und rannte die Straße hinunter und die beiden Treppen bis zu unserer Wohnung hinauf. Ich hatte mich um eine Stunde verspätet, und meine Großmutter war sehr böse. Mit ihrer beherrschten Direktorinnenstimme fragte sie mich, wo ich gewesen sei, und als ich ihr keine Antwort gab, hob sie die Hand, holte aus und gab mir eine Ohrfeige. Wo warst du? fragte sie wieder, und diesmal plärrte ich heraus, daß ich unten an der Ecke gewesen sei. Sie schlug mich wieder, wirklich fest. Hab ich dir nicht gesagt, du sollst nicht da hingehen und deine Zeit vergeuden? sagte sie. Zeit ist nicht zum Vergeuden da, Zeit ist zum Arbeiten da.

Ich lernte May Price zwei Jahre nach diesem Vorfall kennen, als sie zu Besuch in Kalkutta war. Das nächste Mal traf ich sie siebzehn Jahre später, als ich selbst nach London fuhr.

Ich ging mit einem einjährigen Forschungsstipendium nach England, um Material für eine Doktorarbeit über den Textilhandel zwischen Indien und Großbritannien im 19. Jahrhundert in der Bibliothek des Indian Office zu sammeln, wo alle alten Dokumente aus der Kolonialzeit aufbewahrt wurden. Erst einen Monat nach meiner Ankunft in London traf ich May wieder.

Es war sehr mühsam, sie zu finden. Sie spielte in einem Orchester und wohnte in einem möblierten Zimmer in Islington. Mrs. Price gab mir ihre Telefonnummer, und ich rief mehrmals dort an, aber sie war nie da. Als ich eines Morgens im *Guardian* die Veranstaltungsseiten durchblätterte, las ich dann in einer Vorankündigung, daß ihr Orchester am selben Abend in der Royal Festival Hall Dvořáks Cellokonzert spielen würde.

Ich ging schon am frühen Abend hin. Ich konnte mir nur

einen Podiumsplatz hinter dem Orchester leisten, und ich hatte gehört, daß diese Plätze oft schon frühzeitig ausverkauft waren. Aber ich hatte keine Schwierigkeiten, eine Karte zu bekommen. Der Solist, ein schwedischer Cellist, war offenbar kein Kassenmagnet.

Mein Platz befand sich direkt hinter den Holzbläsern. Ich entdeckte sie bald – sie hantierte an ihrem Notenpult herum und war, wie alle andern Frauen im Orchester auch, in einen schwarzen Rock und eine weiße Bluse gekleidet. Ich beobachtete sie, wie sie ihre Noten aufstellte und mit einem älteren Hornisten plauderte, der vor ihr saß. Sie trug immer noch genau die gleiche Frisur wie damals bei ihrem Besuch in Kalkutta. Das glatte volle Haar fiel ihr üppig über die Schultern und rahmte ihren Hals und die Seiten ihres Gesichts. Ich hatte es als dunkel und glänzend in Erinnerung, doch jetzt war es mit grauen Strähnen durchsetzt, die schimmerten, wenn das Licht darauf fiel. Die für ihre Größe immer schon breiten Schultern waren noch kräftiger geworden. Ihr Oberkörper wirkte jetzt fast überdimensional, denn um die Hüfte herum hatte sie keinen Zentimeter zugenommen. Als sie sich zu einer Frau in der Reihe hinter ihr umdrehte, sah ich kurz ihr Gesicht. Zwischen Nase und Mundwinkeln verliefen tiefe Falten, und ihre Augen, die früher klar und hellblau gewesen waren, traten jetzt blaß hervor.

Während ich sie nach Beginn des Konzerts beim Spielen beobachtete, dachte ich daran, wie sie ausgesehen hatte, als sie bei uns in Kalkutta wohnte, vor all den Jahren. Wir waren damals in ein viel größeres Haus gezogen, und man hatte ihr das Gästezimmer im unteren Stock gegeben. Abends, wenn es mir gelang, meiner Mutter und meiner Großmutter zu entwischen (sie wollten nicht, daß ich May störte), schlüpfte ich in ihr Zimmer, setzte mich auf den Boden und hörte zu, wie sie auf der Blockflöte, die sie zum Üben mitgebracht hatte, Tonleitern spielte. Oft errötete sie verlegen, setzte die Flöte ab und sagte: Sag mal, das muß ja furchtbar langweilig für dich sein, dauernd diese schrecklichen Tonleitern.

Aber ich ließ sie nicht aufhören. Ich bestand darauf, daß sie weiterspielte, und dann saß ich völlig verzaubert da und sah zu, wie sie in ihre Blockflöte blies, mit gerunzelter Stirn, die Wangenmuskeln konzentriert gespannt.

Als sie bei diesem Konzert in der Festival Hall spielte, runzelte sie nicht die Stirn. Es war offensichtlich, daß sie ihr Instrument jetzt so vollkommen beherrschte, daß sie sich wenig Gedanken um die Musik machen mußte. Das ganze Konzert hindurch spielten sie und die meisten Musiker um sie herum mit einer gelangweilten mechanischen Präzision, als wären sie eine Kompanie von Veteranen, die auf Befehl ihres Feldwebels eine wohlvertraute Übung absolvierten.

Nach dem Konzert wartete ich auf meinem Platz, bis das Publikum gegangen war und die Orchestermitglieder anfingen, ihre Instrumente einzupacken. Ich lehnte mich über das Geländer und rief ihren Namen. Sie blickte auf und kniff die Augen zusammen. Sie sah mich und lächelte verbindlich und verwirrt. Dann, zu meiner Überraschung, erkannte sie mich. Ihre Miene hellte sich auf, und sie winkte. Sie zeigte zum Ausgang und gab mir mit stummen Mundbewegungen zu verstehen: Wir treffen uns draußen.

Ich ging hinaus ins plüschige, von Lüstern erleuchtete Foyer und wartete. Fünf Minuten später sah ich sie. Sie schlängelte sich durch die letzten Nachzügler hindurch, mit rollenden Schultern, wie eine Ringerin. Wir trafen uns in der Mitte des Foyers und erstarrten in beiderseitiger Verlegenheit. Sie streckte mir unsicher die Hand hin, dann lächelte sie plötzlich, stellte sich auf die Zehenspitzen, zog meinen Kopf herunter und küßte mich auf die Wangen. Dabei schlenkerte ihr Instrument in seinem Lederetui gegen meinen Hals.

Während wir dem Ausgang zustrebten, fragte ich sie, wie sie mich denn so schnell erkannt habe, nach all den Jahren. Sie überlegte kurz und sagte: Ich hab's mir zusammengereimt. Ich wußte, daß du in London bist, Mutter hat's mir gesagt.

Sie blieb stehen, um mich mit einem kurzen prüfenden Blick zu betrachten. Und außerdem, sagte sie, ist es ja auch nicht so, daß du keine Ähnlichkeit mit dem Jungen hast, den ich in Kalkutta kennengelernt habe – und an den erinnere ich mich sehr gut.

Ihre Stimme hatte eine tiefe, rauhe, fast männliche Klangfarbe. Ich war mir nicht sicher, ob sie immer schon so gewesen war oder ob sie sich verändert hatte.

Während sie mich durch ein Labyrinth von Betonübergängen zur Waterloo-U-Bahn-Station führte, blieb sie stehen und fragte mich: Hast du heute abend noch was vor?

Ich schüttelte den Kopf und bemühte mich, nicht allzu begeistert auszusehen.

Na dann, sagte sie und hielt inne, um zu überlegen, könntest du ja mit zu mir kommen, zum Abendessen. Viel kann ich dir allerdings nicht anbieten – bloß einen Bohnenkeimsalat und etwas gegrillten Fisch. Ich weiß nicht, ob du dafür was übrig hast.

Doch, sagte ich nickend. Das wäre sehr schön.

Sie schenkte mir ein kurzes Lächeln. Falls das ein Trost ist, sagte sie, ich hab die Bohnen selber keimen lassen.

In der U-Bahn nach Islington erzählte ich ihr, wie gelangweilt sie während des Konzerts ausgesehen habe. Sie nickte verschämt. Ja, sagte sie, du hast mein sündiges Geheimnis erraten. Ich spiel nur noch im Orchester, weil ich irgendwie Geld verdienen muß . . .

Sie räusperte sich, zögerte und fügte hinzu: Weißt du, die meiste Zeit verbringe ich damit, für Amnesty und Oxfam zu arbeiten, und noch für ein paar andere kleinere Hilfsorganisationen, die du sicher nicht kennst.

Ich stellte ihr ein paar Fragen, und sie beschrieb das Projekt, an dem sie gerade arbeitete, mit einer geschäftsmäßigen Forschheit. Es ging um Notunterkünfte für irgendwelche Erdbebenopfer in Mittelamerika. Es war offenkundig, daß diese Arbeit sie sehr befriedigte.

Ihr Zimmer befand sich im ersten Stock eines Hauses, das am Stadtpark von Islington lag. Als ich eintrat und das Licht anknipste, ging automatisch auch ein Fernsehapparat an ihrem Bett an. Sie eilte hinüber und stellte ihn aus.

Zu mir gewandt, sagte sie in einem schuldbewußten Ton, als mache sie mir ein Geständnis: Ich laß ihn immer an. Das ist aber auch wirklich der einzige Luxus, den ich mir leiste. Wenn er an ist, kommt's mir hier nicht so leer vor.

Es war ein großes freundliches Zimmer mit vielen Pflanzen. Vom Fenster hatte man einen Blick auf die Bäume des Stadtparks. Es war sehr spärlich möbliert – ein Sessel, ein Tisch, und in einer Ecke an der Wand ein großes Bett. Auf dem Boden lagen ein paar Kissen mit bunten Gujarati-Bezügen verstreut, aber man hatte den Eindruck, daß ihr Zweck eher darin bestand, freie Flächen zu füllen, denn als weitere Sitzgelegenheiten zu dienen. Das Zimmer sah nicht danach aus, als würde dort häufig Besuch erwartet.

Mit einer förmlichen, leicht ironischen kleinen Verbeugung forderte May mich auf, mir an ihrem Bücherregal die Zeit zu vertreiben, während sie unser Abendessen vorbereitete. Beim Durchsehen ihrer Taschenbuchsammlung russischer Romane, ihrer Taschenpartituren und illustrierter Gesundheitsbücher fiel mein Blick auf ein altes Foto, das zusammen mit Dutzenden von Zetteln an eins dieser großen Bretter geheftet war, die ich bei vielen Londoner Studenten überm Schreibtisch gesehen hatte. Es war ein vor langer Zeit aufgenommenes Foto von ihr.

Während ich es betrachtete, tauchte sie aus der kabuffartigen Kochnische auf, um etwas aus dem Kühlschrank zu holen. Sie bemerkte, daß ich vor ihrer Pinnwand stand, und stellte sich neben mich. Als sie sah, was ich mir da anguckte, warf sie mir einen kurzen Blick zu und öffnete den Mund, um etwas zu sagen. Doch dann überlegte sie es sich anders, fuhr wieder herum und ging zur Kochecke zurück.

Neugierig geworden, folgte ich ihr und blieb an die Wand

gelehnt stehen, während sie sich bückte, um den Grill zu überprüfen. Ich bemerkte beiläufig, daß das Foto wohl vor langer Zeit aufgenommen worden sei. Wenn mich mein Gedächtnis nicht täusche, habe sie genauso ausgesehen, als sie bei uns in Kalkutta wohnte.

Nicht genauso, sagte sie in einem seltsam dezidierten Ton, ohne den Blick vom Grill zu nehmen. Es ist ein paar Jahre vorher aufgenommen worden.

Sie sah mich an, klopfte sich die Hände ab und hob wie vor Überraschung die Augenbrauen. Das ist das Bild, von dem ich Tridib mal einen Abzug geschickt habe.

Später, als wir beim Abendessen saßen, erfuhr ich, daß die beiden im Jahr 1959, als er siebenundzwanzig und sie neunzehn war, eine lange Korrespondenz begonnen hatten. Tridib hatte als erster geschrieben, sagte sie. Seit 1940, als er mit seiner Familie wieder nach Indien zurückgekehrt war, hatte er Mrs. Price zu Weihnachten immer eine Karte geschickt. Doch in dem Jahr hatte er zwei geschickt, eine an Mrs. Price und eine an sie. Auf ihrer Karte hatte er noch die kleine Mitteilung hinzugefügt, daß er sich sehr gut an sie erinnere, obwohl sie sich sicher unmöglich an ihn erinnern könne, daß es sehr schade wäre, wenn die Verbindung völlig abreißen würde, und daß er hoffe, sie fände irgendwann Zeit, ihm zu schreiben. Sie war gerührt und auch neugierig, denn sie hatte schon soviel von ihm gehört.

Ihrer Erinnerung nachlächelnd, erzählte sie mir, daß seine Karte eingetroffen war, als sie gerade versuchte, über einen jugendlichen Liebeskummer hinwegzukommen, den ihr ein Posaune spielender Schüler beschert hatte. Der hatte überhaupt keine Zeit für sie gehabt und ihr das auf wenig feinfühlige Art klargemacht. Und so hatte sie es tröstlich gefunden, daß überhaupt jemand mit ihr befreundet sein wollte. Sie schrieb zurück, und danach schrieben sie sich regelmäßig – gewöhnlich kurze, im Plauderton verfaßte Briefe. Und alsbald schickten sie sich Fotos, wie richtige Brieffreunde.

Ich stelle mir gerne vor, daß Tridib Mays Foto an jenem Tag erhielt, als er nach Gole Park kam und uns diese Geschichte erzählte.

*Meine Großmutter irrte* sich übrigens bezüglich Tridibs. Er war überhaupt nicht wie die abgebrühten Klatschmäuler, die den größten Teil ihrer Zeit damit verbrachten, an den Straßenecken um den Gole Park herumzuhängen. Er tat diese Leute oft mit bissigen Bemerkungen ab. Meeressäuger nannte er sie, Geschöpfe im Meer der gebrochenen Herzen, die auf den Grund hinabsinken, wenn sie die Herde aus den Augen verlieren.

Eigentlich war Tridib so etwas wie ein Eremit. Schon als Kind war mir klar, daß er in seinem Zimmer voller Bücher, ganz oben im alten Haus der Familie, am allerglücklichsten war. Diesen Tridib mochte ich am liebsten. Bei dem Tridib der Straßenecken war ich mir immer etwas unsicher.

In diesem Punkt waren seine Nichte Ila und ich unterschiedlicher Meinung. Wir unterhielten uns einmal darüber, als wir etwa sechzehn waren. Ich erinnere mich noch: Ich sollte bald nach Delhi aufs College gehen, und Ila war mit ihren Eltern gerade zu einem kurzen Urlaub aus Indonesien eingetroffen.

Bald nach ihrer Ankunft kamen sie uns besuchen. Ich erinnere mich noch gut, wie meiner Großmutter die Luft wegblieb, als Ila aus dem Auto stieg, die baumelnde Quaste ihres langen dicken Zopfes vor dem Gesicht. Sogar Großmutter, die in allen Dingen der äußeren Erscheinung sehr kritisch war, vor allem bei Ila und ihrer Familie, kniff ihr nur ins Kinn und sagte: Unsere Ila wird ja eine richtige Schönheit – sie schlägt Maya nach.

Ich aber war enttäuscht. Solange ich mich erinnern konnte, hatte Ila immer Kleider getragen, wie sie weder ich noch sonst jemand, den ich in Kalkutta kannte, je gesehen hatte, und da war sie jetzt, in einen schlichten weißen Sari mit einem roten Rand gekleidet, wie jede x-beliebige Studentin vom Bethune-College auf dem Weg zur Vorlesung.

Die Unterhaltung unserer Eltern wurde uns bald langweilig, und so gingen wir nach draußen, um einen Spaziergang zu machen. Unwillkürlich schlugen wir die Richtung zum See ein. Doch als wir dort ankamen und eine freie Bank entdeckten, erinnerten wir uns beide daran, wie wir als Kinder auf diesen Bänken gesessen hatten, die Arme um die Hüfte des anderen geschlungen, und so getan hatten, als würden wir die Vögel auf der kleinen Insel im See zählen. Da ergriff uns eine plötzliche Verlegenheit, und wir machten kehrt und eilten zur weiter weg gelegenen Lily Pool Bridge, und in der Betretenheit unseres Schweigens stolperte ich, wo es nichts zu stolpern gab.

Weil mir nichts anderes einfiel, fragte ich sie schließlich, ob sie sich an die Zeiten erinnerte, als wir Kinder gewesen und sie und Robi im Sommer immer nach Kalkutta gekommen waren. Wie wir drei immer zu Tridibs Zimmer hochgegangen waren, wenn wir uns langweilten, und ihm in der stillen stickigen Nachmittagshitze zugehört hatten, während er, auf Kissen gestützt, zwischen den Fingern eine glimmende Zigarette, auf seiner Matte lag und uns mit seiner weichen tiefen Stimme von den unterschiedlichen Verhaltensweisen der Schlangenspezies Elapidae und Viperidae erzählte, oder von der Konstruktion der Tempel von Karnak, oder von der Herkunft des Katamarans. Oder zum Beispiel die Zeit, als Robi und ich beschlossen hatten, Forscher im Empty Quarter zu werden, und zu seinem Zimmer hochliefen, um uns vor unserer Abreise von ihm noch ein paar Tips geben zu lassen. Er hatte gelächelt und uns dann in allen grausigen Einzelheiten von den Beschneidungsriten bei einem der Wüstenstämme erzählt. Und dann hatte er uns mit blitzender Brille gesagt: Bevor ihr loszieht, solltet ihr euch also lieber ganz genau überlegen, ob ihr euren kleinen Pullermännern all das antun wollt. Könnte ja sein, daß man euch gefangennimmt. Ich fragte sie, ob sie sich daran erinnerte, wie Robi und ich unwillkürlich die Hände schützend über den Unterleib gehalten hatten, und wie böse wir gewesen waren, als sie gelacht hatte.

Purer Vaginaneid, sagte sie lachend, und ich versuchte, ein unbewegtes Gesicht zu machen, als sei ich es gewohnt, daß Mädchen solche Ausdrücke benutzten. Aber ich merkte, daß sie sich nicht daran erinnerte.

Dann fragte ich sie, ob sie sich noch irgendwie daran erinnern könne, wie wir mit allen Tricks versucht hatten, Tridib dazu zu bringen, uns von dem Jahr zu erzählen, das er während des Krieges in London verbracht hatte. Oder wie wir über seinen Fotos hockten, wenn wir ihn dazu überreden konnten, sie hervorzuholen. Oder wie er uns von den darauf abgebildeten Personen erzählte, auf Mrs. Price zeigte, mit May auf den Armen, oder auf Alan Tresawsen, ihren Bruder, dem der kaputte Arm schlaff an der Seite hing, und auf ihren Mann Snipe, der seine Neuralgie mit Vite-Hefetonikum behandelte, sein Blut mit Gallenbohnen, seine Rückenschmerzen mit Doan's Nierenpillen, seine Leber mit Andrews' Salz, Schnittwunden mit Iglodine und Katarrh mit Mentholatum, Snipe, für den Tridib einmal in der Apotheke in der West End Lane einen Kleber namens Detensive besorgen mußte, mit dem er verhindern wollte, daß ihm durch die Erschütterungen der Bomben das Gebiß herausfiel.

Ja, sagte sie nickend, leicht verwundert über meine Hartnäkkigkeit, eine dumpfe Ahnung von alldem habe sie schon noch irgendwo, aber daß sie sich erinnere, könne sie eigentlich nicht behaupten.

Aber wie konntest du das bloß vergessen? rief ich. Sie zuckte die Achseln, zog überrascht die Augenbrauen hoch und sagte: Es ist lange her. Viel erstaunlicher ist eigentlich, daß *du* dich an all das erinnern kannst.

Aber für mich war das natürlich überhaupt nicht erstaunlich.

Ich versuchte ihr zu erklären warum, doch obwohl wir oft darüber redeten, gelang es mir weder da noch später, ihr klarzumachen, daß ich deswegen nicht vergessen konnte, weil Tridib mir Welten geschenkt hatte, in denen ich reisen konnte, und er hatte mir Augen gegeben, mit denen ich sie sehen konnte. Sie, die seit ihrer Kindheit in der Welt herumgereist war, konnte nie begreifen, was mir jene Stunden in Tridibs Zimmer bedeutet hatten, mir, einem Jungen, der sich nie mehr als ein paar hundert Kilometer von Kalkutta entfernt hatte. Manchmal war ich dabei, wenn sie mit ihrem Vater und ihrem Großvater über die Cafés an der Plaza Mayor in Madrid sprach, oder über die prickelnde Luft in Cuzco, und ich merkte, daß diese Namen, die für mich eine Ansammlung magischer Talismane waren, weil Tridib sie mir auf seinem alten zerfledderten Bartholomew's Atlas gezeigt hatte, für sie eine Vertrautheit besaßen, die nicht weniger fade war als für mich und meine Freunde der See im Gole Park, dieselbe abgestumpfte Intimität, die uns veranlaßte, abends auf dem Heimweg stehenzubleiben, unsere Shorts aufzuknöpfen und zwischen den rostigen Stäben des schmiedeeisernen Zauns hindurchzupinkeln.

Ich erzählte ihr, wie sehr ich mich danach sehnte, Kairo zu besuchen, den ersten Spitzbogen der Welt in der Moschee von Ibn Tulun zu sehen und die Steine der großen Cheopspyramide zu berühren. Ich hatte schon eine Weile so geredet, als ich bemerkte, daß sie mir nicht zuhörte. Sie hing ihren eigenen Gedanken nach, die Stirn konzentriert gerunzelt. Ich beobachtete sie, wartete gespannt darauf, was sie sagen würde. Plötzlich schnippte sie mit den Fingern, nickte zufrieden vor sich hin und sagte völlig unvermittelt: Ach ja, Kairo. Die Damentoilette ist ganz auf der anderen Seite der Abflughalle.

In dem Moment bekam ich eine Ahnung davon, was diese Namen auf der Karte für sie bedeuteten: eine weltumspannende Kette von Abflughallen, aber deswegen nicht etwa ganz und gar gleich, sondern im Gegenteil, jede spürbar anders, eindeutig einzigartig. Bei jeder dieser Abflughallen war die Damentoilette in einem noch unvermuteteren Winkel verborgen, und jede Toilette wiederum hatte ihre eigene Eigenart, wie etwa die Spülung auf Stockholms Arlanda, so stromlinienförmig diskret, daß Ila einmal zwei Abflugaufrufe überhört hatte, weil sie mit dem Mechanismus nicht klarkam. Ich stellte mir vor, wie sie in diesen Tagtraumorten landete – Addis Abeba, Algier, Brisbane – und im Flughafen auf der Suche nach der jeweiligen Damentoilette herumirrte, nicht weil sie mußte, sondern weil sie die einzigen Fixpunkte in der unsteten Landschaft ihrer Kindheit waren.

Zehn Jahre später, in London, wenn Ila vorschlug, irgendwohin auszugehen, ins Kino nach Brixton etwa oder in ein neues vietnamesisches Restaurant in Maida Vale, passierte es oft, daß ich aufsprang und unwillkürlich rief: Au ja! Aber wir fahren auf jeden Fall mit der U-Bahn! Dann lachte sie immer los, äffte mich nach und sagte: Du hörst dich an, als würden wir gleich mit der Concorde losfliegen.

Für sie war die U-Bahn lediglich ein Mittel, den Ort zu wechseln. Es störte sie, daß ich immer so aufgeregt war, wenn wir die Rolltreppe betraten. Sie musterte mich, wenn ich mich nach den Werbeplakaten umsah, die an der Wand an uns vorbeiflitzten, im Unterweltmief von Elektrizität, Feuchtigkeit und schalem Deodorant gefangen, wenn ich stehenblieb, um der Musik der Straßenmusiker zu lauschen, die unheimlich durch die ewige Nacht der Tunnel hallte. Dann zog sie mich ärgerlich am Ellbogen und zischte: Schnell, schnell, du kannst hier nicht stehenbleiben, du hältst den Betrieb auf. Und wenn ich immer noch verweilte, fuhr sie mich ungeduldig an: Um Himmels willen, hör endlich auf, dich wie ein Tapiokabauer aus der Dritten Welt aufzuführen. Das ist doch nur die verdammte U-Bahn.

Und dann sagte ich zu ihr: Das verstehst du ja doch nicht. Für dich war Kairo ein Ort, wo du gepinkelt hast.

Ich konnte sie nicht davon überzeugen, daß ein Ort nicht einfach nur existiert, sondern daß er in der eigenen Phantasie erfunden werden muß, daß ihr praktisches, geschäftiges London nicht weniger erfunden war als meins, daß es weder mehr noch weniger wahr war als meins, die beiden waren nur sehr weit voneinander entfernt. Es war nicht ihre Schuld, daß sie es nicht verstehen konnte, denn wie Tridib oft gesagt hatte, die Erfindungen, in denen sie lebte, bewegten sich mit ihr, so daß sie, obwohl sie an vielen Orten gewohnt hatte, eigentlich nie gereist war.

Während Ilas gesamter Kindheit brachte ihre Familie, jedesmal wenn sie zu einem Urlaub nach Kalkutta kam, Andenken von dort mit, wo sie jeweils gerade lebte. Ihre Eltern hatten alle möglichen Dinge im Gepäck – indonesische Lederpuppen oder merkwürdige nordafrikanische Schemel mit Kamelhöckern. Aber Ila brachte immer nur ein ganz bestimmtes Andenken mit, und ich war der einzige, dem sie es zeigte. Dann verdrückten wir uns in den Schatten des rostigen Wasserbehälters oben auf dem Dach ihres Hauses, und dort zog sie mit einem verkniffenen kleinen Lächeln einen großen braunen Umschlag hervor.

Es waren immer die gleichen, und mit der Zeit bedeuteten sie mir ebensoviel wie ihr. Es waren die Jahrbücher der Internationalen Schule jener Stadt, wo sie jeweils gerade wohnte.

Sie waren immer voller Fotos. Es gab eins von jedem Schüler und dann seitenweise andere – von Gruppen oder Freunden, von Partys und Tennisturnieren, von ganzen Klassen. Lange Zeit wollte ich gar nicht glauben, daß es sich wirklich um Bilder aus einer Schule handelte, weil auf den Fotos Jungs und Mädchen bunt durcheinander beisammenstanden, und außerdem trug keiner von ihnen Uniform. Für mich schien die Kleidung, die sie auf diesen Bildern trugen, genausowenig etwas mit Schule zu tun zu haben wie irgendwelche Zirkuskostüme.

Dann zeigte Ila auf sich, und da war sie, in Jeans oder in einem Rock, und einmal sogar in einer persischen Lammfellweste. Sie zeigte mir ihre Freundinnen und Freunde, die neben ihr standen, und ich ließ mir ihre Namen auf der Zunge zergehen – Teresa Cassano, Mercedes Aguilar, Merfeth ash-Sharqawi – anfangs meistens Mädchennamen, und später, als wir älter wurden, auch Jungennamen – Calouste Malekian, Cetshwayo James, Juin Nagajima – Namen, die sich mir ins Gedächtnis gruben, so daß ich Jahre später Mercedes Aguilar sofort wiedererkannte, als sie in einem Foto auftauchte, das von dem ersten, das ich gesehen hatte, zwei Kontinente entfernt war.

Ilas beste Freundinnen waren immer die schönsten, die begabtesten und intelligentesten Mädchen der jeweiligen Schule. Sie zeigte sie mir auf den Fotos von Picknicks und Kostümbällen. Zu dem hier sind wir zu dritt gegangen, sagte sie, Teresa, Merfeth und ich. Und wir haben den ganzen Abend lang nur miteinander geredet – du hättest mal sehen müssen, wie die Jungs um uns rumgeschwirrt sind –, aber Teresa hatte entschieden, daß wir an diesem Abend nicht tanzen würden, einfach so, und deswegen . . . Und sie deutete auf Teresa und Merfeth, lachende schlanke Mädchen, die vor der Kamera Grimassen schnitten. Doch obwohl Ila mir alles über diese Partys und Bälle erzählen konnte – was sie gesagt hatte, was sie getan und getragen hatte –, war sie selbst seltsamerweise nie auf den Bildern.

Als wir vierzehn waren, zeigte sie einmal auf das Bild eines Jungen, der für mich schon wie ein erwachsener Mann aussah, mit einem Gesicht wie ein amerikanischer Filmstar: kantiger Kiefer, Grübchen im Kinn und lange schwarze Haare, die sich bis auf die Schulter lockten. Er heißt Jamshed Tabrizi, sagte sie, er ist Fechtmeister, und dieses Jahr hat sein Vater ihm einen BMW-Sportwagen zum Geburtstag geschenkt. Er kann ihn noch nicht selber fahren, weil er noch nicht alt genug ist, aber ihr Chauffeur hat ihn einmal zur Schule mitgebracht. Er ist rot, wie Lippenstift, und sobald Jamshed seinen Führerschein hat, fahren wir sonntags damit nach Pattaya, an den Strand, das ist nur ein paar Meilen von Bangkok.

Und dann fügte sie hastig, mit einem Seitenblick auf mich, hinzu: Er ist mein Freund.

Doch ein paar Seiten weiter sah ich ihn wieder, auf ihrem Klassenfoto, ganz vorn, in der Mitte der ersten Reihe, grinsend, breitschultrig, einen Kopf größer als alle anderen, die Arme um die Schultern von zwei lachenden Blondinen gelegt. Und bevor sie umblätterte, konnte ich auch noch kurz Ila erkennen, am

Rand der hinteren Reihe, etwas abseits, ernst, in einem schlichten grauen Rock, ein Buch unter dem rechten Arm. Sie hatte mitbekommen, daß ich es gesehen hatte, und als ich eine Woche später wieder auf dieses Jahrbuch stieß, stellte ich fest, daß die Seite herausgerissen worden war. Ich spürte, wie sich mir die Kehle zusammenkrampfte, denn plötzlich hatte ich das Gefühl, daß Ila meine eigene kleine puritanische Welt vielleicht doch nicht so fremd war, in der Kinder auf die Schule geschickt wurden, damit sie lernten, ihren Adel durch die Bewährungsprobe im Prüfungssaal zu bewahren.

*Diese Schulen waren das einzige*, was für Ila zählte. Die Orte selbst flogen in einem illusorischen Bewegungstaumel an ihr vorbei, wie in alten Filmen jene Rückprojektionen, die an den Fenstern rasender Autos vorbeiflitzen.

Ich sprach sie einmal in London darauf an, als wir drei, sie, Robi und ich, in einem Pub waren, im Kembles Head in Long Acre, um die Ecke von Covent Garden. Robi war gerade auf der Durchreise nach Harvard. Er war von seiner Arbeitsstelle im Indian Administrative Service für einen sechsmonatigen Lehrgang in öffentlicher Verwaltung beurlaubt worden. Wir hatten beschlossen, den Abend zusammen zu verbringen.

Ila lachte, als ich sie an diese Jahrbücher erinnerte. Sie ergriff ihr Whiskyglas und sagte: Natürlich haben mir diese Schulen was bedeutet. Die Schule ist das einzige, was einem Kind etwas bedeutet, das ist doch ganz natürlich. *Du* warst der Sonderling, der da in dieser winzigen Wohnung in Kalkutta hockte und von fernen Ländern geträumt hat. Ich hab dir wahrscheinlich unschätzbare Dienste geleistet. Wenigstens hast du so gelernt, daß diese ganzen Städte, die du auf deinen Landkarten gesehen hast, wirkliche Orte waren und nicht diese Märchenländer, die Tridib für dich erfunden hat.

Tridib war natürlich unter anderem auch Archäologe. Er interessierte sich nicht für Märchenländer. Er wollte mir nur beibringen, so sagte er immer, meine Phantasie präzise zu benutzen.

Zum Beispiel kam, als ich und Ila zehn waren, ihre Familie von Colombo auf Urlaub nach Kalkutta. Ila besuchte uns zusammen mit Tridib und ihrer Mutter. Da ihre Mutter wußte, wie sehr ich von den Ländern fasziniert war, in denen sie wohnten, bat sie Ila, nett wie sie war, mir eine Geschichte über ihr Haus dort zu erzählen, irgendeine, die auch sie interessant fand.

Ihr Haus lag in einer ruhigen Gegend von Colombo, wo Diplomaten, hohe Beamte und dergleichen wohnten. Zwischen ausladenden Bungalows mit riesigen Rasenflächen wanden sich Sträßchen hindurch, die oft mit rotem Gulmohur und gelbem Jakaranda überflutet waren. Ihr Haus stand am Ende einer solchen sehr ruhigen Straße. Es war ein großes Haus mit großen Veranden und einem steilen Dach, das mit bemoosten Ziegeln gedeckt war. Der Garten befand sich auf der Rückseite. Er schien direkt im Innern des Hauses anzufangen. Wenn die Verandaglastüren geöffnet waren, ging der gekachelte Boden bruchlos in den Rasen über. Es war ein ruhiger, abgeschiedener Garten; in einer Ecke stand, wie ein düsterer Grabhügel, ein Bronzebottich, größer als ein Kind. In der Mitte befand sich ein blaugekachelter Lilienteich, in dem dralle fächerschwänzige Goldfische ihre weißen Bäuche in der Sonne aufblitzen ließen.

Es gab nur ein Problem: An den Garten grenzte eine Geflügelfarm. Das verursachte Ilas Mutter einige Sorgen, abgesehen von der Geruchs- und Lärmbelästigung, denn sie hatte gehört, daß dort, wo es Hühner gab, auch Schlangen nicht weit waren.

Immerhin war das Haus von einer sehr hohen Mauer umgeben, und wenn der Wind aus der richtigen Richtung wehte, war der Garten so friedlich wie ein japanisches Kloster.

Eines Morgens bald nach ihrem Einzug kam ihr Koch Ram Dayal nach oben gerannt und stürmte ins Zimmer von Ilas Mutter, die in einem Liegestuhl auf der Veranda ihr Vormittagsnickerchen hielt.

Mugger-muchh, kreischte Ram Dayal. Retten Sie mich, burra-mem bachao, von dies Krokodil.

Er war ein großer, schlaksiger, gewöhnlich recht träger Mann, doch jetzt stachen seine Augen aus seinem hageren Gesicht hervor, und an seinen Lippen klebten Speichelflocken.

Wo gibt's denn so was, sagte Ilas Mutter zu uns, 'n Krokodil in meinem Garten. Bin fast aus meinem Liegestuhl gefallen.

Meine Großmutter und ich hatten uns während dieses Einwurfes angesehen und mußten jetzt schnell weggucken. Später, jedesmal wenn wir uns vorstellten, wie Ilas Mutter mit ihrer rundlichen Figur, so weich und prall wie zwei in der Schultasche zusammengequetschte Brötchen, bei dem Gedanken an ein Krokodil in ihrem Garten aus ihrem Liegestuhl fiel, konnten wir uns vor Lachen kaum halten.

Der Bursche war vielleicht aufgeregt, schnaubte sie. Noch nie so was gesehen.

Doch dann, so wie sie nun einmal gestrickt war, hatte sie ihre winzigen Hände im Schoß gefaltet, sich den Haarknoten hochgeschoben und sich kerzengerade aufgesetzt, in dieser typischen Pose, die die Familie inzwischen so gut kannte und die ihr den Spitznamen Queen Victoria eingebracht hatte.

Reiß dich zusamm', Ram Dayal, bellte Queen Victoria. Hör auf, hier wie ein Chokra-Boy rumzuheulen.

Dekho burra-mem, sagte er wieder, und seine dünne Stimme schlug um in Gekreisch. Da ist es, im Garten.

Und recht hatte er, sagte Queen Victoria mit vor nachempfundener Verwunderung schriller Stimme. Verflixt und zugenäht, da war es – 'ne riesige Echse, ganz grau und schwarz, ein gräßliches Urviech, mit kleinem spitzem Kopf und 'ner Zunge wie ein Schnürsenkel, spaziert da in meinem Garten rum wie ein Gouverneur in einem Gymkhana.

Aber als Tochter eines Mannes, der sein Dorf in Barisal in Lumpen verlassen und sich im alten Indian Civil Service in den Ritterstand emporgearbeitet hatte, bewahrte sie die Fassung.

Muro-es, Ram Dayal, befahl sie. Fang es, bevor Ila-mem es sieht, und schneid ihm den Kopf ab.

(Als wenn es ein *Penis* wäre oder so was, bemerkte Ila Jahre später.)

Doch Ram Dayal schlug jetzt den Kopf gegen die Wand, das Weiß seiner Augen trat hervor, Tränen liefen ihm die Wangen herunter. Warum bin ich bloß nach Lanka gekommen? jammerte er. Ich hab doch gewußt, daß Ravana mich holen kommt.

Reiß dich zusamm', Ram Dayal, bellte Queen Victoria. Sie klingelte mit dem kleinen Bronzeglöckchen, das sie immer bei sich trug, um Lizzie, Ilas neue singhalesische Ayah, zu rufen.

Ja, Madam? sagte Lizzie an der Tür. Sie war eine dünne ältere Frau mit einem strengen Mund und einem kleinen verbrauchten Gesicht, immer sehr ordentlich gekleidet in der Bluse und dem Sari ihrer Heimat in den Vorbergen von Kandy.

Mit einem Wedeln ihrer Hand, das behutsame Gelassenheit ausdrückte, sagte Queen Victoria: Lizzie, in Garten, schauschau machen.

Das Tier sonnte sich jetzt, die graue Brust hochgereckt auf steifen Vorderbeinen.

Lizzie, was das Ding sein-sein? fragte Queen Victoria.

Sie redete immer so mit Lizzie, obwohl Lizzie sehr gut Englisch konnte und sogar ein bißchen Hindi. Sie hatte diese Sprache im Handumdrehen erfunden, als Lizzie sich bei ihr auf Empfehlung eines hohen singhalesischen Beamten vorgestellt hatte.

Lizzie sah das Tier und lachte.

Das ist ein Thala-goya, Madam, sagte sie. Sehr häufig hier, sehr sanftes Tier.

Queen Victoria starrte das Reptil an.

Sanft, bei Jupiter, sagte sie zu uns. Das Vieh war der reinste Tyrannosaurus.

Sie wandte sich wieder Lizzie zu. Nicht möglich, sagte sie, das Ding töten-töten machen?

Es töten? rief Lizzie, als sie die Frage entschlüsselt hatte. Aber warum es töten? Sie halten die Schlangen fern.

Sie rannte nach unten, und ein paar Minuten später sah man sie mit einem Armvoll Kohlstrünken und Gemüseabfällen in den Garten gehen. Sie verteilte sie auf dem Rasen, und das Tier schoß vor und begann sogleich zu fressen.

Hai, hai, hai, staunte Ram Dayal. Hai, hai, *hai*!

Entschlossen, sich von Lizzie nicht an die Wand spielen zu lassen, richtete sich Queen Victoria kerzengerade auf und ging dann selbst mit etwas Gemüse in den Garten. Sowie sie den Rasen betrat, fixierte das Tier sie mit einem argwöhnischen Blick. Sie erstarrte. Sie machte ihre letzten Reserven an Mut locker und murmelte ihm zu: Fressen-fressen machen schönes Müse-Müse? Sie vertraute auf die Universalität ihrer Lizzie-Sprache. Doch das Tier schien ihr tatsächlich mit einem Schwanzzucken zu antworten, und von dem Augenblick an betrachtete sie es als Mitglied ihres Haushalts. Wer oder was auf einen ihrer Privatdialekte ansprach, war bei ihr immer wohlgelitten.

Obwohl viele ihrer singhalesischen Bekannten über den Waran auf ihrem Rasen entsetzt waren und ihr Schauergeschichten von Kindern erzählten, denen mit einem Schwanzschlag das Schienbein zertrümmert worden war, ließ sie die Echse fortan frei im Garten herumlaufen, außer natürlich, wenn sie Partys gab, dann mußte Lizzie das Tier mit einem längeren Seil an einem Baum festbinden.

Eines Tages, am frühen Morgen nach einer solchen Party, als der Rasen noch mit Zigarettenkippen und halbverzehrten Häppchen übersät war, ging Ila in den Garten, um ein Buch zu lesen. Sie hatte es am Abend zuvor zwanzig Seiten vor dem Ende weglegen müssen, weil Lizzie das Licht in ihrem Zimmer ausgemacht hatte. Sie ließ sich in einen Liegestuhl neben dem Lilienteich plumpsen und war schon im nächsten Moment in ihr Buch vertieft. Zehn Seiten später, immer noch ganz darin versunken, hörte sie einen leisen Platscher im Lilienteich. Es war ein sehr sanfter Platscher, nicht lauter als das Geräusch, das ein Goldfisch macht, wenn er mit dem Schwanz durch die Wasseroberfläche schnippt. Sie bewegte den Kopf ein wenig und bemerkte, ohne richtig vom Buch aufzusehen, einen Schatten, so schlank und gewunden wie ein Oleanderast, der sich vom Rand des Rasens unter ihrem Stuhl bis in den Teich erstreckte.

Dann schlängelte sich der Schatten, und jetzt blickte sie ganz auf und sah glänzende Schuppen auf einem langen muskulösen Körper.

Sie schrie auf, und das Buch fiel ihr aus den Händen. Es polterte gegen den Rand des Liegestuhls, und dann hörte sie den dumpfen fleischigen Aufprall, als es Schuppen und Muskeln traf.

Der Schlangenkörper flitzte in seiner gesamten Länge mit einem zornigen Rascheln unter ihrem Stuhl durch, und dann hörte sie irgendwo hinter sich ein langsames gedehntes Zischen. Sie drehte sich um, langsam, steif, so wie man es machen muß, wenn man weiß, daß die Lungen auf einmal leer und die Muskeln vor Angst erstarrt sind.

Der Kopf der Schlange war etwa dreißig Zentimeter von ihrem Rücken entfernt. Der Körper lag in engen, gleichmäßigen Windungen zusammengerollt flach auf dem Boden, doch der Kopf war hochgereckt, ragte über die Rückenlehne des Stuhls hinaus. Sie wimmerte, versuchte um Hilfe zu rufen, beobachtete dabei aber unentwegt den Kopf der Schlange. Sie sah ihn deutlicher als jemals irgend etwas zuvor, mit der teleskopischen Schärfe absoluter Konzentration. Sie sah die winzigen Augen, die geblähten Nüstern am Ende des spitz zulaufenden Kopfes, die Zunge, die nicht mehr züngelte, sondern ins weiche rosa Maul zurückgezogen war, die aufgerichteten, tropfenden Giftzähne.

Dann hörte sie ein anderes Geräusch am anderen Ende des Gartens, und unscharf, ohne den Kopf zu wenden, sah sie den Thala-goya, der an seinem Seil zerrte und mit dem Schwanz gegen den Baum hämmerte, an dem er festgebunden war. Die Schlange hörte es auch und zögerte einen Augenblick mit zurückgebogenem Körper. Dann fixierte sie wieder Ila, und ihr Hals krümmte sich noch weiter zurück, bis er wie ein gespannter Bogen war. Und dann schoß ihr Kopf vor.

Im gleichen Moment wandte Ila sich unwillkürlich um, es war nur eine sehr kleine Bewegung, doch sie reichte aus, um den Stuhl zum Kippen zu bringen. Sie verlor das Gleichgewicht, der Stuhl stürzte mit ihr zusammen um, und die Giftzähne der Schlange glitten an den Metallbeinen ab.

Die Schlange bäumte sich sofort wieder auf, wie eine knallende Peitsche. Ila versuchte sich aufzurichten, rutschte aber mit den Händen ab und fiel nach hinten. Und dann, wie ein Knoten, der sich plötzlich löst, ließ die Schlange den Kopf ins Gras fallen und schoß davon, auf die Mauer zu. Ila blickte auf und sah den Thala-goya hinterherwetzen. Er hatte das Seil durchgebissen. Doch die Schlange war schneller und längst über die Mauer geglitten, bevor der Thala-goya den Rasen überquert hatte.

So, junger Mann, sagte Queen Victoria augenzwinkernd und tätschelte meinen Kopf. Was sagst du dazu?

Ich warf instinktiv einen Blick zu Tridib hinüber. Er sah mich an, mit zusammengekniffenen Augen und schräggestelltem Kopf. Ich wurde nervös: Ich sah, daß er gespannt war, was ich dazu sagen würde, und ich wollte ihn nicht enttäuschen. Meine Mutter und meine Großmutter ergingen sich in entsetzten Bemerkungen über die Schlange, fragten Queen Victoria, wie groß und ob sie wirklich giftig gewesen sei. Damit lieferten sie mir das Stichwort, und ich ging auf Nummer Sicher: In der Hoffnung, Tridibs Anerkennung zu finden, indem ich ihm zeigte, wie gut ich alles behielt, was er uns erzählte, fragte ich Queen Victoria, ob die Schlange der Spezies der Boidae oder der Elapidae angehört habe.

Queen Victoria sah mich mit großen Augen an und murmelte etwas, das sich anhörte wie: Na, das ist aber ein bißchen stark, mein Junge. Da bin ich wirklich überfragt.

Während sie weitermurmelte, warf ich Tridib einen verstohlenen Blick zu. Er hatte die Lippen geschürzt und schüttelte enttäuscht den Kopf. Ich verharrte die restliche Zeit in betretenem Schweigen.

Später, als ich dann mit hinunterging, um sie zu verabschieden und wir noch auf Ila und ihre Mutter warten mußten, die noch nicht soweit waren, bemerkte Tridib auf der Treppe beiläufig zu mir, daß genaugenommen an Schlangen gar nichts Interessantes sei. Was würde ich denn zum Beispiel tun, wenn ich eine im See sähe? Ich würde nach Hause gehen und es allen erzählen, doch ein paar Minuten später würde ich es vergessen haben und wieder an meine Schularbeiten gehen. Die Schlange hätte nicht das geringste mit meinem wirklichen Leben zu tun.

Für die Unterstellung, daß meine Schularbeiten mein wirkliches Leben seien, war ich nicht sonderlich dankbar, aber ich schwieg trotzdem. Ich erkannte, daß er auf etwas anderes hinauswollte.

Als wir fast im Erdgeschoß angekommen waren, sagte er: Ist dir aufgefallen, daß Ilas Haus ein schräges Dach hatte?

Ich schüttelte den Kopf. Das Detail war mir entgangen. Ich konnte nicht erkennen, daß es für die Geschichte irgendeine Relevanz hatte. Er bemerkte wohl die Verwirrung auf meinem Gesicht, denn er legte mir die Hände auf die Schultern, drehte mich um und fragte mich, ob ich mir vorstellen könne, wie das wäre, unter einem schrägen Dach zu leben – kein Platz zum Drachensteigenlassen, kein Ort, wo man sich verstecken konnte, wenn man schmollen wollte, kein Ort, von wo aus man zu seinen Freunden hinüberrufen konnte.

Er stieg ins Auto, streckte die Hand aus dem Wagenfenster und versetzte mir einen Schlag gegen die Brust, was mich mehr denn je verwirrte.

Doch später an jenem Abend, und an vielen Abenden danach, während ich unter den wachsamen Blicken meiner Großmutter saß und so tat, als würde ich meine Hausaufgaben machen, grübelte ich über das nach, was Tridib gesagt hatte, und nach einer Weile begann ich mir die schrägen Dächer von Colombo selbst vorzustellen: das Muster, das sie bildeten, wenn man durch den Himmel über sie hinwegradeln würde, wie spitz sie aufragten, wenn man sie von unten betrachtete, das Moos auf den Ziegeln, wenn man sie sich aus der Nähe ansah, zum Beispiel von einem Fenster im ersten Stock aus, und bald spürte ich, daß auch ich begriff, wieviel interessanter sie waren als die Schlange und die Echse, gerade weil ihre Andersartigkeit so normal war.

Und trotzdem wußte ich, daß die Bilder, die Tridib in seiner Phantasie sah, unendlich detaillierter und präziser waren als alles, was ich jemals sehen würde. Er sagte mir einmal, daß man einzig und allein durch Verlangen etwas wissen könne, durch wirkliches Verlangen, was nicht das gleiche war wie Gier oder Lust. Ein reines, schmerzhaftes und primitives Verlangen, ein Sehnen nach allem, was nicht in einem war, eine Qual des Fleisches, die einen über die Grenzen des eigenen Geistes hinwegtrug, zu anderen Zeiten und Orten, und sogar, wenn man Glück hatte, zu einem Ort, wo es keine Trennlinie mehr gab zwischen einem selbst und dem eigenen Spiegelbild. Ich hörte ihm völlig verwirrt zu und fragte mich, ob ich überhaupt jemals etwas wissen würde, denn ich war mir nicht sicher, ob ich ein derartiges Verlangen je verspüren würde.

Was von alldem konnte ich schon Ila sagen, als sie im Kembles Head an ihrem Whisky nippte? Ila lebte so intensiv in der Gegenwart, daß sie nicht geglaubt hätte, es könnte wirklich Leute wie Tridib geben, die die Welt in ihrer Vorstellung so konkret erfuhren wie sie, Ila, sie mit ihren Sinnen erfuhr, sogar noch intensiver, da ihnen diese Erlebnisse in ihrer Erinnerung dauerhaft zur Verfügung standen, während bei ihr, wenn sie von den Beinen ihres letzten Freundes redete, die Worte nichts mit einer in ihren Sinnen gespeicherten Erregung zu tun hatten, sondern eben nur eine Aneinanderreihung von Wörtern waren, an die sie sich erinnern konnte, solange sie komisch klangen, und die sie dann ebenso vollständig vergessen würde wie ihren Exfreund und seine Beine.

Für Ila war das Gegenwärtige das Wirkliche. Als lebte sie in einer Gegenwart, die wie eine Schleuse in einem Kanal war, von den Wassermassen der Vergangenheit und Zukunft durch stählerne Fluttore abgetrennt.

Einmal, ein paar Tage nach meiner Ankunft in London, ging sie mit mir nach Covent Garden, um mir die Sehenswürdigkeiten zu zeigen. Wir trafen uns bei der U-Bahn-Station, und sie führte mich eifrig in den riesigen überdachten Lichthof und zeigte mir die Trödelstände und den Gemüsemarkt. Aber anscheinend merkte sie, daß ich mich langweilte, denn sie meinte bald, daß sie keine Lust mehr habe, mich herumzuführen, stakste über den Platz davon und verschwand in einer der Straßen, die zu Charing Cross führten.

Während ich ihr hinterherlief, um mich zu entschuldigen, sah ich zufällig hoch und entdeckte ein Fenster mit einer Aufschrift darauf. Ich sprintete die Straße hinunter, holte sie ein, führte sie zurück und zeigte ihr die Aufschrift.

«Victor Gollancz» steht da drauf, sagte sie. Na und?

Als Antwort nahm ich sie am Arm und zog sie durch die Tür. Drinnen war ein Büro, in einer Ecke befand sich ein Empfangstisch, und an den Wänden standen ein paar Schränke voll mit Büchern. Hinter dem Tisch saß eine ältere Frau, die mich nervös über den Rand ihrer Brille betrachtete.

Kann ich Ihnen helfen? sagte sie.

Könnten Sie mir bitte sagen, fragte ich, ob hier früher der Left Book Club gewesen ist, vor dem Krieg?

O je, sagte sie, das weiß ich nicht, ich war damals noch nicht hier. Soll ich mal den Direktor anrufen?

Ich schüttelte den Kopf, dankte ihr und führte Ila wieder hinaus. Sie war jetzt nicht nur überrascht, sondern entrüstet. Was ist denn los mit dir? fragte sie.

Und während wir da draußen auf dem Bürgersteig standen,

versuchte ich ihr in Erinnerung zu rufen, wie Tridib uns erzählt hatte, daß Alan Tresawsen, Mrs. Prices Bruder, vor dem Krieg dort, im Left Book Club, gearbeitet hatte. Daß es genau hier gewesen sein mußte, vielleicht sogar in diesem Büro, das wir gerade betreten hatten, denn der Club hatte zu Victor Gollanczs Verlag gehört . . .

Ila sah noch einmal mäßig interessiert zum Fenster hoch, zuckte die Achseln und sagte: Sieht aus wie jedes x-beliebige muffige alte Büro, oder?

Für mich nicht, denn nachdem ich es zuerst mit Tridibs Augen gesehen hatte, schien sich seine Vergangenheit mit seiner Gegenwart zu decken. Aber ich sagte es nicht. Statt dessen sah ich Ila an, ihr feingeschnittenes Gesicht mit den hohen Wangenknochen, ihre großen braunen Augen und ihr glänzendes schwarzes Haar, das ihr bis auf die Schultern fiel. Sie spürte meinen Blick, und lächelnd hakte sie sich bei mir ein und führte mich zu einem chinesischen Café in der Neal Street, das sie kannte.

Und so war es, wie immer, Ila – Ila, von der es hieß, daß sie mir, als wir Kinder waren, so sehr ähnelte, daß ich ihr Zwillingsbruder hätte sein können –, so war es eben diese Ila, die mich ein weiteres Mal mit dem Geheimnis des Unterschieds vor ein Rätsel stellte.

*Während sich der Pub* mit jungen Bankiers füllte, die Nadelstreifenanzüge und Diamanten im Ohr trugen, und mit Verlagssekretärinnen mit violetten Strähnen im Haar, versuchte ich Ila und Robi von Tridib dem Archäologen zu erzählen, von dem Tridib, der Märchenländer viel mehr verachtete, als sie es jemals tun würden. Von dem Tridib, der mich gedrängt hatte, mir die Dächer von Colombo selbst vorzustellen, von dem Tridib, der gesagt hatte, daß wir nicht sehen könnten, ohne zu erfinden, was wir sehen, und so könnten wir wenigstens versuchen, es gleich richtig zu machen. Und dann, weil sie das mit einem Achselzucken abtat und fragte: Warum? Warum sollten wir das versuchen, warum nicht einfach die Welt nehmen, wie sie ist?, erzählte ich ihr, er habe gesagt, wir müßten es versuchen, denn die Alternative wäre zwar nicht Leere – sie hieße nur, daß wir niemals frei wären von den Erfindungen anderer, wenn wir es nicht selbst versuchten.

Aber ich *bin* doch frei, sagte sie lachend.

Da hast du Glück, antwortete ich. Ich bin's nicht, jedenfalls nicht in London.

Warum nicht? fragte sie und kippte ihren Whisky hinunter. Wegen des Raj?

Ich mußte lachen. Und weil ich wußte, daß sie es vergessen hatte, versuchte ich sie daran zu erinnern, wie sie selbst einmal, als wir achtjährige Kinder waren, London für mich erfunden hatte.

In dem Jahr kam Ilas Familie zum Durga Puja nach Kalkutta, weil nach langer Zeit auch ihre Großeltern wieder dort sein sollten, gerade rechtzeitig zum Fest. Ilas Vater hatte sich damals von seiner Stelle bei den Vereinten Nationen beurlauben lassen, damit er ein Jahr lang an einer Universität in Nordengland unterrichten konnte. Er hatte gern angenommen, als die Universität ihm eine Gastdozentur an ihrem neugegründeten Institut für Entwicklungsforschung anbot. Ila und ihre Mutter hatten sich auch gefreut, doch nach ihrer Ankunft stießen sie auf ein Problem, das sie nicht vorausgesehen hatten. Die Räume, die man Ilas Vater zur Verfügung gestellt hatte, waren nicht groß genug für eine ganze Familie. Und außerdem war Queen Victoria von der Idee, in dieser kalten Stadt im Norden zu leben, ganz und gar nicht angetan. Was sollte sie an diesem tristen Ort denn den ganzen Tag machen, sagte sie, umringt von furchteinflößenden Teddy-Boys und rauchspeienden Fabriken? Viel lieber wäre sie in London. Doch wo würden sie in London leben, und wo würde Ila zur Schule gehen?

Mrs. Price half ihnen schließlich aus der Klemme, und zwar in einer Art und Weise, an die die Familie inzwischen gewöhnt war.

Sie könnten doch, so schlug sie vor, bei ihr in London zur Untermiete wohnen und an den Wochenenden den Vater im Norden besuchen. Sie würde sich freuen, Leute im Haus zu haben, seit Snipes Tod seien zwar schon zwei Jahre vergangen, aber das Haus fühle sich immer noch leer an, und jetzt, wo May beschlossen hatte auszuziehen, würde es noch leerer werden. Und was die Schule betraf, da würden sie schon eine Lösung finden – es gab viele Schulen in der Nähe.

Dort also wohnten Queen Victoria und Ila, als sie für diesen Urlaub nach Kalkutta kamen – in Mrs. Prices Haus in West Hampstead. Mrs. Price hatte sogar dafür gesorgt, daß Ila mit ihrem Sohn zusammen in dieselbe Schule gehen konnte.

Sie trafen ein paar Tage vor dem Fest in Kalkutta ein. Bald nach ihrer Ankunft rief Queen Victoria meine Mutter an und lud uns alle, meine Eltern, meine Großmutter und mich, ein, mit ihnen zusammen zum alten Haus der Familie in Raibajar hinauszufahren.

Meine Mutter war begeistert. Sie unternahm gern lange Spazierfahrten, und damals, als es mit dem bescheidenen Erfolg, den mein Vater als Manager in der Gummiindustrie schließlich errang, noch nicht so weit her war, arbeitete er so hart, daß er an den Wochenenden nicht wegkonnte. Da wir kein Auto besaßen und uns auch keinen Urlaub leisten konnten, unternahmen wir nie etwas.

Als meine Mutter meine Großmutter aufsuchte, um sie zu fragen, ob wir mitfahren könnten, leuchteten ihre Augen, und auf dem Weg zu dem Schreibtisch, an dem meine Großmutter Hefte korrigierte, kniff sie mir in die Nase und flüsterte mir ins Ohr, ganz leise, damit meine Großmutter es nicht hörte: Picknick, Picknick.

Doch auf ihre Frage hin runzelte meine Großmutter nur die Stirn über dem Brillenrand und sagte meiner Mutter in scharfem Ton, daß sie eigentlich wissen müßte, daß Queen Victoria uns nur dabeihaben wollte, damit Ila jemand zum Spielen hätte, und daß wir noch nicht solche Bettler seien, daß wir nach allem schnappen müßten, was sie uns hinhielt.

Ich konnte die Enttäuschung meiner Mutter daran ermessen, wie sie ihre Finger in meine Schulter krallte. Was ist denn so Schlimmes dabei, wenn man mit ihnen einen Ausflug macht, entfuhr es ihr, doch dann verfiel sie, unter dem strengen Blick meiner Großmutter, in ein verärgertes Schweigen.

Daraufhin ging ich zu meiner Großmutter hinüber und redete mit ihr. Anstatt mich aufs Bitten zu verlegen, erinnerte ich sie daran, wie mein Vater im Jahr zuvor mit Ila und mir in den Zoo gegangen war und wie oft sie selbst Queen Victoria mit dem allerbesten Ilish vom Gariahat-Fischmarkt beköstigt hatte. Da gab sie nach. Das hatte ich gewußt, denn mit mir redete sie mehr als mit irgend jemand anderem, und deswegen hatte ich eine Ahnung von ihren Ängsten, die sich in den langen Jahren nach dem frühen Tod meines Großvaters aufgestaut hatten, als sie ihren Lehrerinnenberuf ergreifen mußte, um meinem Vater die Ausbildung zu ermöglichen. Ich konnte mir eine gewisse Vorstellung davon machen, was es sie damals gekostet hatte, die Hilfe ihrer reichen Schwester abzulehnen, und wieviel Stolz sie sich dadurch erworben hatte, und ich wußte intuitiv, daß sie einzig und allein nur deswegen nicht einverstanden gewesen war, weil sie Angst hatte, von irgend jemandem irgend etwas anzunehmen, das sie nicht genau in dem gleichen Maß vergelten konnte.

Zwei Tage später gingen wir, meine Eltern, meine Großmutter und ich, in aller Frühe zum Gole Park hinunter, wo sie uns abholen wollten. Es war ein Tag vor Shoshti, ein idealer Puja-Tag, das klare Oktoberlicht lag golden in den Galis. Die Luft war kühl, endlich befreit von der feuchten Sommerhitze. Wir warfen unterwegs einen Blick in die Hintergassen, bewunderten die bunten Pandals und Markisen – einige wurden noch aufgebaut, bei anderen waren die Bilder schon installiert, und die Lautsprecher summten.

Wir warteten vor dem Gebäude der Ramakrishna Mission und sahen zu, wie in der Nähe der Süßwarenläden die Bürgersteige gewaschen und dann wieder von den Menschenmengen dreckig gemacht wurden, die zum Gariahat-Markt eilten, solange die Fische und das Gemüse noch frisch waren. Dann sah ich ihren alten Studebaker, der majestätisch auf der Gariahat Road heranrollte. Als die Aussicht, Ila wiederzusehen, auf einmal unmittelbar bevorstand, konnte ich nicht mehr stillhalten. Da sind sie, rief ich und hüpfte mit ausgestrecktem Arm auf und ab. Da, seht doch.

Ich sehe Maya, sagte meine Großmutter, meinem Finger folgend. Aber wo ist der Shaheb?

Meine Großmutter nannte ihren Schwager, Mayadebis Mann, den «Shaheb», seit sie gehört hatte, wie seine Mutter einmal voller Stolz bemerkte, ihr Sohn sei so europäisch, daß der Hut ihm nicht mehr vom Kopf komme. Sie nannte ihn sogar so, wenn sie mit ihm redete. Das regte meinen Vater jedesmal auf, der immer darauf achtete, vor seinen Kollegen stets von seinem «Meshomoshai» zu sprechen, «Seine Exzellenz der indische Generalkonsul in Sofia (oder wo er gerade war), Shri Himangshushekhar Datta-Chaudhuri».

Da ist er ja, bemerkte meine Großmutter trocken. Ganz allein auf dem Rücksitz, zurückgelehnt, mit seiner Pfeife, als ginge es zu einem Staatsbesuch. Bin gespannt, welche Uniform er heute anhat.

Meine Großmutter hatte die Theorie, daß der Kleiderschrank des Shaheb mit seinen Bügeln in verschiedene Abteilungen aufgeteilt war, jede mit ihrem eigenen Etikett: kalkuttischer Zamindar, indischer Diplomat, englischer Gentleman, Möchtegern-Nehru, South-Club-Tennisspieler, blockfreier Staatsmann, und so weiter. Es traf sicherlich zu, daß die äußere Erscheinung des Shaheb stets von einer rigorosen Vollkommenheit gekennzeichnet war: In Kalkutta war der Wurf seines Dhoti immer makellos, glatt und gestärkt, der oberste Knopf seiner Kurta in einem exakten gleichschenkligen Dreieck geöffnet; in Lagos waren die Taschen seiner Safarianzüge nie zu auffällig; seine westlichen Anzüge, wenn er sie trug, sahen aus, als wären sie ihm im Wachsausschmelzverfahren anmodelliert worden – ganz gleich was er anhatte, seine Kleidung war immer von einer gedrillten Präzision, die den Eindruck vermittelte, als führe er sie vor. Er sieht aus wie eine aufgetakelte Schaufensterpuppe, sagte meine Großmutter immer. Kein Wunder, daß alle ihm nachstarren.

Aber das war nicht ganz fair, denn man hätte ihm auch so nachgestarrt, wegen der außergewöhnlichen, wirklich sensationellen Vornehmheit seiner Erscheinung. Er war groß und schlank, hatte ein längliches, ebenmäßiges Gesicht, eine geschwungene Nase, glänzende melancholische Augen und üppiges glattes Haar, das an den Schläfen diskret ergraute, wie Waffenmetall im Frost. Wo immer er unterwegs war, drehten sich die Köpfe nach ihm um wie Scheinwerfer, die einem Mannequin folgen.

Sieh nur, flüsterte mir meine Großmutter ins Ohr, als der Wagen an der Bordsteinkante hielt. Er hat heute einen neuen an.

Als der Wagen vorfuhr, sahen wir, daß er eine hellgrüne Cordjacke und eine Seidenkrawatte trug.

Dann sprang Mayadebi heraus, und sie und meine Großmutter liefen aufeinander zu und umarmten sich, lachten und schnatterten in dieser Sprache, die keiner von uns richtig verstand, in ihrem alten Dhaka-Dialekt. Nachdem ich Mayadebis Füße berührt hatte, blickte ich auf und sah, daß sie sich über meinem Kopf an den Händen hielten, wie Schulmädchen, lächelnd, mit zusammengepreßten Lippen, voller Fröhlichkeit, beide glichen sich aufs Haar, als wäre da ein Spiegel zwischen ihnen.

Tatsache ist natürlich, bemerkte Robi, während er mit seinem Bierglas Muster auf den Tisch malte, daß sie sich überhaupt nicht ähnlich gesehen haben, sie waren völlig verschieden. Er legte den Kopf schief, ließ den Blick über mich schweifen und schüttelte den Kopf: Er könne auch an mir keine Spur von ihr erkennen, sagte er und kräuselte die Nase. Dann lachte er und schnippte von seinem Glas etwas Schaum in meine Richtung.

Ich finde, ich sehe ihr viel ähnlicher als du, sagte er. Das konnte ich nicht bestreiten. Selbst meine Großmutter hatte das immer gesagt. Sie legte einen Finger auf Robis kräftiges rundes Kinn und sagte: Das hast du von mir, das ist meins. Vielleicht hatte sie ihn wegen dieser Ähnlichkeit von Mayadebis drei Söhnen am liebsten. Wenn sie ihn ansah, staunte sie immer wieder, daß er stets einen halben Kopf größer war als irgendeiner seiner Altersgenossen, bewunderte sie die Kraft in seinen langen sehnigen Beinen. Sie preßte den Daumen gegen die Muskeln seines Unterarms, die schon im Alter von neun von all dem Sport gehärtet waren, den er trieb, und sagte: Du bist stark, vergiß das nie, du bist *stark*. Dann wandte sie sich zu mir um und sagte: Sieh dir Robi gut an, er ist *stark*, anders als die meisten von euch hier in diesem Land.

Einmal – Robi konnte nicht viel älter als zwölf gewesen sein – erhielt meine Großmutter einen Brief von Mayadebi, in dem sie schrieb oder vielmehr andeutete, daß Robi in dem Internat in Nordindien, wo er erst kürzlich hingeschickt worden war, in Schwierigkeiten geraten sei und daß sie, Mayadebi, mit dem Gedanken spiele, hinzufliegen und ihn von der Schule zu nehmen. Meine Großmutter war immerhin so besorgt, daß sie Tridib bat, uns zu besuchen. Sie dachte, er würde ihr sagen können, was passiert war.

Als Tridib dann eine Woche später bei uns erschien, zuckte er lediglich die Achseln, als sie ihn fragte, was passiert sei, und sagte, es sei gar nichts passiert. Robi hatte etwas Ärger bekommen, weil er einen älteren Jungen zusammengeschlagen hatte, einen berüchtigten Rabauken, der sich einen von Robis Freunden als Opfer ausgesucht hatte, einen Jungen, der sich nicht wehren konnte, weil er einen Klumpfuß hatte. Robi hatte den Rabauken so übel zugerichtet, daß er zwei Tage im Krankenhaus verbringen mußte.

Haben sich also die Lehrer aufgeregt? fragte meine Großmutter. Haben sie Mayadebi geschrieben?

Tridib lachte und meinte, nein, nichts dergleichen. Die Lehrer waren wahrscheinlich gar nicht so unerfreut, und sie hatten Mayadebi bestimmt nicht geschrieben. Und bei den Jungs war Robi über Nacht zum Helden geworden. Doch irgendwie war der Vorfall Mayadebi zu Ohren gekommen, und sie hatte sich in eine furchtbare Panik hineingesteigert.

Wieso? fragte Großmutter erstaunt. Worüber hat sie sich denn Sorgen gemacht?

Sie war besorgt darüber, daß Robi beschlossen hatte, sich überhaupt mit ihm anzulegen, sagte Tridib. Sie dachte, er könnte sich verändern und wie der Junge werden, den er zusammengeschlagen hatte. Sie glaubte nicht, daß er stark genug oder alt genug war, der Versuchung zu widerstehen, seinen Platz einzunehmen.

Der Mund meiner Großmutter preßte sich zu einem dünnen Strich zusammen. Natürlich mußte Robi ihn verprügeln, sagte sie und schnippte herrisch mit den Fingern. Was hätte er sonst tun sollen? Maya sollte stolz auf ihn sein. *Ich* bin stolz auf ihn. Aber er ist ja auch wie ich, nicht wie Maya.

Sie schwieg eine Weile, zurückgelehnt in ihrem Sessel, die Hände im Schoß gefaltet. Dann sagte sie und starrte dabei abwesend auf die Wand: Es überrascht mich nicht. In gewissen Dingen war Maya immer ein Dummkopf. Schon in unserer Schulzeit.

Und dann, mit einer Stimme, die von der Anstrengung des Sicherinnerns träge und träumerisch war, erzählte sie uns von einem Jungen, der mit ihr zusammen in Dhaka auf dem College gewesen war, Jahrzehnte früher, Anfang der zwanziger Jahre.

Er war ein scheuer, stiller Junge mit einem schütteren Bärtchen, der in der Nachbarschaft wohnte, in Dhakas Potuatuli. Im Vorlesungssaal saß er immer so weit hinten wie möglich, und da er nie etwas sagte, wurde er nicht sonderlich beachtet.

Eines Morgens erschien dann mitten in einer Vorlesung ein Trupp Polizisten, angeführt von einem englischen Offizier, und umstellte den Vorlesungssaal. Der Dozent wollte protestieren, aber der Engländer befahl ihm zu schweigen. Die anderen saßen alle aufgeregt flüsternd da, blieben aber ruhig, denn keiner wollte die Aufmerksamkeit auf sich lenken.

Hast du keine Angst gehabt, fragte ich.

Ein wenig schon, sagte sie und spielte dabei mit dem dünnen Goldkettchen, das sie immer um den Hals trug. Aber nicht sehr. Damals waren wir solche Polizeirazzien gewohnt. In den Colleges und Universitäten waren ständig irgendwelche Razzien. Wir sind damit aufgewachsen.

Einen kurzen Moment lang dachte ich, sie mache einen Scherz.

Und wieso? fragte ich. Was hattet ihr denn getan?

Sie rollte mit den Augen und wußte offensichtlich nicht, wo sie anfangen sollte, und so erzählte mir Tridib, der aufmerksam zugehört hatte, ein wenig über die Terroristenbewegung der bengalischen Nationalisten in den ersten Jahrzehnten dieses Jahrhunderts. Über terroristische Geheimgesellschaften wie Anushilan und Jugantar und alle ihre Ableger, über ihre Untergrundnetze und über die selbstgebastelten Bomben, mit denen sie Attentate auf britische Beamten und Polizisten zu verüben versuchten. Und ein wenig über die Verhaftungen, Deportationen und Hinrichtungen, mit denen die Engländer zurückschlugen. Während er redete, hockte meine Großmutter auf dem Rand ihres Sessels, so zerbrechlich wie ein Porzellanvogel, und lächelte über das wachsende Erstaunen auf meinem Gesicht, während ich versuchte, sie mir in dieser außergewöhnlichen Epoche der indischen Geschichte vorzustellen.

Als er geendet hatte, fuhr sie mit ihrer Erzählung fort.

Nachdem der Dozent fortgeschickt worden war, zog der englische Offizier seine Pistole und ließ den Blick prüfend durch den Saal schweifen, verglich sorgfältig die Gesichter vor ihm mit dem, das auf einem Zettel in seiner Hand abgebildet war. Er ging langsam, peinlich genau vor, während sie alle dasaßen und unter seinem durchdringenden Blick schwitzten. Nachdem sich das, wie es schien, stundenlang hingezogen hatte, verzog sich sein Mund zu einem dünnen kleinen Lächeln, und sein Blick blieb auf jemandem hinten im Saal ruhen. Alles drehte sich um, und wie aus einem Munde erklang im Raum ein pfeifender Seufzer der Überraschung.

Es war der scheue, bärtige Jüngling. Er war aufgestanden, stand mit unbeteiligter Miene da, kerzengerade, den Blick auf den Polizisten geheftet, klar, direkt und herausfordernd. Er schien vollkommen ungerührt, doch sie beobachtete ihn genau und sah, wie er kurz mit einem Finger gegen den Oberschenkel trommelte, und da wußte sie, daß er Angst hatte, vielleicht mehr Angst, als sie jemals haben würde. Doch weder da noch später, als man ihm Handschellen anlegte und ihn aus dem Saal abführte, verriet er seine Angst oder senkte den Blick vom Gesicht des Offiziers.

Sie kratzte mir sanft den Kopf, und als ich aufblickte, sah ich, wie sie sich mit den Fingerknöcheln über die feuchten Augen wischte.

Wenn ich Robi betrachte, sagte sie, stelle ich mir immer vor, daß er auch so dagestanden hätte, mit erhobenem Kopf und unerschrocken.

Sie lachte kehlig und gab mir einen Klaps auf den Schädel. Bei dir bin ich mir da nicht so sicher, sagte sie.

Aber was ist denn mit dem Jungen passiert? wollte Tridib wissen.

Sie hatten später erfahren, daß er seit seinem vierzehnten Lebensjahr Mitglied in einer terroristischen Geheimgesellschaft gewesen war. Er hatte mit seinen Kameraden trainiert, hatte gelernt, mit Pistolen umzugehen und Bomben zu basteln, hatte Nachrichten geschmuggelt und Botengänge gemacht. Wenige Monate vor seiner Verhaftung war er als vollwertiges Mitglied initiiert worden. Sein erster Auftrag bestand darin, einen englischen Richter im Bezirk Khulna zu ermorden. Er hatte alles vorbereitet, und am Ende jener Woche sollte er sich auf den Weg nach Khulna machen. Doch die Polizei, die ein legendäres Heer von Spitzeln hatte, bekam Wind von der Sache. Der Jüngling wurde verurteilt und später in das berüchtigte Cellular Gaol auf die Andamanen deportiert.

Und jedesmal, wenn sie mit Maya an der Gali vorbeiging, in der der Jüngling gewohnt hatte, zeigte sie sie ihr und erzählte ihr die Geschichte.

Und weißt du was? sagte sie lachend, Maya hatte jedesmal Angst. Sie hat meine Hand festgehalten und mich schnell an der Gali vorbeigezogen.

Und du? sagte Tridib. Wie hast du reagiert?

Ich hab von ihm geträumt, sagte sie leise. Noch Jahre danach, wenn ich im Bett lag, hab ich vor meinem geistigen Auge sein Gesicht gesehen, samt diesem lächerlichen dünnen Bärtchen.

Schon lange vor diesem Vorfall war sie von den Geschichten, die sie über die Terroristen gehört hatte, fasziniert gewesen, Geschichten von den Heldentaten des Khudiram Bose und vom traurigen Ende des Bagha Jatin, der am Ufer des Flusses Buribalam zur Strecke gebracht wurde, verraten von niederträchtigen Dörflern, die mit englischem Geld gekauft worden waren. Seit sie diese Geschichten gehört hatte, hatte sie etwas für die Terroristen tun, ihren bescheidenen Beitrag leisten wollen, um ein wenig vom Glanz ihres Ruhmes abzubekommen. Sie hätte sich damit zufriedengegeben, Botengänge für sie zu erledigen, ihnen ihr Essen zu kochen, ihre Kleidung zu waschen, irgendwas. Aber natürlich arbeiteten sie im verborgenen. Sie wußte nicht, wie sie mit ihnen Verbindung aufnehmen sollte, und selbst wenn ihr das gelungen wäre, wäre es für sie doppelt schwer gewesen mitzumachen, weil sie ein Mädchen war, eine Frau. Über einige Leute, die sie kannte, stellte sie oft ihre Mutmaßungen an. Vielleicht ist er einer von ihnen, soll ich ihn direkt fragen oder entsprechende Anspielungen machen, oder ist er vielleicht doch ein Polizeispitzel? Und als er schließlich erschienen war, hatte sie ihn nicht erkannt. Sie hatte sich immer einen Hünen vorgestellt, mit glühenden Augen und einer Löwenmähne von einem Bart, und da war er, ganz hinten in ihrer Klasse und saß ganz allein und schüchtern auf seinem Platz. Sie hätte so leicht mit ihm reden können. Er hätte auch gut ausgesehen, hatte sie im nachhinein befunden, wenn er sich nur diesen Bart abrasiert hätte. Im Bett dachte sie dann – wenn sie es doch bloß gewußt hätte, wenn sie doch nur mit ihm hätte zusammenarbeiten können, dann hätte sie ihn irgendwie gewarnt, ihn gerettet, wäre mit ihm nach Khulna gegangen, hätte an seiner Seite gestanden, eine Pistole in der Hand, und auf diesen englischen Richter gewartet . . .

Ich blickte voller Ehrfurcht und Unglauben auf das zarte Profil ihres Gesichts, auf das polierte Silber ihrer Haare und auf das feine Netz von Adern auf ihren Wangen.

Soll das heißen, daß du ihn wirklich getötet hättest, Tha'mma? fragte ich.

Sie legte mir die Hände auf die Schultern, und während sie mich vor sich hielt, sah sie mir in die Augen, mit festem, aufrechtem unerschütterlichem Blick.

Ich hätte Angst gehabt, sagte sie. Aber ich hätte um Kraft gebetet, und mit Gottes Willen, ja, ich hätte ihn getötet. Es wäre für unsere Freiheit geschehen. Ich hätte alles getan, um frei zu sein.

*Robi und ich maßen uns* gegenseitig mit Blicken, er, in langen Hosen, lässig gegen den Studebaker gelehnt, und ich, mir nur allzu schmerzlich der Kürze meiner in Shorts steckenden Beine bewußt. Der Shaheb entstieg dem großen blauen Auto und begrüßte meine Großmutter mit einem Lächeln, wobei er sich oberhalb der Hüfte nach vorn neigte, in einer Art verkürzter Verbeugung. Meine Großmutter schenkte ihm ein knappes Nikken und unterbrach ihre Unterhaltung mit Mayadebi nur, um sich auf die Zehenspitzen zu stellen und abwesend an seinem Gesicht zu schnüffeln. Er tat so, als bemerke er es nicht, doch später schimpfte mein Vater meine Großmutter und sagte, sie hätte nicht so an ihm schnüffeln sollen, vor allen Leuten. Bildete sie sich vielleicht ein, der Meshomoshai hätte nicht begriffen, daß sie feststellen wollte, ob er getrunken hatte? Er hatte es sehr wohl gemerkt, denn er hatte die Stirn gerunzelt, als sie da auf den Zehenspitzen herumschnüffelte.

Ist ja auch kein Wunder, gab meine Großmutter in scharfem Ton zurück, weil er nämlich getrunken *hat.* Sein Atem hat gedampft wie Terpentin – um neun Uhr morgens!

Aber *ich* konnte nichts riechen, sagte meine Mutter.

An dem Tag hatte der Shaheb das Herz meiner Mutter erobert. Nachdem sie kurze Zeit zuvor ein Foto von ihm in der Zeitung gesehen hatte, auf dem er hinter dem Stuhl des Außenministers an einem Verhandlungstisch stand, befand sie sich in dem Glauben, der freundliche onkelhafte Mann von früher bekleide nun eine so mächtige und bedeutende Position, daß seine geistige Beschäftigung unmöglich anderen als ausschließlich wichtigen Staatsangelegenheit gelten konnte. Da sie sich in solch gewichtigen Dingen für völlig unwissend hielt, hatte sie sich schon lange insgeheim davor gefürchtet, mit ihm zu reden. Und tatsächlich, nachdem sie seine Füße berührt hatte, hatte er auf sie hinabgeblinzelt und sich staatsmännisch geräuspert, genau wie sie befürchtet hatte, doch gerade als sie schon beinahe vor Angst zu zittern begann angesichts der Vorstellung, ihre Ansicht zu irgendeiner verwickelten Frage der internationalen Politik äußern zu müssen, hatte er ihr auf den Rücken geklopft und mit seiner wunderschönen Kalkutta-Stimme, rauh von Pfeifenrauch und Whisky, gesagt: Ich hoffe, du hast keine Schwierigkeiten, auf dem Markt Eier zu kriegen?

Als sie das, so gut sie konnte, beantwortet hatte, fragte er sie, ob die Gemüsepreise seit seinem letzten Besuch in Kalkutta gestiegen wären und ob Kerosin immer noch so schwer zu bekommen sei.

Meine Mutter war gerührt, daß ein so bedeutender und hochrangiger Mann ein so großes Interesse an solch banalen und abwegigen Dingen zeigte, aber sie war auch etwas verwirrt, denn obwohl die Fragen mit allem Anschein von Interesse gestellt worden waren, waren sie so schnell aufeinander gefolgt, daß sie fast eingeübt wirkten – und doch konnte sie sich keine Umstände vorstellen, in denen ein Mann wie er sie hätte einüben können, da sie nicht glauben mochte, daß die Minister, mit denen er, wie sie meinte, seine Zeit verbrachte, an Small talk über Eierpreise und die Verfügbarkeit von Kerosin sonderlich interessiert waren. Und meinen Vater hatte die Unterhaltung des Shaheb mit meiner Mutter gänzlich verwirrt. Seit langem schon hatte er dem Shaheb eine Bewunderung entgegengebracht, die an Vergötterung grenzte – zum Teil weil er unser einziger wichtiger Verwandter war, doch hauptsächlich weil die Eleganz und Würde, nach der die Bosse der Gummiindustrie so erfolglos strebten, ihm so mühelos zufloß. Und in diesem Bild gepflegter Vornehmheit gab es keinen Platz für dieses plötzliche Interesse für Eier, Gemüse und andere häusliche Dinge.

Das Geheimnis wurde erst einige Jahre später gelüftet, als mein Vater im Verlauf einer Geschäftsreise nach Afrika einige Tage bei Mayadebi und dem Shaheb in Conakry verbrachte. Dort, bei einem Botschaftsessen, hörte er zufällig, wie der Shaheb haargenau die gleiche Unterhaltung führte, wobei er lediglich Eier durch Lammfleisch ersetzte, zweimal hintereinander, mit den Ehefrauen von zwei Third Secretaries.

Das sind die Sachen, die man zu einer Mrs. Third Secretary sagt, erklärte er meinem Vater auf dem Weg nach Hause. Sie sind neu im Geschäft, weißt du, und man muß sie motivieren. Sie haben gerne das Gefühl, daß Seine Exzellenz sich für ihre kleinen Probleme persönlich interessiert.

Siehst du, erklärte mein Vater meiner Mutter, als er von seiner

Afrikareise zurückgekehrt war, an dem Tag, als wir zu ihrem Haus in Raibajar gefahren sind, hat er mich auf die Stufe eines Third Secretary gestellt.

Tatsächlich hatte sich der etwas plötzliche berufliche Erfolg meines Vaters während seines Besuchs in Conakry als ein gewisses Problem für den Shaheb erwiesen. Er hatte seinen eigenen Beförderungsplan für die Welt, und mein Vater war darin nicht sehr hoch gestiegen. So waren anfangs seine Gespräche mit meinem Vater seltsam unzusammenhängend, bis dieser eines Abends, nachdem ihm eine Reihe von langen und sehr detaillierten Fragen über die Exportpolitik der Regierung gestellt worden waren, begriff, daß der Shaheb die Frage der Rangordnung endlich gelöst hatte, indem er ihn zum First Secretary (Wirtschaft) beförderte.

*Noch bevor meine Mutter* ihre Unterhaltung mit dem Shaheb beendet hatte, war ich außer mir vor Sorge. Ich zerrte an ihrem Sari und wollte wissen, wo Ila war. Hatte sie mir nicht versprochen, daß sie auch mitkommen würde? Sie schüttelte hilflos den Kopf, und so rannte ich zu Ilas Vater und fragte ihn, warum Ila noch nicht da war, ob sie denn nicht käme? Er packte meine Schulter, schüttelte den Kopf und sagte, nein, es täte ihm leid, aber er habe sie in London zurückgelassen, sie käme nicht mit.

Ich hatte gesehen, wie er meinem Vater zuzwinkerte, aber ich war trotzdem stumm vor Enttäuschung: Bei Leuten in seinem Alter glaubte man immer gleich an das Schlimmste. Aber Mayadebi hatte ihn auch gehört, und sie mußte bemerkt haben, daß ich den Tränen nahe war, denn sie zog mich auf die Seite und sagte, ich solle mir keine Sorgen machen, ich würde Ila gleich sehen, sie käme im anderen Wagen nach, mit ihrer Mutter und Tridib, und Lizzie-missy und Nityananda, der Koch der Familie, seien natürlich auch dabei . . .

Und da war er auch schon, der neue graue Ambassador, den der Shaheb für seine Söhne gekauft hatte, auf der anderen Seite des Rondells, und da war Ila, sie lehnte aus dem Fenster, und ihre langen Haare flatterten im Wind. Ich vergrub mich in den Sari meiner Großmutter, auf einmal entsetzt von dem Gedanken, sie wiederzusehen.

Was ist denn, du dummer Junge, sagte meine Großmutter. Da ist sie doch, da ist Ila. Du hast doch die ganze Zeit auf sie gewartet.

Tridib bremste dramatisch, und sie stiegen langsam aus. Queen Victoria, so beleibt, daß uns allen die Luft wegblieb, Tridib, der mir unseren geheimen Inkagruß zublitzte, bevor er für eine Zigarette um die Ecke verschwand, Lizzie-missy, die im Haus der Familie in Kalkutta wohnte, solange sie in London lebte, und Nityananda, der Koch, seit fünfzehn Jahren beim Shaheb und Mayadebi, der jetzt in Habachtstellung ging und in die mittlere Ferne starrte, eingedenk dessen, was man ihm beim Militär beigebracht hatte.

Doch Ila blieb im Auto und sah aus dem Fenster auf die von Vögeln vollgekackte Statue in der Mitte des Gole Park.

Plötzlich fiel sie allen gleichzeitig ein.

Wo ist denn Ila? sagte Mayadebi.

Schläft wahrscheinlich irgendwo, sagte meine Großmutter.

Schmollt wahrscheinlich, sagte Robi.

Mein Gott, sie muß ja groß geworden sein, sagte meine Mutter.

Nicht groß genug, sagte Queen Victoria. Ißt nichts, mein armes Baby.

Groß genug für eine automatische Uhr, sagte ihr Vater. Hab ihr eine goldene Omega zum Geburtstag geschenkt.

Aber wo ist sie? fragte Mayadebi.

Ach du meine Güte, Lizzie-Lizzie, brüllte Queen Victoria. Ila-mem sofort sie holen-holen. Wo sie sein-sein?

Lizzie-missy ging zum Auto, und wir hörten sie mit ihrem dünnen Stimmchen schimpfen. Nach einer Weile stieg Ila aus, sehr langsam, lehnte sich gegen die Wagentür und rieb sich die

Augen mit den Fäusten. Als sie aufsah, trafen sich unsere Blicke, und wir starrten uns quer durch unsere versammelte Familie an.

Sie trug Kleider, wie ich sie noch nie gesehen hatte, englische Kleider, einen weißen Kittel mit einer aufgenähten Giraffe, deren Hufe auf dem Saum ruhten und deren Hals sich fast bis zu ihrem Kinn hochreckte.

Das kann nicht der Kittel gewesen sein, sagte Ila laut. Ihre Stimme hallte von den verdunkelten Ladenfenstern von Long Acre wider, während wir den Lichtern von Soho entgegengingen. Sie lachte, und mit einem beschwipsten nachdenklichen Blick sagte sie, der kann's nicht gewesen sein, den habe ich erst sehr viel später gekriegt. Robi klopfte ihr auf die Schulter und erinnerte mich daran, daß sie ja Koffer voller Kleidung gehabt hatte. Es hätte irgendein Stück von Tausenden sein können.

Aber ich erinnere mich genau, ich sehe sie noch darin. Ich kann noch die knisternde Stärke hören, die Lizzie-missy hineingewaschen hatte, ich kann die Falten sehen, die ihr Bügeleisen hinterlassen hatte. Ich spüre noch das gazeartige Material des Stoffs, ich rieche noch den leicht milchigen Geruch des Babypuders, mit dem Lizzie-missy sie überschüttet hatte, ich sehe sogar noch den weißen Fleck, den der Puder auf ihrem Hals zurückgelassen hatte, und die zwei kleinen Rinnsale von Schweiß, die sich hindurchgewunden hatten.

Was starrst du sie so an? sagte meine Mutter. Geh hin und red mit ihr.

Daraufhin wich ich nur noch weiter zurück.

Ich weiß wirklich nicht, was mit ihm los ist, beklagte sich meine Mutter laut bei den anderen. Seit Tagen wartet er auf sie. Jeden Abend fragt er nach ihr: Wo ist Ila? Wann kommt sie? Er schläft nicht ein, bevor ich ihm nicht sage, sie kommt bald, keine Sorge . . .

Nun hör sich das mal einer an, sagte Queen Victoria und sah mich zärtlich an. Was für ein süßer kleiner Mann. Hast du das gehört, Ila? Er fragt jeden Tag nach dir.

Ila lächelte und wandte mit einem winzigen Achselzucken den Kopf ab.

Da wußte ich mit Sicherheit, daß sie nicht nach mir gefragt hatte, so wie ich nach ihr.

In dem Moment haßte ich meine Mutter. Zum erstenmal in meinem Leben hatte sie mich im Stich gelassen. Sie hatte mich verraten, hatte ein für allemal die Ungleichheit unserer Bedürfnisse publik gemacht. Sie hatte Ila das Wissen um ihre Macht gegeben, und mich hatte sie wehrlos gemacht, nackt angesichts dieser undenkbaren erwachsenen Wahrheit: daß ein Bedürfnis nicht auf Gegenseitigkeit beruht, daß man brauchen kann, ohne selbst gebraucht zu werden.

Damit sie nicht noch mehr sagte, rannte ich zum Auto und sprang hinein.

Du kannst vorn sitzen, sagte Ila, bei Tridib-kaku und Nityananda. Ich schlaf wieder.

Bald darauf fuhren wir los. Ich saß vorn neben Nityananda und Tridib, und Ila, ihre Mutter und Lizzie-missy dösten auf dem Rücksitz. Die Fahrt durch die Stadt dauerte viel länger als sonst. Zu dieser Zeit des Jahres haben Autos keinen Vorrang auf den Straßen. Die Straßen befinden sich im Bann der Festlichkeiten. Beim Gariahat kamen wir nur im Schrittempo voran, und Nityananda und Tridib hängten sich aus den Fenstern, um die Passanten zu bitten, Platz zu machen. In der Nähe der Sealdah Station brauchten wir fast eine halbe Stunde, um einen Pandal zu umrunden, der vom Bürgersteig bis in die Mitte der Straße hineinragte. Im Auto wurde es immer heißer, und Tridib ging dazu über, alles, was unseren Weg kreuzte, mit Flüchen zu belegen. Dabei blitzte seine metallgerahmte Brille in der Sonne, wodurch sein schmales eckiges Gesicht noch kleiner wirkte. In der Nähe von Dakshineshwar kam der Verkehr fast gänzlich zum Stillstand. Wir krochen dahin, bis wir die Brücke erreichten, und blickten dann ehrfürchtig von unserer Höhe hinunter auf die riesigen Menschenmengen, die im Hof des Tempels unter uns wandelten, wie Fluten, die durch einen Garten strömen. Doch als wir erst einmal die Brücke überquert hatten, wurde der Verkehr flüssiger, und bald preschten wir die Grand Trunk Road entlang. Tridib entspannte sich wieder etwas und lehnte sich zurück. Er roch wie immer nach frischem Zigarettenrauch und Seife. Ich stellte ihm ein paar Fragen, aber er schien mit den Gedanken woanders zu sein und war recht wortkarg. Und so döste auch ich bald ein.

Irgendwann wurde ich von Nityananda geweckt, der mich aufgeregt am Arm rüttelte und rief: Wach auf, wach auf, da ist es. Da ist das Haus. Guck, guck.

Es erschien plötzlich am Rand der Windschutzscheibe: ein hellgelber Fleck auf einer sanften Anhöhe, die sich wie ein Kuchen aus dieser tischähnlichen Ebene erhob. Nach einigen Minuten kamen wir an einen von zwei Wachhäuschen gesäumten Torbogen. Die Autos fuhren jetzt etwas langsamer, und als wir von der Staubwolke überholt wurden, die uns verfolgt hatte, kam ein Schwarm Kinder aus den Häuschen herausgerannt, und sie liefen winkend und schreiend mit dem Auto mit. Das Haus war hinter einem Wald verschwunden, der sich die ganze Anhöhe hinauf erstreckte. Die Bäume standen so dicht und eng, daß sie das Haus wie ein Vorhang verhüllten. Grinsend sagte Tridib zu mir, ich solle mir alles gründlich ansehen, denn solche Bäume würde ich so bald nicht wieder sehen. Sein Großvater hatte in einem tropischen Regenwald leben wollen, und deswegen hatte er diese Bäume aus Brasilien und dem Kongo importiert.

Dann stieß Nityananda mich an, deutete nach links, und als ich mich umdrehte, sah ich eine Herde Affen, die an den Lianen hingen, auf uns hinunterstarrten und aufgeregte Purzelbäume machten. Das Auto bog, immer noch steil bergauf fahrend, um eine Ecke, und plötzlich stand das Haus vor uns: frisch geweißt und verputzt leuchtete es golden in der Vormittagssonne, vom Dach hing eine nasse Borte flappender Saris, und über das Portal erstreckte sich eine Säulenreihe in einem breiten zahnlückigen Lächeln.

Als die Autos vorfuhren, herrschte auf der Steinterrasse vor dem Haus schon reger Betrieb. Die Durwans, die das Haus hüteten, hatten zwei Feuer angezündet, von denen jetzt dünne Rauchspiralen in den Himmel aufstiegen. Ihre Frauen hatten sich im Schatten des Portals niedergelassen, umgeben von Bergen von Gemüse. Für Nityananda waren riesige Messingtöpfe auf der Terrasse aufgestellt worden.

Kaum waren wir aus dem Auto gestiegen, wurden wir umringt. Ila verschwand in einem Knäuel von Leuten, die alle begierig waren, das einzige Enkelkind des Hauses aus nächster Nähe zu sehen und zu bewundern. Sie ließ sich eine Weile von ihnen bestaunen, dann riß sie sich plötzlich los, packte meine Hand und zog mich über die Terrasse. Komm, flüsterte sie drängend, wir verstecken uns.

Ich warf einen Blick zurück über die Schulter. Sie rennen hinter uns her, rief ich. Was machen wir jetzt? Immer mir nach, keuchte sie und sprang den Sockel des Portals hinauf. Wir verschwanden schnell zwischen den Säulen in einer riesigen muffigen Diele. Wir taumelten hinein, und von dem Schummerlicht geblendet, stießen wir zusammen, stolperten und fielen auf die kalten Stufen einer Marmortreppe. Ich kniff die Augen zusammen und versuchte herauszufinden, wo sie hinführte. Aber ich konnte kaum ein paar Meter weit sehen, und dahinter verschwand die Treppe in der Dunkelheit. Ich hörte die Durwans und die Kinder, die jetzt über den Hof rannten und durcheinanderriefen.

Es ist zu dunkel da oben, raunte ich Ila zu. Wo sollen wir uns denn verstecken? Sie haben uns fast eingeholt.

Sie brachte mich mit einer ungeduldigen Handbewegung zum Schweigen. Sie sah sich in der Diele um, zögerte, als hätte sie die Orientierung im Haus verloren. Ich schob sie, drängte sie weiter. In meinem Bauch brodelte es vor einer atemlosen Versteckspielaufregung.

Halt den Mund, fauchte sie und stieß mich zurück. Und gerade als ich auf eine hohe trübe Tür am anderen Ende der Diele zurennen wollte, rief sie: Los, komm, ich erinnere mich wieder! und tastete sich an der Treppe vorbei. Ich folgte ihr, bis wir zu einer niedrigen Holztür kamen, die hinter der Treppe versteckt war. Sie fand einen Griff und zog. Die Tür knarrte, machte aber keinerlei Anstalten aufzugehen. Na los, zieh doch, sagte sie atemlos zu mir. Taugst du denn zu gar nichts?

Ich hörte jetzt Fußgetrappel auf der Veranda. Ich ergriff den Knauf, und wir zogen zusammen, so fest wir konnten. Die Tür knarrte, und ein Schwall modriger Luft wehte uns ins Gesicht. Wir zogen noch fester, und schließlich ging die Tür auf, nicht mehr als ein paar Zentimeter, aber so weit, daß wir uns hindurchzwängen konnten. Wir schlüpften hinein und konnten die Tür noch zuziehen, gerade als die anderen in die Diele gerannt kamen.

Wir stolperten ein paar Stufen hinunter auf einen Steinboden und blieben dort keuchend liegen. Wir konnten sie jetzt hören, wie sie sich in der Diele verteilten, einige rannten die Treppe hoch, andere sahen in den Ecken nach und riefen sich aufgeregt zu. Ila lächelte schadenfroh und drückte meine Hand.

Wart's ab, sagte sie, es kommt bestimmt keiner auf die Idee, hier unten nachzusehen.

Eine Zeitlang konnte ich nur einen hellgrünen Glanz erkennen, der durch ein Fenster sickerte, das so hoch oben in die Wand eingelassen war, daß es wie ein Oberlicht wirkte. Die Scheibe war auf der Außenseite mit Gras und Moos überzogen.

Sieh mal! sagte ich zu Ila. Da wächst Gras auf dem Fenster.

Ja, sagte sie. Das Fenster ist auf dem Boden. Wenn du von da hier reingucken willst, mußt du dich platt auf den Bauch legen.

Aber dann ist dieser Raum ja unter der Erde, sagte ich erstaunt.

Ja, natürlich, du Dummkopf, sagte sie. Hast du das denn nicht gemerkt?

Ich fröstelte. Ich war noch nie unter der Erde gewesen. Soviel ich wußte, lag nur die Unterwelt unter der Erde. Ich sah mich um, und plötzlich schien der höhlenartige Raum voller verschwommener Formen zu sein, trübgrün in diesem seltsamen Meereslicht, wie die aufragenden Felsköpfe am Höhleneingang einer Muräne auf einem Bild, das Tridib mir mal gezeigt hatte.

Was sind denn das für Dinge hier drin? fragte ich. Warum riecht es hier so?

Wir hörten Lizzie-missy in der Diele nach Ila rufen.

Komm, wir gehen zurück, sagte ich. Wir sind lange genug hier gewesen.

Ila legte mir die Hand über den Mund. Halt den Rand, flüsterte sie zornig. Du kannst nicht einfach wieder gehen, jetzt, wo ich dich hierhergebracht habe.

Queen Victoria rief auch schon und schimpfte Lizzie-missy aus. Warum du sie laufen-laufen lassen? Tridib versuchte sie zu besänftigen. Laß sie doch, sie spielen nur irgendwo . . . Ihre Stimmen wurden langsam leiser, und wir wußten, daß sie hinausgegangen waren, zurück auf die Terrasse.

Mir gefällt's hier nicht, raunte ich Ila zu. Ich will hier nicht bleiben.

Feigling, sagte sie. Und du willst ein Junge sein? Sieh mich an: Ich hab keine Angst. Das sind doch nur ein paar alte Möbel, die mit Tüchern bedeckt sind, weiter nichts.

Aber was wollen wir hier drin denn machen? sagte ich. Es ist so dunkel . . .

Ich weiß, was wir machen können, sagte sie und klatschte in die Hände. Wir können was spielen.

Spielen! rief ich und beäugte die graugrünen Formen, die sich aus dem Dunkel erhoben. Was kann man denn hier schon spielen?

Ich zeig's dir. Was Schönes. Ich kenne viele Jungs, die es sehr gerne spielen.

Aber hier ist doch gar kein Platz, protestierte ich. Und ich sehe fast gar nichts.

Sie sprang auf. Ich weiß, wo wir spielen können, sagte sie. Hoffentlich ist er noch da.

Ich folgte ihr, während sie sich ihren Weg durch die aufragenden verhüllten Formen suchte, in der Dunkelheit stolperte und kleine Staubwolken aufwirbelte. Sie führte mich in den hintersten Winkel des Raums, wo es so dunkel war, daß ich kaum mehr mitbekam, wo sie sich befand.

Ja, sagte sie und deutete auf einen riesigen tuchbedeckten Hügel. Er ist noch da. Los, hilf mir, das Tuch runterzuziehen.

Ich ergriff eine Ecke des Tuchs und sie die andere. Wir zogen, doch das Tuch ließ sich nicht herunterziehen, sondern schien sich in unseren Händen in nichts aufzulösen, und für einen Augenblick verschwand alles in einem Wirbelsturm von Staub.

Ich sehe ihn noch vor mir, wie er in dieser Staubwolke langsam Gestalt annahm.

Wie das Kaninchen eines Zauberers, lachte Ila.

Doch nicht so was Simples, meinte Robi listig. Nein, wenigstens eine Burg auf einer dunstverhangenen Bergspitze.

Doch in meiner Erinnerung sehe ich ihn aus diesem Staubsturm emportauchen wie ein Plateau in einer Wüste.

Es war ein Tisch, der größte, den ich je gesehen hatte. Er schien endlos lang zu sein. Und ich fragte mich später, ob dies lediglich das Vermächtnis der verkürzten Sicht des Kindes war: jene unterschiedliche Wahrnehmung der Perspektive, die den Effekt hat, daß alle Gegenstände, die aus der Erinnerung der Kindheit zurückgeholt werden, einer illusorischen Maßstabsvergrößerung unterzogen werden. Doch drei Jahre später, als ich May, eine voll ausgewachsene Vierundzwanzigjährige, in diesen Raum führte und ihr den Tisch zeigte, war auch sie sprachlos.

Du meine Güte! sagte sie. Der ist ja riesig. Wofür kann er nur benutzt worden sein?

Tridib hatte mir mal alles darüber erzählt. Mein Großvater hatte ihn bei seinem ersten Besuch in London gekauft, irgendwann in den neunziger Jahren des vergangenen Jahrhunderts. Er entdeckte ihn bei einer Ausstellung im Crystal Palace und konnte einfach nicht widerstehen. Er ließ ihn in Einzelteilen nach Kalkutta verfrachten, doch als er dann da war, wußte er nicht, was er damit anfangen sollte, woraufhin er ihn hier unten verstauen ließ. Und so wurde er vergessen, bis du ihn wiederentdeckt hast.

May ging stirnrunzelnd um ihn herum. Wieviel er wohl dafür bezahlt hat, sagte sie und fuhr mit dem Daumen über die Maserung des schweren dunklen Holzes.

Was es wohl gekostet hat, ihn hierhertransportieren zu lassen, sagte sie laut. Ihre Stimme hallte im Dämmer des Raumes. Ich frage mich, wieviel anständige Dächer man mit dem Geld für diese Hütten hätte kaufen können, die wir unterwegs gesehen haben.

Die Entrüstung in ihrer Stimme versetzte mir einen anklagenden Stich. Ich weiß nicht, sagte ich und senkte den Kopf.

Sie klopfte mit den Knöcheln gegen das Holz. Warum hat er das Ding bloß hierhergebracht, um Gottes willen, rief sie. Warum dieses wertlose Stück England, warum etwas so vollkommen Nutzloses?

Sie biß sich jetzt vor Verwunderung auf die Lippen und schüttelte den Kopf.

Mir fiel keine Antwort ein. Es erschien mir unmöglich, diesen Tisch wie irgendeinen anderen Gegenstand zu betrachten, mit einem Preis und einer Herkunft, denn ich hatte ihn vor meinen Augen Gestalt annehmen sehen, in einer Wolke von Staub, in diesem Raum.

Also, sagte Ila, gehen wir runter.

Runter? Entsetzt zerrte ich an der Rückseite ihres Kittels und fragte sie, was für ein Spiel wir denn bloß da unten spielen könnten.

Komm, sagte sie. Sie war schon auf den Knien und kroch durch den Staub. Komm, ich zeig's dir. Das spiel ich auch immer mit Nick.

Nick? fragte ich, plötzlich wachsam. Wer ist Nick?

Kennst du Nick nicht? Und über die Schulter sagte sie: Nick ist der Sohn von Mrs. Price, Mays Bruder. Wir wohnen bei ihnen in London. Ich geh morgens immer mit ihm zusammen in die Schule, und nachmittags gehen wir zusammen nach Hause, und abends gehen wir immer in den Keller, spielen.

Sie ergriff meine Hand und versuchte, mich hinunterzuziehen. Komm, ich zeig's dir, sagte sie. Das Spiel heißt Haus.

Nein, sagte ich und schüttelte den Kopf, verwirrt von den Fragen, die mir jetzt im Kopf herumschwirrten.

Dieser Nick, fragte ich sie, über mich selbst überrascht. Wie groß ist er?

Oh, groß, sagte sie und hockte sich auf die Fußstütze des Tisches. Sehr groß. Viel größer als du. Auch viel stärker. Er ist zwölf, drei Jahre älter als wir.

Ich hockte mich neben ihr auf den staubigen Boden und überlegte.

Wie sieht er aus? fragte ich alsbald.

Sie kniff das Gesicht zusammen und dachte angestrengt nach. Er hat blonde Haare, sagte sie nach einer Weile. Sie fallen ihm immer über die Augen.

Warum? fragte ich. Kämmt er sich nicht?

Klar kämmt er sich, sagte sie, aber sie fallen ihm trotzdem über die Augen.

Dann muß er ja lange Haare haben wie ein Mädchen.

Nein, überhaupt nicht wie ein Mädchen.

Warum sind sie dann so lang?

Sie sind gar nicht so lang, sagte sie. Sie sind nur sehr glatt, und wenn er rennt oder so was, dann fallen sie ihm über die Augen. Manchmal kann er sie sogar mit der Zunge berühren.

Ich spuckte angewidert auf den Boden. Wir sahen zu, wie der Speichel sich in ein winziges schäumendes Schlammpfützchen verwandelte.

Der muß ja widerlich sein, sagte ich. Die eigenen Haare essen.

Du bist ja nur eifersüchtig, sagte Ila grinsend, weil deine Haare so kurz sind. Nick sieht süß aus, wenn ihm die Haare über die Augen fallen. Das sagen alle.

Von diesem Tag an wurde Nick Price, den ich nie gesehen hatte und wahrscheinlich auch nie sehen würde, zu einer geisterhaft gegenwärtigen Gestalt neben mir im Spiegel. Er wuchs mit mir, war aber immer größer und besser und irgendwie begehrenswerter als ich – ich weiß nicht wie, aber in Ilas Augen war es so, und deshalb war es wahr. Ich sah in den Spiegel, und da war er, wuchs unaufhaltsam, immer schneller, immer einen Kopf größer als ich, mit Haaren auf Armen, Brust und zwischen den Beinen, während bei mir noch alles jämmerlich nackt war. Und doch, wenn ich versuchte, dieser gespenstischen Erscheinung ins Gesicht zu sehen, Nase, Zähne, Ohren zu erkennen, war nie etwas da, sie hatte keine Züge, keine Gestalt. Ich schloß die Augen und versuchte, das Gesicht zu sehen, aber ich sah nur eine Tolle blonder Haare, die über ein Paar hellblaue Augen fiel. Und über das, was Nick tat, was er sagte, was er dachte in diesen drei Jahren zwischen dem Augenblick, da Ila mir zum erstenmal von ihm erzählte, und jenem Tag, als ich May in diesen unterirdischen Raum führte, wußte ich überhaupt nichts, bis auf einen kleinen Schnipsel einer Geschichte, die mir mein Vater einmal von ihm erzählte, kurz nachdem er von einer Reise nach England zurückgekehrt war.

Mein Vater hatte Mrs. Price bald nach seiner Ankunft in London angerufen, in der Hoffnung, Ila und Queen Victoria dort noch anzutreffen. Sie waren schon längst wieder weg, doch Mrs. Price bestand darauf, daß er trotzdem zum Tee vorbeikam. Er ging hin, und als Mrs. Price ihn ins Wohnzimmer führte, traf er dort auch Nick an. Er hatte seine Schuluniform an, doch seine Krawatte hing ihm lose um den Hals. Er schüttelte meinem Vater die Hand und setzte sich dann still in einen Sessel in eine Ecke. Mein Vater war beeindruckt. Noch nie hatte er ein dreizehnjähriges Kind erlebt, das so viel Selbstbeherrschung ausstrahlte.

Eine Zeitlang plauderte mein Vater mit Mrs. Price über Mayadebi und den Shaheb (die in Rumänien waren und sie dorthin eingeladen hatten), über May, die gerade bei den Bayreuther Festspielen war, und über Tridib. Mrs. Price erinnerte sich lachend, wie Tridib einmal beschlossen hatte, daß er Luftschutzwart werden wollte, wenn er groß war. Dann wandte sich mein Vater Nick zu, denn der hatte noch kein Wort gesagt, und fragte ihn, ob er denn schon wisse, was er einmal werden wollte, wenn er groß sei.

Nick legte mit einem kleinen Lächeln den Kopf zurück, als sei er überrascht, daß ihn jemand das fragte, und sagte, ja, natürlich wisse er es, er wisse es schon seit Jahren. Er wollte wie sein Großvater sein, Großvater Tresawsen, dessen Bild da drüben hing, über dem Kamin.

Zu meiner tiefsten Enttäuschung konnte mir mein Vater nichts über Nicks Großvater erzählen, außer daß er auf dem Bild ein kantiges Gesicht hatte, weiße Haare und einen Walroßschnauzer.

Und so fiel es, wie immer, Tridib zu, mir eines Abends auf dem Rasen des Gole Park zu erzählen, wie Mrs. Prices Vater, Lionel Tresawsen, die Farm, wo er geboren wurde – in dem Dorf Mabe im Süden Cornwalls –, verlassen hatte, und in eine nahe gelegene Stadt gezogen war, um dort in einem Zinnbergwerk zu arbeiten. Wie er später zum Vorarbeiter in einem Zinnbergwerk in Malaya aufgestiegen war (denn obgleich er so gut wie keine Schulbildung besaß, hatte er geschickte Hände, einen hellen Kopf und sehr viel Ehrgeiz) und danach dann auf der ganzen Welt – auf den Fidschiinseln, in Bolivien, in Guinea und in Ceylon – in Bergwerken, Lagern, auf Plantagen, oder was sich gerade ergab, gearbeitet hatte. Wie er schließlich in Kalkutta aufgetaucht war und als Agent für ein Unternehmen arbeitete, das mit Stahlrohren handelte, und wie er dann später mit der Gründung einer eigenen kleinen Fabrik in Barrackpore nicht direkt ein Vermögen, aber auf alle Fälle eine ansehnliche Summe Geld verdient hatte. Erst dann, als er endlich wohlhabend war, in den besten Jahren, heiratete er. Seine Frau war die Witwe eines walisischen Missionsarztes, und sie gebar ihm zwei Kinder, Elisabeth und Alan. Als Elisabeth zwölf war und Alan zehn, überredete sie ihren Mann, seine Fabrik zu verkaufen und mit der Familie nach England zurückzukehren. Ihre Kinder sollten unter allen Umständen die Vorteile einer ordentlichen Ausbildung genießen, Universität und alles. Und so kehrten sie zurück und ließen sich in der ländlichen Ruhe eines kleinen Dorfes in Buckinghamshire nieder.

Doch Geld, Stahlrohre und Kinder machten bei Lionel Tresawsen längst nicht alles aus. In jungen Jahren war er zum Beispiel ein sehr produktiver Erfinder gewesen. Nach seinem Tod entdeckte seine Frau, daß er im Laufe der fünf Jahre, die er in Malaya gelebt hatte, nicht weniger als fünfundzwanzig Patente angemeldet hatte – für Apparate, die vom mechanischen Schuhanzieher bis zur Handspritze zum Abpumpen von Wasser aus überfluteten Bergwerksstollen reichten.

Mit der Erfinderei hatte er angewidert aufgehört, nachdem sich die angesprochenen Hersteller seinen Erfindungen gegenüber seltsam uninteressiert gezeigt hatten. Und dann war da der Lionel Tresawsen mittleren Alters, der versucht hatte, in einem Dorf in der Nähe von Kalkutta ein homöopathisches Krankenhaus zu gründen, und der fast schon alte Lionel, der ein Interesse für Spiritismus entwickelt und begonnen hatte, an den Zusammenkünften der Theosophischen Gesellschaft in Kalkutta teilzunehmen, wo er eine Reihe prominenter Nationalisten kennenlernte und ihr Vertrauen und ihre Freundschaft erwarb. Dadurch entfremdeten er und seine Frau sich natürlich von den meisten Kreisen der britischen Gesellschaft in der Stadt, und es kam zu zahllosen saftigen Affronts und Beleidigungen in Klubs und auf Teepartys, doch das machte Lionel Tresawsen sehr wenig aus, da diese Leute sowieso nie sonderlich freundlich zu ihm gewesen waren. Er nahm auch an Seancen teil, die von einem russischen Medium abgehalten wurden, einer beleibten Dame, deren italienischer Gatte ein Restaurant auf der Chowringhee betrieb. In den Hinterzimmern dieses Etablissements lernte er dann Tridibs Großvater kennen, Richter Chandrashekhar Datta-Chaudhuri, der sich gerne mit Spiritistischem befaßte, wenn das Hohe Gericht nicht tagte. Ihre Freundschaft wurde über zahllose Planchette-Tische hinweg besiegelt, während sie darauf harrten, daß die große Dame ihren Lieblingsgeist herbeirief, den allwissenden Astralleib von Iwan dem Schrecklichen.

Während ich an jenem Abend Tridibs Worten lauschte, glaubte ich zu verstehen, was Nick gemeint hatte, als er meinem Vater mit solch ungetrübter Gewißheit sagte, daß er natürlich wisse, was er später machen wolle, er wolle um die Welt reisen wie Lionel Tresawsen, in fernen Orten auf der anderen Seite des Globus wohnen, durch die Straßen von La Paz und Kairo streifen. In dem Moment, als ich zum dunstigen Nachthimmel über Gole Park aufblickte und mich fragte, wie wohl die Sterne über London aussahen, hatte ich das Gefühl, daß ich endlich den verwandten Geist gefunden hatte, den ich unter meinen Freunden stets vergeblich gesucht hatte.

Nachdem ich May die Fußstütze unter dem riesigen Tisch gezeigt hatte, wo Ila gesessen hatte, als sie mich mit Nick Price bekannt machte, konnte ich meine Fragen nicht mehr zurückhalten. Hat er wirklich blonde Haare? Und fallen sie ihm wirklich über die Augen?

May überlegte eine Weile und sagte dann, nein, nicht direkt blond, eher strohfarben, und ja, allerdings, sie fielen ihm immer über die Augen.

Und wie ist er so? fragte ich sie dann. Mag er die Schule, und was will er später werden?

Ich war schlau. Sie sollte nicht wissen, daß ich es schon wußte.

Sie entdeckte einen umgekippten Stuhl, stellte ihn auf und setzte sich darauf. Oh, er ist ein sehr erwachsener kleiner Junge, sagte sie. Er weiß genau, was er nach der Schule machen will.

Was denn?

Er will Bilanzprüfer werden, und nach der Ausbildung wird er einen hübschen Job mit einem Riesengehalt bekommen – möglichst im Ausland, nicht in England. England ist den Bach runter, sagt er. England kann es sich nicht leisten, irgend jemand außer Rentnern anständig zu bezahlen.

Was ist denn ein Bilanzprüfer? fragte ich.

Sie lächelte und wischte sich mit dem Handrücken übers Gesicht. Auf der Wange blieb ein verschmierter dunkler Fleck zurück.

Das weiß ich auch nicht so genau, sagte sie mit einem schnaubenden Lachen. Ich glaube, sie haben große Bücher voller Zahlen, und da machen sie dann mit Rotstift kleine Zeichen rein.

Ich hielt mich an ihrem Stuhl fest. Aber May, sagte ich, will er denn nicht reisen – wie dein Großvater . . .?

Ach, weißt du, Reisen bedeutet nicht jedem so viel, sagte sie. Sie musterte mich mit einem langen nachdenklichen Blick, kniff die Augen zusammen und sagte: Ich bin mir nicht sicher, ob du ihn mögen würdest.

Natürlich würde ich ihn mögen, rief ich. Ich mag ihn jetzt schon.

Du kennst ihn doch gar nicht, sagte sie. Er ist ganz anders als wir.

Was meinst du mit «wir»? fragte ich.

Ganz anders als ich. Anders als unsere Eltern, anders als Tridib oder du oder sonst irgend jemand . . .

Sie stand auf, klopfte sich das Hemd ab und murmelte: Trotzdem ist er ein lieber kleiner Kerl. Es klang wie ein Tadel.

Hoffentlich lerne ich ihn irgendwann mal kennen, sagte ich.

Bestimmt, erwiderte sie lächelnd. Was du wohl zu ihm sagen würdest, wenn ihr euch begegnet?

Ich lernte ihn siebzehn Jahre später kennen, in London.

Am Tag vor Robis Abreise nach Boston wollte Ila uns beide

mit Mrs. Price bekannt machen. Ich war begeistert. Seit meiner Ankunft in London vier Wochen zuvor hatte ich vorgehabt, sie zu besuchen, aber irgendwie hatte ich nie den Mut aufbringen können, ganz allein hinzugehen.

Ila und Robi holten mich im Indian Students' Hostel in Bloomsbury ab, wo ich vorübergehend wohnte. Sie kam am späten Nachmittag, als ich im Speisesaal Tee trank, Dum aloo und Puris aß und dabei einem Studentenführer aus Allahabad zuhörte, der sich als Kandidat für das Amt des Vorsitzenden der Studentenvereinigung vorstellte.

Sowie Ila durch die Tür kam, verrieten mir ihre geschürzten Lippen und glänzenden Augen, daß sie ein Geheimnis hatte. Aber als ich sie auf dem Weg zur U-Bahn-Station Goodge Street fragte, was es sei, schüttelte sie nur den Kopf und lief voraus.

Erst als das rote Stationsschild von Mornington Crescent wie eine im Ärmel versteckte Karte hinter meinem Fenster vorbeiflitzte, verriet Ila uns ihre Überraschung.

Ratet mal, wer uns am U-Bahnhof abholt, sagte sie.

May? sagte Robi.

Nein, nicht May, erwiderte Ila. May ist mit ihrem Orchester auf Tournee.

Wer dann? Los, sag's uns.

Nick, sagte sie mit leuchtenden Augen. Nick Price. Es ist bestimmt schon zehn Jahre her, daß ich ihn zuletzt gesehen habe. Er war damals ein pickliger Jüngling von neunzehn Jahren, und ich war ein Mäuschen mit vorstehenden Zähnen und Spange.

Aber ich dachte, er ist in Kuwait und scheffelt Geld mit seiner Bilanzprüferei oder was auch immer, sagte Robi.

Da war er auch, erwiderte Ila. Er war sehr lange weg. Aber vor ein paar Wochen ist er überraschend wiedergekommen. Warum, weiß ich auch nicht genau. Mrs. Price hat mir nicht so viel darüber erzählt.

Sie sah hinaus auf die schwarze Wand des Tunnels und lächelte vor sich hin.

Wißt ihr was? sagte sie dann. Nach dem Besuch bei Mrs. Price lad ich euch beide zum Essen ein. Wir gehen in mein Lieblingsrestaurant, ein kleines Lokal in Clapham, Bangladesh-Küche. Es wird euch gefallen. Wir können Nick fragen, ob er mitkommen will. Vielleicht hat er ja Lust.

Ich erkannte ihn auf den ersten Blick. Er stand ganz hinten auf dem Bahnsteig, unter dem Schild mit der Aufschrift «Ausgang». Er trug einen blauen Anzug, eine gestreifte College-Krawatte und einen dunklen Mantel. Anfangs kam er mir sehr groß und breitschultrig vor, genauso wie ich ihn mir vorgestellt hatte. Aber als er und Robi sich auf halbem Wege trafen und sich die Hände schüttelten, merkte ich, daß ich mich geirrt hatte, daß sich meine Augen durch die verzerrte Perspektive der langen graden Linien des Bahnsteigs hatten täuschen lassen. Da war mir klar, daß er nur deswegen so breitschultrig ausgesehen hatte, weil sein Mantel so dick war, und daß er Robi auch nur bis zur Schulter ging, genau wie ich.

Als er sich zu Ila umwandte und ihr die Hand entgegenstreckte, fragte ich mich, ob er deswegen älter aussah, weil sein Gesicht von der Wüstensonne versengt und gehärtet war. Aber das war's nicht. Es lag an einem frühreifen, leicht verdächtigen Ernst, mit dem er beim Reden abschätzend die Augen zusammenkniff, wie ein Bankier, der einmal zu oft miterleben mußte, wie aus guten Schulden schlechte wurden.

Ila blickte lachend auf seine ausgestreckte Hand, stellte sich auf die Zehenspitzen, warf die Arme um ihn und küßte ihn mitten auf den Mund. Das Blut schoß ihm ins Gesicht, und er lachte gleichfalls, verlegen, und da schwanden plötzlich die Falten aus seinem Gesicht. Er schlang die Arme um sie, drückte sie an sich, und dann, als er sie küßte, sah ich, daß ihm die Haare über die Augen fielen, genauso wie Ila es mir an jenem weit zurückliegenden Oktobervormittag beschrieben hatte.

Und als er dann auf mich zuging, sein strohfarbenes Haar zurückwarf und sagte: Schön, dich kennenzulernen, ich hab schon soviel von dir gehört, von meiner Mutter, von May und den anderen . . ., was konnte ich da sagen? Ich sagte: Wir begegnen uns heute nicht zum erstenmal, ich bin mit dir aufgewachsen.

Er war verblüfft.

Das dürfte nicht leicht gewesen sein, bemerkte er trocken. Ich bin nämlich hier in diesem langweiligen alten Vorort West Hampstead aufgewachsen.

Die Straßen hier in der Gegend kenne ich auch schon lange, sagte ich.

Und dann begann ich anzugeben.

Als wir aus dem U-Bahnhof kamen, hielt ich sie an und zeigte die Straße hinunter. Hier ist die West End Lane, sagte ich, und deswegen muß da drüben die Sumatra Road sein. Also muß da an der Ecke der Luftschutzkeller gewesen sein, wo Robis Mutter und deine Mutter und dein Onkel Alan auf dem Rückweg von Mill Lane Schutz gesucht haben, als eine dieser riesigen Luftminen in der Solent Road explodiert ist, gleich hier um die Ecke, und die meisten Häuser in die Luft gejagt hat. Und ich weiß auch, wie dieses Haus da drüben heißt, da an der Ecke der Lymington Road. Es heißt Lymington Mansions, und da ist eine Brandbombe draufgefallen und hat zwei Stockwerke niedergebrannt. Das war am 1. Oktober 1940, zwei Tage bevor dein Onkel gestorben ist.

Nick Price bedachte mich mit einem höflichen, ungläubigen Neigen des Kopfes. Dann wandte er sich wieder Ila zu und ging mit ihr vor, wodurch ich meinen Zuhörer verlor. Robi fiel mit mir in Gleichschritt und wies mich mit einem Stoß in die Rippen zurecht, ich solle nicht rumspinnen. Ob ich denn nicht wüßte, daß die Deutschen erst viel später im Krieg Luftminen entwickelt haben? 1940 besaßen sie einfach noch keine Bombe, die stark genug war, eine ganze Straße plattzumachen.

Aber genauso war's, sagte ich.

Woher willst du denn das wissen? sagte Robi.

Weil Tridib es mir erzählt hat.

Woher will *er* denn das wissen? Er war damals erst ein Kind, gerade mal neun Jahre alt. Wahrscheinlich kam ihm jede kleine Bombe wie ein Erdbeben vor.

Hör mal, sagte ich, es ist ganz genau so passiert.

Na schön, sagte Robi. Da du dir so sicher bist, gehen wir doch mal in deine Straße und schauen uns an, wie sie jetzt aussieht.

Na gut, sagte ich. Ich rief Nick und Ila zu: Wir gehen mal kurz da rüber in die Solent Road, wo die Bombe gefallen ist.

Ila machte ein ungeduldiges Gesicht. Du und deine blöden Bomben, sagte sie. Wir sind schon spät dran. Beeilt euch. Wir warten an der Ecke auf euch.

Die Solent Road ist da drüben, sagte Nick lachend. Bin neugierig, ob sie immer noch so ausgebombt ist.

Er brauchte mir nicht zu sagen, wo sie war. Ich wußte es schon, denn ich hatte den Stadtplan im Kopf: die Sumatra Road hinunter, dann die vierte rechts.

Da sind wir, sagte Robi, als wir dort ankamen. Da ist deine ausgebombte Straße.

Es war eine kurze Straße, auf beiden Seiten mit Bäumen und Hecken gesäumt. Die Bäume hatten eine blasse honiggrüne Färbung – die Farbe englischer Grünanlagen –, die jetzt, vergoldet im schrägen Licht der Nachmittagssonne, noch sanfter war. Die roten Backsteinhäuser auf beiden Seiten der Straße waren allesamt gleich, mit spitzen Ziegeldächern, weißen Fensterrahmen und Türen, jedes mit seinem eigenen kleinen Gartenfleckchen hinter der Hecke. An beiden Straßenrändern standen Reihen geparkter Kleinwagen. Direkt neben uns war ein kleiner blauer Citroën, der einen Aufkleber «Rettet die Wale» auf der Windschutzscheibe hatte. Auf dem Rücksitz befand sich ein Haufen merkwürdig geformter grüner Flaschen und daneben eine Art Plastikschale, die am Sitz festgeschnallt war.

Auf einmal war ich ganz und gar in das Drum und Dran jener Menschenleben vertieft, die zu diesem Auto gehörten.

Sind das Weinflaschen? fragte ich Robi.

Ach was, du Dussel, lachte er. Das sind Sprudelflaschen.

Und was ist das da? fragte ich und zeigte auf die Plastikschale.

Das ist ein Kindersitz, sagte er ungeduldig. Hast du so was noch nie gesehen? Der sorgt dafür, daß dem Kind beim Fahren nichts passiert.

Ich mußte immerzu auf den Citroën starren.

Jetzt laß doch mal das blöde Auto, sagte Robi. Sieh dir endlich deine ausgebombte Solent Road an.

Ich blickte zu den ruhigen hübschen Häusern an dieser friedlichen Straße hoch. Unsere Blicke trafen sich, und wir mußten beide lachen.

Nicht gerade das, was du erwartet hast, stimmt's? sagte Robi.

Ich ließ ihn in dem Glauben.

Natürlich hatte ich nicht das erwartet, was Tridib gesehen hatte. Ich hatte keine Trümmer erwartet, die wie Geröll in einem Steinbruch von den ausgebrannten Häusern bröckelten, während obendrauf eine wie durch ein Wunder heil gebliebene Badewanne balancierte. Ich hatte auch nicht erwartet, daß die Straße von Polizisten abgesperrt sein würde, während Männer vom Heavy Rescue Service unter den Trümmern den vermißten Rentner suchten. Ich hatte gewußt, daß ich keine entwurzelten Bäume, zersplitterten Fenster oder aufgewölbte Steinplatten vorfinden würde. Nichts davon hatte ich erwartet, denn ich wußte natürlich, daß sich das in einer vierzig Jahre alten Vergangenheit verloren hatte.

Trotzdem konnte ich nicht an die Wahrheit dessen glauben, was ich sah: die goldgrünen Bäume, die alte Dame, die ihren Pekinesen spazierenführte, die Kinder, die aus einem Haus gerannt kamen und zu einem Briefkasten an der Ecke liefen, ihre Schreie wie Disteln in der Herbstluft. Ich konnte all das sehen, und doch, trotz des eindeutigen Beweises, den mir meine Augen lieferten, schien Tridib mir damals in Kalkutta etwas Wahreres über die Solent Road gezeigt zu haben, etwas, das ich nicht hätte sehen können, auch wenn ich jahrelang an dieser Ecke gewartet hätte – ebenso wie man monatelang einen Baum beobachten kann und doch überhaupt nichts über ihn weiß, wenn man zufällig diese eine Woche verpaßt, in der er erblüht.

Ich wollte England in seiner größten Stunde kennenlernen – nicht so, wie *ich* es zufällig sah. Jeder Ort wählt seine große Stunde selbst, und mir kam es nicht wie ein Zufall vor, daß England seine in einem Krieg gewählt hatte.

Nick und Ila warteten noch dort auf uns, wo wir sie verlassen hatten, an der Ecke, wo die Sumatra Road auf die West End Lane traf. Nick redete gerade und bemerkte uns nicht.

Man kann Kuwait eigentlich nicht *mögen*, hörten wir ihn sagen. Da ist wirklich nichts los. Man kann nur saufen und sich Videos reinziehen. Ich bin ganz froh, daß ich wieder hier bin.

Hast du denn schon einen neuen Job? fragte Ila.

Ach, ich werd mich bald mal umsehen, sagte er. Dürfte nicht so schwierig sein, was zu finden. Ich hab viel Erfahrung.

Er unterbrach sich, um sich mit den Fingern durchs Haar zu fahren.

Man kann über Kuwait sagen, was man will. Aber da draußen kann man im großen Stil Kohle machen. Im großen Stil. Nicht zu vergleichen mit den paar müden Pfund, die man bei einer dieser lächerlichen Firmen in den Midlands kriegen würde.

Dann sah er uns und rief: Ach, da seid ihr ja. Und, hast du deine ausgebombte Straße gefunden?

Er hat sie schon gefunden, sagte Robi. Aber statt irgendwelcher schrecklicher Kriegstrümmer hat er nur eine kleine alte Dame mit lila Tönung gesehen, die ihren Pekinesen ausführt.

Immerhin hast du den Weg dorthin gefunden, sagte Nick. Hast du Lust, jetzt mal zu sehen, ob du auch zur Lymington Road 44 findest?

Versuchen könnt ich's ja, sagte ich.

Na, dann geh mal vor.

Auf dem Londoner Straßenatlas «A to Z», den mein Vater mir

mitgebracht hatte, war es ein Kinderspiel gewesen. Seite 43, Quadrat 2 kannte ich auswendig. Die Lymington Road hätte die Querstraße direkt gegenüber sein müssen. Aber jetzt, wo wir die Gegend erreichten, die ich am besten kannte, wurde ich plötzlich unsicher. Die Straße gegenüber war von Reihen gemütlich-schmuddliger roter Backsteinhäuser gesäumt, die sich die ganze Straße hinunter erstreckten. Die Häuser waren nicht so hoch oder so verwinkelt, wie ich erwartet hatte.

Aber soviel ich wußte, mußte die Lymington Road dort sein, also zeigte ich in die Richtung und fragte, ob es diese da sei.

Ja! sagte Nick. Volltreffer.

Wir überquerten die West End Lane an einem Zebrastreifen, und ich ging voraus, konzentrierte mich ganz auf die Details der Holzverkleidungen über den Türen, die Ecken der Erkerfenster, die in die winzigen Vorgärtchen hinausragten, die Muster der schmiedeeisernen Tore. Dann sah ich in der Ferne ein Stück von einem Kricketplatz, und da wußte ich sofort, wo Nummer 44 war. Ich rief den andern zu und deutete auf das Haus. Sie lächelten über meine Erregung, und als sie mich eingeholt hatten, brach Nick in Gelächter aus.

Na, sagte er und folgte mit dem Blick meinem ausgestreckten Finger, du bist eindeutig so ein Hellseher aus dem Orient. Du hast es wieder geschafft.

Als wir das Haus erreichten, beugte ich mich über die Hecke und sah in den Garten, bevor Nick dazu kam, das Tor aufzumachen. Der Kirschbaum im Garten war viel größer, als ich erwartet hatte.

Als wir den Weg durch die Gartenparzelle kaum zur Hälfte hinaufgegangen waren, ging schon die Haustür auf. Mrs. Price hatte uns kommen sehen. Sie stand eingerahmt in der Tür, eine kleine Person, sehr dünn und vom Alter gebeugt. Auch ihr Gesicht war klein, aber sie hatte große vorstehende Augen, wie May. Die Haare lagen ihr in einem dichten Kranz silberner Locken um den Kopf, und in den Linien über ihren Augen war ein kurzsichtiges, leicht besorgtes Stirnrunzeln eingegraben. Sie trug einen strengen militärgrünen Rock, eine weiße Bluse und darüber eine graue Strickjacke. Ich hatte viele Fotos von ihr gesehen, aber auf dieses Transparente ihrer Erscheinung war ich nicht vorbereitet. Selbst aus der Entfernung konnte ich das feine Adergeflecht auf ihrer Haut sehen.

Sie kam uns nun auf halbem Weg entgegen, küßte Ila und schüttelte Robi und mir die Hand. Sie sei froh, sagte sie zu mir, daß wir uns endlich kennenlernten, es sei so schade, daß May gerade weg sei, sie hätte mich so gerne gesehen, sie habe so oft davon erzählt, wie freundlich sie von meiner Familie in Kalkutta aufgenommen worden sei ...

Nick erzählte ihr hochvergnügt, wie ich ihnen den Weg zum Haus gezeigt und gewußt hatte, daß sie einen Kirschbaum besaßen.

Ich hab schon soviel darüber gehört, sagte ich verlegen. Jetzt war es mir peinlich.

Na, sagte Mrs. Price lächelnd, dann müssen wir für dich mal eine Führung veranstalten. Aber kommt erst mal auf ein Glas Sherry rein.

Sie führte uns in die Diele, zeigte mir, wo ich meinen Mantel aufhängen konnte, und geleitete uns dann in einen großen sonnigen Raum.

So, da sind wir, sagte sie und wandte sich einem Tablett zu, auf dem eine Karaffe und mehrere Gläser standen.

Und was möchtest du gerne trinken?

Sie mußte es zweimal wiederholen, bevor ich es hörte. Ich war völlig darin vertieft, mich in dem Zimmer umzusehen.

*Tridib hatte mir mal* Fotos von diesem Raum gezeigt.

Bald nachdem er und seine Eltern 1939 in die Lymington Road 44 gezogen waren, lud Mrs. Price ihren Bruder Alan und die drei Freunde, mit denen er in einem Haus in der Brick Lane wohnte, zu sich zum Tee ein. Der Shaheb war zu der Zeit noch auf den Beinen, da die Operation, wegen der er nach London gekommen war, erst einen Monat später stattfinden sollte. Er hatte vor kurzem einen Fotoapparat gekauft, und an jenem Nachmittag machte er mehrere Aufnahmen.

Die Fotografien aus jener Zeit haben einen ganz anderen Charakter als die heutigen. Es hat nichts mit dem Alter oder dem Farbton zu tun oder damit, wie sich das Papier anfühlt. May äußerte sich mal darüber, als Tridib mit uns beiden in sein Zimmer hochgegangen war und sein altes Fotoalbum aufschlug.

Es hat nichts mit Verblassen oder so was zu tun, sagte sie und deutete auf ein Foto von ihren Eltern. Es hat was damit zu tun, wie damals die Kamera die Leute betrachtet hat.

Bei heutigen Familienfotos tut die Kamera so, als würde sie sich wie ein alter Bekannter umherbewegen, läßt ihren Verschluß immer gerade dann klicken, wenn die Aufgenommenen sich in Posen präsentieren, die sie für locker und beiläufig halten. Aber bei den Fotos von früher ist die Kamera noch ein öffentliches, fremdes Auge, in dessen Gegenwart die Leute sich genötigt fühlen, sich entweder der Störung zu widersetzen, indem sie trotzige, lächerliche Posen einnehmen, oder aber ihre Gesichtszüge zu sammeln und die Schultern zu straffen, so daß sie nicht unbedingt förmlich wirken, doch gewöhnlich gerade diese Spur von Steifheit ausstrahlen, die genügt, um ein «öffentliches» Gesicht anzudeuten.

Auf einem dieser Fotos zum Beispiel ist im Vordergrund eine große flache Grube zu sehen. Seit zwei Wochen war Snipe damit beschäftigt gewesen, diese Grube im Hinterhof auszuheben. Sie sollte das Fundament für einen Luftschutzbunker werden, seine zweite Verteidigungslinie gegen die erwarteten deutschen Bomben. Es handelt sich daher um eine in ernster Absicht gegrabene Grube. Doch auf dem Foto sieht sie nicht im geringsten danach aus. Sie sieht aus wie ein zerzaustes Blumenbeet. Wahrscheinlich war es als eine Art Scherz gedacht, daß sie beschlossen hatten, sich daneben aufzustellen. Die Idee stammte vermutlich von einem von Tresawsens Freunden. Vielleicht hatten sie sich wenige Sekunden vor der Aufnahme noch vor Lachen gekringelt, während sie auf den rührenden Bunker in spe hinabsahen. Doch jetzt, wo die Kamera auf sie gerichtet ist, lacht nur noch einer, trotz der Linse. Die andern zeigen sich mit gefaßten Mienen.

Snipe steht am linken Rand der Gruppe. Er hat eine Cordjacke und eine Wollkrawatte an, die etwas schief sitzt. Er ist nicht groß, aber er hat breite Schultern, die er nicht gut trägt. Er steht leicht vorgebeugt, den Kopf zur Kamera geneigt, so daß das Licht auf die kahle Stelle oben auf seinem Schädel fällt. Er sieht sehr viel älter aus als alle anderen auf dem Bild, und natürlich ist er das auch, aber er ist nicht so alt, wie er aussieht. Er hat einen Spaten in der Hand, vielleicht im Bemühen, sich damit in den Scherz einzufühlen. Doch durch die Art und Weise, wie er den Spaten hält, ergibt sich eine zusätzliche unfreiwillige Komik. Er hält ihn so zaghaft, daß man sofort merkt, wie fremd ihm das Gerät ist. Er hält den Spaten wie ein Baby in den Armen. Er ist eindeutig Akademiker. Doch er hat seine Stelle als Mediävistik-Dozent an einem College in Hampstead vorerst aufgegeben und ist «bis auf weiteres» dem Ministerium für Ernährung zugeteilt worden.

Zu Snipes Rechten linst ein großer blasser junger Mann mit einem sehr schmalen Gesicht durch eine sehr dicke Brille in die Kamera. Das ist Dan. Er hat eine Stoffmütze auf dem Kopf und trägt einen verblichenen Fair-Isle-Pulli. Um den Hals hat er sich einen langen Schal drapiert. Eine zusammengerollte Zeitung steckt in seiner Jackentasche.

Diese Zeitung war das erste, was Tridib auffiel, als Mrs. Price ihn mit Dan bekannt machte. Als Dan dann Mayadebi vorgestellt wurde, konnte Tridib es sich nicht verkneifen, sich auf die Zehenspitzen zu stellen und sie ihm aus der Tasche zu ziehen. Mayadebi sah es und wies ihn im Flüsterton scharf zurecht. Dan hörte es. Sein blasses Gesicht wurde knallrot, und vor Verlegenheit stotternd sagte er so etwas wie: Ach, das ist doch nur eine

Zeitung. Er kann sie gern haben. Er fischte sie aus der Tasche und hielt sie Tridib hin.

Tridib betrachtete sie und fragte dann, ob es der *News Chronicle* sei. Dan schüttelte entschuldigend den Kopf und errötete noch mehr. Welche dann, wenn's nicht der *News Chronicle* ist? fragte Tridib.

Tridib lief oft runter zur West End Lane, um für seinen Vater die Zeitung zu kaufen, er war also schon vertraut mit denen, die er auf den Ständern des Zeitungsladens gesehen hatte. Seine Lieblingszeitungen waren die *Sphere* und die *Picture Post*, doch den *News Chronicle* mochte er auch, vor allem wegen der Bilder.

Das ist der *Daily Worker*, sagte Dan, worauf Tridib sogleich das Interesse verlor und ihm die Zeitung zurückgab. Von einer Zeitung dieses Namens hatte er noch nie gehört. Warum er nicht lieber die *Sphere* lese? fragte er Dan.

Er lese sie schon manchmal, aber nicht oft, antwortete Dan. Und was den *Daily Worker* betraf, den las er nie, er arbeitete nur zufällig für diese Zeitung.

Tridib konnte nicht umhin, beeindruckt zu sein, denn obwohl er noch nie von dem Blatt gehört hatte, war es eindeutig eine Zeitung, gedruckt, wie jede andere Zeitung, und auch mit ein paar Bildern. Er trat einen Schritt zurück, musterte Dan von oben bis unten und fragte, ob er wirklich allen Ernstes für diese Zeitung schreibe. Er war noch nie jemand begegnet, der für eine Zeitung schrieb.

Ja, sagte Dan und kratzte sich am Kopf, allerdings. Und dann fragte Tridib ihn natürlich, worüber er schrieb, und Dan kratzte sich wieder am Kopf, machte ein langes Gesicht und sagte ihm, daß er über Gewerkschaften und Streiks und solche Sachen schreibe.

Es war Tridib peinlich zuzugeben, daß er von all diesen Dingen noch nie etwas gehört hatte und daß ihm das alles an einem Abend auf einmal passierte, aber seine Neugier war so groß, daß er seinen Stolz überwand und fragte: Was ist denn eine Gewerkschaft?

Daraufhin hockte Dan sich neben ihn, so daß ihre Köpfe auf gleicher Höhe waren, und dachte ziemlich lange sehr gründlich nach. Doch bevor Dan antworten konnte, holte Mrs. Price Tridib weg und gab ihm einen Teller mit einem Stück Kuchen. Später hörte er sie mit einem verschwörerischen Lächeln zu Dan sagen: Er stellt immer diese schrecklich schwierigen Fragen – und für den Rest des Abends war er ganz stolz darauf, eine so schlaue Frage gestellt zu haben, daß ein Mann, der für eine Zeitung schrieb, Mühe hatte, sie zu beantworten.

Viel später erfuhr Tridib, daß Dan einmal eine ziemlich namhafte Persönlichkeit bei den Trotzkisten gewesen war. Er war der Sohn eines bekannten Physikers in Cambridge, hatte einen Abschluß in Chemie gemacht und dann an der London School of Economics studiert. Danach hatte er eine Weile bei diversen linken Zeitungen als Journalist gearbeitet, war dann aber bald mit den Internationalen Brigaden in den Spanischen Bürgerkrieg gezogen. Nach einer ehrenhaften Kampfverletzung kehrte er nach England zurück und betätigte sich als Mitverfasser einiger vielgelesener Broschüren über den Nationalsozialismus. Für Tridib stand nie in Frage, daß Dan Tresawsens politischer Mentor war.

Auf dem Foto liegt ein junger Mann ausgestreckt vor ihren Füßen, den Kopf auf eine Hand gestützt, und lacht trotzig in die Kamera. Er hat ein rundliches Gesicht mit vorstehenden Wangen und lockigen Haaren, so ein Gesicht, das zu einem stämmigen, molligen Körper gehört. Sein gebeugter Ellbogen liegt schwer auf Tresawsens Fuß, was dieser aber ignoriert. Das ist Mike.

Bei ihrer Ankunft war Mike auf eine gutmütige und ausgelassene Art und Weise betrunken gewesen. Seine Augen waren verschwommen und seine Wangen gerötet. Tridib fand, daß er nach schalem Bier roch, wie die Luftschwaden, die durch die Türen der Pubs in der Finchley Road drangen. Er war in einen unordentlichen Trenchcoat eingewickelt und hatte eine schmierige Stoffmütze auf. Tridib hatte Mühe, ihn zu verstehen, wenn er redete. Mrs. Price erklärte ihm später, daß das an Mikes starkem irischem Akzent lag.

Mike hatte den Shaheb von Anfang an unsympathisch gefunden. Als sie einander vorgestellt wurden, glotzte er auf die Tweedjacke und die gestreifte Krawatte des Shaheb und sagte, übertrieben wankend: Und, wo sind *Sie* denn her?

Der Shaheb fingerte nervös an seinem Schlips und sagte: Ich bin Inder.

Mike schloß ein verschwiemeltes Auge und musterte ihn von oben bis unten. Sie sehen mir aber gar nicht wie ein Inder aus, sagte er. Schon ir'ndwelche Engländer umgelegt?

Der Shaheb trat vor Entsetzen einen Schritt zurück und schüttelte den Kopf. Tridib mußte kichern.

Dann sind Sie auch kein Inder, sagte Mike und trat einen Schritt vor.

Da schaltete sich Tresawsen ein und führte Mike weg.

Tresawsen steht in der Mitte des Bilds. Er hält sich sehr aufrecht, und da er sowieso groß ist, überragt er alle anderen. Er hat ein längliches Gesicht und tiefliegende ehrliche Augen. Von Mund- und Augenwinkeln fächern scharfe Linien aus. Er ist erst achtundzwanzig, aber hier sieht er aus, als hätte er bereits jenes unbestimmte Alter erreicht, das zwischen Anfang und Ende des mittleren Lebensabschnitts liegen könnte. Der rechte Ärmel seiner Jacke hängt so herab, daß kaum erkennbar ist, daß mit seinem Arm irgend etwas nicht stimmt. Tatsächlich bestehen die Knochen dieses Armes zum größten Teil aus Metall, und er kann ihn nur noch sehr beschränkt benutzen. Er behauptete immer, er habe sich bei einem Motorradunfall verletzt. Doch Mrs. Price nimmt ihm das nicht ganz ab, oder vielmehr glaubt sie, daß noch mehr dahintergesteckt hat.

Sie erfuhr erstmals davon, als sie einen Brief aus Frankreich erhielt, in dem ihr mitgeteilt wurde, daß er einen Unfall gehabt habe und jetzt in einem Krankenhaus in Verdun liege, daß sein

Arm schwer verletzt sei, doch sie solle sich keine Sorgen machen, denn die Ärzte sagten, daß er durchkommen werde. Der Brief war mit Francesca Halévy unterschrieben, und im Datum war die Zahl Sieben auf kontinentaleuropäische Weise in der Mitte quer gestrichen. Sie war ratlos. Sie hatte gedacht, er sei in Stuttgart und unterrichte Englisch, aber sie hatte gelesen, daß es dort Probleme gegeben hatte, und jetzt war er auf der anderen Seite der Grenze, noch dazu in einer Stadt, die bei jedem Angehörigen ihrer Generation die allerfurchtbarsten Assoziationen auslöste, lag im Krankenhaus und wurde vermutlich von einer Frau gepflegt, deren Name sich jüdisch und deutsch anhörte. Doch als sie zurückschrieb und anbot, selbst zu kommen, erwiderte die Adressatin postwendend, daß das nicht erforderlich sei, daß sie sich persönlich um Alan kümmere und es ihm bald bessergehen werde.

Doch als er einen Monat später nach England zurückkehrte, sah er alles andere als gesund aus. Sie wollte, daß er eine Weile bei ihr blieb, damit sie ihn selbst pflegen konnte, doch er blieb nur eine Woche und zog dann in die Brick Lane. Sie hatte ihn einmal gefragt, was denn eigentlich passiert war, und er hatte ihr eine seltsam ausweichende, selbstanklagende Antwort gegeben, hatte irgendwas dahingehend gemurmelt, daß er nachts mit dem Motorrad von der Straße abgekommen sei. Mrs. Price, inzwischen von Schuldgefühlen geplagt, daß sie nicht zu ihm nach Frankreich gefahren war, hatte das Gefühl, daß sie das Recht verwirkt hatte, ihn zu einer vernünftigen Antwort zu drängen.

Doch zu ihrer Erleichterung schien er trotz allem ganz fröhlich zu sein, als sie sich dann wiedersahen. Seine Freunde hatten ihn mit einem gewissen Victor Gollancz bekannt gemacht, erzählte er ihr, einem Verleger, der den sogenannten Left Book Club betrieb. Man hatte ihm angeboten, daß er in der Redaktion des Newsletters mitarbeiten könne, sagte er.

Als diese Aufnahme gemacht wurde, arbeitete er immer noch

beim Left Book Club, in dem Büro in der Henrietta Street, in der Nähe von Covent Garden. Aber als nach Beginn des Krieges das Büro des Clubs nach Berkshire verlegt wurde, kündigte er und blieb in London. Er verdiente sich gelegentlich etwas Geld, indem er für die *Tribune* und den *Observer* schrieb und manchmal im Socialist Bookshop aushalf, der sich in der St. Bride's Street befand, in der Nähe von Holborn.

Francesca Halévy steht zwischen Dan und Tresawsen. Sie ist schlank und groß, mit dunklen Haaren und einem wunderschön traurigen, scharfgeschnittenen Gesicht. Einen Arm hat sie auf Dans Schulter gelegt, und den anderen hält sie wie eine Tänzerin angewinkelt über dem Kopf. Sie hat einen langen schwarzen Rock und eine taillierte Jacke an. Mrs. Price und Mayadebi stehen jeweils links und rechts am Rand der Gruppe und sehen Francesca an, tief beeindruckt von ihrer Eleganz.

Mrs. Price hat Mayadebi gegenüber oft die unterschiedlichsten Mutmaßungen über Francesca angestellt. Sie weiß, daß Francesca mit diesen drei Männern in dem Haus in der Brick Lane zusammenlebt. Das Problem, wie sie es nennt, ist nur, daß sie nicht weiß, mit *wem* nun genau Francesca zusammenlebt. Eigentlich müßte es Alan sein, denkt sie, weil sie jetzt überzeugt davon ist, daß Alan beim Versuch, sie aus Deutschland herauszuschmuggeln, verwundet wurde. Doch gleichzeitig scheint Francesca auch ein sehr inniges Verhältnis zu Mike zu haben. Mrs. Price hat sogar einmal gesehen, wie sie Mike in aller Öffentlichkeit das Hemd in die Hose gesteckt hat. Mrs. Price mag Francesca eigentlich nicht, obwohl sie sich Mühe gibt – sie ist ihr insgesamt zu elegant, zu brillant, zu mondän. Sie hofft unwillkürlich, daß ihr Bruder nicht . . .

Es gibt noch ein Foto von ihnen, das im Wohnzimmer aufgenommen wurde. Das ist Tridibs Lieblingsbild. Es ist ein schattenhaftes, undeutliches Foto, das im nachlassenden Licht des späten Nachmittags aufgenommen wurde, mit einer sehr langen Belichtungszeit. Diesmal sind sie dicht gedrängt um einen großen Sessel gruppiert. Hinter ihnen ist ein Teil des Wohnzimmers sichtbar. Man hat den Eindruck, daß es ein sehr großer kahler Raum ist. Es stehen nur wenige Möbel drin, und es hängt nichts an den Wänden. Die hintere Tür, die in den rückwärtigen Garten führt, ist zwar zu erkennen, aber sie ist nicht mehr als ein dunkler, verwischter Fleck, geschwärzt durch einen schweren Vorhang.

Francesca sitzt in dem Sessel, Mike und Dan hocken auf den Armlehnen. Alle drei haben sich bewegt, und ihre Gesichter sind auf dem Foto verwischt. Sie lachen – vielleicht weil der Shaheb darauf besteht, Fotos von ihnen zu machen. Mrs. Price und Mayadebi stehen hinter dem Sessel, zwischen ihnen Alan Tresawsen, der sie beide überragt. Mrs. Price hat May auf den Armen, ein winziges weißes Bündel, und sie blickt mit einem stolzen Lächeln auf sie hinab. Ihre Haare sind zu einem Wirbel blonder Zöpfe zusammengebunden.

Tresawsen blickt von seiner großen Höhe auf Mayadebi hinab. Er sieht sanft und verwirrt aus.

Wenige Minuten bevor diese Aufnahme gemacht wurde, sprachen Tresawsen und Mayadebi zum erstenmal miteinander. Da sie den ganzen Abend kein einziges Wort gewechselt hatten, waren sie beide etwas verlegen, als sie für die Aufnahme nebeneinanderstanden. Schließlich hatte Tresawsen sich geräuspert und bemerkt: Sie haben einen ungünstigen Zeitpunkt gewählt, um nach England zu kommen, finden Sie nicht auch? Es muß furchtbar sein, so weit weg von zu Hause festzusitzen, wenn ein Krieg bevorsteht.

Ja, hatte Mayadebi erwidert, ich mache mir auch Sorgen, vor allem wegen meinem Sohn und meinem Mann. Wir hatten keine andere Wahl, aber wenn wir die Wahl gehabt hätten, dann hätte ich selber keinen besseren Zeitpunkt wählen können, um nach England zu kommen.

Er war verblüfft. Wieso?

Na ja, sagte sie lachend, die paar Monate, die sie in London verbracht hatte, waren so aufregend gewesen – die Stimmung hatte sich so dramatisch verändert, auch noch in den letzten paar Wochen. Die Menschen auf der Straße, in den Geschäften wurden freundlicher, das konnte sie deutlich spüren. Alle waren jetzt soviel netter. Wenn sie mit Tridib spazierenging, strichen die Leute ihm oft über den Kopf und blieben stehen, um ein wenig mit ihr zu plaudern. In den Läden fragte man sie, wie es ihrem Mann gehe und wann er operiert würde. Aber das ging nicht nur ihr so – alle waren so nett zueinander. Gerade heute morgen hatte seine Schwester Elisabeth gesagt, sie habe zum allerersten Mal erlebt, daß Mrs. Dunbar, die um die Ecke wohnte, richtig höflich gewesen sei.

Ja, sagte er, das stimmt. Es liegt eine Art Überschwenglichkeit in der Luft.

Ja, das ist das richtige Wort, sagte Mayadebi. Überschwenglichkeit. Ich habe Glück gehabt. Ich durfte miterleben, wie England zum Leben erwacht ist. Das hätte ich nicht gesehen, wenn ich jetzt nicht hier wäre.

Tresawsen lachte. Mir will's hier ja keiner glauben, sagte er, aber drüben ist es genauso, in Deutschland, natürlich nur auf eine viel groteskere Weise. Es war ein komisches Gefühl, hierher zurückzukommen – als würde man durch einen Spiegel treten.

In dem Moment löste der Shaheb den Verschluß aus. Mayadebi blickt mit einem scheuen Lächeln zu Tresawsen auf. Der Sari ist ihr vom Kopf gerutscht. Obwohl sie genauso alt ist wie Tresawsen und außerdem noch Mutter zweier Kinder, sieht sie nur halb so alt aus: kläräugig, unschuldig und leuchtend schön.

Das ist Tridibs Lieblingsfoto. Er liebt die fragende, leicht verwirrte Miene auf Tresawsens Gesicht und Mayadebis Lächeln, während sie zu ihm aufblickt. Wenn er Geschichten über seinen Helden Tresawsen erfindet, enden sie immer damit, daß er so aussieht und Mayadebi zu ihm hochlächelt.

Mir bleibt noch ein letztes Bild von Tridib an jenem Abend im Gedächtnis: Er steht am Fenster und beobachtet durch die geteilten Vorhänge, wie Tresawsen und seine Freunde die Lymington Road hinuntergehen, nach Hause in die Brick Lane. Es ist jetzt spät, und das sanfte spätsommerliche Dämmerlicht hat sich zum Abend verdunkelt. Als sie aus dem Haus treten, gehen die Laternen in den Straßen an. Eingefangen in dieser plötzlichen Lichtflut, schwingt Mike geschmeidig und flink wie ein trainierter Boxer auf seinen Hacken herum und deckt Tresawsen mit einem Wirbel schneller kleiner Schläge ein. Doch Tresawsen ist auch schnell. Er weicht vor Mikes Fäusten leicht zurück, so daß dieser das Gleichgewicht verliert, und dann schießt seine Linke vor und erwischt Mike mitten auf der Brust. Mike erstarrt nach Atem ringend, seine Arme sacken herunter, er schneidet eine Grimasse und läßt die Zunge heraushängen. Dann legen sie sich alle die Arme um die Schultern, Francesca steckt ihre Hand in Dans, und sie gehen laut singend in einem dichten kleinen Pulk die Straße hinunter. Ihr Gesang ist so laut, daß Mrs. Prices Nachbarn durch die Vorhänge lugen.

Noch Jahre später konnte Tridib sie ganz deutlich sehen, wie sie eng umschlungen in der heraufkriechenden Finsternis die Straße hinuntergingen. Doch er wußte, daß die Klarheit dieses Bildes nichts weiter als die verführerische Klarheit der Unwissenheit war. Die Illusion des Wissens, verursacht durch das trügerische Gewicht erinnerter Details. Er wußte zum Beispiel, daß sie zu ihrem Haus in der Brick Lane unterwegs waren, daß sie am Ende der Lymington Road links abbiegen würden, zum U-Bahnhof West Hampstead. Doch von der Welt, zu der sie gingen, von diesem Haus in der Brick Lane, wußte er nichts, er wußte nicht das geringste über das Netz von Vertrauen und Zuneigungen und kleinen Eifersüchteleien, das diese Welt sicher zusammenhielt. In einem Teil seiner Vorstellung stellte dieses Haus eine leuchtende, reine Welt dar, eine Welt, die auf Glauben gebaut war, doch andererseits wußte er, daß es in ihr, damit sie Wirklichkeit wurde, irgendwo Platz geben mußte für kleine banale Eifersüchteleien. Es trieb ihn immer zur Verzweiflung, daß er sich nicht vorstellen konnte, worin diese Banalität bestand: Waren es zum Beispiel ungeputzte Badewannen, Streitereien darüber, wer diese Woche den Zucker zu bezahlen hatte, oder wer mit wem das Schlafzimmer teilen sollte? Was immer es war, in dem Moment, da sie die Lymington Road hinuntergingen, die Arme umeinander geschlungen, waren sie genau eine Woche von der Verkündung des Hitler-Stalin-Pakts entfernt, und danach wäre nichts in ihrem Haus jemals wieder so wie früher. Was war wirklicher, ihre schmutzigen Badewannen und gemeinsamen Schlafzimmer oder jene andere Realität, die sie eine Woche später erwartete? Am meisten verzweifelte er darüber, daß er sich nicht vorstellen konnte, wie es wäre, sich den realsten ihrer Realitäten zu stellen: daß binnen zweier Jahre drei von ihnen tot sein würden. Die Realität der Bomben und Torpedos und des Sterbens konnte man sich mühelos vorstellen – letztendlich nur Ereignisse, die in Tausenden von Filmen, Fotos und Comicheften aufgezeichnet sind. Doch nicht diese andere, unendlich wichtigere Realität: die Tatsache, daß sie *wußten*, daß sie schon an diesem Abend, als sie die Straße hinuntergingen, wußten, was kommen würde – vielleicht nicht die Einzelheiten, oder den Zeitpunkt –, aber sie wußten, alle vier, daß ihre Welt und aller Wahrscheinlichkeit nach auch sie selbst den Krieg nicht überleben würden. Welche Farbe hat dieses Wissen? Niemand weiß es, niemand wird es je wissen, nicht einmal in der Erinnerung, weil es Augenblicke in der Zeit gibt, die nicht *wißbar* sind. Niemand wird je wissen können, wie es war, im London oder Berlin des Sommers 1939 jung und intelligent zu sein.

Und doch sind sie da, in diesem vergoldeten Sommer, lachend und singend, auf dem Weg nach Hause in die Brick Lane.

*Das Zimmer*, in das Mrs. Price mich führte, war groß und luftig, und es wimmelte von Möbeln – Sofas, zierliche spindelbeinige Stühle und Sessel mit hohen gebogenen Rückenlehnen, eine Chaiselongue, kleine Tischchen mit dünnen Beinen. Jede verfügbare Fläche war mit Sachen vollgestopft: hohe blaue Porzellanvasen, kleine Teller mit Goldrand und Blümchenmuster, bis zum Rand mit Rosenblütenblättern gefüllte Schalen, Messinguhren und Fotografien in Silberrahmen. Die Wände waren mit Unmengen von Aquarellen, Holzschnitten und botanischen Zeichnungen behängt. Mrs. Price bemerkte, daß ich mich staunend umsah, und sagte schuldbewußt, als müsse sie ein Laster rechtfertigen, sie kaufe eben leidenschaftlich gern auf Kirchenbasaren ein, und die Sachen in diesem Raum seien nur ein kleiner Bruchteil dessen, was sie ein Leben lang gesammelt habe.

Ila sagte: Na, wenigstens ist das Zimmer hier eine Überraschung für dich, oder?

Ja, allerdings, erwiderte ich. Und dann fragte mich Nick mit einem Lächeln, ob ich meine, daß ich mich im Haus auch so gut zurechtfinden könne wie auf den Straßen.

Ich mußte erst mal überlegen, um mich zu orientieren. Ich drehte mich zur Tür und sagte: Sag mir, wenn ich da falsch liege, aber wenn ich durch diese Tür hier ginge und dann rechts, und dann ein paar Schritte weiter, dann käme ich doch zur Küche, oder? Und wenn ich vor der Küche rechts gehen würde, käme ich dann nicht zu einer Treppe, die in den Keller hinunterführt?

Jetzt konnte ich über ihre staunenden Gesichter lachen.

Unglaublich, sagte Ila kopfschüttelnd. Wie macht er das bloß?

Dabei hatte sie es mir doch gezeigt.

Sie hatte meine Hand ergriffen und mich unter den Tisch gezogen, und als ich neben ihr saß, zog sie eine Linie in den Staub und sagte: Also, merk dir, das ist die Straße, und hier drüben spielen sie Kricket.

Dann teilte sie ein kleines staubiges Quadrat ab und sagte: Hier ist der Garten, und hier ist der Kirschbaum, und da ist die Haustür, und wenn du geklingelt hast und dir die Füße auf der Fußmatte abgetreten hast, kannst du reinkommen.

Sie zeichnete ein langes schmales Rechteck, das von der Tür nach innen zeigte.

Hier, sagte sie, ist die Diele.

Sie fügte links ein großes Quadrat hinzu.

Hier ist das Wohnzimmer, sagte sie. Von da kann man in den Garten sehen, durch die großen Fenster, so, und du kannst durch diese Tür gehen, ins Eßzimmer, und da durch zur Küche, da, ganz hinten. Und dann ist da hinten noch der Gemüsegarten.

Während ich auf dieses staubige Schachbrett von Linien starrte, kroch sie um mich herum, zu meiner Rechten, und zeichnete noch ein Zimmer, diesmal ein kleineres.

Das ist das Schlafzimmer, wo Ma und ich wohnen, sagte sie. Es ist gleich neben der Diele.

Sie fügte ein paar Linien hinzu und sagte: Das ist der Keller, und das ist die Treppe. Da spiel ich manchmal mit Nick «Haus».

Warum spielt ihr da unten? fragte ich. Warum spielt ihr nicht unter einem Tisch, so wie wir?

Das ist doch dasselbe, sagte sie. Der Tisch hier ist wie ein Keller.

Weiß denn niemand, daß ihr da runtergeht? fragte ich. Verbieten sie es euch denn nicht?

Natürlich wissen sie's, erwiderte sie. Warum sollten sie es uns denn verbieten? Sie wissen doch, daß wir nur spielen.

Warum spielt ihr denn nicht hier im Wohnzimmer oder da im Garten, oder da draußen, wo man Kricket spielt?

Man kann nicht im Garten «Haus» spielen, sagte sie. Es muß wo sein, wo es dunkel und geheimnisvoll ist . . .

Sie kroch wieder um mich herum, durch die Diele ins Wohnzimmer. Dann hockte sie sich hin und zeichnete ein dünnes Rechteck neben die Wohnzimmerwand.

Das ist die Treppe, sagte sie. Da mußt du raufgehen, und dann kommst du ins Schlafzimmer.

Sie zeichnete weitere Linien, gleich neben der Treppe. Hier ist Tante Elisabeths Schlafzimmer, sagte sie. Es ist direkt über dem Wohnzimmer. Wenn du durch diese Fenster guckst, kannst du den Kricketplatz sehen.

Ich schüttelte heftig den Kopf. Etwas an diesen Linien verunsicherte mich zunehmend.

Du lügst, schrie ich sie an. Das kann gar keine Treppe sein, weil es flach ist, und Treppen gehen rauf, die sind nicht flach. Und das kann nicht der erste Stock sein, weil der erste Stock oben sein muß, und das ist nicht oben. Das ist genau neben dem Wohnzimmer.

Ich fiel auf die Knie und fuchtelte im Staub umher, wischte die Linien aus und rief: Du lügst, du spinnst, das kann gar kein Haus sein . . .

Du bist blöd, sagte sie. Kapierst du das denn nicht? Ich hab alles nur ein bißchen umgestellt. Wenn wir so tun, als wäre es ein Haus, dann ist es auch ein Haus. Wir können ein Haus bauen, wo wir wollen.

Nein! rief ich. Das wird kein richtiges Haus. Das kann keins werden.

Wieso denn nicht? fragte sie lächelnd.

Ich grübelte über dem Muster im Staub.

Es kann kein richtiges Haus sein, sagte ich schließlich, weil es keine Veranda hat.

Veranda? sagte sie erstaunt und ließ sich das Wort langsam im Mund zergehen, als hätte sie vergessen, wie es schmeckt. Was sollen wir mit einer Veranda machen?

Sie war jetzt unsicher, kaute an ihren Nägeln. Sie schaffte es nicht, in der Welt ihrer Erfindung einen Platz für Veranden zu finden. Ich spürte ihre Verwirrung und empfand plötzlich die räuberische Erregung des Triumphes.

Ich gab ihr einen Stoß. Klar müssen wir eine Veranda haben, sagte ich. Wie sollen wir sonst wissen, was draußen passiert?

Ich wußte, daß es noch viel mehr zu sagen gab, aber ich wußte nicht, wie ich es sagen sollte: Ein schönes Haus mußte einfach eine Veranda haben. Sogar unsere kleine Wohnung hatte eine. Für mich war die Notwendigkeit von Veranden genausowenig zu erklären wie die Notwendigkeit von Türen oder Wänden.

Ich fiel auf die Knie, und über ihr Haus gebeugt, wischte ich eine Linie weg und zeichnete an ihrer Stelle eine andere.

Guck, sagte ich. Da ist unsere Veranda.

Sie starrte mich entsetzt an und rieb sich die Fingerknöchel gegen die Zähne. Ich merkte an dem Glanz in ihren Augen, daß sie den Tränen nahe war.

Das kannst du nicht machen, sagte sie. Da kannst du sie nicht hintun.

Ich kippte in die Hocke zurück, die Arme um die Knie geschlungen: Und wieso nicht?

Weil da Magdas Zimmer sein wird, sagte sie.

Magda? sagte ich. Magda ist doch gar nicht da.

Magda war Ilas Puppe. Ich hatte sie einmal gesehen. Es war eine riesige Puppe, fast so groß wie Ila, mit rosa Wangen, schneeweißen Armen, leuchtendgoldenen Haaren und blauen Augen, die von selber aufgingen, wenn man Magda aufhob. Die Augen hatten mich fasziniert: Ich hatte nachsehen wollen, ob sie echt waren. Aber als ich die Hand ausstreckte, um sie zu berühren, hatte Ila mir auf die Finger gehauen und geschrien: Du darfst Magda nicht anfassen.

Und außerdem, sagte ich vorsichtig zu Ila, braucht eine Puppe doch wohl kein eigenes Zimmer.

Nicht Magda die Puppe, rief Ila. Die wirkliche Magda – unser Baby. Ein Haus muß ein Baby haben.

Wie sieht Magda denn aus?

Sie hat schöne blonde Haare, sagte Ila mit gerunzelter Stirn und versuchte sich zu erinnern. Sie hat blaue Augen, und sie geht jeden Tag in die Schule.

Du meinst, in den Kindergarten, sagte ich.

Nein, natürlich nicht. Sie geht auf eine richtige Schule.

Aber dann, sagte ich triumphierend, kann sie kein Baby sein. Sie muß so alt sein wie wir.

Dummkopf, sagte Ila. Wir sind doch jetzt erwachsen. Es ist egal, wie alt sie ist.

Sie gähnte, streckte sich und rieb sich die Augen.

Zuerst müssen wir aufwachen, aufstehen und uns anziehen. Und dann mußt du zur Arbeit gehen. Wenn du weg bist, bring ich Magda in die Schule.

Sie ergriff den Saum ihres Kleides, schob es sich über den Kopf und drapierte es sich um die Schultern.

Schau, sagte sie grinsend und schlug die Arme vor die Brust. Ich zieh mich schon um.

Sie war jetzt ganz entblößt, nackt bis auf ihr gerüschtes blaues Unterhöschen. Sie sah sehr dünn und zerbrechlich aus, ihr dunkler Körper war nur ein schmaler Schatten im Dämmerlicht. Ihre Schultern waren ganz spitz, und die Knochen bildeten scharfrandige Leisten unter der Haut. Ich war verwirrt von ihren stockähnlichen Knochen. Ich streckte die Hand aus und fuhr mit dem Finger über die porzellandünnen Rippen, bis hinauf zu den Leisten ihrer Schultern, die Krümmung ihres Arms entlang, den scharfen Winkel ihres Ellbogens hinunter und wieder hinauf zu dem nußförmigen Handgelenk, das sie sich gegen die Brust preßte. Über ihrer Brustwarze war ein Fleck, eine winzige schwarze Erhebung.

Was ist das? fragte ich und rieb mit dem Daumen drüber.

Laß das, sagte sie kichernd.

Mir war, als könnte ich fühlen, wie die Erhebung unter ihrer Haut herumrollte, als wäre eine winzige Erbse oder ein Senfkorn darin eingebettet. Ich kniff hinein, um zu sehen, ob sie vielleicht platzen würde. Ila erschauderte, und ich erschauderte zu meiner Überraschung auch.

Laß das jetzt, sagte sie scharf. Aber ich konnte nicht aufhören. Diese Erhebung hatte mich neugierig gemacht, ich war fasziniert von ihrer samtigen Härte. Ich fragte mich, ob sie einen Geschmack hatte, ich wollte sie mit der Zunge befühlen.

Doch sie schlug meinen Kopf weg und stieß mich zurück.

Hör auf, sagte sie. Du mußt jetzt zur Arbeit gehen. Wir tun so, als wärst du schon angezogen.

Ich spähte ängstlich durch den schummrigen Raum. Wohin muß ich denn zur Arbeit gehen? fragte ich.

Da, sagte sie und zeigte auf eine bedenklich gekippte Kommode. Das ist dein Büro. Geh jetzt. Du kannst erst wiederkommen, wenn ich's dir sage, und du darfst dich nicht umgucken.

Ich flitzte unter dem Tisch hervor, rannte zur Kommode und stellte mich dort mit geschlossenen Augen und laut vor mich herzählend hin, so wie wir's immer beim Versteckspiel machten. Es schien endlos zu dauern, obwohl es wahrscheinlich nicht mehr als fünf Minuten waren, denn ich hatte nur zweimal bis hundert gezählt. Dann rief Ila: So, jetzt kannst du wiederkommen. Magda ist von der Schule zurück.

Sie erwartete mich im Garten, an den Kirschbaum gelehnt. Noch bevor ich das Gattertor erreichte, das auf die Lymington Road ging, rief sie: Weißt du, was Magda heute passiert ist?

Was denn? sagte ich und folgte ihr ins Haus. Was ist Magda denn passiert?

*Doch erst nachdem* sie mich ins Wohnzimmer geführt und mir gesagt hatte, daß ich mich setzen solle, erzählte sie es mir.

Die Kinder in Magdas neuer Schule hatten noch nie jemand wie sie gesehen. Der erste Schultag war furchtbar für sie gewesen. Sie wurde immerzu von allen angestarrt, bis Mrs. Tolland es ihnen verbieten mußte. Doch selbst dann, obwohl sie vor Mrs. Tolland Schiß hatten, taten sie so, als würden ihnen ihre Bücher und Stifte herunterfallen, nur damit sie sich umdrehen und Magda angucken konnten. Sie wurde auch jetzt immer noch angestarrt, nach zwei Wochen.

Alle, Mädchen, Jungs, und sogar die Lehrer, starrten sie so an, weil sie noch nie jemand gesehen hatten, der so schön war wie Magda. Noch nie hatten sie Haare gesehen, die so glänzten wie ihre – wie leuchtendes goldenes Licht. Noch nie hatten sie solche tiefblauen Augen gesehen, noch nie so rosarote, gesunde lächelnde Wangen. Und sie hatten auch noch nie solche Kleidung gesehen: so sauber, so wunderschön gebügelt, daß sie eher wie Kleidung aus den Schaufenstern der Oxford Street aussah und nicht wie eine Schuluniform. Selbst ihre Schultasche war viel schöner als alle anderen: eine wunderschöne Ledertasche, die ihr Vater ihr aus Florenz mitgebracht hatte, ganz anders als die alten Ranzen, mit denen die anderen alle zur Schule kamen.

Man konnte es ihnen nicht verdenken, daß sie sie so anstarrten. Sie hatten noch nie jemand gesehen, der so schön war wie Magda. Und sie mochten sie auch. Alle wollten mit ihr befreundet sein – Mädchen, Jungs, Lehrer, alle. Auf dem Pausenhof traten sie manchmal zu ihr und flüsterten ihr ins Ohr: Ich möchte deine beste Freundin sein. Oder: Ich möchte dein Freund sein.

Aber es gab ein Mädchen, das Magda vom allerersten Tag an haßte. Sie hieß Denise.

Denise war wirklich häßlich. Sie hatte schmutzige rote Haare, die ihr in filzigen Strähnen vom Kopf hingen. Sie hatte keine Mutter, die ihr die Haare waschen konnte. Ihre Mutter hatte sie verlassen und war nach Australien abgehauen. Und ihre Haut, ihre Haut war wie schmutzige Eiskrem – bleich und großporig, mit schwarzköpfigen Pickeln übersät. Selbst die Lehrerin schauderte, jedesmal wenn sie Denise ansah.

Doch Denise war sehr groß, größer als der größte Junge in der Klasse. Und sie war auch sehr stark. Einmal hatte sie einem Jungen mit einem einzigen Hieb die Zähne ausgeschlagen.

Also waren alle nett zu Denise, weil alle Angst vor ihr hatten. Denise entschied, wer mit wem befreundet sein durfte, und wenn Denise jemand nicht mochte, na, das war's dann, sie sorgte dafür, daß niemand mit diesem Jemand sprach.

Doch als Magda erst mal da war, erkannte Denise, daß es von nun an nicht mehr ausschließlich nach ihrem Willen gehen würde. Sie sah, wie die anderen Kinder Magda ansahen, sie merkte, daß sie mit Magda befreundet sein wollten. Und obwohl sie versuchte, sie daran zu hindern, wußte sie, daß sie mit Magda sprachen, wenn sie, Denise, nicht in der Nähe war.

Mit fortschreitender Zeit haßte Denise Magda immer mehr.

Heute ist es dann passiert.

Mrs. Tolland bat Denise, einen Satz an die Tafel zu schreiben. Als sie fertig war, sah die ganze Klasse, daß sie «John cot the ball» geschrieben hatte.

Alle lachten los.

Dann bat Mrs. Tolland Magda, den Satz zu schreiben. Und natürlich wußte Magda die richtige Schreibweise, und in ihrer schönen runden Schrift schrieb sie: «John caught the ball.»

Gut gemacht, sagte Mrs. Tolland zu ihr, und dann wandte sie sich Denise zu und sagte: Na, Denise, vielleicht solltest du bei *ihr* Englischunterricht nehmen, obwohl es deine Muttersprache ist, nicht ihre.

Alle drehten sich zu Denise um und lachten und lachten. Denise blieb nichts anderes übrig, als einfach dazusitzen und es über sich ergehen zu lassen.

Als Magda zu ihrem Tisch zurückging, hörte sie Denise sagen: Na warte, du Kanakensuse. Sie sah, daß Denises Gesicht rot angelaufen war, und hatte Angst.

Und so beschloß sie, heute nach der Schule nicht den üblichen Weg nach Hause zu gehen. Normalerweise ging sie durch den Park bei der Hillfield Road, aber heute nicht. Sie hielt es für sicherer, am Park vorbeizugehen und die andere Straße zu nehmen.

Das hatte sie vor. Doch als sie in der Nähe des Parks um die Ecke bog, mit gesenktem Kopf, um nicht aufzufallen, hörte sie jemand schreien: Use-buse Kanakensuse!

Sie drehte sich nicht um, aber sie wußte, daß es Denise war. Sie erkannte die Stimme. Sie ging schneller.

Doch die Stimme verfolgte sie und rief: Ich krieg dich gleich, use-buse Kanakensuse!

Jetzt fing Magda an zu rennen. Sie rannte über die Straße, ohne nach links oder rechts zu gucken, wie sie es gelernt hatte. Sie hatte jetzt große Angst. Sie ließ ihre Tasche fallen, und obwohl sie wußte, daß Baba sie fürchterlich schimpfen würde, wenn sie sie verlor, wagte sie es nicht stehenzubleiben. Sie rannte jetzt so schnell sie konnte immer geradeaus. Sie konnte die anderen auch rennen hören, drei oder vier waren es, dicht hinter ihr, und sie holten auf. Aber sie rannte jetzt so schnell wie nie zuvor, und sie merkte, daß einige von ihnen aufgaben. Jetzt rannte nur noch ein einziges Paar Füße hinter ihr her. Sie konnte sie deutlich hören, wie sie hinter ihr auf dem Pflaster dröhnten.

Dann traf sie ein Schlag zwischen die Schulterblätter, und sie fiel der Länge nach auf den Bürgersteig. Als sie aufblickte, sah sie, wie Denise böse auf sie hinabblickte und keuchte: Scheiß-Kanakensuse.

Eine geöffnete Hand kam heruntergesaust und schlug Magda ins Gesicht. Ihre Wange knallte auf das Pflaster. Sie konnte ihr Blut in den Staub spritzen sehen.

Denise hockte jetzt auf ihr. Ihr Gesicht war so nah, daß Magda den Mars-Riegel in ihrem Atem riechen konnte.

Kanakensuse, sagte sie, dreckige kleine Kanakensuse. Sie stopfte ihre Faust in Magdas Mund. Dann holte sie wieder aus. Magda schloß die Augen, bedeckte ihr Gesicht und wartete. Sie konnte nichts anderes tun, Denise war zu stark für sie.

Doch dann ertönte ein kleiner Schmerzensschrei, und sie hörte, wie Denise von ihr weggezerrt wurde. Zuerst traute sie sich nicht hinzusehen.

Als sie die Augen öffnete, stand er da, über ihr, die Hände in die Hüften gestemmt.

Hau ab, sagte Nick Price zu Denise. Hau ab, verschwinde.

Denise schnitt ihm eine Grimasse und rappelte sich hoch.

Als sie weg war, kniete Nick Price sich neben Magda und wischte ihr mit dem Ärmel seines Hemds das Gesicht ab. Er half ihr auf, steckte ihr ein Bonbon in den Mund, nahm ihre Hand und sagte: Komm, ich bring dich jetzt nach Hause.

So hatte ich Nick Price gesehen, unter diesem Tisch. Ein Junge in Shorts, wie ich, nur viel größer, sein Kopf ein einziger blonder

Schopf, der ein kleines Mädchen aus den Händen seiner Peinigerin befreit.

Doch dann war Ila unverständlicherweise in Tränen ausgebrochen.

Als ich drei Jahre später in genau demselben Raum May diese Geschichte erzählt hatte, hatte sie mir die Hand auf die Schulter gelegt und gesagt: Komm, gehen wir nach oben. Es ist so furchtbar düster hier drin.

Ich führte sie hinaus auf den Portikus in die strahlende Sonne, und sie ließ sich auf einer der Stufen nieder, die in den gepflasterten Hof hinunterführten. Sie ergriff meine Hand und zog mich zu sich herunter.

In Wirklichkeit hat sich das ein bißchen anders abgespielt, sagte sie sanft. Das weißt du doch, oder?

Ich schüttelte den Kopf.

Ich war an dem Tag zufällig zu Hause, sagte sie. Und ich weiß, daß Nick Ila nicht zu Hilfe gekommen ist. Er ist den ganzen Weg zurückgerannt. Er rannte damals immer von der Schule nach Hause.

Warum?

May zupfte ein Bobaumblatt ab, das aus der Ziegeltreppe wuchs, und fächelte sich damit.

Ich bin mir nicht sicher, sagte sie. Aber ich glaube, Nick wollte nicht mit Ila zusammen gesehen werden. Ila hatte nämlich keine Freunde in der Schule. Vielleicht lag es nur daran, daß sie so schüchtern war. Aber seit sie in diese Schule ging, kam Nick immer viel früher nach Hause als sonst. Dann ist an dem besagten Tag irgendwas in Ilas Klasse passiert, und ich glaube, Nick hatte irgendwie davon erfahren. Er kam noch früher als sonst zurückgerannt und ging gleich hoch auf sein Zimmer. Mami hat ihn gefragt, was los ist, aber er wollte nicht mit der Sprache herausrücken. Ungefähr eine Stunde später, gerade als wir uns schon allmählich Sorgen machten, brachte ein Polizist sie nach Hause. Sie hatte ein paar Kratzer und Beulen, aber sonst fehlte ihr nichts. Sie hat uns nie erzählt, was eigentlich passiert war, aber danach ist sie nicht mehr in die Schule gegangen. Sie sind sowieso bald danach abgereist.

Daraufhin versuchte ich mir vorzustellen, wie Ila ganz allein von der Schule durch die Straßen von West Hampstead nach Hause ging. Ich konnte sie sehen, wie sie ihre Schultasche zum Rhythmus ihrer Schritte schwenkte, immer schneller, bis sie fast rannte, mit lautem fröhlichem Lachen, so daß sich die Leute lächelnd nach ihr umdrehten. Ila, lächelnd vor sich hin schlendernd, wie ich sie manchmal gesehen hatte, mit ihren kessen Grübchen. Ila, allein im Nieselregen unter diesem kalten grauen Himmel. Ila, in Kalkutta von so vielen Verwandten, Autos und Dienern umringt, daß sie auf dieser Straße keinen einzigen Schritt hätte allein gehen müssen. Sie und allein – wo wir alle, ich, ihre Verwandten, ihre Freunde, nur darauf warteten, Ila zu begleiten, die kultivierte Ila, die uns Geschichten von schicken Mädchen und reichen Jungs aus fernen Ländern erzählen konnte, die wir nur vom Atlas kannten. Ila, die allein ging, weil Nick Price nicht von seinen Freunden gesehen werden wollte, wie er mit einer Inderin nach Hause ging.

Du solltest es ihm nicht allzu übel nehmen, sagte May. Sie verfiel in einen richtig flehenden Ton. Er war noch sehr jung, und in dem Alter wollen Kinder, daß alle gleich aussehen.

*Viele Jahre später*, als meine Großmutter schon seit Monaten mit einer Krankheit im Bett lag, die ihre letzte sein sollte, saß ich eines Abends an ihrer Seite und erzählte ihr, ohne daß ich es vorgehabt hatte, dieselbe Geschichte, die Ila mir erzählt hatte, mit dem seltsamen kleinen Schluß, den May hinzugefügt hatte.

Obwohl sie von Sauerstoff- und Glukoseflaschen, Wegwerfspritzen und all solchen Begleiterscheinungen ihrer Krankheit umgeben war, schien sie an dem Abend so fröhlich zu sein wie lange nicht mehr. Als sie meine Geschichte zu Ende gehört hatte, sagte sie: Ich kann's dem Jungen nicht verübeln. Es war Ilas

Schuld. Es war ihre eigene Schuld und Mayas Schuld und die Schuld ihrer beschränkten Mutter. So was mußte doch passieren. Das ist doch klar. Sie hat kein Recht, dort zu sein. Sie gehört da nicht hin.

Sie vergrub den Kopf in ein Handtuch und hustete. In den zwei Wochen seit meiner Rückkehr aus Delhi für die Sommerferien hatte mich dieser hohle hallende Husten jede Nacht wachgehalten. Nach einer Viertelstunde war der Anfall vorbei, und sie sank keuchend in ihre Kissen zurück. Sie drehte sich zu mir um, ein Taschentuch vor den Mund gedrückt. Da erkannte ich am Glanz ihrer Augen, daß einer ihrer plötzlichen Zornesausbrüche bevorstand. Ich erhob mich schuldbewußt von meinem Stuhl, verärgert darüber, daß ich ihr die Geschichte erzählt hatte, und versuchte sie zu beruhigen.

Es macht nichts, Tha'mma, sagte ich und zog ihr den Schal über die zitternden mageren Schultern. Es macht nichts. Leg dich jetzt hin und ruh dich aus.

Ila *sollte* da nicht sein, stammelte sie heiser. Sie gehört da nicht hin. Was hat sie in diesem Land zu suchen?

Sie studiert da für eine Weile, Tha'mma, sagte ich sanft. Zu der Zeit war Ila am University College in London, um ihren Bachelor of Arts in Geschichte zu machen.

Aber sie *sollte* nicht da sein, rief meine Großmutter und schob mit schwachem Druck meine Hände weg.

Ich lehnte mich in meinem Sessel zurück und sah sie hilflos an. Während der letzten paar Monate war sie im Gesicht so abgemagert, daß die Haut an ihren Wangen jetzt wie trockenes sprödes Leder herabhing.

Ila hat kein Recht, da zu leben, wiederholte sie heiser. Sie gehört da nicht hin. Die Menschen dort haben lange gebraucht, ihr Land aufzubauen, Hunderte von Jahren, Jahre und Jahre von Krieg und Blutvergießen. Jeder, der dort lebt, hat sein Recht, dort zu leben, mit Blut erworben. Mit dem Blut des Bruders, des Vaters und des Sohnes. Sie wissen, daß sie eine

Nation sind, weil sie ihre Grenzen mit Blut gezogen haben. Hat Maya dir nicht erzählt, daß in allen ihren Kathedralen Regimentsfahnen hängen, und in den Kirchen sind die Wände mit Gedenkplatten bedeckt, für die Männer, die überall auf der Welt in Englands Kriegen gestorben sind. Krieg ist ihre Religion. Nur so kann man ein richtiges Land erschaffen. Wenn das geschieht, vergessen die Menschen, daß sie als dieses oder jenes geboren wurden, als Moslem oder Hindu, Bengali oder Punjabi. Sie werden eine Familie, die aus derselben Blutlache geboren ist. Und genau das müßt *ihr* für Indien erreichen, verstehst du das denn nicht?

Ich sehe sie noch vor mir, als wäre es erst gestern gewesen, wie sie da schimpfend im Bett lag, mit blutunterlaufenen Augen, Schleimfäden auf den Lippen. Und doch, wenn ich sie betrachte, wie sie da zerknittert vor mir liegt, ihre schütteren weißen Haare vom Krankenschweiß verfilzt, empfinde ich Liebe für sie – Liebe und dieses andere Gefühl, das kein Mitleid ist, sondern etwas anderes – eine Zärtlichkeit, die nicht nur Mitleid und nicht nur Liebe ist. Es überkommt mich so übermächtig, daß ich selbst jetzt noch den Zorn verspüre, der einmal in meinem Kopf explodierte, als ich Ila berichtete, was sie gesagt hatte, und Ila, an ihrer Zigarette ziehend, irgendeine beiläufige Bemerkung über kriegstreiberische Faschisten machte.

Ich erinnere mich noch, wie ich sie angebrüllt und ihr gesagt habe, was Tridib einmal über meine Großmutter gesagt hatte: Sie sei *keine* Faschistin, sondern bloß eine moderne bürgerliche Frau – allerdings nur in begrenztem Maße, da sie sich nicht die Selbsttäuschungen gestattete, aus denen die Phantasiewelt solcher Menschen besteht. Sie wünsche sich nichts weiter als ein bürgerliches Leben, in welchem sie, wie das Bürgertum auf der ganzen Welt, im Glauben an die Einheit von Nation und Territorium, von Selbstachtung und staatlicher Macht gedeihen konnte. Mehr wolle sie gar nicht – ein modernes bürgerliches Leben, eine Kleinigkeit, die ihr durch die Geschichte Indiens vollkommen verwehrt wurde, und das konnte sie ihr nie vergeben.

Früh am nächsten Morgen ließ meine Großmutter mich in ihr Zimmer rufen. Als ich mich neben sie setzte, sah ich, daß ihre Augen blutunterlaufen waren und ihr Gesicht blaß und angespannter aussah als je zuvor.

Soll ich dir sagen, warum Ila dort lebt? sagte sie und stützte sich auf den Ellbogen.

Ich bat sie, sich wieder hinzulegen und sich auszuruhen, aber sie schnitt mir das Wort ab.

Soll ich dir sagen, weswegen Ila dort hingegangen ist? wiederholte sie. Sie zitterte jetzt, die Augen glühten in ihrem Gesicht. Sie ist da hingegangen, weil sie gierig ist, wegen dem Geld ist sie da hingegangen.

Da konnte ich mir ein Lächeln nicht verkneifen.

Warum sollte sie denn wegen des Geldes da hingehen? fragte ich. Ihre Familie besitzt mehr Geld, als sie jemals da drüben bekommen könnte. Sie ist das einzige Enkelkind der Familie, und du weißt, wie reich sie sind. Wenn sie hierbleiben würde, hätte sie so viel Geld, daß sie ihr ganzes Leben damit verbringen könnte, es zu zählen. Und sie hätte Häuser und Diener und Autos. Da drüben hat sie nichts. Sie wohnt in einem winzigen Zimmer in einem Haus, das sie sich mit fünf anderen teilen muß. Sie muß kochen und putzen und alle möglichen Sachen machen, die hier ein Dutzend Diener eilfertigst für sie erledigen würden ...

Es ist nicht bloß das *Geld*, rief meine Großmutter. Es sind Sachen, all die Sachen, die man mit Geld kaufen kann – Kühlschränke, wie der, den Mrs. Sens Schwiegersohn aus Amerika mitgebracht hat, mit zwei Türen und einem Schnabel, aus dem einem die Eiswürfel ins Glas fallen, Farbfernseher und Autos, Taschenrechner und Fotoapparate, all die Sachen, die man hier nicht kriegt.

Aber sie besitzt keine Sachen, entgegnete ich, bemüht, nicht zu laut zu werden. Das weißt du genau. Sie hat nur ihr Taschengeld. Davon kann sie sich solche Sachen nicht kaufen. Außerdem will sie gar keine Sachen haben. In ihrer Freizeit geht sie auf Demonstrationen und spielt in radikalen Theaterstücken für indische Einwanderer in Ostlondon mit. Das weißt du ganz genau – als sie letztes Mal hier war, hast du mich selber gefragt: Ist Ila jetzt etwa Kommunistin geworden?

Sie ist eine gierige kleine Schlampe, sagte meine Großmutter und hämmerte mit ihrer Faust, die sie nicht mehr richtig ballen konnte, auf die Bettdecke. Ich verstehe nicht, warum du sie so in Schutz nimmst. Dann sag's mir doch, da du sie ja so gut kennst: Wieso lebt sie dann da, wenn nicht wegen dem Geld und all den Annehmlichkeiten?

Inzwischen war ich so wütend, daß ich es ihr doch sagte.

*Im Sommer des Vorjahres* war Ila fast genau zur gleichen Zeit nach Kalkutta gekommen, zu der auch Robi und ich für die Semesterferien zu Hause eintrafen.

Ilas Besuch kam sehr plötzlich. Zwei Tage nach Ende des Semesters hatte sie sich zu der Reise entschlossen. Dann hatte sie ihren Vater in Bratislava angerufen, er hatte bei seinem Reisebüro in London angerufen, und vier Tage später war sie in Kalkutta.

Ihr Besuch kam so unerwartet, daß nicht einmal meine Eltern etwas davon wußten.

Als der Kalka Mail aus Delhi in der Howrah Station einfuhr, erwarteten sie mich, wie immer, auf Bahnsteig 9 unter der alten Uhr, die noch nie jemand in Betrieb gesehen hat. Meine Mutter, in einem seegrünen Sari, die Wangen vor Freude gerötet, weil sie mich für den Sommer wiederhatte. Mein Vater, der sich geschäftig um unser Gepäck kümmerte. Wir setzten Robi beim Haus der Familie am Ballygunge Place ab, wo er ein paar Tage verbringen sollte, bevor er seine Eltern in Darjeeling besuchte.

Als ich meinen vom Collegeessen ausgehungerten Magen bei

einer einstündigen Mahlzeit gefüllt hatte und meine Mutter anschließend auf ihre aufgeregte umständliche Art versuchte, mir zu entlocken, was ich denn gerne, *wirklich* gerne zum Abendessen haben wolle, erklärte meine Großmutter grimmig: Daß er hier heute zu Abend ißt, kannst du dir aus dem Kopf schlagen. Kaum anzunehmen, daß er sich hier blicken lassen wird.

Wieso denn nicht? rief meine Mutter und drehte sich besorgt zu ihr um. Aber ich hab doch schon . . .

Weil, sagte meine Großmutter, und ihr Blick bohrte sich in meinen, weil Ila da ist.

Ich schwieg, wagte nicht zu glauben, was sie gesagt hatte.

Ila ist da? fragte meine Mutter. Woher weißt du das?

Sie hat gestern angerufen. Queen Victoria hat sie gebeten, sich nach meiner Gesundheit zu erkundigen.

Warum hast du uns nichts davon erzählt? fragte meine Mutter.

Weil ich dachte, du würdest ihn gerne zum Mittagessen hier haben, sagte meine Großmutter.

Wie geht's ihr? fragte ich. Hat sie's gesagt?

Ich bin sicher, es geht ihr blendend, sagte meine Großmutter. Vielleicht geht's ihr sogar noch besser als letztes Jahr – mit ihrer borstigen Kurzhaarfrisur und ihren engen Hosen, in denen sie wie eine Hure von der Free School Street aussieht.

Warum sie wohl ausgerechnet jetzt gekommen ist, sagte meine Mutter schnell, um das Thema zu wechseln. In dieser Hitze?

Weil, so erzählte mir Ila eine Stunde später, als wir in ihrem Zimmer im Haus ihrer Familie in der Elgin Road saßen, ich um diese Zeit auch Ferien habe, und außerdem war ich seit einem Jahr nicht mehr da.

Und die Hitze, sagte sie lachend, während ich mein schwitzendes Gesicht mit einem Taschentuch abtupfte, stört dich viel mehr als mich.

Und das stimmte. Die Hitze hatte sie nicht berührt.

Mit den kurzen Haaren sah sie jünger aus, irgendwie knabenhaft, und sie hatte abgenommen. Ihre Arme waren dünn wie

Stecken, und die Grübchen in ihren Wagen waren nie ganz weg. Sie kam mir unwahrscheinlich exotisch vor, in ihren verblichenen Bluejeans und ihrem T-Shirt. Mädchen, die so aussahen, kannte ich bisher nur von den Bildern in amerikanischen Zeitschriften.

Da ist sie, in dem grünlichen nachmittäglichen Dämmer jenes abgedunkelten Zimmers mit der hohen Decke, in einem Ledersessel, sie sitzt nicht richtig drin, sondern sie hat sich darüber drapiert, hat die Beine über die Rückenlehne gelegt, so daß der Rand ihrer Jeans von ihrem T-Shirt weggerutscht ist und ihre Bauchgrube freigelegt hat, die in dem schwachen Licht glüht. Ihr Körper ruht träge auf der Sitzfläche, den Kopf hat sie über einen Arm zurückgelegt, so daß ihre kleinen Brüste die dünne Baumwolle ihres T-Shirts zu zwei sanften Spitzen gespannt haben, die beim Einatmen härter werden und dann wieder zu dunklen Kreisen zurückschwellen, der eine von einem winzigen schwarzen Muttermal punktiert. Ohne sich ihres Körpers bewußt zu sein, wie ein Kind, rekelt sie sich im Sessel, und ich spanne die Muskeln meiner Oberschenkel an, um den dumpfen schwellenden Schmerz in meinem Schoß niederzuringen, muß ich mich auf den Bauch rollen und in einer Zeitschrift blättern, obwohl dadurch der Schmerz nur noch schlimmer wird, wie das Pochen einer Aderpresse, als würde gleich etwas in meinen Eiern zerplatzen. Ich schiebe mich von ihr weg über den Boden, denn ich kann nicht zulassen, daß sie mich in diesem Zustand sieht, nicht aus Scham, sondern um unserer Freundschaft willen, denn ich weiß, daß zwischen uns ein Schachbrett von Beziehungen liegt, auf dem mir der Platz des Cousins zugewiesen wurde, vielleicht des Lieblingscousins, aber trotzdem war ich nur der Cousin und nicht mehr.

Einen Tag vor Robis Abreise nach Darjeeling verbrachten wir drei einen langen trägen Tag in ihrem Haus, hingen in Ilas Zimmer herum, suchten auf dem Boden nach kühlen Fleckchen, lasen und stritten. Als der Nachmittag sich dahingequält hatte und die Sonne untergegangen war, stieß Ila die Fensterläden auf. Der Anblick der Autos, die unten auf der Straße dahinkrochen, schien sie zu beleben.

Kommt, sagte sie und zog mich an der Hand, gehen wir raus, irgendwohin. Wir können doch nicht den ganzen Tag nur so rumliegen. Außerdem reist Robi morgen ab. Ich finde, wir sollten seinen Abschied feiern.

Robi streckte sich träge auf dem Boden und ließ das Buch fallen, das er gelesen hatte. Feiern? sagte er. In dieser Hitze?

Ja, sagte Ila, gehen wir irgendwohin und amüsieren wir uns.

Robi und ich wechselten einen langen zweifelnden Blick.

Ich hab nicht genug Geld dabei, sagte ich.

Ich hab Geld, sagte sie. Ich lad euch ein.

Aber wo sollen wir denn hingehen? fragte Robi.

Ich weiß wohin, sagte Ila. Gehen wir ins Grand Hotel. Da soll's einen Nachtklub geben.

Was sollen wir denn in einem Nachtklub? sagte Robi.

Wir können ein paar Biere trinken, sagte Ila. Und uns die Show ansehen – so was in der Art.

Trinken! rief Robi. In so einem Etablissement?

Was hast du denn? sagte sie scharf. Du trinkst doch Alkohol, oder? Was ist mit dieser Geschichte, die du mir erzählt hast, von dieser Abschiedsfeier, die deine Kumpel am College für dich ausgerichtet haben? Du bist vielleicht ein kleiner Heuchler.

Mit solchen Urteilen war Ila immer schnell bei der Hand, weil für sie Moral nur etwas Absolutes sein konnte. Sie konnte ohne weiteres jemanden verstehen und bewundern, der aus Prinzip nie Fleisch aß, aber jemand, der nur zu Hause Vegetarier war, war für sie ein Heuchler der schlimmsten Sorte. Sie wußte, daß Robi nicht davor zurückschreckte, gelegentlich die Relegierung zu riskieren, indem er flaschenweise Rum in sein Zimmer schmuggelte und die Nacht mit seinen Freunden durchzechte. Sie begriff nicht, daß er auf dem College gerade deswegen solche Dinge machte, weil sie dort etwas Unschuldiges an sich hatten, weil man dort wie in einem Kloster lebte, wo die Vorschriften des Ordens durch ihre Verletzung geehrt wurden, und deswegen konnte sie auch nicht begreifen, warum Robi sich schmutzig vorkam, wenn er in einem Nachtklub, umgeben von dicken Männern mit Tränensäcken unter den Augen, Alkohol trank. Sie konnte das eigentliche Wesen seiner Askese nicht verstehen, weil sie beim Urteilen keine Rücksicht auf die Umstände nahm.

Eigentlich ist er bloß ein mieser Kleinbürger, hatte Ila mir einmal bezüglich Robi gesagt. Es ist mir völlig schleierhaft, wie er in eurem College zu so einer Legende werden konnte. Ich dachte immer, Studenten sollten Engstirnigkeit bekämpfen. Aber wahrscheinlich haben die jüngeren Semester Respekt vor Muskeln, und die hat er ja reichlich.

Ich wunderte mich auch, als ich zum erstenmal entdeckte, wieviel Respekt Robi im College genoß. Das war deswegen schwer zu verstehen, weil er sich auf jenen klassischen Gebieten, auf denen man sich innerhalb einer Lehranstalt auszeichnen konnte, nie sonderlich hervorgetan hatte. Er war nicht außergewöhnlich gut in Sport, gerade gut genug, um sich einen Platz in der Kricketelf der Schule zu sichern, und auch in seinen Fächern war er zwar gut, aber in keinem brillant. Er war weder übermäßig intelligent noch besonders gut angezogen, weder begabt noch irgendwie anders als Dutzend andere in unserem College, und doch genoß er, ohne ihn zu fordern, ohne ihn anscheinend überhaupt wahrzunehmen, einen Respekt, der unendlich viel größer war als der, der dem besten Sportler und dem brillantesten Studenten gezollt wurde.

Es dauerte einige Zeit, bis ich dahinterkam, daß dieser Respekt tatsächlich ein Tribut an die übermenschliche Einfachheit seines Weltbildes war, ein Tribut daran, daß er nicht zögerte, Urteile zu fällen – weil es ganze Verhaltensbereiche gab, innerhalb deren er keinerlei Diskussion duldete und, aufgrund seines ausgeprägten körperlichen Muts, keine Angst hatte, sie auch zu verteidigen. Zum Beispiel gab es einmal einen riesigen Aufschrei in unserem College, weil ein Student wegen eines geringfügigen Vergehens relegiert worden war – er hatte ein Mädchen zu einer Tasse Tee auf sein Zimmer eingeladen oder etwas in der Art. Die Studentenvereinigung war einstimmig dafür, einen Streik auszurufen. Doch Robi weigerte sich als einziger im ganzen College, sich der allgemeinen Meinung anzuschließen. Er diskutierte nicht und hielt auch keine Reden, er weigerte sich nur, an den Studentenversammlungen teilzunehmen. Und als einige der Studentenführer ihm drohten, ihn zusammenzuschlagen, stellten sie überrascht fest, daß er erleichtert war, die Angelegenheit mittels einer klaren körperlichen Konfrontation regeln zu können. Sein Stand im College war derart, daß die Studentenführer schließlich nachgaben und der Streik abgeblasen wurde.

Später fragte ich ihn: Warum wolltest du denn nicht streiken? Sag's mir, es interessiert mich.

Er wollte es mir nicht sagen, und so fragte ich ihn noch mal, und dann sagte er widerstrebend: Weil Vorschrift Vorschrift ist. Wenn du gegen sie verstößt, mußt du bereit sein, den Preis dafür zu zahlen.

Aber ist es denn eine *gute* Vorschrift? fragte ich. Er lächelte nur, und egal wie sehr ich mich bemühte, ich konnte ihn nicht dazu bewegen, meine Frage zu beantworten.

Da begriff ich, daß er sie gar nicht beantworten *konnte*. Daß seine Autorität jenem unterirdischen Reich des Urteilens entstammte, das wir Ethik nennen, und deren Erfolg ist daran geknüpft, daß ihre Entscheidungen sich jeglicher Diskussion entziehen. Ich verstand jetzt, warum sein Standpunkt immer über die Einstellung seiner Altersgenossen obsiegte, denn während sie sich durch einen Nebel gewöhnlicher Verunsicherungen tasten mußten, verfügte Robi in jeder schwierigen Lage über eine Intuition, durch die er unmittelbar zu dem Wissen gelangte, was er tun *sollte*, selbst wenn er nicht wußte warum. Und sie folgten ihm, da er, als einziger, bereit war, jene unbequemen, oft lächerlichen Skrupel auch zu verteidigen, die sie sich nur allzu leicht ausreden ließen. Deswegen bewunderten und fürchteten sie ihn gleichermaßen – und ich auch –, und deswegen war sein Mut, selbst wenn er sich körperlich manifestierte, im reinsten Sinne moralisch.

Na komm, amüsier dich mal zur Abwechslung, sagte Ila. Du reist sowieso bald ab, dann kannst du wieder alles vergessen.

Aber wieso willst du ausgerechnet ins Grand Hotel? fragte Robi.

Natürlich weil es das schickste Etablissement in der Stadt ist, sagte Ila und neigte den Kopf zurück. Ist das denn nicht der beste Grund?

In so was will ich nicht gehen, sagte Robi.

Aber wenn Ila sich erst mal was in den Kopf gesetzt hatte, mußte sie ihren Willen haben. Sie kniete vor ihm nieder und berührte seine Füße mit der Stirn.

Bitte, Robi-kaku, sagte sie. Bitte, nur dieses eine Mal. Wenn's dir nicht gefällt, gehen wir wieder. Versprochen.

Als wir den Eingang vom Grand Hotel erreichten und sahen, wie der Blick des Portiers, kalt wie tote Fischaugen, verächtlich über uns glitt, wären Robi und ich am liebsten weitergegangen, die ganze Chowringhee hinunter. Doch Ila war direkt hinter uns, und mit einem Rascheln von Seide schob sie uns durch den Eingang in einen von Lüstern erleuchteten Saal. Sie führte uns zur Rezeption, und mit dem sonorsten englischen Akzent, dessen sie fähig war, bat sie darum, man möge uns den Weg zum Nachtklub zeigen. Angemessen beeindruckt ließ man einen livrierten Diener kommen, der uns dann durch einen weiteren Korridor führte, zu einer großen verzierten Tür. Er stieß die Tür auf, steckte das Trinkgeld ein, das Ila ihm in die Hand drückte, und trat mit einer Verbeugung zur Seite.

Irgendwo aus dem Innern des finsteren höhlenartigen Raumes hallte das Brummen einer elektrischen Gitarre.

Da geh ich nicht rein, sagte Robi. Er entzog Ila seine Hand. Er schwitzte.

Ach komm, sagte Ila verärgert. Komm schon, Onkel Robi. Du hast deinen Standpunkt klargemacht. Wir glauben dir schon, daß du nur ein armer Bauer bist, der von der Verderbtheit der Großstadt entsetzt ist. Dann kannst du dich doch jetzt entspannen und dich amüsieren.

Sie ergriff wieder seine Hand, und nun ließ er sich hineinführen.

Es war so dunkel, daß der Kellner uns mit seiner Taschenlampe einen Weg durch die leeren Tischgruppen leuchten mußte. Ich spürte, wie etwas Feuchtes und seltsam Pelziges mein Gesicht berührte. Unwillkürlich hob ich den Arm, um es abzuwehren. Dann spürte ich es wieder, auf meinem Unterarm, und sprang zurück, wobei ich einen Stuhl umstieß.

Ich bekam eine Gänsehaut. Was sind das für Dinger? rief ich. Da berührt mich immer was.

Das ist nur die Dekoration, Sir, sagte der Kellner. Er blieb vor einem leeren Tisch stehen und zog für Ila einen Stuhl zurück. Wir setzten uns, und als sich unsere Augen an die Dunkelheit gewöhnt hatten, sahen wir, daß jedes verfügbare Plätzchen mit wippenden Palmenblättern ausgefüllt war. Auf den Wänden waren Katamarane aufgemalt, und Trauben von Kokosnüssen baumelten von der Decke. Ila deutete auf die Band, die auf einem Podium neben der Tanzfläche stand. Sie bestand aus vier Männern in dunklem Anzug, Fliege und Strohhut.

Sie kicherte: Ich glaube, das soll einen Strand darstellen.

Sie verschränkte die Hände und sah uns beide lächelnd an. Also, sagte sie, wollen wir Bier bestellen?

Ich nickte, als sie sich mir zuwandte, doch Robi schwieg.

Kannst du nicht einfach so tun, als wärst du im College? fragte sie. Wenn du dadurch das Gefühl hast, kein so großer Heuchler zu sein?

Robi hob abrupt die Hand und winkte dem Kellner. Als der Kellner kam, sagte er: Bringen Sie uns bitte drei Bier.

Er legte die Hände flach auf den Tisch, drehte sich zu Ila um und rollte seine breiten kräftigen Schultern.

Wissen deine trotzkistischen Kameraden eigentlich, was du so treibst, wenn du nicht gerade für die Revolution demonstrierst? fragte er.

Sie lächelte und tippte ihm mit dem Finger an die Wange. Dummkopf, sagte sie, man kann nicht für eine Revolution demonstrieren. Und außerdem wissen sie es, und es ist ihnen egal, weil Trotzkisten keine freudlosen kleinen Buchhalter sind, wie du allmählich einer wirst.

Kaum hatte sie es gesagt, ärgerte sie sich über sich selbst. Ach komm, Robi, sagte sie. Es ist dein letzter Abend hier. Da wollen wir doch nicht streiten.

Das machte Robi nur noch wütender. Aber wie immer, wenn er wirklich wütend war, wußte er nicht, was er sagen sollte. Dann kamen unsere Biere, und er machte sich mit den Flaschen und Gläsern zu schaffen. Als er die Gläser gefüllt hatte, hob er seins und leerte es zur Hälfte in einem langen Zug. Dann lehnte er sich zurück, wischte sich den Mund ab und starrte schwer atmend in sein Glas hinein.

Zu meiner Erleichterung gab es einen lauten Trommelwirbel, und der Bandleader verkündete durchs Mikrofon: Und jetzt, meine Damen und Herren, singt Miß Jennifer für Sie. Bitte um Applaus.

Turtelnd und dienernd kam Miß Jennifer aus der Dunkelheit herausgeschwebt, eine papierblasse, matronenhafte Frau in einem hautengen roten Futteralkleid, das über und über mit Silberpailletten bedeckt war.

Hallo, meine Herrschaften! trillerte sie mit einer hohen dünnen Stimme voll professioneller Munterkeit. Hallo! Machen Sie sich bereit für einen Riesenspaß!

Die Scheinwerfer wirbelten, und die Pailletten auf ihrem Kleid verwandelten sich in bunte Blitze. Sie stakste zu dem Tisch neben uns.

Naa, hauchte sie heiser ins Mikrofon. Wen haben wir denn da?

Die beiden älteren Geschäftsleute, die an dem Tisch saßen,

wanden sich schüchtern und vergnügt auf ihren Stühlen. Sie tätschelte ihnen die Wangen, aber als sie die Hände nach ihr ausstreckten, schlug sie sie weg und tänzelte mit lautem Zungengeschnalze außer Reichweite.

Ts ts, sagte sie und sah sie durch niedergeschlagene Wimpern an. Wir sind aber ungezogen heute –

Wenn sie hierherkommt, murmelte Robi in sein Glas hinein, schlag ich ihr die Zähne aus.

Doch statt dessen ging sie in die Mitte der Tanzfläche, riß dramatisch die Arme auseinander, wie eine Taucherin auf dem Sprungbrett, und rief: So, meine Herrschaften – tanzen wir mit Ol' Blue Eyes – tanzen wir heute mit einem Fremden.

Ja, stimmte Ila eifrig zu, genau. Tanzen wir, das wird uns aufmuntern.

Komm, sagte sie und zog mich an der Hand. Steh auf, laß uns tanzen.

Doch ich war auch schon unter normalen Umständen nicht sonderlich geschickt mit meinen Beinen. Und als ich zu der riesigen leeren Tanzfläche hinübersah, zu der molligen Miß Jennifer, die sich in der Mitte hin und her wiegte, und die hungrigen Augen der Geschäftsleute sah, die sie anstarrten, da wußte ich, daß ich niemals auf diese Tanzfläche treten könnte.

Nein, sagte ich kopfschüttelnd. Ich kann nicht. Nicht hier.

Sie wandte sich enttäuscht ab. Robi? fragte sie. Würdest du nicht gerne tanzen?

Ich kann nicht tanzen, sagte er und hob den Kopf, um sie anzusehen. Und selbst wenn ich es könnte, würde ich es nicht tun, nicht an so einem Ort wie diesem. Ich glaube, du solltest dich lieber wieder hinsetzen, weil du auch nicht tanzen wirst.

Zunächst war sie nur überrascht.

*Ich* werde nicht tanzen? sagte sie. Wieso nicht?

Weil ich dich nicht lasse, sagte Robi ruhig.

Du läßt mich nicht? sagte sie. Die Muskeln in ihrem Gesicht wurden allmählich hart.

Du *läßt* mich nicht? wiederholte sie. Was bildest du dir eigentlich ein, wer du bist?

Robi verschränkte die Arme vor der Brust. Es ist völlig egal, wer ich bin, sagte er. Ich laß dich nicht.

Sie drehte sich jetzt zu mir um, ihre Lippen dünn und blutleer. Bildet er sich vielleicht ein, fragte sie mich, daß er mich wie sein blödes College-Jungvolk behandeln kann? Glaubt er etwa, er kann mich daran hindern, nur weil er Muskeln hat? Denkt er vielleicht, ich hab Angst vor so einem dahergelaufenen College-Raubauken? Na, dann wollen wir mal sehen, wie er mich daran hindert.

Sie stieß ihren Stuhl zurück und stand auf.

Ich streckte die Hand aus und zog sie am Rock. Ila, bitte nicht, sagte ich. Du kennst ihn nicht. Bitte setz dich wieder hin und laß uns dann gehen.

Sie versetzte meiner Hand einen schmerzenden Schlag. Ich will's wissen, sagte sie. Mal sehen, was er tut, um mich dran zu hindern.

Ich sprang auf und stellte mich vor sie. Ila, bitte, sagte ich, was hast du vor?

Sie stieß mich beiseite. Ich werd dir sagen, was ich vorhab, antwortete sie. Ich werde zu den beiden Geschäftsleuten da rübergehen, und ich werde den Dünnen fragen, ob er mit mir tanzen will.

Sie machte kehrt und ging davon.

Robi drehte sich auf seinem Stuhl um und beobachtete, wie sie zu den beiden Geschäftsleuten hinüberging. Wir sahen, wie sie sie anlächelte, dann legte sie graziös den Kopf schief und sprach den Dünneren an. Er sprang auf, und wir beobachteten, wie sich sein Gesicht zu einem Lächeln verzog und sich dann durch einen lüsternen, gierigen Hintergedanken eintrübte. Sie lächelte wieder, und er trat begierig nickend heran, um ihre Hand zu ergreifen.

Ich hörte das Scharren von Robis Stuhl und trat ihm in den

Weg. Er stieß mich beiseite und erreichte die anderen mit drei großen Schritten. Mit der einen Hand packte er Ila am Kragen ihrer Bluse und zerrte sie von dem Geschäftsmann weg. Die andere pflanzte er dem Mann mitten auf die Brust. Er bog den Rücken nach hinten und drehte sich dann plötzlich mit so viel Kraft herum, daß er Mann gut zwei Meter zurücktaumelte und dabei seinen Stuhl mit sich riß.

Die Sängerin ließ ihr Mikro fallen, und die Band erstarrte unter dem Scheinwerfer zu einem silbrigen Stilleben. Einen Augenblick herrschte vollkommene Stille. Dann bewegten sich alle wieder wie ein Film, der nach einer Unterbrechung weiterläuft, und im Nu waren wir von einer Schar Kellner umringt.

Der einzige, der völlig ruhig blieb, war Robi. Er hielt die geöffneten Hände abwehrend vor sich und sagte mit ruhiger leiser Stimme: Fassen Sie mich nicht an. Wir bezahlen und gehen sofort, aber fassen Sie mich nicht an.

Er nahm seine Brieftasche heraus und gab einem der Kellner einen 50-Rupien-Schein. Dann legte er den Arm um Ila und führte uns hinaus. Die Kellner folgten uns bis hinaus auf den Bürgersteig.

Ila sagte die ganze Zeit kein Wort. Erst als wir auf der Höhe des Museums waren, blieb sie an der Ecke stehen und lehnte sich an den Eisenzaun.

Sag mal, bist du verrückt geworden? fuhr sie Robi an. Sie spie die Worte durch die zusammengebissenen Zähne aus. Was hast du dir dabei gedacht?

Komm, sagte Robi. Es ist vorbei, vergessen wir's.

Wir werden es nicht vergessen, sagte sie. Sie schrie jetzt, doch mit sehr leiser Stimme, nach Frauenart. Wir werden es nicht vergessen. Na los, sag's mir: Was hast du dir dabei gedacht?

Hör zu, Ila, sagte Robi kopfschüttelnd. Was du da getan hast, hättest du nicht tun sollen. Das solltest du eigentlich wissen. Mädchen benehmen sich hier nicht so.

Was zum Himmelscheiß noch mal soll das denn heißen? fuhr

sie ihn wieder an. Was soll das heißen, «Mädchen»? Verdammt noch mal, ich tu, was ich will, wann ich will und wo ich will.

Das tust du nicht, sagte er. Nicht wenn ich dabei bin. Mädchen benehmen sich hier nicht so.

Wieso denn nicht? schrie sie. Verdammte Scheiße, wieso denn nicht?

In England kannst du machen, was du willst, sagte er. Aber hier gibt es bestimmte Dinge, die du einfach nicht tun darfst. Das ist unsere Kultur. So leben wir hier.

Sie starrte ihn mit großen Augen an, sprachlos. Dann wirbelte sie zu mir herum. Verstehst du's jetzt? rief sie. Sie biß sich heftig auf die Lippen, und die Tränen strömten ihr aus den überquellenden Augen.

Ich legte meine Arme um sie und zog sie an mich. Sie wühlte ihr Gesicht in meine Kurta, schluchzte und sagte immer wieder: Verstehst du's jetzt? Verstehst du's? – und ich, nicht verstehend, wiederholte: Was soll ich verstehen? Was verstehen?, während ich versuchte, mit dem Handrücken ihre Tränenflut einzudämmen.

Dann stieß sie mich weg und winkte einem Taxi. Es hielt an, und sie stürzte hinein, kurbelte das Fenster herunter und schrie: Verstehst du jetzt, warum ich in London lebe? Verstehst du's? Nur weil ich frei sein will.

Frei wovon? sagte ich.

Frei von dir, von *euch*! schrie sie zurück. Frei von eurer Scheißkultur und von euch allen.

Das Taxi fuhr wieder an, und ich rannte hinterher.

Du kannst nie frei von mir sein, schrie ich ihr durchs offene Fenster zu. Auch wenn ich morgen sterben würde, wärst du nicht frei von mir. Das kannst du gar nicht, weil ich *in dir drin bin* . . . genauso wie du in mir drin bist.

Dann beschleunigte das Taxi und verschwand auf der Chowringhee.

*Das war es also,* was ich meiner Großmutter erzählte, als sie auf ihrem Krankenlager lag und mich böse anstarrte. Ich sagte ihr, Ila lebe nur deswegen in London, weil sie frei sein wolle.

Doch im gleichen Moment, als ich es sagte, wußte ich, daß ich einen Fehler gemacht hatte. Ich hätte wissen müssen, daß sie nichts als Verachtung für eine Freiheit übrig hatte, die sich um den Preis eines Flugtickets erkaufen ließ. Denn sie hatte auch einmal frei sein wollen. Sie hatte davon geträumt, für ihre Freiheit zu töten.

Sie will keine Freiheit, sagte meine Großmutter, und ihre blutunterlaufenen Augen glühten in den Höhlen ihres verwelkten Gesichts. Sie will in Ruhe gelassen werden, damit sie tun kann, was sie will. Das würde auch jede andere Hure für sich beanspruchen. Was sie haben will, wird sie da drüben mühelos finden. Das haben solche Länder zu bieten. Aber das bedeutet nicht, frei zu sein.

Da stand ich auf und ging in mein Zimmer. Während ich aus meinem Fenster starrte, auf die Dunkelheit des Sees, sah ich wieder Ilas Gesicht vor mir, wie ich es an jenem Abend im Taxi gesehen hatte, naß von Tränen, verzerrt vor Wut und Haß, und ich dachte, wie sehr sie alle frei sein wollten, wie sie sich alle ganz verrückt machten mit ihrem Wunsch nach Freiheit. Ich begann mich allmählich zu fragen, ob ich vielleicht verrückt war, weil ich glücklich war, gebunden zu sein, ob ich ganz allein stand mit meinem Wissen, daß ich ohne das Geschrei der Stimmen in meinem Innern nicht leben konnte.

*Am nächsten Morgen* sah ich wieder nach meiner Großmutter.

Sie hatte jetzt eine Krankenschwester, die sie pflegte, und sowie sie mich das Zimmer betreten sah, bat sie die Schwester, sie umzudrehen, damit sie mich nicht sehen mußte. Ich richtete ein paar allgemeine Bemerkungen an ihren Rücken, bekam aber keine Antwort.

Der Krankenschwester war es peinlich. Mit ihrer muntersten

Stimme sagte sie zu meiner Großmutter: Na kommen Sie, warum beantworten Sie denn nicht seine Fragen? Er ist schließlich Ihr Enkel.

Ich konnte den Ausdruck auf dem Gesicht meiner Großmutter nicht sehen, als die Schwester das sagte, aber ich konnte ihn mir vorstellen. Sie griff nach der Bettpfanne, die auf einem niedrigen Tisch neben ihrem Bett stand, und versuchte sie nach der Krankenschwester zu schleudern. Aber sie war so schwach, daß sie sie gerade mal auf den Boden schlagen konnte.

Die Krankenschwester war erschüttert. Sie war erst seit ein paar Tagen bei meiner Großmutter und hatte sie bisher für ein sanftes Wesen gehalten.

Sie sollten jetzt lieber gehen, sagte sie zu mir, die Patientin ist stark erregt.

Ich schlüpfte schnell durchs Zimmer. Aber als ich die Tür öffnete, ertönte die Stimme meiner Großmutter von ihrem Bett. Es war ihre alte Stimme, die kräftige Stimme, die ich von früher kannte, nicht die Stimme, die sich während ihrer Krankheit entwickelt hatte.

Warum ergreifst du immer Partei für diese Hure? sagte sie.

Ich wirbelte herum. Von wem redest du? sagte ich und starrte auf ihren Hinterkopf.

Von dieser Memshaheb-Hure, sagte sie, von Ila. Warum nimmst du sie immer in Schutz? Was bedeutet sie dir bloß?

Die Krankenschwester eilte hinüber, um ihr den Speichel vom Mund zu wischen, und ich schlüpfte aus dem Zimmer.

An jenem Abend verschlimmerte sich der Zustand meiner Großmutter. Wir hörten sie durch die Wände unserer Zimmer, wie sie gequält nach Atem rang, die ganze Nacht hindurch. Als ich sie am nächsten Morgen aufsuchte, lag sie in einem winzigen erschöpften Häuflein auf ihren Kissen. Sobald ich das Zimmer betrat, richtete sie ihre rotgeränderten Augen auf mich und sagte: Warum antwortest du mir nicht? Sag's mir: Was bedeutet dir diese englische Hure?

Bevor ich irgendwas erwidern konnte, eilte die Krankenschwester herbei und schob mich aus dem Zimmer.

Einige Tage später verschlechterte sich ihr Zustand immer mehr. Es wurden Vorkehrungen getroffen, ein Sauerstoffzelt über ihrem Bett aufzustellen. Inzwischen hatte sich auch ein Arzt bei uns einquartiert, zusätzlich zur Krankenschwester. Tagsüber gestattete uns die Krankenschwester manchmal, meine Großmutter zu betrachten, wie sie unter ihrem Sauerstoffzelt nach Atem rang. Aber keiner durfte mit ihr sprechen. Die Ärzte wollten sie in ein Krankenhaus verlegen, doch sie hatte noch genug Kraft übrig, ihnen zu sagen, daß sie lieber zu Hause als in einem Krankenhaus sterben wolle.

Dann, ganz allmählich, erholte sie sich wieder. Das Sauerstoffzelt wurde entfernt, und meine Mutter verbrachte viel Zeit an ihrem Bett. Doch weder mein Vater noch ich wurden in ihr Zimmer gelassen.

Meine Ferien waren jetzt fast vorüber. Da sich der Zustand meiner Großmutter verbessert hatte, entschieden meine Eltern, daß ich nach Delhi zurückkehren sollte. In drei Monaten war meine Abschlußprüfung, und ich hatte während der Ferien kaum gelernt. Ich hatte mich darauf eingestellt zu bleiben, folgte ihrem Rat aber nur allzu gerne.

Am Tag meiner Abreise führte meine Mutter mich ins Zimmer meiner Großmutter, damit ich mich von ihr verabschieden konnte. Sie saß aufrecht im Bett, und es schien ihr so gut zu gehen wie lange nicht. Zu meiner Erleichterung redete sie ganz fröhlich von meinem College und der bevorstehenden Prüfung. Als es Zeit war zu gehen, berührte ich ihre Füße, und wie immer zog sie meinen Kopf auf ihre Brust, um mich zu segnen. Ich hörte das ruhige vertraute Gemurmel ihres Segens. Dann senkte sie den Mund an mein Ohr, so daß ich die Hitze ihres Atems auf meinem Gesicht spürte.

Warum hast du dich von dieser Hure einfangen lassen? flüsterte sie. Ich weiß genau, daß sie es ist, die dich in die Arme dieser Huren in Delhi treibt. Glaubst du etwa, ich wüßte nichts davon? Hast du etwa gedacht, ich laß das zu?

Ich riß meinen Kopf aus ihren Händen. Sie begegnete meinem Blick und lächelte. Ich konnte nicht glauben, daß diese verwelkte, verbrauchte, kraftlose Frau derselbe Mensch war, den ich so geliebt und gefürchtet hatte.

Zwei Monate lang schrieben mir meine Eltern jeden zweiten Tag von meiner Großmutter. Nach meiner Abreise aus Kalkutta verbesserte sich ihr Zustand eine Weile. Dann wurde er ohne ersichtlichen Grund für etwa eine Woche wieder sehr kritisch. Wieder genas sie auf wunderbare Weise, bis es ihr so gut ging, daß sie wieder lesen und sogar ein paar Briefe schreiben konnte.

Dann kamen auf einmal keine Briefe mehr von meinen Eltern, eine ganze Woche lang. Ich hatte damals keine Zeit, an irgend etwas anderes zu denken als an indische Geschichte, und so machte ich mir keine weiteren Sorgen, außer nebenbei.

In ihrem nächsten Brief schrieben mir meine Eltern, daß meine Großmutter gestorben und einen Tag nach ihrem Tod eingeäschert worden sei. Sie hatten beschlossen, mir kein Telegramm zu schicken, falls ich auf die Idee käme, nach Kalkutta zu eilen. Sie wollten mich so kurz vor meiner Prüfung nicht stören.

An dem Tag wünschte ich mir verzweifelt, daß Robi, der seit fast einem Jahr weg war, noch am College wäre. Sonst kannte ich niemand, mit dem ich reden konnte, also irrte ich aus dem College, die Straße hinunter zur Bushaltestelle Maurice Nagar. Nach einer Weile kam ein leerer 210 daher, und ich stieg ein. Ich setzte mich auf einen Fensterplatz und starrte hinaus, sah zu, wie die Parks an der Ring Road und die Mauern des Red Fort vorbeizogen. Als der Bus das Central Secretariat erreichte, überquerte ich die Straße und nahm einen anderen 210 zurück. Bei der Mall Road beschloß ich auszusteigen und zu Fuß zu gehen. Da war es schon dunkel, die Straßen menschenleer, die ganze Universität still unter dem lastenden Druck der Prüfung.

Während ich die menschenleere Allee hinunterging, stellte ich fest, daß ich weinte, weniger vor Kummer als vor Wut darüber, daß meine Eltern mich nicht rechtzeitig benachrichtigt hatten und ich deswegen bei der Einäscherung nicht dabeisein konnte. Ich erklomm die steile Straße, die zum Denkmal auf der Ridge führte, saß dann da, auf dem Rasen, und fühlte meinen Zorn dahinschwinden. Irgendwie schien die Art und Weise, wie ich vom Tod meiner Großmutter erfahren hatte, doch angemessen zu sein. Sie war letzten Endes immer ein viel zu leidenschaftlicher Mensch gewesen, um einen festen Platz in meiner ordentlichen spätbürgerlichen Welt zu finden, in der Welt, die ich geerbt hatte, in der Prüfungen wichtiger waren als der Tod.

Zwei Tage später überbrachte mir ein Bote eine Mitteilung vom Dekan unseres Colleges. Er wollte mich dringend sprechen. Ich legte meine Bücher weg und eilte zu seinem Büro.

Er war ein aufgeblasener kleiner Mann, den niemand mochte. Aber niemand machte sich die Mühe, das besonders zum Ausdruck zu bringen. So viel Aufmerksamkeit schien er nicht zu verdienen.

Ich betrat sein Büro, und er zeigte auf einen Stuhl. Als ich mich gesetzt hatte, klopfte er auf ein Blatt Papier, das er vor sich auf seinem Schreibtisch liegen hatte, und sagte: Es tut mir leid, Sie um diese Zeit zu stören, aber es handelt sich hier um eine sehr ernste Angelegenheit, die eine Relegation, zumindest aber eine zeitweilige Verweisung zur Folge haben könnte. Wirklich, eine sehr ernste Angelegenheit. Und schließlich ist da auch noch der medizinische Gesichtspunkt zu berücksichtigen.

So lächerlich er auch war, sein Ton ließ mich aufschrecken. Es stand in seiner Macht, mir jegliche Chancen für eine akademische Karriere zunichte zu machen.

Worum geht es denn genau, Sir? fragte ich.

Wir haben Informationen erhalten, sagte er und tippte wieder auf das Blatt Papier, daß Sie in Etablissements von schlechtem Ruf Prostituierte aufgesucht haben. Hier steht, daß Sie zu Ihrem eigenen Guten relegiert und nach Kalkutta zurückgeschickt werden sollen.

Ich war so verblüfft, daß ich ihn nur stumm anstarren konnte. Dann brachte ich heraus: Von wem haben Sie diese Informationen, Sir?

Von Ihrer eigenen Großmutter, sagte er und reichte mir das Blatt Papier. Hier, überzeugen Sie sich selbst.

Der Brief war nur drei Zeilen lang. Die Handschrift war sehr zittrig, doch eindeutig die meiner Großmutter. Sie schrieb, sie wisse, daß ich in Delhi Huren aufsuche, sie habe mit mir geredet, und ich hätte keinerlei Anzeichen von Reue gezeigt, und als Lehrerin sei sie der Ansicht, daß mein College, wenn es auch nur die geringste Selbstachtung habe, dafür sorgen solle, daß ich heimgeschickt werde.

Ich war so erschüttert vom Anblick ihrer wiederauferstandenen Hand, die nach ihrem Tod noch genauso nach mir griff, wie sie es meine ganze Kindheit hindurch getan hatte, daß es einige Zeit dauerte, bis ich mich wieder so weit gesammelt hatte, daß ich dem Dekan eine Erklärung geben konnte. Ich sagte ihm, und sah ihm dabei in die Augen, daß ich in all meinen Jahren im College kein verrufeneres Etablissement besucht hatte als das Chanakya-Kino und das Khyber-Restaurant am Kashmeri Gate. Ich sagte, meine Großmutter sei sehr krank gewesen, als sie diesen Brief geschrieben hatte, und daß die Krankheit ihren Geist verwirrt habe.

Die ganze Situation war so abwegig, daß der Dekan bald den Glauben an den Brief verlor und mich gehen ließ. Aber er warnte mich, daß er mich in meinen letzten paar Wochen auf dem College im Auge behalten würde.

Als ich aufstand, warf ich einen Blick auf den Brief. Sie hatte sogar das Datum in die obere rechte Ecke geschrieben, wie sie es immer tat. Als ich es mir später noch einmal durch den Kopf gehen ließ und die Daten verglich, erkannte ich, daß sie den Brief einen Tag vor ihrem Tod geschrieben hatte.

Ich habe nie begriffen, wie sie von den Frauen erfahren hatte, die ich einige Male zusammen mit meinen Freunden aufgesucht hatte. Und ebensowenig weiß ich, wie sie erkannt hatte, daß ich in Ila verliebt war, und zwar lange bevor ich wagte, es mir selbst einzugestehen.

*Irgendwann gegen Ende* meines ersten Herbstes in London, als die Bäume am Embankment bereits kahl waren, begriff ich, daß ich mich der Wahrheit nicht länger verschließen konnte.

Ohne es richtig zu merken, schlenderte ich in Soho oder am Trafalgar Square umher, und ich redete mir ein, daß ich zum reinen Vergnügen unterwegs war, um die Stadt zu entdecken. Doch bald befand ich mich wieder einmal am Embankment. Ich lehnte mich auf die Brüstung und starrte über die dunkle Weite der Themse zu dem Betonhügel der South Bank hinüber. Ich blieb stehen, um mit den Händen über die gußeisernen Lampen zu fahren, über die geschürzten Lippen der modellierten Fische, und oft stellte ich überrascht fest, daß ich irgendwo hinten in meiner Kehle leise die Melodie eines Liedes aus einem alten Hindi-Film summte – *beqaraar karke hame yun na jaiyen . . .* Ich weiß nicht, warum es ausgerechnet diese Melodie war. Weder hatte ich den Film je gesehen noch die Platte besessen, aber es war immer diese eine und keine andere.

Sie erschien unangekündigt, ohne erkennbaren Grund, und obwohl es immer dieselbe Melodie war, klang sie nicht immer gleich. Manchmal war sie fröhlich und schwungvoll, und dann, egal ob es eine feuchte kalte Nacht war oder eine kühle prikkelnde, marschierte ich fröhlich das menschenleere Embankment entlang und sang aus vollem Halse, während die Autos in Pulks an mir vorbeidröhnten. Ich ging zum anderen Bürgersteig hinüber, nahm einen Bleistift aus meiner Tasche und hielt ihn in der ausgestreckten Hand, so daß ich ihn beim Gehen gegen das Geländer klicken hören konnte, eine Trommelbegleitung zu meiner Melodie. Doch dann gab es Zeiten, wo die Melodie unheimlich und düster wurde. Dann scheute ich vor den Schattenflekken auf dem Bürgersteig zurück, und die dunklen Steinmassen der hohen Gebäude, die das Embankment säumten, sahen plötzlich irgendwie bedrohlich aus. Dann versuchte ich mich an die Lichtkegel unter den Laternen zu halten, und ich sah hinunter auf die seidige Schwärze der Themse. Ich senkte den Kopf und beeilte mich, mein Kinn in meinen Schal zu vergraben, und wagte nicht, die anderen bemantelten Gestalten anzusehen, die an mir vorübergingen. In solchen Nächten betete ich darum, daß die Melodie verschwinden, mich in Frieden lassen möge. Manchmal dachte ich sogar, daß ich ihr ein Schnippchen geschlagen hatte, daß sie weg war. Ich ließ mich dann auf eine Bank fallen und lauschte angestrengt, um mich zu vergewissern, und dann hörte ich sie jedesmal wieder, wie sie leise in meiner Kehle summte.

Früher oder später an solchen Abenden stand ich dann an der Lambeth Bridge. Ich blickte über die Brücke auf die verwitterten backsteinroten Zinnen und Türme des Palastes, und aufrichtig überrascht sagte ich zu mir: Na so was, jetzt bin ich doch tatsächlich an der Lambeth Bridge gelandet. Wo ich jetzt schon hier bin, kann ich auch gleich noch bis nach Stockwell gehen und Ila besuchen.

Dann ging ich bis zur Hälfte über die Brücke, lehnte mich auf das Geländer und überlegte mir Gründe, warum ich nicht weitergehen sollte. Daß es zu weit war, daß es nur noch stärker regnen würde, bevor ich dort ankam, weil ich schon zweimal in dieser Woche da gewesen war, weil Ila sowieso nicht zu Hause wäre ... Ich führte diese Diskussion gänzlich unaufrichtig fort, als würde ich nur eine Unterhaltung zwischen zwei alten Freunden belauschen. Währenddessen blieb der skeptische Teil meines Geistes, der Teil, der ganz genau wußte, warum ich mich auf der Lambeth Bridge befand, stumm. Ich gestattete mir nicht, ihm zuzuhören.

Aber wenn ich mich erst mal entschieden hatte – vor allem wenn es gerade nach einer Zeit war, in der ich mich länger als drei Tage erfolgreich von Stockwell ferngehalten hatte –, hob sich eine Riesenlast von meinem Herzen, und ich eilte über die Brücke, lief schneller, immer schneller, rannte fast bis zu ihrem Haus in Stockwell.

Um das Summen dieser Melodie zu übertönen, spielte ich beim Gehen in Gedanken mit Zahlen herum. Ich versuchte auszurechnen, wie viele Meilen ich schon gelaufen war und wieviel Zeit ich dafür gebraucht hatte. Sechseinhalb Meilen, sagte ich zu mir, oder 11 440 Yards, oder noch besser, 34 320 Fuß, oder 10 461 Meter. Diese Berechnungen beschäftigten und erschöpften mein Hirn, so daß ich mich dem wunderbaren Glücksgefühl hingeben konnte, das mich immer rascher weitertrieb, nach Stockwell.

Später sah ich mir manchmal die Werbung für Edelsteine und Schmuck in den britischen Sonntagszeitschriften an, oder ich las die Berichte über Filmstarromanzen, und ich fragte mich, wieso es kommt, daß man sich in diesem Zustand, dem Zustand, den man Liebe nennt, so sehr getrieben fühlt, zu zählen und zu quantifizieren, wo doch der Zustand selbst – das will man uns jedenfalls in diesen Zeitschriften weismachen – genau das Gegenteil ist, die Antithese von Zahl und Menge. Ich fragte mich, welche Umstände einen Mann dazu veranlassen können, einem Reporter zu sagen, wieviel Geld er, bis auf das letzte Pfund oder den letzten Dollar genau, beim Kauf eines Autos oder einer Insel für die Frau ausgegeben hat, die er liebt. Ich fragte mich, warum in der Werbung stets so sorgfältig der exakte Preis des Schmucks angegeben wird, den Männer für ihre Freundin und Geliebte kaufen sollen; warum ein Mädchen genau neun Selbstmordversuche verübt hat, um den Mann wiederzubekommen, den sie liebt; warum ich mich getrieben fühlte, all die Yards zu zählen, die ich zurückgelegt hatte, als ich zu Ila gegangen bin. Mir fiel keine andere Erklärung ein, außer daß dieser Zustand, die Liebe, jener anderen Vorstellung, ohne die wir als Menschen nicht leben können – der Vorstellung von Gerechtigkeit –, so fremd ist. Nur weil die Liebe ein solcher Erzfeind der Gerechtigkeit ist, versucht unser Geist, der vor ihrem wahren Wesen entsetzt zurückweicht, sie zu bändigen, indem er sie mit ihrem Gegenteil vereint: Als würden wir zu uns selbst sagen: Er kaufte ihr einen Diamanten, der genau soundso viel wert war, oder sie gab eine Karriere auf, in der sie genau soundso viel verdient hätte – in der Hoffnung, daß es uns am Ende gelingt – wenn wir alle Metaphern der Normalität aufhäufen und sie nur hoch genug hängen –, jenem Zustand metaphorisch zu entsprechen. Und doch besteht zwischen diesem Zustand und seinen Metaphern genausowenig eine Beziehung wie zwischen einem Wort, etwa «Matte», und der Sache selbst. Sie sind einander völlig gleichgültig, so daß wir die Metapher – die Diamanten, Selbstmorde, Meilen, Leiden – bis zur Erschöpfung aufhäufen können und doch nicht die geringste Spur des Zustands selbst darin finden. Ebensogut könnten wir auch das Gegenteil finden.

Vielleicht waren jene Meilen und Yards meine eigenen lebendigen Metaphern, mein Versuch, einen Anteil Gerechtigkeit einzufordern. Denn alles andere, was ich besaß, hatte ich schon in die Waagschale geworfen. Immerhin keine unwesentlichen Dinge, denn ich war auch ein Mensch, mit eigenem Wert und Gewicht, nicht häßlich, nicht ohne Substanz, gebildet, und auch mit anderen Qualitäten, wie Geduld und Gutmütigkeit – was konnte man billigerweise von einem Menschen mehr erwarten? All das hatte ich hineingeworfen, alles was ich besaß, und die Waage hatte nicht einmal mit einem Zittern das Gewicht all dessen zur Kenntnis genommen.

Deswegen ging ich diese Meilen, in der Hoffnung, daß die schiere Kraft dieser Zahlen zu Ila sprechen würde, ihr all die Dinge sagen würde, die ich nicht zu sagen wagte, aus Angst, auch noch ihre Freundschaft zu verlieren; in der Hoffnung, daß irgendwie das Gewicht dieser akkumulierten Yards diese unergründliche Waage in meine Richtung ausschlagen lassen würde. Doch wenn Ila mal zufällig zu Hause war, machte sie die Tür auf und sagte: Schön, dich zu sehen. Komm rein, aber hoffentlich erwartest du kein Abendessen. Und ich sagte ihr dann mit einem strahlenden Lächeln: Ich bin acht Meilen gegangen und hab dafür genau zwei Stunden und zehn Minuten gebraucht. Und sie zog nur überrascht die Augenbrauen hoch und sagte: Wieso? Bist du auf dem Gesundheitstrip?

*Die Leute, mit denen* Ila zusammenwohnte, verbrachten, wenn sie zu Hause waren, ihren Abend stets in der Küche. Ein bärtiger irischer Computerwissenschaftler, eine junge Frau aus Leicestershire, die in ihrem zweiten Jahr an der North London Polytechnic ihr Studium geschmissen hatte, um für die Vierte Internationale zu arbeiten, und ein junger mißmutiger Ghanaer, der in der Anti-Nazi-Liga sehr aktiv war. Sie verbrachten ihre Abende an dem Tisch in der Küche, tranken becherweise Tee oder manchmal, wenn sie es sich leisten konnten, Bier. Ihre Gespräche waren in der Regel streng praktischer Natur. Stundenlang konnten sie darüber diskutieren, welcher Stift für das Beschriften von Plakaten am geeignetsten war, oder wie sie bei ihrem nächsten Streikpostendienst die Mittagessens- oder Teeversorgung organisieren sollten. Es gab keine explosiven Auseinandersetzungen oder lautes Gebrüll, wie es bei Gleichgesinnten in Kalkutta oder Delhi der Fall gewesen wäre. Wenn sie sich stritten, dann gewöhnlich über zweitrangige Fragen von Strategie und Taktik, und ihre Argumente bestanden zumeist aus einer Reihe zunehmend indirekter Bemerkungen, die mit Hinweisen auf die eigene lange Geschichte politischer Entscheidungsfindung befrachtet waren. Diese Gespräche verliefen so beherrscht, daß ich sie anfangs gar nicht als Auseinandersetzungen erkannte. Aber eigentlich hatten sie etwas Erschreckendes: einen Ernst, der durch die Ruhe um so tödlicher war.

Die Hintergründe dieser Auseinandersetzungen schien Ila ebensowenig zu kennen wie ich, und sie interessierten sie auch nicht. Mir wurde überhaupt bald klar, daß Ila im kollektiven politischen Leben der Gruppe nur eine Statistenrolle spielte. Oft war es nur allzu offensichtlich, daß die anderen ihre Entscheidungen längst getroffen hatten, wenn sie sie nach ihrer Meinung fragten. Sie mochten Ila sehr, das war nicht zu übersehen, aber irgendwie behandelten sie sie wie einen Gast, ja fast wie eine Dekoration. Offenbar nahmen sie ihr es auch nicht übel, wenn sie sich weltbürgerlich gab, ein Verhalten, das sie bei sich selbst und ihren Genossen immer schnell und gerne kritisierten. Sie waren auf gewisse Weise stolz auf sie. Sie fragten sie oft nach dem Reichtum ihrer Familie, wie viele Diener sie «zu Hause» in Indien habe und so weiter, und sie lauschten aufmerksam, wenn sie es ihnen – meistens mit vielen Übertreibungen – erzählte. Sie nannten sie «unsere asiatische Oberschicht-Marxistin». Das schien ihnen zu gefallen. Sie hatten ein ausgeprägtes Geschichtsbewußtsein, und vielleicht betrachteten sie Ila als ein Verbindungsglied zu den Fabianern. Vielleicht empfanden sie auch die Vorstellung, daß ihr Leben und ihre Ideen auf einem anderen Kontinent Einfluß haben könnten, als eine gewisse Entschädigung für ihre Wirkungslosigkeit daheim. Jedenfalls waren sie, die nicht gerade freundliche Menschen waren, gegenüber Ilas Freunden tolerant und sogar entgegenkommend. In der Regel waren sie abweisend, sogar mißtrauisch gegenüber Außenstehenden. Doch «Ilas Freunde» waren ein Sonderfall. Selbst wenn sie ihnen nicht viel Beachtung schenkten, schien es ihnen nichts auszumachen, wenn sie mit ihnen zusammen um den Küchentisch herumsaßen.

Oft saß Nick Price in der Küche, wenn ich kam. Er war immer sehr gut gekleidet. Ich fragte ihn, wie er es denn anstelle, so gut gekleidet zu sein, und er erklärte, daß sein Hemd von Turnbull & Asser sei und sein Jackett von Armani. Er lächelte, als er sah, daß die Namen mir nichts sagten. Eigentlich hätte er in dieser Küche gänzlich fehl am Platz wirken müssen, doch tatsächlich paßte er dort viel besser hin als ich. Sein Wesen hatte eine praktische, Do-it-yourself-Seite, die sich in das Ambiente dieses Hauses bestens einfügte. Er hatte ein aufrichtiges Interesse an Plakatfarben und Druckerschwärze. Aus ihren Gesprächen erfuhr ich, daß er oft den ganzen Tag in ihrem Haus verbrachte – die Zeit dafür hatte er jedenfalls, denn er hatte immer noch keinen neuen Job angetreten geschweige denn einen gefunden. Er machte für sie gelegentlich Botengänge und half ihnen bei dem, was sie gerade machten, etwa beim Korrekturlesen von Broschüren und beim Beschriften von Plakaten. Er ging sogar zu ihren Demonstrationen mit und schob mit ihnen zusammen Dienst als Streikposten. Ich hatte den Eindruck, daß er mittlerweile in ihren Kreisen zu einer kleinen Berühmtheit geworden war, und weil er immer in Anzug und Krawatte auftrat, wurde er, wenn es Ärger gab, oft dazu delegiert, mit der Polizei zu verhandeln. Und da in diesem Haus nie über Politik geredet wurde, soweit ich das feststellen konnte, hatte er nie einen Anlaß, anderer Meinung zu sein.

An einem solchen Abend, als ich von Charing Cross bis nach Stockwell gelaufen war, sah Ila, die neben Nick saß, mich an und rümpfte die Nase angesichts meines schmierigen blauen Anoraks und meiner verblichenen Cordjeans. Wir sollten mal dafür sorgen, daß du ein paar ordentliche Sachen zum Anziehen kriegst, sagte sie.

Ich erinnerte sie daran, daß mein Stipendium zwar für meine Bedürfnisse völlig ausreichte, aber nicht so üppig bemessen war, daß ich mir eine neue Garderobe leisten konnte. Doch sie tat meinen Einwand mit einem Achselzucken ab und sagte: Ich weiß, wo du dich preisgünstig und gut neu einkleiden kannst.

Wo?

Kennst du bestimmt nicht, sagte sie. In der Gegend gibt's eine Menge Geschäfte, die von Indern und Bangladeshis geführt werden.

Wo ist das? fragte ich.

In der Brick Lane, sagte sie.

Sie hielt inne, als sie mein Gesicht sah.

Was ist denn? sagte sie und hob die Augenbrauen. Hast du schon davon gehört?

Ich schüttelte rasch den Kopf und fragte sie, wann wir gehen könnten. Wir verabredeten uns für zwei Tage später mittags im Kembles Head.

Ich verspätete mich. Ich sah Ila sofort, ganz hinten. Und dann sah ich Nick, der neben ihr saß. Er trug ein Tweedjackett und eine Seidenkrawatte, sie Pullover und Jeans. Sie sagte etwas zu ihm, doch er las in der *Financial Times*, die er zu einem kleinen Quadrat zusammengefaltet hatte. Er wandte sich fast unmerklich von ihr ab, und sie sackte wieder zurück und blickte zur Decke. Sie saßen ein gutes Stück auseinander, an den entgegengesetzten Ecken einer langen Holzbank. Sie hätten Fremde sein können, man hätte sie leicht dafür halten können, aber daran, wie die anderen Gäste sich um sie herumgruppiert hatten, merkte ich sofort, daß selbst sie spürten, daß die beiden zusammengehörten. Ich wäre gern an der Bar stehengeblieben, um sie zu beobachten, nicht nur eine Minute, sondern stundenlang. Es drängte mich, die Sprache ihrer Verbundenheit zu lernen. Doch der Mann hinter der Theke wollte wissen, was ich trinken wollte, und als das warme braune Bier aus dem Messinghahn gezapft war und ich mein Glas vor mir hatte, hatte Ila mich schon gesehen.

Wo hast du denn gesteckt? fragte sie, als ich zu ihrem Tisch kam, und Nick schüttelte sich mit einem Schlenker seines blonden Schopfes die Haare aus den Augen und streckte mir lächelnd die Hand entgegen. Ich begann eine Erklärung aufzusagen, doch Ila unterbrach mich.

Nick wollte auch mitkommen, sagte sie mit einem leicht entschuldigenden Ton in der Stimme. Rat mal, warum.

Sie sah mich einen Moment ernst an, und dann verknitterte sich ihr Gesicht zu einem Lachen. Sie sagte: Er spielt mit dem Gedanken, ins Geschäft einzusteigen. Import – Export. Handel mit indischer Konfektionskleidung.

Sie machte mir Platz, und während der nächsten Viertelstunde erläuterte Nick die Einzelheiten seines Vorhabens. Ich hörte kaum zu, aber soviel ich verstand, ging es darum, daß Ila und ihre Familie auf der indischen Seite investieren sollten und Nick sich um den Großhandel in London kümmern würde.

Ila sah vermutlich, daß ich mich langweilte, denn nach einer Weile schnitt sie ihm das Wort ab und sagte zu mir: Sag mal, du bist ja richtig aufgeregt, daß wir jetzt zur Brick Lane gehen, stimmt's?

Ich nickte, und sie musterte mich neugierig und sagte: Wieso eigentlich? Was ist denn an der Brick Lane so interessant?

Das erzähl ich dir, wenn wir dort sind, sagte ich. Komm, gehen wir.

Die erste Überraschung, die mich erwartete, war, daß es überhaupt keine richtige Lane war. Ich hatte sie mir lang, schmal und gewunden vorgestellt, ein wenig wie die Gassen, die ich in Oxford gesehen hatte – eingefaßt von grauen efeubewachsenen Steinmauern –, eben nur mit Autos und Neonlichtern und ein paar boutiquenartigen Geschäften. Ich hatte mir kleine backsteinrote, dicht an dicht gedrängte Häuser vorgestellt, jedes mit seinem eigenen winzigen Vorgärtchen und Blumen auf den Fensterbänken.

Es war unmöglich, die Straße zu erkennen, die ich jetzt sah. Ich hatte noch nie etwas Vergleichbares gesehen. Wie in Trance ging ich vor Ila und Nick her, betrachtete die bengalischen Neonschilder über den Geschäften, die die Straße säumten, starrte in die Schaufenster, in denen die neuesten bengalischen Filmzeitschriften auslagen, las die Plakate, die gegen diese altehrwürdigen Londoner Backsteinmauern geklatscht waren, strenge graue Plakate gegen den Rassismus, die von einem schillernden Spektrum linker Gruppierungen stammten und jetzt unter einem Wust von Plakaten vergraben waren, die die allerneusten Hindi-Filme ankündigten, lauschte schnellen Wortwechseln in einem Dutzend bengalischer Dialekte, während Leute lachend und plaudernd an mir vorbeieilten, die Finger in die Ärmel ihrer Anoraks eingekrümmt, wie die Einkäufer im Gariahat an einem kalten Wintermorgen. Ich blieb stehen, um den Duft von Rosogollas zu schnuppern, der aus einem Süßwarenladen herausströmte, und winkte Ila und Nick zu, daß sie sich beeilen sollten. Sie lachte, als sie mich gierig in den Laden starren sah. Genau wie dieser Süßwarenladen an der Ecke zum Gole Park, nicht? sagte sie. Ja, allerdings, mit genau den gleichen laminierten Theken und Plastiktischen. Genau gleich, außer daß er in eine Reihe baufälliger Londoner Häuser aus dem 18. Jahrhundert hineingebaut worden war und es keinen Paan-shop an der Ecke gab, und kein Nathu Chaubey; statt dessen hing, wie Nick mir zeigte, der große Turm von Hawksmoors Christchurch in Spitalfields darüber.

Siehst du, sagte Ila lachend zu mir. Es ist alles neu für dich, das hab ich dir doch schon immer gesagt. Du kennst nichts von London.

Nick zeigte auf ein großes kapellenartiges Gebäude mit einem Schild, auf dem «London Jamme Masjid» stand.

Siehst du diese Moschee da? sagt er. Das war früher mal eine Synagoge, als das hier noch eine jüdische Gegend war – bis zum Krieg und danach.

Das war, als dein Onkel Alan hier gewohnt hat! sagte ich. Dein Onkel Alan.

Mein Onkel? sagte er überrascht. Hat er etwa hier gewohnt?

Ja, erwiderte ich. Ich zeig dir, wo er gewohnt hat.

Ich beschleunigte meine Schritte und ging voraus, blickte an den Ecken zu den Straßenschildern hoch. Ich führte sie an einer riesigen Brauerei vorbei, von der der Geruch von frischem Bier auf die Straße tröpfelte, wie aus einem Pub am Samstagabend, dann unter einer Eisenbahnbrücke hindurch zum anderen Ende der Brick Lane. Hier war es ruhig, hier war nichts mehr von dem Lärm und dem Trubel, durch den wir vorher gegangen waren. Die meisten Geschäfte waren mit Brettern zugenagelt oder verlassen, die Fensterscheiben zerbrochen, so daß wir einen Blick in die Eingeweide der zerfallenden Gebäude werfen konnten, auf eine Wildnis zertrümmerter Sperrholzzwischenwände, zersplitterter Flaschen und vermodernder Pappkartons. In den Geschäften, die noch geöffnet waren, wurden zumeist indische Lederwaren verkauft, solche, wie sie in Janpath und Delhi an die Touristen verhökert werden, schwarze Lederjacken, Wildlederhandtaschen und Gürtel. Schließlich fand ich das Straßenschild, das ich suchte.

Da, sagte ich zu Nick und zeigte triumphierend auf das Haus an der Ecke. Da hat am Anfang des Krieges dein Onkel Alan gewohnt.

Sein Gesicht zog sich angeekelt und ungläubig in die Länge, während er die abgebröckelte Fassade und das Schild der Taj Travel Agency im Erdgeschoß betrachtete.

Nein, sagte er, da mußt du dich irren. Da kann's nicht gewesen sein. Er war nicht arm – mein Großvater hatte ihm ziemlich viel Geld hinterlassen. Er konnte es sich leisten, zu wohnen, wo er wollte.

Sein Stirnrunzeln schien anzudeuten, daß ich seine Familienehre absichtlich verunglimpft hätte. Ich zuckte nur die Achseln. Ich hielt es für zwecklos zu erklären, daß er vielleicht dort gewohnt hatte, weil er es wollte, nicht weil er *mußte*. Daß er sein Geld vielleicht lieber für obskure kleine Zeitschriften ausgab als für Autos und Häuser. Selbst mir fiel es schwer, solchen Leuten zu glauben.

Im ersten Stock des Hauses waren nur zwei große Fenster. Eins war mit Brettern zugenagelt, doch das andere war geöffnet, und man konnte die Ränder von grellbunten Vorhängen sehen, die aus diesem synthetischen Stoff waren, der wie Samt aussieht.

Das war das Fenster von Dans Schlafzimmer, beschloß ich. Man konnte sich unschwer vorstellen, wie die Fensterscheiben mit druckgeschwärzten Zeitungen verdunkelt gewesen waren. Dieses Fenster war es, das Dan in jener Septembernacht im Jahr 1940 geöffnet hatte, als er den Versuch aufgegeben hatte, zusammen mit den anderen auf den Matratzen unter der Treppe zu schlafen. Er litt ohnehin an chronischer Schlaflosigkeit, und wenn er nicht in seinem eigenen Bett lag, konnte er nur sehr schlecht einschlafen. Unter der Treppe war es natürlich viel sicherer, aber er brauchte jetzt unbedingt seinen Schlaf. Er hatte in der letzten Woche so gut wie gar nicht geschlafen, und er mußte am nächsten Tag wieder in die Druckerei, wie üblich.

Aber oben war es auch nicht leichter. Das Dröhnen der Flugzeuge war hier viel lauter zu hören, und jedesmal wenn in der Umgebung eine Bombe explodierte, rasselte eine Schraube an seinem Eisenbett, die sich gelockert hatte. Es war ein unheimlicher Ton. Er hatte den anderen davon erzählt, und eines Morgens hatten sie ihm geholfen, das alte Bett auseinanderzunehmen, aber sie konnten sie nicht finden. Sie war immer noch da und rasselte. Er stieg aus dem Bett, zündete sich eine Zigarette an und öffnete das Fenster ein klein wenig, wobei er darauf achtete, daß die glühende Spitze seiner Zigarette hinter seinem Rücken verborgen blieb. Die frische Luft tat gut, denn die Nacht war warm und windstill.

Unten schliefen sie alle. Sie hatten einen anstrengenden Tag gehabt, denn sie waren auf einer Demonstration vor dem Savoy Hotel gewesen, um zu verlangen, daß die Kellerräume des Hotels in Luftschutzräume für die Bewohner vom East End umgewandelt würden. Sie waren mit einem glühenden Siegesgefühl in die Brick Lane zurückgekehrt, froh, etwas getan zu haben. Doch später, als sie zu Abend aßen, hatte Dan das Radio eingeschaltet und zufällig den Gottesdienst vom National Prayer Day erwischt. Sie hörten eine Weile schweigend zu, und dann war Francesca in Tränen ausgebrochen, und so hatte Dan es wieder ausgemacht. Und jetzt schliefen die drei tief und fest auf den Matratzen, die sie unter der Treppe ausgelegt hatten, als die Luftangriffe begannen.

Dan zuckte zusammen, als ein schrilles metallisches Kreischen die Luft zerriß, aber dann wurde es plötzlich wieder still, und so entspannte er sich und zog an seiner Zigarette. Wenn das während eines späteren Luftangriffs passiert wäre, als die Stadt sich bereits ihr kollektives Wissen über die deutschen Bomben angeeignet hatte, hätte er gewußt, daß diese Stille unmittelbare Nähe bedeutete. Er hätte sich platt auf den Boden geworfen, und wenn er es getan hätte, hätte er vielleicht überlebt, obwohl die Bombe direkt vor seinem Fenster in den Bürgersteig einschlug und einen drei Meter tiefen Krater aushob, wobei fast der ganze vordere Teil des Hauses mitgerissen wurde – der Teil, wo jetzt die Schaufenster der Taj Travel Agency waren. Aber es geschah zu früh, erst wenige Tage nach Beginn der Luftangriffe. Er stand direkt neben dem Fenster, als die Scheibe durch die Explosion in feinste scharfe Splitter zertrümmert und wie ein Nadelvorhang ins Zimmer geblasen wurde. Als die Männer vom Heavy Rescue Service seine Leiche hinaustrugen, war auch der letzte Zentimeter davon mit den feinen säuberlichen Perforierungen der skalpellscharfen Glassplitter tätowiert, die die Druckwelle durch ihn hindurchgejagt hatte.

Die Treppe stürzte zuallererst ein. Als die Explosion das Fundament erschütterte, gab das Holz ein langgedehntes knurrendes Stöhnen von sich. Diese kurze Pause ermöglichte es Tresawsen, Mike unter der Treppe wegzustoßen und sich über Francesca zu werfen. Dann stürzte ein Balken auf ihn herab, der ihm die Wirbelsäule brach und ihn auf der Stelle tötete.

Francesca war unter seinem Körper festgeklemmt, starr vor Schock, aber sonst unverletzt, bis man sie befreite. Einen Monat später wurde sie in ein Internierungslager für feindliche Ausländer auf die Isle of Wight geschickt. Mrs. Price hörte nie wieder etwas von ihr. Mike überlebte, aber er hatte sich schon zur Navy gemeldet und wurde einen Monat später eingezogen. 1943 las Mrs. Price seinen Namen in der Gefallenenliste der *Times* und erfuhr später, daß sein Schiff, ein Minenräumer, nicht weit vom Hafen von Lowestoft von einem U-Boot versenkt worden war.

Als Tridib zwei Tage später zusammen mit Mayadebi und Mrs. Price in die Brick Lane kam, um Tresawsens Habseligkeiten abzuholen, fand er ein Foto von den vieren, das an die Küchenwand geklebt war. Es war in einem Park aufgenommen worden. Alle lachten. Dan stand etwas abseits, und Mike hatte die Arme um Francesca und Tresawsen gelegt.

Wie traurig, sagte Ila. Sie waren bestimmt wunderbar glücklich in dem Haus.

Wie kommst du denn darauf? fragte ich, überrascht von dem Ton der Gewißheit in ihrer Stimme.

Weil wir auch so leben, sagte sie. In Stockwell.

Zuerst dachte ich, sie mache einen Scherz. Aber als ich sie ansah, wußte ich, daß sie es genauso meinte, wie es sich angehört hatte. Ich wunderte mich über die leichtfertige Arroganz, mit der sie glaubte, daß ihre eigene Erfahrung, nur weil sie später gekommen war, andere Augenblicke mit einbeziehen könnte. Daß Zeit und Ort gleich sein könnten, nur weil sie zufällig gleich aussahen, wie Abflughallen.

Glaubst du etwa, irgend jemand könnte «wunderbar glücklich» sein, in so einer Zeit? fuhr ich sie an. Hältst du es nicht für möglich, daß sie sich oft gestritten haben – zum Beispiel über den Hitler-Stalin-Pakt?

Ila blieb unerschütterlich und gelassen. Natürlich haben sie sich gestritten, lachte sie. Das ist doch mit der ganze Spaß bei so einem Leben. Du bist viel zu ernst. Und außerdem hast du noch nie so gelebt. Du kannst also gar nicht wissen, wie das ist.

Woher weißt *du* denn, wie ich gelebt habe? sagte ich.

Na ja, sagte sie ruhig, ich weiß zum Beispiel, daß du dein ganzes Leben lang behütet in bürgerlichen Gegenden von Kalkutta und Delhi gelebt hast. Du kannst gar nicht wissen, was diese Art von Glück bedeutet. Einfach nur zu wissen, daß man ein Teil der Geschichte ist, kann in einem eine große Freude auslösen. Wir bewirken vielleicht nicht viel in unserem kleinen Häuschen in Stockwell, aber wir *wissen*, daß in der Zukunft politisch denkende Menschen überall auf der Welt in Nigeria, Indien, Malaysia auf uns blicken werden. Tresawsen und seiner

Truppe ging es bestimmt genauso. Wenigstens wußten sie, daß sie Teil der wichtigsten Ereignisse ihrer Zeit waren – der Krieg, Faschismus, all die Dinge, über die man in den Geschichtsbüchern liest. Deswegen hat ihr sinnloser Tod auch etwas Heroisches. Deswegen erinnert man sich an sie, und deswegen hast du uns hierhergeführt. Du könntest die Überschwenglichkeit solcher Ereignisse nicht verstehen. Wo du bist, passiert nie was wirklich Wichtiges.

Nie was wirklich Wichtiges? wiederholte ich ungläubig.

Na ja, natürlich gibt es Hungersnöte und Ausschreitungen und Katastrophen, sagte sie. Aber das sind schließlich lokale Sachen – nicht so was wie Revolutionen oder antifaschistische Kriege, nichts, was der Welt ein politisches Beispiel gibt, nichts, woran man sich wirklich erinnert.

Sie wirkte in diesem Augenblick unbeschreiblich fern, in ihrer fröhlichen Gewißheit um die zentrale Bedeutung und Beredsamkeit ihrer Erfahrung, und in ihrem stillen Mitleid für solche bedeutungslosen Menschenleben wie meines, ausgelebt im Schweigen stimmloser Ereignisse in einer rückständigen Welt.

Ich begann sie anzuschreien, sagte, daß sie mich zum Lachen bringe, sie und ihre lächerlichen kleinen rosaroten Weltverbessererfreunde, daß sie nicht die geringste Ahnung von Mut und Politik habe, daß *ich* Menschen wie Tresawsen besser verstehen könne als sie, weil ich mir eine Zeit vorstellen könne, wo Politik noch etwas Ernstes gewesen sei.

Ernst? sagte sie, und ihre Stimme nahm einen scharfen Ton an. Mein Gott, du bist so naiv. Das weiß doch jeder, was diese Linken der dreißiger Jahre in den Berliner Kneipen gemacht haben. Sie haben sich wahrscheinlich die ganze Zeit darüber gestritten, wer mit wem schläft – nicht über den Hitler-Stalin-Pakt. Aber da kämst du ja gar nicht drauf, weil du nichts über England weißt.

Da gab ich es auf, denn natürlich hatte sie recht. Ich wußte überhaupt nichts über England, außer Erfundenem. Doch trotzdem hatte ich Leute meines Alters gekannt, die in den sechziger und siebziger Jahren den Großen Terror in Kalkutta überlebt hatten, und ich fand, daß ich zumindest aus einer Zuschauerperspektive von ihrem Mut wußte, etwas, was Ila, mit ihren feinen Gewändern und manikürten Fingern, nie verstehen würde.

Und doch war auch das nicht die Wahrheit, denn ich hatte einmal erlebt, wie Ila mit frisch frisierten Locken von ihrem Friseur kam und gemeinsam mit der kleinen Truppe ihrer Gefährten schnurstracks nach Brixton marschierte, um es mit einer mit Militärstiefeln und Fahrradketten bewehrten Bande von Rassisten aufzunehmen.

Ich wußte, ich an ihrer Stelle hätte mich nicht getraut.

*Nick war gelangweilt* von unserer sinnlosen Auseinandersetzung.

Na kommt, sagte er. Sehen wir uns doch mal das Haus ein bißchen näher an.

Er führte uns über die Straße und stieß die schmierige Glastür der Taj Travel Agency auf. Sie öffnete sich auf einen sehr großen muffigen Raum, dem man sofort ansah, daß er früher mal aus zwei Räumen bestanden hatte. An der einen Seite erstreckte sich ein langer plastikbezogener Tisch, hinter dem mehrere junge Frauen saßen, einige in Churidars, andere in Röcken. Sowie Nick die Tür aufdrückte, ertönte das blecherne Klingeln eines kleinen Glöckchens. Eine der Frauen runzelte die Stirn, als wir eintraten, und wies auf die Stühle vor ihrem Tisch. Doch bevor wir uns setzen konnten, rief aus der anderen Ecke ein mittelalter Mann in einem braunen Anzug in Bengali herüber: Schick sie zu mir, Zeenat, ich kümmere mich um sie.

Während wir zu seinem Tisch hinübergingen, musterte er uns eingehend, und als wir uns gesetzt hatten, sagte er mit einer ausdruckslosen kehligen Londoner Stimme: Was kann ich für Sie tun?

Ila spielte unwillkürlich die indische grande Dame und sagte: Wir hätten gerne eine kleine Auskunft.

Der Mann hinter dem Schreibtisch blieb unbeeindruckt. Er ließ seinen Blick über uns schweifen und sagte: Wer von Ihnen will alles reisen? Wir machen nur Gruppen.

Wir wollen nach Kalkutta, sagte ich in Bengali zu ihm und lächelte mein einschmeichelndstes Lächeln. Könnten Sie uns vielleicht eine Vorstellung davon geben, wieviel . . .?

Geschäftliches bei uns nur in Englisch, herrschte er mich an. Und ich kann Ihnen gar nichts sagen, bevor ich nicht weiß, wer von Ihnen reist.

Sie sind nicht sonderlich höflich, meinte Nick.

Ist auch nicht mein Job, höflich zu sein, sagte er.

Sagen Sie mal, fragte ich ganz ruhig, wissen Sie, ob es in diesem Haus jemals eine Treppe gegeben hat?

Was? brauste der Mann auf.

Ich wollte nur wissen, ob's hier mal eine Treppe gegeben hat, die bei einem Luftangriff eingestürzt ist.

Raus, sagte er. Sie haben mich schon lange genug aufgehalten.

Also hören Sie mal, setzte Nick an.

Wenn ihr nicht aufpaßt, schmeiß ich euch raus, sagte er.

Mir gefällt's hier nicht, sagte Ila leise. Ich gehe.

Wir standen alle zusammen auf und gingen zur Tür, während der Mann unsere Rücken anfunkelte.

Wetten, er betreibt oben eine Abzockerklitsche, flüsterte Nick laut beim Rausgehen.

Das hab ich wohl gehört, bellte der Mann, doch bevor er noch mehr sagen konnte, waren wir schon draußen. Als wir die Straße überquert hatten, drehte ich mich um und warf einen letzten Blick auf das Haus, versuchte es mir mit einem Riesenloch in der Seite vorzustellen, wie Tridib es gesehen hatte.

Nick blieb ebenfalls stehen, warf einen Blick zurück auf die Taj Travel Agency und sagte: Immerhin, das muß man ihnen lassen – sie kommen mit so gut wie nichts hier rüber, und eh man sich's versieht, haben sie ein blühendes kleines Geschäft laufen. Wenn ich an etwas Kapital rankommen könnte, würde ich ins Termingeschäft einsteigen. Freunde von mir haben da Riesengewinne gemacht – geht nur darum, zu wissen, was man wann kauft.

Ausnahmsweise erlaubte ich mir, meine Verärgerung zu zeigen.

Solltest du dich nicht lieber erst mal um einen Job kümmern, bevor du anfängst, ein Vermögen mit Termingeschäften zu machen?

Er nahm meine Frage ernst, zumindest tat er so.

Das Problem ist, daß die Jobs hier nicht genug Geld abwerfen, sagte er. Es ist wirklich blöd. Als Bilanzprüfer muß man hier mit fünfzehntausend Pfund pro Jahr anfangen. In Amerika oder Kuwait würde man das Doppelte oder Dreifache kriegen.

Und warum hast du dann deinen Job in Kuwait aufgegeben? fragte ich.

Hab ich einfach übergehabt, sagte er naserümpfend. Es war auch kein richtig professioneller Laden. Veraltetes Management. Ich hab auch schon mit dem Gedanken gespielt, dort was Eigenes aufzuziehen, aber das Problem ist, daß das nur mit einem arabischen Partner geht, und die mischen sich immer ein.

Das heißt, du hast also eines schönen Morgens deinen Job geschmissen und bist abgehauen? fragte ich. Das klang wohl skeptisch, denn er drehte sich zu mir um und bedachte mich mit einem langen kühlen Blick.

Ja, sagte er. Genau das hab ich getan.

Wirklich? sagte ich. Also an deiner Stelle würde ich mich jetzt erst mal nach einem Job umsehen, bevor ich ans Termingeschäft denke.

Ila hakte sich abrupt bei Nick ein. Ich warf ihr einen verstohlenen Blick zu. Ihre Lippen waren weiß. Sie war sehr zornig.

Nick und ich müssen jetzt gehen. Ich glaube, du bist alt genug, um deine Einkäufe allein zu machen.

Sie machte kehrt, zog ihn fort und ließ mich einfach stehen. Ich war sprachlos. Nachdem sie etwa hundert Meter zurückgelegt hatten, löste sie sich von ihm und kam noch einmal zurückgelaufen.

Ich mag es nicht, wenn du zu meinen Freunden unhöflich bist, sagte sie, als wir uns gegenüberstanden. Ruf nächstes Mal lieber an, bevor du nach Stockwell kommst. Kann sein, daß ich nicht zu Hause bin.

*Vierzehn Tage vergingen*, bevor ich Ila wiedersah.

Wir trafen uns am Heiligabend in der Lymington Road 44. Mrs. Price hatte uns zu einem kleinen Familienfestessen mit Nick und May eingeladen.

Ila kam sehr spät. Sie platzte herein, als Mrs. Price und May gerade dabei waren, das Abendessen zu servieren. Sie lächelte strahlend, trug kniehohe Stiefel und einen knappen Rock. Sie richtete eine kurze Entschuldigung an jeden einzelnen, und als ich an der Reihe war, lächelte sie zu meiner Erleichterung.

Wo hast du denn all die Tage gesteckt? flüsterte sie. Warum hast du mich nicht besucht?

Dann wandte sie sich ab, um den Tisch zu bewundern. Er war wunderschön gedeckt. Das Silberbesteck und die Gläser leuchteten im Kerzenlicht, und eine riesige Schale mit Obst glühte sanft in der Mitte des Tisches. Nachdem wir uns gesetzt hatten und May uns die Suppe serviert und Nick Wein eingeschenkt hatte, klatschte Ila, die aussah, als würde sie gleich platzen, in die Hände und sagte: Ich hab eine gute Neuigkeit. Ihr werdet's nicht glauben.

Mir wurde kalt ums Herz, als ich sah, wie sie ihr glühendes Gesicht Nick zuwandte.

Ich hab einen Job, rief sie.

Wunderbar! sagte May. Wo denn?

Beim Save the Children Fund, sagte Ila. Nichts Großartiges, aber immerhin etwas.

Atemlos vor Erleichterung sagte ich: Aber ich denke, du kannst Kinder nicht ausstehen.

Na ja, ich hab mit den kleinen Wesen nicht direkt was zu tun, sagte sie. Ich muß sie nur retten. Und das ist nicht so schwierig, wenn's nur darum geht, Listen auszufüllen und Akten rumzuschieben.

Wir lachten. Nick sprach einen Toast aus, und wir leerten alle unsere Gläser. Dann hob Mrs. Price mit zittriger Hand ihr Glas. Ihr kleines faltiges Gesicht runzelte sich zu einem Lächeln, und sie sagte: Da wir hier mehr oder weniger gleichmäßig verteilt sind, wenn man mich alte Schachtel mal nicht mitzählt, sollten wir, finde ich, das Glas auf Mr. Justice Chandrashekhar Datta-Chaudhuri und meinen Vater Lionel Tresawsen erheben, denn ihnen haben wir zu verdanken, daß wir jetzt hier beisammen sind.

Wir erhoben erneut unsere Gläser, doch diesmal mit ernsten Mienen. Nick leerte sein Glas wieder, zwirbelte es dann zwischen den Fingern und sagte mit etwas undeutlicher Aussprache: Also Großpapa Tresawsen hat's wirklich gut gehabt. Wie wundervoll das gewesen sein muß, so um die Welt zu reisen. Wie eine große Dickenssche Vorstellung auf der Bühne. So was hat's nie zuvor gegeben, und so was wird's auch nie wieder geben.

Er drehte sich achselzuckend zu mir um und sagte mit betrübter Miene: Und was hab *ich* gekriegt? Das blöde Kuwait. Das kommt davon, wenn man zu spät geboren wird.

Na, sagte May geringschätzig und griff nach unseren Tellern. Ich glaube, du solltest auch bedenken, daß Großvater Tresawsen möglicherweise etwas mehr aus Kuwait gemacht hätte als du.

Kuwait! schnaubte Nick. Das würdest du nicht sagen, wenn du wüßtest, wie's da aussieht. Das ist eine Blase, die jeden Tag platzen kann. Deswegen bin ich auch da abgehauen, solange es noch was gab, wovor man abhauen konnte.

May knallte die Teller auf den Tisch und sah Nick sehr lange an. Dann beugte sie sich zu ihm vor und sagte: Nick, ist es nicht allmählich an der Zeit, daß du aufhörst, wegen dieser Kuwait-Geschichte rumzulügen? Ich war bereit mitzumachen, solange die Lüge nur für Fremde bestimmt war. Aber inzwischen glaubst du's ja schon selber, und das solltest du nicht, wirklich nicht. Du solltest in der Lage sein, dich der Wahrheit zu stellen und sie auszusprechen. Du bist dazu erzogen worden, die Wahrheit zu sagen, genau wie ich. Du solltest den Leuten in die Augen sehen und ihnen sagen können, was du uns gesagt hast. Du solltest sagen können, daß dein Chef dich nicht mochte und daß er dich zu Unrecht der Unterschlagung bezichtigt hat. Das heißt, falls er es wirklich zu Unrecht getan hat.

Nick erhob sich schwankend. Er schleuderte seine Serviette auf den Tisch und zischte May an.

Du bist ein verlogenes Biest, sagte er. Es überrascht mich überhaupt nicht, daß du nie geheiratet hast. Wer würde sich auch jeden Morgen zum Frühstück diese Scheinheiligkeit und diese Glubschaugen zumuten wollen?

Dann wandte er sich zu Mrs. Price um und sagte, daß er in sein Zimmer gehe, daß er kein Abendessen mehr wolle. Doch Mrs. Price schlief fest, das Kinn im Hals vergraben. Er stapfte ohne ein weiteres Wort aus dem Zimmer, und einen Moment später rannte Ila hinter ihm her.

May schien es gar nicht zu bemerken. Sie starrte mit leerem Blick in die Flamme einer Kerze. Mein Gott, flüsterte sie, was hab ich getan?

Eine Viertelstunde später kamen Nick und Ila zusammen wieder. Wir weckten Mrs. Price, und May brachte den Truthahn herein und tranchierte ihn. Mrs. Price unterhielt sich eine Weile mit mir über Kalkutta, aber die anderen sagten kein einziges Wort. Als wir mit unserem Truthahn fertig waren, blies May die Kerze aus wie eine Schlafwandlerin, die ein Ritual absolviert, brachte den Weihnachtspudding herein und zündete ihn an. Doch nur ich klatschte, als der Brandy zu einer klaren blauen Flamme aufflammte.

Nachdem wir unsere Portionen aufgegessen und das Geschirr weggeräumt hatten, führte Mrs. Price uns in ihr Wohnzimmer und schenkte jedem von uns ein Glas Brandy ein. Ich leerte meins so schnell ich konnte und machte mich bereit zum Aufbruch.

Vielen Dank, sagte ich zu Mrs. Price und gab mir Mühe, damit es sich nicht allzu verlegen anhörte. Es war ein wunderbarer Abend. Ein echtes englisches Weihnachtsfest – es hätte nicht schöner sein können. Es war ganz herrlich. Aber ich gehe jetzt mal lieber, sonst verpaß ich noch meine letzte U-Bahn nach Hause.

Sie lächelte, blinzelte mich kurzsichtig an und reichte mir die Hand. Freut mich, daß es dir gefallen hat, sagte sie. Du mußt uns mal wieder besuchen.

Während ich meinen Schal und Mantel holte, ging May ans Fenster und blickte hinaus in den Garten.

Ich glaub nicht, daß du jetzt gehen kannst, sagte sie. Hast du mal da rausgesehen? Der reinste Schneesturm. Du wirst dir einen abfrieren.

Ich stellte mich neben sie, eingewickelt in meinen Schal und Mantel. Ich konnte nicht sehr weit sehen. Schneewirbel wehten gegen das Fenster.

Bleib lieber hier, sagte May. Ich glaube, wir werden alle hierbleiben müssen. Ich hab auch nicht mehr den Nerv, im Schneesturm nach Islington zurückzufahren.

Sie sah mich flehend an, als wollte sie mir sagen, daß sie es nicht wagen würde zu bleiben, wenn ich ginge.

Na gut, sagte ich. Dann bleib ich eben.

Aber wo soll ich euch alle unterbringen? sagte Mrs. Price. In deinem alten Zimmer ist nicht genug Platz für zwei Leute, May. In Nicks auch nicht.

Ich weiß was! sagte May munter. Die beiden können im Keller schlafen – auf den alten Feldbetten. Da unten steht auch noch dieses alte Heizgerät, sie werden also nicht frieren müssen, und Nick und ich könnten ihnen unsere Schlafsäcke geben. Sie müßten es eigentlich ganz gemütlich haben.

Von mir aus gerne, sagte Ila und schenkte mir ein verkniffenes kleines Verschwörerlächeln. Ich nickte zustimmend, mein Herz wollte vor Hoffnung platzen.

Na, dann richtet ihnen mal alles, sagte Mrs. Price. Was mich betrifft, ich bin achtzig Jahre alt und gehe ins Bett.

May eilte aus dem Zimmer, und wir folgten ihr. Sie stieß eine Tür auf, die hinter der Treppe versteckt war, und knipste einen Schalter an. Es roch etwas feucht, aber nicht muffig. Es war viel sauberer, als ich erwartet hatte. In einer Ecke lagen Stapel von Taschenbüchern, und in einer anderen waren Koffer und Truhen aufgetürmt. May zeigte uns die Feldbetten, die hinter den Koffern verstaut waren, und Nick und ich zogen sie hervor. Es dauerte eine Weile, bis wir dahinterkamen, wie man sie öffnete. Aber als sie erst mal ordentlich ausgeklappt waren, sahen sie ganz bequem aus. Nick und Ila gingen nach oben, um Schlafsäcke, Handtücher und Nachtsachen zu holen, und bald sah der Keller warm und gemütlich aus. Dann sagten May und Nick gute Nacht und ließen uns allein.

Als sie fort waren, drehte sich Ila zu mir um.

Da wären wir wieder, sagte sie lächelnd. Wir sind wieder unter unserem alten Tisch und spielen Haus.

Ich nickte und warf mich auf den Rand meines Bettes. Mir zitterten die Knie, und meine Handflächen waren feucht von Schweiß. Ila kehrte mir wieder den Rücken zu und streifte Jacke und Pullover ab, wobei sie die ganze Zeit mit leiser Stimme weiterredete, über May und daß sie den ganzen Abend verdorben habe.

Sie hatte jetzt nur noch eine dünne Bluse an. Ich konnte die Umrisse ihrer Brüste erkennen, und sogar den Schatten des Muttermals über ihrer Brustwarze.

Es ist eigentlich ganz schön warm hier unten, sagte sie und knöpfte ihre Bluse auf. Ich glaube, ich werd gar keine Nachtsachen brauchen.

Sie drehte sich nach ihrem Handtuch um, und ihr Blick fiel auf mich, wie ich auf dem Rand des Feldbetts kauerte.

Sag mal, du starrst mich ja an, lachte sie überrascht. Da muß ich mich ja schnell wieder umdrehen.

Sie wandte sich um und streifte ihre Bluse ab. Ich konnte sie jetzt riechen. Sie roch nach Seife und frischem Schweiß. Ich sah die weiche Haut ihrer Hüfte, die in einem sanften Bogen unter ihrem Gürtel verschwand.

Sie wickelte sich ihr Handtuch um und strampelte ihren Rock weg. Ich konnte jetzt die schräge Maserung des Flaums sehen, der sich an ihren Beinen hinunterzog. In diesem Moment, von den Achselhöhlen bis zu den Oberschenkeln in ein Handtuch gehüllt, das Gewicht auf ein Bein verlagert, ihre Haut schimmernd wie weiche dunkle Seide, schien sie einer vollkommen anderen Spezies von Wesen anzugehören als die Frauen, die ich mit meinen Freunden besucht hatte – vollkommener, als irgendeine menschliche Gestalt es jemals sein konnte.

Ich konnte nicht mehr stillsitzen. Ich schlich mich von hinten an sie heran und legte ihr meine Hand auf die bloße Schulter.

Nimm deine Hand weg, kicherte sie. Sie ist kalt.

Sie wirbelte herum, und ich weiß nicht, was sie auf meinem Gesicht sah, aber das Lachen erstarb auf ihren Lippen.

O je, was ist passiert? rief sie. Warum siehst du mich so an?

Sie trat zurück, um mich anzusehen, und dann lief sie in meine Arme und drückte mich an sich.

Du armer Mann, sagte sie.

Ihre Stimme war voller Mitleid.

Du armer, armer Mann.

Sie hob eine Hand und strich mir übers Gesicht. Erst da spürte ich die Tränen, die mir die Wangen hinunterliefen.

Das hab ich nicht gewußt, sagte sie. Du warst für mich immer der Bruder, den ich nie hatte. Es tut mir leid. Wenn ich das gewußt hätte, dann hätte ich mich nicht so verhalten. Wirklich, glaub mir.

Das macht nichts, sagte ich.

Sie setzte sich neben mich und strich mir mit einem Finger

über Nacken und Rücken. Es tut mir leid, sagte sie. Es tut mir wirklich aufrichtig leid.

Dir braucht nichts leid zu tun, sagte ich. Es ist ganz allein meine Schuld.

Wir hörten, wie sich oben eine Tür schloß. Ila sprang auf.

Ich muß jetzt noch mal kurz weg, sagte sie erleichtert. Ich muß noch mal nach oben und mich mit Nick unterhalten. Er hat sich sehr aufgeregt.

Ich spürte die Wärme ihres Körpers über meinem, als sie sich vorbeugte, um mich aufs Kinn zu küssen.

Schlaf jetzt, sagte sie. Ich bin in ein paar Minuten wieder da.

Einen Moment später hörte ich sie auf Zehenspitzen die Treppe hinaufgehen.

Ich lag auf dem Rücken und starrte zur Decke, und während die Stunden verstrichen, sah ich Ila wieder und immer wieder, wie sie war, als sie in Gole Park aus diesem Auto stieg, vor achtzehn Jahren, an jenem Morgen, als sie mich ins Erwachsensein zerrte, indem sie mir ein für allemal die Ungleichheit unserer Bedürfnisse vor Augen führte. Und als sie in jener Nacht nicht in den Keller zurückkehrte, wußte ich, daß sie mein Leben wieder als Geisel genommen hatte. Ich wußte, daß ein Teil meines Lebens als Mensch aufgehört hatte, daß es mich nicht mehr gab, außer als Chronik.

# ZURÜCKKOMMEN

*1962, als ich zehn wurde,* ging meine Großmutter mit Erreichung ihres sechzigsten Lebensjahres in den Ruhestand. Sie hatte seit 1936 in einer Mädchenoberschule unterrichtet. Als sie anfing, hatte die Schule nur fünfzig Schülerinnen, und die Schulgebäude bestanden aus zwei Schuppen mit Blechdach. Während des Monsuns mußten sie oft knöcheltief im Wasser unterrichten – einmal sei es so schlimm gewesen, so behauptete sie jedenfalls, daß es einem Mädchen tatsächlich gelungen war, während einer Geometriestunde mit ihrem Zirkel einen Fisch zu harpunieren. Doch im Verlauf der folgenden zwei Jahrzehnte entwickelte sich die Schule zu einer erfolgreichen Institution und erwarb ein großes Gebäude in der Nähe von Deshapriya Park. Die letzten sechs Jahre vor ihrer Pensionierung war meine Großmutter die Direktorin.

Sie hatte sich auf die Pensionierung gefreut, obwohl ihr die Schule in den siebenundzwanzig Jahren, die sie dort verbracht hatte, sehr ans Herz gewachsen war. Aber sie hatte, wie sie meinen Eltern gestand, keine Lust mehr auf Lehrerzimmerintrigen und Kämpfe mit der Schulbehörde. Sie wurde alt, sie hatte ihre Ruhe verdient. Außerdem lief mit der Karriere meines Vaters alles nach Wunsch, sie hatte also keine wirklichen Sorgen mehr.

An ihrem letzten Schultag gab es eine Abschiedsfeier, zu der auch meine Eltern und ich eingeladen waren. Die Zeremonie hatte etwas Ernstes und Bewegendes. Die Calcutta Corporation schickte einen Vertreter, ebenso der Congress und die CPI. Es gab viele Reden, und meine Großmutter bekam von einem Mädchen aus jeder Klasse eine Girlande umgehängt. Dann wurde von der Schulsprecherin, einer Lieblingsschülerin von ihr, das Abschiedsgeschenk enthüllt, das die Mädchen per Subskription für sie gekauft hatten. Es war ein großes Marmormodell des Taj Mahal. Es hatte innen eine Birne und konnte wie eine Tischlampe erleuchtet werden. Meine Großmutter hielt auch eine Redc, aber sie konnte sie nicht richtig beenden, da ihr mittendrin die Tränen kamen. Sie mußte unterbrechen, um sie sich wegzuwischen. Ich wandte mich ab, als sie ein riesiges grünes Taschentuch hervorzog und sich damit die Augen betupfte, und stellte überrascht fest, daß viele Mädchen um mich herum sich ebenfalls die Augen wischten. Ich erinnere mich, daß mich das sehr eifersüchtig machte. Ich hatte bis dahin immer selbstverständlich angenommen, daß es mein alleiniges Sonderrecht war, sie zu lieben. Ich wußte nicht, wie ich die Entdeckung, daß mein Recht von einer ganzen Schule verletzt worden war, verkraften sollte.

Später wurde uns im Lehrerzimmer ein Essen serviert. Die Lehrer hatten es als Überraschung vorbereitet.

Als Schulleiterin hatte meine Großmutter einmal beschlossen, daß jedem Mädchen, das das Fach Hauswirtschaft wählte, beigebracht werden sollte, mindestens ein Gericht aus einem anderen Landesteil als ihrem eigenen zuzubereiten. Sie fand, das wäre eine gute Methode, ihnen die Vielfalt und Riesenausmaße des Landes zu vermitteln. Die von der Abteilung für Hauswirtschaft organisierte Abschiedsüberraschung bestand nun darin, daß man uns Kostproben von den Ergebnissen der Initiative meiner Großmutter vorsetzte.

Nachdem wir ins Lehrerzimmer geführt worden waren, trugen die Mädchen einzeln die Gerichte auf Tabletts herein. Meine Großmutter war entzückt, sie begriff sofort, was uns erwartete. Sie hatte an diesem Projekt so regen Anteil genommen, daß sie die Spezialität eines jeden Mädchens auswendig wußte. Das ist Ranjana (oder Matangini), sagte sie etwa und klatschte in die Hände, sowie sie den Raum betraten – Ranjana macht

Kerala, ihr kriegt also Avyal. Oder: Das ist Sunayana, sie ist in diesem Semester unsere Tamilin, wenn ihr erst mal ihr Uppama gekostet habt, wollt ihr am liebsten selber Tamilen sein. Doch als ihre Erregung wuchs, begannen ihr Fehler zu unterlaufen. Da kommt ein schönes Lammkorma aus Gujarat, sagte sie, und dann sprang sie auf und rief: Aah, da ist ja mein geliebtes Dahibara, und schaut nur, was für eine dicke, saftige Punjabi sie ist!

Zufälligerweise war das Mädchen, das die Dahi-baras gemacht hatte, ungewöhnlich dick. Sie brach in Tränen aus, ließ ihren vollen Teller mit einem lauten Platscher auf den Seidensari der Sanskritlehrerin fallen und rannte aus dem Zimmer.

Wir nahmen unsere restliche Mahlzeit schweigend ein.

Das war aber der einzige Mißklang, und später lieh uns die Schulleiterin für die Heimfahrt einen Schulbus, da das Taj Mahal nicht in ein Taxi gepaßt hätte. Die ganze Schule trat an, um zu winken, als wir durch die Tore davondieselten. Meine Großmutter winkte zurück, Tränen strömten ihr die Wangen herunter.

Ich erinnere mich sehr gut an den ersten Tag ihres Ruhestandes. Den ganzen Vormittag lang räumte sie alle Akten und Unterlagen weg, die sich über die Jahre in ihrem Zimmer angesammelt hatten. Am Abend wurden wir eingeladen, einen Blick hineinzuwerfen. Es war nicht wiederzuerkennen. Die Akten und Unterlagen waren verschwunden, und das Zimmer war in das sanft weiß leuchtende Licht des Taj Mahal getaucht. Sie war an diesem Abend sehr glücklich. Beim Abendessen erzählte sie uns mit ihrem richtigen Lächeln, das warm und verschmitzt war, so ganz anders als das verkniffene Lehrerinnenlächeln, das wir so gut kannten, lustige Geschichten aus ihrer Anfangszeit in der Schule.

Doch ihr Glück währte nicht sehr lange.

Als ich einige Tage später nachmittags von der Schule wiederkam, stellte ich fest, daß sie und meine Mutter sich in ihre jeweiligen Zimmer eingeschlossen hatten. Am selben Abend hörte ich, wie meine Mutter sich unter Tränen bei meinem Vater beklagte, daß den ganzen Tag lang an ihr herumgemäkelt worden sei – wegen ihrer Kochkünste, ihrer Kleidung, ihrer Haushaltsführung. Bis dahin hatte meine Großmutter nie auf dergleichen geachtet.

Bald machte sie sich auch über andere Dinge Sorgen.

Als ich eines Nachmittags zusammen mit meinem Freund Montu vom Gole Park zurückkam, wo der Schulbus uns abgesetzt hatte, blieb er plötzlich wie angewurzelt mitten auf der Straße stehen und deutete zu unserer Wohnung hoch. Schau mal! rief er. Im Zimmer deiner Großmutter ist ein Mann mit einem Turban!

Montu war damals mein bester Freund. Er wohnte mit seiner Familie im Haus nebenan, doch unsere Wohnungen lagen so nah beieinander, daß wir uns von einem Balkon zum anderen unterhalten konnten. Eigentlich hieß er gar nicht Montu, sondern Mansoor, und er kam aus Lucknow. Aber er war in Kalkutta aufgewachsen – sein Vater war Lehrer im Ballygunge Science College –, und als sie von Park Circus nach Gole Park umzogen, hat ihn jemand einfach Montu getauft. Es gab sehr wenig, was wir über die Familie des anderen nicht wußten. Er wußte also ganz genau, daß es etwas noch nie Dagewesenes bedeutete, wenn meine Großmutter einen Mann in ihr Zimmer ließ, und dann auch noch einen Wildfremden mit einem Turban.

Lügner! sagte ich. Aber als ich hinaufschaute, sah ich, daß er recht hatte: Eingerahmt im Fenster meiner Großmutter war eindeutig ein Kopf mit Turban zu sehen.

Ich spurtete die Straße hinunter und die Treppe hinauf, rammte meinen Finger in unsere Klingel und behielt ihn dort, bis meine Mutter die Tür aufmachte.

Wer ist das da in Tha'mmas Zimmer? flüsterte ich atemlos. Sie legte einen Finger auf die Lippen und tippte mir warnend auf die Schulter, doch ich rannte ohne sie zu beachten schnurstracks ins Zimmer meiner Großmutter.

Sie saß vor dem offenen Fenster auf einem Stuhl, den Kopf in einen nassen Sari gewickelt.

Sprachlos wich ich Schritt um Schritt zurück und flüchtete zu meiner Mutter.

Was macht Tha'mma denn da? Was ist denn mit ihrem Kopf passiert?

Meine Mutter drückte mich auf einen Stuhl und erklärte mir ausführlich, daß meine Großmutter eine ayurvedische Behandlung begonnen habe und der Arzt ihr verschiedene Kräuteröle gegeben habe mit der Anweisung, ihren Kopf den ganzen Vormittag lang eingewickelt zu lassen.

Aber wieso denn? fragte ich. Was ist denn mit ihrem Kopf?

Meine Mutter blickte mich ernst und stirnrunzelnd an.

Tha'mma glaubt, daß sie kahl wird, sagte sie.

Dann löste sich ihre gefaßte Miene, und sie begann so sehr zu lachen, daß sie sich ein Kissen vors Gesicht halten mußte, damit meine Großmutter sie nicht hörte.

An diesem Abend ging ich nicht auf unseren Balkon. Ich wußte nicht, wie ich Montu auch nur annähernd erklären konnte, daß meine Großmutter sich den Kopf verbunden hatte, weil sie Angst vor Haarausfall hatte.

Zum Glück hielt sie diese Behandlung nicht sehr lange durch. Sie war eigentlich nicht eitel genug, um dafür stundenlang mit einem nassen Sari um den Kopf auf einem Stuhl zu sitzen. Außerdem hatte sie üppiges, dichtes silbriges Haar.

Statt dessen verlegte sie sich darauf, ihrer alten Schule Besuche abzustatten. Sie ging nachmittags los und kam ein paar Stunden später mit einer reichen Ausbeute an Schauergeschichten wieder, die sie im Lehrerzimmer gehört hatte: daß die neue Direktorin doch tatsächlich vorhabe, die Rosenbeete, die sie angelegt hatte, zu beseitigen, um dort, ist denn das die Möglichkeit, einen Basketballplatz bauen zu lassen; daß diese Frau bei einer Lehrerbesprechung die arme Mrs. Soundso beleidigt habe und so weiter. Nach etwa einem Dutzend solcher Besuche rief die neue Direktorin meinen Vater in seinem Büro an und sagte ihm, wenn er sich nicht etwas einfallen ließe, wie er seine Mutter von der Schule fernhalten könne, würde sie den Chowkidars die Anweisung geben, sie das nächste Mal nicht mehr hereinzulassen.

Ich weiß nicht, was mein Vater ihr geantwortet hat, aber meine Großmutter tauchte dort erst wieder bei der Gründungsgedenkfeier auf.

Danach verbrachte sie einige Wochen lang die ganze Zeit allein in ihrem Zimmer. Einmal drückte ich ihre Tür auf und sah sie leer auf ihre hohlen Hände starrend am Fenster sitzen. Ich machte schnell die Tür zu. Ich wußte, was sie in den Händen hielt. Zeit – in riesigen bleichen Brocken. Ich konnte riechen, wie sie stank.

Wir ließen sie eine Weile einfach in Ruhe, und bald verbrachte sie wieder mehr Zeit mit uns. Abends saß sie mit uns zusammen, ein Buch oder einen angefangenen Brief auf dem Schoß, und sprach über unsere Verwandten, über die Arbeit meines Vaters oder über meine Hausaufgaben, so wie sie es auch früher schon immer getan hatte – doch selbst ich merkte, daß sie sich jetzt nur noch dazu zwang, es war offensichtlich, daß es ihr nichts mehr bedeutete.

Ich war verwirrt und besorgt über die Veränderung, die sich in ihrem Innern vollzogen hatte, und ich versuchte, auf meine Art dagegen anzukämpfen. Ich hatte mich immer über den tyrannischen Stil geärgert, den sie bei allem, was mit meinen Schularbeiten zu tun hatte, an den Tag legte, doch jetzt kam ich freiwillig mit meinen Hausaufgaben zu ihr, um Rat und Hilfe einzuholen. Und bei diesen Gelegenheiten, wenn ich sie überreden konnte, sich wie früher zu mir an meinen Tisch zu setzen, griff ich fast unbewußt zu kleinen Tricks – ich verschüttete etwa Tinte auf meine Lehrbücher –, um zu verhindern, daß ihre Aufmerksamkeit abschweifte. Manchmal funktionierte es; dann riß sie sich aus ihrer Gedankenverlorenheit heraus und zog mir mit der schmalen Kante des Lineals eins über die Fingerknöchel.

Doch bald schweiften ihre Gedanken wieder ab, und dann saß ich da und kritzelte in meinem Heft herum, während sie aus dem Fenster starrte. Trotz alledem hatten ihre Augen nichts von ihrem Glanz verloren und ihr Gang nichts von seinem alten Rhythmus und Schwung.

Da regt sich irgendwas in ihrem Kopf, raunte mir meine Mutter eines Tages zu, während sie sie mit zusammengekniffenen Augen beobachtete. Ich merk's an ihrem Gesicht. Wir müssen aufpassen.

1962 war ein aufregendes Jahr für uns. Einige Monate nachdem meine Großmutter in Pension gegangen war, wurde mein Vater Chef seiner Firma. Die Ernennung kam überraschend, weil es in der Firma viel ältere und erfahrenere Anwärter gab. Von so einer Beförderung hätte er nicht einmal zu träumen gewagt. Doch meine Großmutter, die früher unseren Verwandten gar nicht schnell genug von jedem kleinen Anzeichen von Erfolg in der Karriere meines Vaters erzählen konnte, schien diesen unvorhergesehenen und spektakulären Aufstieg kaum zu bemerken. Ich hörte sie einmal ein paar Anrufe machen, aber das war auch schon alles. Ich erinnerte mich deutlich daran, wie sie einst Stunden damit verbracht hatte, jeden, den sie kannte, anzurufen, als er von der Position des Stellvertretenden Leiters der Personalabteilung zum Leiter der Marketingabteilung befördert wurde, und mir fiel auf, wie kurz ihre Anrufe diesmal waren.

Bald nach der Beförderung meines Vaters zogen wir in ein neues Haus an der Southern Avenue, gegenüber vom See. Nach unserer engen kleinen Wohnung in Gole Park kam mir unser neues Haus riesig vor: Dort schien mehr Platz zu sein, als wir je würden nutzen können – oben Räume, unten Räume, Veranden, ein Garten und ein Dach, das so groß war, daß man darauf hätte Kricket spielen können. Das Beste daran war – für mich –, daß ich Montu und meine anderen Freunde immer noch in der Nähe hatte, weil unser neues Haus nur ein paar Minuten zu Fuß von Gole Park entfernt war.

Ich übernahm es, meine Großmutter mit dem Haus bekannt zu machen. Ich führte sie mehrere Male herum, machte sie auf versteckte Böden, unerwartete Türen und Gänge aufmerksam. Sie gab ein paar beifällige Laute von sich, aber da sie alle gleich klangen, wußte ich bald, daß sie sich nur mir zuliebe interessiert gab.

Während wir uns in unserem neuen Haus einlebten, wurde allmählich klar, daß sich die Gewichte innerhalb unserer Familie unauffällig, aber unwiderruflich verschoben hatten. In unserer alten Wohnung hatte meine Großmutter stets darauf geachtet, zumindest nominell die Oberaufsicht über den Haushalt zu führen. Jetzt schien ihr das gleichgültig geworden zu sein. Wenn ich hungrig war und die Schlüssel für den Schrank haben wollte, in dem das Dalmuth aufbewahrt wurde, oder wenn ich Geld haben wollte, um unten am See Erdnüsse zu kaufen, mußte ich jetzt zu meiner Mutter gehen.

Die vereinnahmende mütterliche Präsenz meiner Großmutter zog sich langsam, aber sicher aus dem Haus zurück und beschränkte sich auf die vier Wände ihres Zimmers.

Sie hatte das beste Zimmer im Haus. Es war sehr groß, und die Wände waren mit hohen, durch Fensterläden abgedunkelten Fenstern gesäumt. Die paar Möbelstücke, die sie im Laufe der Jahre gesammelt hatte, wirkten in der Weite dieses Raumes so verloren wie Blätter auf einem großen See. Gelegentlich ging ich noch mit meinen Hausaufgaben zu ihr. Wenn ich ihr Zimmer betrat, traf ich sie gewöhnlich an einem offenen Fenster in einem Sessel sitzend an – eine geschrumpfte, zerbrechliche kleine Gestalt, die auf den See hinausstarrte. Ich zog dann einen Stuhl heran, setzte mich neben sie und kritzelte laut in meinem Heft herum, um ihre Aufmerksamkeit zu erregen.

Eines Abends, als sie besonders abwesend wirkte, warf ich mein Heft hin und rief: Tha'mma, warum starrst du eigentlich immer so aus dem Fenster? Gefällt dir dieses Haus nicht?

Sie warf mir einen überraschten Blick zu und tätschelte meine

Schulter. Es ist ein hübsches Haus, sagte sie lächelnd. Es ist ein hübsches Haus für ein Kind wie dich.

Doch dann runzelte sie die Stirn, biß sich auf die Lippen und sagte: Aber weißt du, es ist ganz anders als das Haus, in dem Maya und ich aufgewachsen sind.

Wie anders? fragte ich.

Und so erzählte sie mir im Verlauf unzähliger solcher Abende von dem Haus, in dem sie aufgewachsen war – in Dhaka.

Es war ein sehr sonderbares Haus. Es hatte sich langsam entwickelt, wuchs wie eine Wabe, jede Generation der Boses fügte neue Schichten und Anbauten hinzu, bis es wie eine riesige schiefe Stufenpyramide aussah und von so vielen Zweigen der Familie bewohnt wurde, daß selbst die Informiertesten unter ihnen nicht mehr so genau wußten, wer mit wem wie verwandt war.

Ihr Teil des Hauses war sehr groß, und in der frühesten Erinnerung meiner Großmutter war es dicht bevölkert. Sie waren damals eine Großfamilie, wo alle zusammen wohnten und aßen: ihre Großeltern, ihre Eltern, sie und Mayadebi, ihr Jethamoshai – der ältere Bruder ihres Vaters – und seine Familie, zu der drei Cousins etwa in ihrem Alter gehörten, sowie ein paar unverheiratete Tanten. Sie konnte sich noch an ihren Großvater erinnern, obwohl sie erst sechs war, als er starb: ein dünner, finsterer Mann, der ständig mit gerunzelter Stirn herumlief. In seiner Gegenwart redeten alle, auch ihr Vater und ihr Jethamoshai, im Flüsterton, mit gesenktem Kopf, den Blick fest auf den Boden gerichtet. Doch wenn er das Haus verließ, um im Distriktgericht seinem Anwaltsberuf nachzugehen, erwachte das Haus unter den geräuschvollen Spielen der fünf Cousins zum Leben. Jeden Abend wurden die fünf Kinder von ihren Müttern in sein Arbeitszimmer geführt, wo jeder das Alphabet aufsagen mußte – erst in Bengali, dann in Englisch, mit ausgestreckten Händen, die Handflächen nach unten, und bei jedem Fehler gab's was mit dem Griff seines Regenschirms auf die Fingerknöchel. Wenn sie weinten, bekamen sie einen Schlag auf die Schienbeine.

So furchteinflößend er auch war, er schaffte es doch, das Haus zusammenzuhalten. Nach seinem Tod gab sich Jethamoshai, als der älteste Sohn, die größte Mühe, seinen Platz einzunehmen, aber ohne Erfolg. Er war ein sonderbarer Mann, der Jethamoshai. In gewisser Weise war er ein seltsam liebenswerter Mann, doch dann war er wieder noch furchterregender als sein Vater. Zum einen war er dünner, geradezu ausgemergelt, und er hatte sehr leuchtende durchdringende Augen, die tief in den Höhlen seines langen hageren Gesichts lagen. Aber er hatte sonderbare «Ansichten» – zum Beispiel aß er gerne im Stehen, weil er meinte, es sei besser für die Verdauung. Kein Tier hat ein besseres Verdauungssystem als die Kühe, sagte er immer, und seht sie euch an, sie fressen auch im Stehen. Er war eindeutig exzentrisch, und den Kindern fiel es schwer, ihn ganz ernst zu nehmen. Nach dem Tod seines Vaters bestand er zum Beispiel darauf, daß die Kinder auch vor ihm ihr Alphabet aufsagten, während er genauso wie sein Vater dasaß und den Griff seines Regenschirms schlagbereit über ihre Fingerknöchel hielt. Doch obwohl er keine Spur weniger finster dreinsah als sein Vater, hatte er die sonderbare Angewohnheit, beim Zuhören durch die Lippen zu blasen, wie ein müdes Tongapferd. Und so geschah es oft, daß entweder sie oder Mayadebi mitten in ihrem Alphabet lachend losprusteten. Das erzürnte ihn dann derart, daß er einen Trommelwirbel von Schlägen auf ihre Fingerknöchel niederprasseln ließ, worauf sie sich die Lunge aus dem Leib brüllten, und dann verlor er gänzlich die Beherrschung und trat ihnen gegen die Schienbeine. Die Kinder hatten gewöhnlich enormen Spaß an dieser Vorstellung, weil Jethamoshai eigentlich nicht stark genug war, um ihnen wirklich weh zu tun, und außerdem sah sein Gesicht sehr komisch aus, wenn er richtig wütend war. Aber ihre Mutter war dann natürlich sehr böse auf ihn: Sie begriff nicht, daß er es eigentlich nicht so meinte – er konnte sich einfach nur nicht beherrschen. Nach solchen Ausbrüchen kaufte er den Kindern oft heimlich Halwa und Shandesh als eine Art Entschuldigung. Doch das wußte ihre Mutter nicht, und schon einen Monat nach dem Tod ihres Schwiegervaters redete sie nicht mehr mit Jethamoshai, und auch nicht mit seiner Frau oder seiner Familie.

Die Streitereien wurden bald schlimmer. Die beiden Frauen verdächtigten sich gegenseitig, die eigenen Kinder vor den andern zu bevorzugen, aus der gemeinsamen Speisekammer die besten Leckerbissen für sie zu stibitzen und so weiter. In ihren eigenen vier Wänden beschimpften sie ihre Ehemänner, sie seien feige und unfähig, die Interessen ihrer eigenen Kinder zu schützen. Bald lagen sich auch die beiden Brüder in den Haaren. Und da sie beide Anwälte waren, nahmen ihre Auseinandersetzungen eine besonders gemeine, juristische Form an, es wurde dabei nämlich kaum gesprochen. Statt dessen schickten sie sich gegenseitig Mitteilungen auf offiziellem Kanzleipapier zu. Da meine Großmutter die ältere der beiden Schwestern war, fiel ihr die Aufgabe zu, sie zu überbringen. Ihr grauste bald vor diesen Botengängen, denn sie mußte neben Jethamoshais Stuhl warten, während er das Schreiben immer wieder aufs neue durchlas, bis die Adern auf seiner Stirn vor Zorn pochten.

Das waren schreckliche Zeiten für die Kinder – wo sie sich im Hintergrund zusammenkauerten und zuhörten, wie ihre Mütter sich flüsternd hinter verschlossenen Türen stritten und weinend in ihren Schlafzimmern lagen. Wenn die Cousins jetzt zusammen spielten, mußten sie es heimlich tun, damit ihre Eltern sie nicht zusammen sahen.

Bald wurde es so unerträglich, daß man beschloß, das Haus mit einer hölzernen Trennwand zu teilen. Es gab keine andere Alternative. Doch das war leichter gesagt als getan, weil die beiden Brüder mit juristischer Präzision auf ihren Rechten bestanden und verlangten, daß die Teilung bis zum kleinsten Detail genau vollzogen werde. Als die Wand dann schließlich gebaut wurde, stellten sie fest, daß sie etliche Durchgänge durchtrennt hatte, so daß keiner sie mehr benutzen konnte. Sie war auch durch eine Toilette gegangen und hatte eine alte Kommode zweigeteilt. Die Brüder teilten auch das alte Namensschild ihres Vaters auf. Es wurde in der Mitte durch eine dünne weiße Linie getrennt, und ihre Namen wurden auf den beiden Hälften eingraviert – mit Buchstaben, die notwendigerweise so winzig waren, daß niemand sie lesen konnte.

Sie stammten aus einer Familie, die für ihre Streitsucht berüchtigt war.

Als die Streitereien auf dem Höhepunkt waren, hatten alle die Teilung des Hauses herbeigesehnt, doch als es dann tatsächlich geschehen war und die beiden Familien ihren jeweiligen Teil bezogen hatten, stellten sie fest, daß sich statt des Friedens, auf den sie sich so gefreut hatten, eine merkwürdige unheimliche Stille auf das Haus gesenkt hatte. Danach war es nie mehr so wie früher, es lebte nicht mehr. Für meine Großmutter war es noch schlimmer als für Mayadebi, weil sie sich an eine Zeit erinnern konnte, als es noch anders gewesen war. Oft betrachtete sie ihre Cousins auf der anderen Seite und dachte über sie nach, doch inzwischen lag so viel Bitterkeit zwischen den beiden Familien, daß sie sich nicht überwinden konnte, mit ihnen zu reden.

In späteren Jahren wurde meine Großmutter immer ein wenig nervös, wenn sie Leute sagen hörte: Wir sind wie Brüder. Was heißt das? fragte sie dann schnell. Heißt es, daß ihr Freunde seid? Und da sie selbst die Bedeutung von Brüderlichkeit sehr früh kennengelernt hatte, wagte sie nicht, das Risiko einzugehen, meinem Vater einen Bruder zu schenken.

Und doch wurden diese Frauen, die Mutter meiner Großmutter und ihre Tante, deren Leben sich wahrscheinlich durch ihre giftigen Streitereien um mehrere Jahre verkürzt hatte, enge, wenn auch stumme Verbündete, wenn es um die Heirat ihrer Töchter ging. Zum Beispiel spielte ihre Tante eine zentrale Rolle bei der Einfädelung der Heirat zwischen Mayadebi und dem Shaheb. Sie war es, die als erste erfuhr, daß der alte Mr. Justice Datta-Chaudhuri zu Besuch in Dhaka war, in Begleitung seines

Sohnes (damals ein überaus heiratsfähiger Grünschnabel von achtzehn Jahren), und da sie ihre eigenen Töchter bereits verheiratet hatte, sorgte sie dafür, daß der alte Richter Wissenswertes über Mayadebi (deren Schönheit schon stadtbekannt war) zu hören bekam. Als das erst mal bewerkstelligt war, ging alles andere wie am Schnürchen, denn ihre Horoskope waren, wie auch alle anderen Umstände, äußerst günstig füreinander. Die Verbindung wurde schnell besiegelt, und keine sechs Monate später war Mayadebi verheiratet. Als sie fortging, schärfte ihre Mutter ihr ein, ihrer Tante ja ein halbes Dutzend Saris aus Kalkutta zu schicken.

Doch dort, zu Hause in Dhaka, wechselten sie nie auch nur ein einziges Wort über diese Wand hinweg.

Meine Großmutter war vier Jahre vor Mayadebi verheiratet worden. Mein Großvater war Ingenieur bei der Eisenbahn in Burma. Meine Großmutter verbrachte die ersten zwölf Jahre ihrer Ehe in einer Reihe von Eisenbahnsiedlungen in Städten mit Märchennamen wie Moulmein und Mandalay. Doch später blieben ihr von alldem nur Krankenhäuser, Bahnhöfe und die Bengali-Gesellschaften in Erinnerung. Alles andere in diesem verzauberten Pagodenland erschien ihr nicht wirklich genug, um sich daran erinnern zu können.

Mein Vater wurde 1925 in Mandalay geboren. Meine Großmutter nahm ihn jedes Jahr immer für ein paar Monate nach Dhaka zu ihren Eltern mit. Ihr Teil des Hauses war jetzt viel leerer, weil ihre beiden Cousins und ihre Cousine inzwischen in verschiedene Gegenden des Subkontinents ausgeflogen waren. Nachdem Mayadebi geheiratet hatte und nach Kalkutta gezogen war, blieben nur noch diese vier älteren Leute – ihr Onkel, ihre Tante und ihre Eltern – im Haus übrig. Sie hatten jetzt sehr wenig Anlaß zum Streiten, doch der Lauf der Zeit hatte die alte Verbitterung in keiner Weise gemildert. Meine Großmutter gab sich alle Mühe, sie die Vergangenheit vergessen zu lassen, aber sie waren so gründlich in die Gewohnheiten hineingewachsen, die sich durch Jahrzehnte der Feindschaft gebildet hatten, daß keiner von ihnen sich in die Unsicherheit der Versöhnung hinauswagen wollte. Sie mochten die Wand jetzt, sie war zu einem Teil von ihnen geworden.

Als mein Vater sechs war, starben die Eltern meiner Großmutter innerhalb weniger Monate nacheinander. Danach kehrte meine Großmutter nur noch zweimal nach Dhaka zurück, und das nur, um sich zu vergewissern, daß die Zimmer, die sie und Mayadebi geerbt hatten, noch intakt waren. Beide Male beschloß sie, hinüberzugehen und mit ihrem Onkel und ihrer Tante zu sprechen, doch das Haus war jetzt voller schmerzhafter Erinnerungen, und beide Male flüchtete sie zurück nach Mandalay, nachdem sie gerade mal einen Tag in Dhaka verbracht hatte.

1935 erkältete sich mein Großvater, während er den Bau eines Kabeltunnels irgendwo in den Arakan-Bergen überwachte. Er starb an Lungenentzündung, bevor sie ihn nach Mandalay zurückbringen konnten.

Als er starb, war meine Großmutter zweiunddreißig. Sie hatte keine Ersparnisse, und sie hatte noch nie in ihrem Leben gearbeitet. Um so entschlossener war sie, ihren Sohn durch Schule und College zu bringen. Zum Glück besaß sie noch eine Urkunde, mit der sie beweisen konnte, daß ihr von der Universität Dhaka ein Bakkalaureat in Geschichte verliehen worden war. Aufgrund dessen konnte ihr ein wohlwollender Eisenbahnbeamter eine Stelle an einer Schule in Kalkutta verschaffen – die Schule, an der sie dann die nächsten siebenundzwanzig Jahre tätig war.

In den folgenden Jahren hatte sie keine Zeit mehr, nach Dhaka zu fahren. 1947 kam die Teilung, und Dhaka wurde die Hauptstadt von Ostpakistan, und danach kam ein Besuch sowieso nicht mehr in Frage. Sie hatte seitdem nie mehr etwas von Jethamoshai und ihrer Tante gehört.

In den folgenden Jahren, in denen sie in Kalkutta in einer

Einzimmerwohnung in Bhowanipore lebte, dachte sie oft an Dhaka – das alte Haus, ihre Eltern, Jethamoshai, ihre Kindheit –, all die Dinge, an die Menschen so denken, wenn sie wissen, daß die schönsten Zeiten ihres Lebens schon vorbei sind.

Aber weißt du was? sagte sie und blickte mit einem halben Lächeln auf den See hinaus. In der ganzen Zeit gab es nur eine einzige Sache, um die es mir wegen Dhaka wirklich leid tat.

Was? fragte ich.

Sie lächelte: Daß ich nie das Andersrum-Haus zu sehen bekam.

Was war das denn? sagte ich.

Sie lachte.

Als das Haus geteilt wurde, sagte sie, war Maya noch sehr klein, und sie konnte sich an die andere Seite überhaupt nicht erinnern. Wenn ich ihr angst machen wollte, weil sie nicht schlafen wollte oder so was, hab ich dann später oft Geschichten über den anderen Teil des Hauses erfunden. Da drüben ist alles andersrum, hab ich ihr gesagt. Beim Essen fangen sie mit dem Nachtisch an und hören mit dem Dal auf. Ihre Bücher beginnen hinten und enden vorn, sie schlafen unter ihren Betten und essen auf den Laken, sie kochen mit Jhatas und fegen mit ihren Kellen, sie schreiben mit Regenschirmen und gehen mit Bleistiften spazieren . . . Maya liebte diese Geschichten allmählich so sehr, daß ich mir jeden Abend eine neue ausdenken mußte, sonst weigerte sie sich, einzuschlafen. Eines Abends hab ich ihr dann eben erzählt, daß man Jethamoshai heute seinen Tee in einer Tasse gebracht hatte und er gleich wütend geworden war, durch seine Lippen geblasen und gebrüllt hatte: Warum hast du ihn mir so gebracht? Weißt du denn nicht, daß Tee aus einem Eimer getrunken wird? Und am nächsten Abend mußte ich mir wieder was Neues ausdenken, zum Beispiel: Heute hat Jethamoshai einen unserer Cousins angebrüllt, weil er vergessen hatte, in der Küche zu baden. Irgend so ein Unsinn eben. Und wenn ich fertig war, hab ich eine schreckliche Fratze geschnitten und gesagt:

Wenn du jetzt nicht auf der Stelle einschläfst, dann schubs ich dich über die Hofmauer, und dann wirst du auch andersrum. Das reichte gewöhnlich, daß Maya die Augen zumachte und einschlief. Aber weißt du, was komisch war? Als wir älter wurden, hab auch ich fast an unsere Geschichte geglaubt. Als wir schon recht erwachsen waren, zur Schule gingen und alles, saßen wir oft auf dem Fleckchen Garten vor ihrem Teil des Hauses, beobachteten Jethamoshais Tür und versuchten uns vorzustellen, was drinnen passierte. Es ist jetzt Nachmittag, hat Maya zum Beispiel gesagt, also frühstücken sie wahrscheinlich gerade, oder irgendwas Albernes in der Art, und wir kringelten uns vor Lachen und fielen uns um den Hals. Aber manchmal, weißt du, wenn unsere Eltern böse auf uns waren oder wir wegen irgendwas traurig waren, saßen wir da draußen und starrten auf dieses Haus. In dem Moment erschien es uns als ein besserer Ort, und wir wünschten uns, wir könnten uns auch dort hineinflüchten.

Aber jetzt, sagte sie traurig und zerstrubbelte mir das Haar, ist alles weg. Sie sind alle tot, und ich hab nichts mehr, worüber ich Geschichten erfinden kann, wo ich mich hineinflüchten kann.

*Bald setzte unser* kurzer Winter ein. Die Seen waren wunderbar in dieser Jahreszeit, und meine Großmutter begleitete mich jetzt, wenn ich abends zum Kricketspielen rausging. Zu meiner Erleichterung war sie so vernünftig, ihre eigenen Wege zu gehen, sowie wir im Park waren, doch manchmal, wenn ich gerade den Fänger machte, sah ich sie, ein kleiner weißer Fleck auf der anderen Seite des Sees, wie sie forsch ausschritt und hin und wieder stehenblieb, um ein paar Worte mit den anderen älteren Leuten zu wechseln, die dort ihren Abendspaziergang machten. Meine Eltern freuten sich über die Unternehmungslust meiner Großmutter. Ich hörte zufällig mit, wie sie sagten, sie sei jetzt leichter im Umgang, seitdem sie regelmäßig aus dem Haus ging und mit Leuten ihres Alters verkehrte. Bald blieb sie noch lange nach meinem Kricketspiel im Park. Ich ging sie oft suchen, bevor ich wieder nach Hause zurückkehrte, und gewöhnlich traf ich sie auf irgendeiner Bank an, unter einem der riesigen Bäume am Seeufer, in angeregter Plauderei mit ihren neuen Freunden.

Beim Abendessen erkundigte sich mein Vater mit einem gutgelaunten Lächeln bei ihr, worüber sie sich unterhalten hatten. Hatten sie zum Beispiel eine Meinung zu dem jüngsten Krieg mit China?

Ach, für so was Aktuelles interessieren wir uns nicht, entgegnete meine Großmutter. Wir unterhalten uns über die Vergangenheit.

Wie sich herausstellte, waren viele der älteren Leute, die im Park spazierengingen, ebenfalls aus dem Osten über die Grenze gekommen, während oder kurz vor der Teilung. Die meisten hatten sich, genau wie meine Großmutter, in unserer Gegend von Kalkutta niedergelassen, die damals noch nicht erschlossen war. Es war also kein großer Zufall, daß meiner Großmutter auf ihren Spaziergängen am See oft Leute über den Weg liefen, die sie noch aus Dhaka kannte oder von denen sie zumindest gehört hatte.

An einem dieser Abende kam mein Vater nach mehreren langen Sitzungen in seiner Firma erschöpft nach Hause. Es geschah nicht oft, daß er so müde von der Arbeit kam, und jedesmal wenn es passierte, wurde unser Haus von einer angenehmen Krisenstimmung erfaßt. Später hatte ich oft das Gefühl, daß es diese Momente in ihrem Leben waren, auf die sich meine Eltern am meisten freuten: mein Vater, weil er dann, wenn er erschöpft war, wenn er umsorgt und umhegt wurde, am ausgiebigsten die weichen Früchte eines Lebens genießen konnte, das nie auch nur um eine Haaresbreite vom Weg der Konvention abgekommen war; meine Mutter, weil sie dann ihre mühelose Beherrschung der Haushaltskünste unter Beweis stellen konnte – zum Beispiel ihre Fähigkeit, das Tonvolumen und die Harmonien unseres Hauses zu einem Flüstern herunterzumodulieren, während sie gleichzeitig dafür sorgte, daß der Rhythmus im exakten Takt weiterlief, ganz so wie ein großer Dirigent manchmal innerhalb eines riesigen musikalischen Tumults eine einzelne, vollkommene, ganze Note der Stille erzeugen kann.

An solchen Abenden konnte meine Mutter die verräterischen Anzeichen vom abgespannten Gesicht meines Vaters ablesen, sowie er aus dem Auto stieg. Sie führte ihn sofort nach oben in ihr gemeinsames Schlafzimmer, dann kam sie wieder herunter und machte auf leisen Sohlen einen raschen Gang durchs Haus: das Personal in der Küche wurde angewiesen, das Kofferradio auszustellen, die Fenster der Zimmer, die zur Straße gingen, wurden schnell und lautlos geschlossen, und mir wurde verboten, mit meinen Spielzeugpistolen zu spielen. Wenn im Haus dann Stille eingekehrt war, ging sie wieder nach oben, legte einen sauberen frischen Kurta und einen Schlafanzug aus und schob meinen Vater sanft ins Badezimmer. Während er ein Bad nahm, eilte sie wieder hinunter in die Küche, um ihm eine Tasse Tee zu machen, genauso wie er ihn mochte, heiß, süß und mit viel Milch, brachte ihn nach oben auf die Veranda, von der man einen Blick auf den Garten hatte, und stellte ihn auf einen Tisch neben seinen Sessel. Wenn er dann erschien, gebadet und abgekühlt, setzte sie sich neben ihn, während er seinen Tee trank, und erzählte ihm mit ruhiger, besänftigender monotoner Stimme alles, was sich an diesem Tag im Haus ereignet hatte.

An einem solchen Abend platzte meine Großmutter herein und rief: Ihr glaubt nicht, wen ich heute im Park getroffen habe!

Meine Mutter war nicht erfreut über diese Störung, und sie versuchte anzudeuten, daß es, was immer es war, doch wohl bis zum Abendessen Zeit hätte. Doch meine Großmutter war nicht zu bremsen.

Ich hab Minadi getroffen, sagte sie atemlos. Ihr kennt sie nicht, ihre Familie hat in Dhaka in unserer Straße gewohnt. Sie ist immer auf dem laufenden über alles, was auf der Welt so passiert. Das war schon so, als wir noch zusammen in die Schule gingen. Jedenfalls haben wir über dies und das geredet, einiges nachgeholt – ich hab sie seit Jahren nicht mehr gesehen –, und plötzlich haut sie mir auf die Hand und sagt: Weißt du eigentlich, daß einer deiner Cousins, einer von Jethamoshais Söhnen, mit seiner Familie hier in Kalkutta wohnt? Irgendwo in Garia, wenn ich mich nicht irre. Natürlich hat sie gewußt, daß ich das nicht wußte. Sie weiß alles über jeden. Ich hab dann jedenfalls gesagt, nein, wir hätten den Kontakt verloren, ich hätte keine Ahnung, wo er jetzt sei, und wie sie es herausbekommen habe. Sie sagte, ihre Dienerin hätte den Namen mal erwähnt, vor längerer Zeit – vor einem Jahr oder so. Und natürlich war es typisch Minadi, gleich nachzubohren, und dann war ziemlich bald klar, daß es tatsächlich *er* war – mein Cousin, Jethamoshais Sohn. Ich hab wirklich Glück, daß sie so eine wandelnde Chronik von anderer Leute Angelegenheiten ist, weil sie jetzt herausfinden will, wo er genau wohnt, damit ich ihn besuchen kann.

Während sie wieder Luft holte, warf sie uns aus blitzenden Augen einen begeisterten Blick zu.

Mein Vater, der nicht so recht wußte, was für eine Reaktion sie von ihm erwartete, bemerkte sanft, daß sie sich nach all den Jahren wahrscheinlich gar nicht wiedererkennen würden.

Meine Großmutter runzelte die Stirn. Das ist völlig unwichtig, fuhr sie ihn an. Es spielt keine Rolle, ob wir uns erkennen oder nicht. Wir sind vom gleichen Fleisch und Blut und Knochen, und vielleicht können wir jetzt, nach all den Jahren, all diese Bitterkeit und diesen Haß wiedergutmachen.

Dann sagte sie zu meinem Vater in diesem bestimmten Ton, der keinen Widerspruch duldete, mit dieser Stimme, die wir lange nicht mehr gehört hatten: Denk dran, den Wagen für Sonntag bereitzuhalten. Minadi hat versprochen, ihre Dienerin vorbeizuschicken, sie soll uns zu ihrem Haus führen.

Als meine Mutter das hörte, stieß sie einen kleinen Überraschungsschrei aus und machte den Mund auf, um etwas zu sagen, doch mein Vater schüttelte den Kopf, und sie setzte sich schweigend zurück.

Sie mißbilligte nicht etwa, was meine Großmutter vorhatte, im Gegenteil, sie hätte das gleiche getan, nur viel früher, weil für sie Verwandtschaft und Familie die zentralen Punkte waren, die der Welt ihre Gestalt und ihren Sinn gaben, die Grundlage der moralischen Ordnung. Meine Großmutter hatte dagegen nie vorgegeben, einen besonders ausgeprägten Familiensinn zu haben. Ihre Ethik hatte sie, als Lehrerin, stets auf größere und abstraktere Sinneinheiten gegründet. Insgesamt, bis auf wenige Ausnahmen, war sie äußerst mißtrauisch gegenüber ihren Verwandten. Sie stellten für sie eine einengende Mauer von Argwohn und Verpflichtungen dar. Wenn sie von ihnen redete, dann gewöhnlich nur, um uns daran zu erinnern, daß uns Onkel Soundso leicht anlächeln und angrinsen konnte, wenn er uns jetzt sah, aber wir sollten nicht vergessen, daß er in harten Zeiten nichts von ihr hatte wissen wollen. Dabei verdrängte sie die Tatsache, daß sie es in diesen Jahren war, die in ihrem heftigen Stolz die Verbindung mit den meisten ihrer Verwandten abgebrochen und jegliche Hilfe zurückgewiesen hatte, selbst von Mayadebi, ihrer eigenen Schwester. Sie vergaß, daß sie, die als Frau so respekteinflößend war, daß die anderen es nicht wagten, ihr ungefragt ihre Hilfe aufzudrängen, nie die Großzügigkeit besessen hatte, selbst darum zu bitten. Der Preis, den sie für diesen Stolz bezahlt hatte, war, daß letzterer sich in ihrer Phantasie in ein Sperrfeuer von Kränkungen und Brüskierungen verwandelt hatte, eine eingebildete Barriere, die, wie sie meinte, von ihren hämischen Verwandten errichtet worden war, um ihre Erniedrigung noch zu vergrößern.

Es war ganz natürlich, daß meine Mutter über diesen plötzlichen Ausbruch von Familiensinn überrascht war. Niemand hatte sie jemals so von irgendeinem ihrer Verwandten reden hören – nicht einmal von Mayadebi, die sie liebte –, mit dieser missionarischen Wärme, die jetzt in ihrer Stimme lag, da sie von den Kindern eines Mannes sprach, den ihre Eltern mehr als alles auf der Welt gehaßt hatten.

Ich weiß nicht, was sie sich jetzt wieder in den Kopf gesetzt hat, sagte meine Mutter später besorgt, aber ich bin sicher, es hat nichts mit ihrem Cousin zu tun – da tickt noch was anderes in ihr.

Am Sonntag stand das Auto vor der Tür und bald darauf auch die Frau, die uns zum Haus des Cousins meiner Großmutter führen sollte. Sie war mollig, mittleren Alters, mit einem großen runden Gesicht und vorstehenden Augen.

Wie heißen Sie? sagte meine Großmutter und musterte sie ohne Begeisterung von oben bis unten.

Mrinmoyee, sagte die Frau und schob einen Placken Paan von einer Backe zur anderen.

Soso, Mrinmoyee, wie? äffte meine Großmutter sie nach und schob das Kinn vor – Dienerinnen mit Namen, die ihrem Gefühl nach zu hochgestochen für ihre Stellung waren, machte sie immer gnadenlos runter.

Doch jetzt fuhr mein Vater hastig dazwischen und fragte Mrinmoyee, ob sie auch wirklich genau wisse, wen wir suchten. Er sprach den Namen laut und deutlich aus und beobachtete sie dabei genau.

Mrinmoyee nickte und kaute langsam ihr Paan. Ja, sagte sie mit einem schweren Noakhali-Akzent. Ja, das ist er. Nidhubabu wurde er immer genannt – er hat früher am Fahrkartenschalter im Shonarpur-Bahnhof gearbeitet, mein Bruder wohnt dort in der Nähe. Aber nach seiner Pensionierung ist er nach Garia gezogen.

Sie hielt inne und sah meinen Vater lange und nachdenklich an. Aber Sie wissen doch sicherlich, sagte sie, daß er letztes Jahr gestorben ist, an einem Schmerz in der Brust?

Meine Großmutter zog scharf die Luft ein und sank benommen in einen Sessel. Aber es war offensichtlich, daß es weniger Gram als Enttäuschung war, was sie so umgehauen hatte. Sie schwieg eine Weile, die Hände vor den Augen. Dann stand sie auf und verkündete: Es spielt keine Rolle – wir fahren trotzdem hin. Vielleicht kann uns seine Frau irgendwas über die restliche Familie erzählen.

Nein, Ma, hör zu, setzte mein Vater an, doch sie schnitt ihm das Wort ab.

Doch, ich hab's beschlossen, sagte sie und führte uns hinaus. Kommt, auf geht's.

Und so ließ mein Vater widerstrebend den Wagen an, und wir kletterten alle hinein.

Am Gole Park bogen wir von der Southern Avenue ab, und natürlich war die Schranke am Bahnübergang von Dhakuria mal wieder unten. Wir mußten eine halbe Stunde lang in der Mittagshitze braten, bis wir endlich durchkonnten. Wir rasten an dem offenen Gelände am Jodhpur Club vorbei und die Allee entlang, die am Campus der Jadavpur University verlief. Doch gleich danach mußten wir wieder Schrittempo fahren, als die Straße zunehmend enger und voller wurde. Zu beiden Seiten tauchten jetzt Hüttenreihen auf, kleine klapprige Bauten, einige auf niedrigen Stelzen, mit Wänden aus geflochtenem Bambus und Dächern, die aus Wellblechstücken irgendwie zusammengeschustert waren. Hinter den Hütten erhob sich eine zerklüftete Reihe von Betonhäusern, die meisten nur halb fertig.

Meine Großmutter sah verwundert aus dem Fenster und rief: Als ich vor zehn Jahren das letzte Mal hier war, waren hier überall Reisfelder bis zur Straße. Das war so eine Gegend, wo betuchte Leute aus Kalkutta ihre Gartenhäuser gebaut haben. Und seht's euch jetzt an – schmutzig wie das Nest eines Babui. Alles nur wegen den Flüchtlingen, die sich hier breitmachen.

Genau wie wir damals, sagte mein Vater, um sie zu provozieren.

Wir sind keine Flüchtlinge, fuhr meine Großmutter ihn dann auch gleich an. Wir sind lange vor der Teilung gekommen.

Mrinmoyee streckte plötzlich den Kopf aus dem Fenster und zeigte auf ein zweistöckiges Betongebäude. Da ist es, sagte sie. Da wohnen sie.

Mein Vater brachte den Wagen langsam zum Stehen, manövrierte ihn vorsichtig von der schmalen Straße auf den Splitt. Er öffnete seine Tür, um auszusteigen, doch dann verkündete er mit einem mißtrauischen Blick auf die Hütten und Baracken zu beiden Seiten der Straße, daß er im Auto bleiben werde. Er habe gehört, daß in solchen Gegenden Autos oft bis aufs Chassis auseinandergenommen würden.

Zu mir gewandt, sagte er: Bleib du bei mir. Ich möchte nicht, daß du da mit hochgehst.

Seine Stimme hatte einen rauhen, energischen Unterton. Ich wußte, er ärgerte sich, daß er mich überhaupt mitgenommen hatte. Doch jetzt war ich auch entschlossen mitzugehen, und so schlüpfte ich unauffällig mit hinaus, als er gerade nicht hinsah.

Mrinmoyee führte uns in das Gebäude und zwei finstere Treppen hinauf. Wir mußten mehrmals stehenbleiben, um Kindern Platz zu machen, die an uns vorbeischossen und sich gegenseitig die Treppen rauf und runter jagten. Ihr Gebrüll und Gelächter hallte im Treppenhaus wider. Die Stufen waren glitschig von Dreck, die nackten Zementwände geschwärzt von Ruß und Holzrauch, die elektrischen Kabel hingen in bunten Girlanden herab, an den Gelenken, wo die Isolation abgenutzt war, war das blanke Kupfer zu sehen. Es war ein langgestrecktes holzschachtelähnliches Gebäude, nicht groß, obwohl man an den barackenartigen Trennwänden in den Korridoren sah, daß hier Dutzende von Familien wohnten.

Mrinmoyee führte uns zu einer Tür im zweiten Stock und rief: Ist jemand zu Hause? Wir hörten schlurfende Schritte auf der anderen Seite, und dann ging auch schon die Tür auf.

Meine Mutter und meine Großmutter waren erstaunt über das Aussehen der Frau, die heraustrat. Sie hatten jemand sehr Altes erwartet, vielleicht mit einem Buckel und einem Gesicht wie eine Rosine. Die Frau, die da vor uns stand, war höchstens mittleren Alters, sie trug eine dicke Brille, hatte ein breites Kinn und sehr schwarze Haare – so schwarz, meinte meine Großmutter später, daß sie wahrscheinlich künstlich gefärbt waren.

Sie sah uns überrascht an, erkannte Mrinmoyee und zog verwundert die Augenbrauen in die Höhe.

Die Herrschaften wollten Sie kennenlernen, sagte Mrinmoyee gelassen, und meine Großmutter schaltete sich schnell ein und erklärte, daß wir Verwandte seien.

Die Frau begriff sofort, wer wir waren und in welcher verwandtschaftlichen Beziehung wir zu ihrem verstorbenen Mann standen. Sie lächelte und tätschelte mir den Kopf, als ich mich, nachdem meine Mutter mich angestupst hatte, hinunterbeugte, um ihre Füße zu berühren. Doch dann warf sie einen Blick auf ihren verknitterten Sari und sagte, Daumen und Zeigefinger hochhaltend: Momentchen.

Sie verschwand und zog die Tür hinter sich zu. Als sie sie fünf Minuten später wieder öffnete, hatte sie eine dicke Schicht Puder auf dem Gesicht und trug einen blendendweißen Nylonsari.

Sie führte uns ins Zimmer, entschuldigte sich laut für die Beengtheit und den Mangel an Stühlen, erklärte, daß sie bald ausziehen werde, zusammen mit ihrem Sohn, in eine viel größere, viel bessere Wohnung, es sei schade, daß wir gerade jetzt gekommen seien, sie sei mitten im Packen ...

In dem Zimmer war es so dunkel, daß ein Neonlicht brannte, obwohl es Mittag war. An einer Wand hing ein großes gerahmtes Bild von Rabindranath Tagore. Darunter hing an einem Stück Schnur, die zwischen den Zimmerecken aufgespannt war, ein unordentlicher Vorhang aus trocknenden Saris, schmutzigen Unterröcken, ungewaschenen Hosen und Unterwäsche. Meine Mutter und meine Großmutter setzten sich zaghaft auf den Rand eines Bettes, das an der hinteren Wand stand. Unsere Verwandte setzte sich neben sie und gab Mrinmoyee zu verstehen, daß sie sich auf den Boden hocken sollte.

Für mich gab es keinen Platz mehr, und so schlüpfte ich wieder hinaus in den langen verandaartigen Korridor. Ich stellte mich auf die Zehenspitzen, lehnte mich über das niedrige Geländer und sah nach unten. Die Straße konnte ich nicht sehen, der Korridor ging zur anderen Seite raus. Hinter dem Gebäude, in dem wir uns befanden, gab es keine weiteren Häuser mehr. Am Rand des Gebäudes fiel der Boden steil ab und ging dann in ein flaches, mit großen Tümpeln übersätes Gelände über. Aus den Lachen erhoben sich Inseln, an die sich kleine Barackenklumpen klammerten. Ihre gehämmerten Blechdächer glänzten rostig in der Mittagssonne. Die Tümpel waren schwarz und mit einer so dicken Schlammschicht bedeckt, daß hier nicht einmal die allgegenwärtigen Teppiche von Wasserhyazinthen gedeihen konnten. An ihren Rändern hockten Frauen, bewegten mit beiden Händen das Wasser, um die Schlammschicht wegzutreiben, schöpften das saubere Wasser darunter ab, um ihre Babys abzubürsten oder um Kleidung und Kochutensilien zu waschen. Weiter hinten war eine Fabrik, um die eine sehr hohe Mauer verlief. Ich konnte nur ihr langes gezacktes Stahldach und die Schornsteine sehen, aus denen Rauch quoll, der genauso schwarz war wie der Schmutz auf den Tümpeln. Entlang der Fabrikmauer erstreckte sich irgendeine Abraumhalde. Kleine Hügel eines schwarzen kiesigen Materials, auf der einen Seite an der Mauer aufgeschüttet, flachten auf der anderen zu den schlammüberkrusteten Tümpeln ab. Ich hielt die Hand vor die Augen und sah, daß sich mehrere Gestalten auf diesen Hängen umherbewegten. Sie waren auf diese Entfernung sehr klein, aber ich konnte trotzdem erkennen, daß sie Säcke über der Schulter trugen. Sie sammelten Brocken aus dem Schutt und ließen sie in ihre Säcke fallen. Ich konnte sie nur sehen, wenn sie sich bewegten; wenn sie es nicht taten, verschwanden sie spurlos – sie waren perfekt getarnt, wie Chamäleons, weil alles an ihnen, ihre Kleidung, ihre Säcke, ihre Haut, dieses einheitliche matte Schwarz des Schlamms in den Tümpeln hatte.

Unsere Verwandte entdeckte mich, wie ich mich über das Geländer lehnte, und kam herausgelaufen.

Sieh nicht dahin! rief sie. Es ist schmutzig! Dann führte sie mich wieder ins Zimmer zurück.

Ich ging bereitwillig mit. Ich war im Wegsehen, diesem Urinstinkt des Adels, schon gut geschult. Trotzdem war es verlorene Mühe, mich dort wegzuziehen. Es stimmte natürlich, daß ich von meinem eigenen Fenster aus keine solche Landschaft oder irgendeine vergleichbare sehen konnte, doch ihre Gegenwart war überall in unserem Haus zu spüren, ich war damit aufgewachsen. Es war diese Landschaft, die der Stimme meiner Mutter den Unterton von Hysterie verlieh, wenn sie mich für meine Prüfungen abfragte. Genau auf diese Hänge zeigte sie, wenn sie mir sagte, daß ich da *drüben* landen würde, wenn ich nicht fleißig lernte, daß die einzige Waffe, die Menschen wie wir besaßen, unser Grips sei, und wenn wir ihn nicht wie Krallen benutzten, um uns an das zu klammern, was wir hatten, dann würden wir eben genau dort landen, gefangen in dieser Landschaft. Ich wußte sehr wohl, daß es lediglich einiger nichtbestandener Prüfungen bedurfte, um mich dorthin zu bringen, wo unsere Verwandte war, in die ständige Nähe dieser Schwärze. Diese Landschaft war der Treibsand, der unter den polierten Böden unseres Hauses brodelte. Es war dieser Schlamm, der unserem feinen Anstand diese gewisse Spur von panischer Angst verlieh.

Unsere Verwandte bereitete Tee für uns zu und bot uns Thin-Arrowroot-Kekse an, hübsch in einem Blumenmuster auf einem Teller angeordnet.

Während wir unseren Tee schlürften, führten sie und meine Großmutter ein langes Gespräch. Sie erzählte meiner Großmutter, daß ihr verstorbener Mann einige Jahre vor seinem Tod nach Dhaka zurückgekehrt sei, in der Hoffnung, seinen Vater dazu überreden zu können, nach Indien zu ziehen.

War er denn etwa immer noch da? rief meine Großmutter und beugte sich vor.

Sie nickte. Ja, sagte sie. Er hat immer noch in dem alten Haus gelebt.

Ihr Mann hatte versucht, seinen Bruder und seine Schwester

dazu zu bringen, mit ihm zusammen nach Dhaka zu fahren, um den Alten nach Indien zu bringen, aber sie hatten kein sonderliches Interesse gezeigt. Sie waren sowieso überall verstreut – einer war in Bangalore, ein anderer im Nahen Osten, und der andere weiß Gott wo. Also war ihr Mann allein nach Dhaka gefahren. Er hatte gedacht, daß sie sogar ein wenig Geld mit dem Verkauf des Hauses verdienen könnten, wenn sich ihr Vater überreden ließe, nach Kalkutta zu ziehen. Doch als er dort ankam, stellte er fest, daß das ganze Haus von moslemischen Flüchtlingen aus Indien belegt war – hauptsächlich Leute, die aus Bihar und Uttar Pradesh herübergekommen waren.

Meine Großmutter hielt entsetzt die Luft an.

Unser Haus? sagte sie. Soll das heißen, daß unser Haus von Flüchtlingen bewohnt wird?

Ja, sagte unsere Verwandte mit einem nachsichtigen Lächeln. Genau. Nach der Teilung stand das Haus leer, alle waren fortgegangen außer meinem Schwiegervater, und er hat nicht einmal versucht, den Flüchtlingen den Einzug zu verwehren. Was hätte er auch tun können? Sowie er in Dhaka war, war meinem Mann klar, daß er dieses Haus nicht mehr zurückbekommen konnte – kein pakistanisches Gericht würde diese Flüchtlinge vor die Tür setzen lassen. Und dem Alten war es sowieso egal – da war eine Familie, die ihn versorgte, und das reichte ihm. Er war – wissen Sie – nicht mehr ganz da. Es war ihm eigentlich egal, was geschah.

Armer Alter, sagte meine Großmutter mit bebender Stimme. Wenn man sich vorstellt, in einem fremden Land zu sterben, im hohen Alter allein und verlassen.

Oh, vielleicht ist er noch gar nicht gestorben, sagte unsere Verwandte fröhlich. Hab ich das noch nicht gesagt?

Was soll das heißen? sagte meine Großmutter. Wollen Sie etwa damit sagen, daß er vielleicht noch lebt? Aber dann wäre er ja über neunzig ...

Unsere Verwandte lächelte und biß von einem Thin-Arrow-

Keks ab. Beim Kauen hielt sie sich vornehm die Hand vor den Mund.

Letzten Monat hat er jedenfalls noch gelebt, sagte sie. Er hat mir nämlich geschrieben – nur eine Postkarte, aber es war eindeutig seine Handschrift. Ich hatte ihm nach dem Tod meines Mannes geschrieben, nur für alle Fälle, an die alte Adresse – obwohl ich seit Jahren nichts mehr von ihm gehört hatte. Aber das ist schon Monate her, und als wir keine Antwort bekamen, dachte ich, na ja ... Aber dann kam letzten Monat diese Postkarte ...

Kann ich sie mal sehen? fragte meine Großmutter begierig.

Unsere Verwandte nickte, nahm eine Postkarte von einem Regal und gab sie meiner Großmutter.

Meine Großmutter starrte auf die Karte, die jetzt wie eine Opfergabe in ihren geöffneten Händen lag.

Da ist die Adresse, murmelte sie vor sich hin. 1/31 Jindabahar Lane – immer noch dieselbe.

Sie mußte eine Hand heben, um sich die Träne wegzuwischen, die ihr die Wange herunterkullerte.

Ich kann seine Schrift lesen! sagte sie. Er schreibt: «Er hätte hierbleiben sollen.»

Sie holte tief Luft und gab die Karte zurück. Dann erhob sie sich, dankte unserer Verwandten und sagte, wir müßten jetzt gehen, mein Vater würde schon warten. Unsere Verwandte drängte uns höflich, doch noch etwas zu bleiben, aber meine Großmutter lehnte lächelnd ab. Dann sagte unsere Verwandte, sie würde mit uns hinuntergehen, um uns zu verabschieden. Auf dem Weg nach unten nahm sie meine Mutter beim Arm, und sie blieben flüsternd zurück. Es dauerte eine ganze Weile, bis sie endlich herunterkamen, mein Vater wurde schon ungeduldig. Doch bevor er den Wagen anließ, bedankte er sich überschwenglich bei unserer Verwandten und lud sie zu uns ein. Als wir losfuhren, drehte ich mich um und sah sie winken, eingerahmt in dem Betoneingang.

Was hat sie dir da auf der Treppe erzählt? fragte meine Großmutter meine Mutter.

Meine Mutter lachte versonnen und erklärte, daß die Verwandte offenbar bestens über uns Bescheid wußte, obwohl wir uns nie begegnet waren – sie wußte ganz genau, was mein Vater war und wo wir wohnten. Sie hatte von ihrem Sohn erzählt. Er war jetzt fünfundzwanzig und hatte seine Abschlußprüfung bestanden, aber keinen Job finden können. Er würde allmählich auf die schiefe Bahn geraten, hatte sie gesagt, weil er den Tag mit Nichtstun verbrachte und sich nur mit Gangstern auf den Straßen herumtrieb. Ob mein Vater ihm einen Job verschaffen könne, hatte sie gefragt.

Armes Ding, schloß meine Mutter. Wir sollten ihr irgendwie helfen.

Wieso denn? entgegnete meine Großmutter. Hat mir irgend jemand geholfen, als ich so gelebt habe? Laß dich bloß nicht von solchen Geschichten einwickeln. Wenn solche Leute erst mal anfangen, Forderungen zu stellen, nimmt das kein Ende mehr. Außerdem sieht sie so aus, als könnte sie ganz gut allein zurechtkommen.

Meine Mutter schwieg. Sie wußte, daß es klüger war, mit meiner Großmutter nicht über dieses Thema zu streiten.

Um *sie* mach ich mir keine Sorgen, sagte meine Großmutter unter heftigem Kopfschütteln. Aber um *ihn*. Armer alter Mann, ganz allein in diesem Land zurückgelassen, umgeben von ...

Sie verstummte. Als sie wieder zu sprechen begann, waren wir schon fast zu Hause, und ihre Stimme war sanft und verträumt.

Jetzt bleibt mir in meinem Leben eigentlich nur noch eins zu tun, sagte sie. Und zwar den Alten heimzuholen ...

Und ihr Blick verschleierte sich bei dem Gedanken, wie sie ihren Onkel vor seinen Feinden retten und dort hinbringen würde, wo er hingehörte, in ihr erfundenes Land.

*Etwa um diese Zeit herum* muß May ihren vierten Brief von Tridib bekommen haben. Als sie vom College nach Hause kam und die Haustür öffnete, fand sie ihn auf dem Teppich, zusammen mit der Gasrechnung. An den Briefmarken erkannte sie gleich, daß er von Tridib war. Aber abgesehen davon war er ganz anders als die anderen Briefe, die sie von ihm bekommen hatte. Die anderen waren sehr dünn gewesen, eigentlich eher Postkarten. Aber sie konnte am Gewicht des Umschlags feststellen, daß dieser mehrere Seiten lang war. Sie war schon etwas neugierig, aber sie beschloß, ihn sich für später aufzuheben. Sie nahm ihn mit in die Küche, ungeöffnet, und gab ihrer Mutter die Gasrechnung. Mrs. Price bemerkte den Umschlag, und May murmelte etwas von wegen, daß Tridib wieder geschrieben hätte. Mrs. Price nickte vage und wandte sich ab, um nach dem Kessel zu sehen.

Als May Nicks Schlüssel in der Eingangstür hörte, nahm sie ihren Brief und lief hinauf in ihr Zimmer. Sie hatten sich an diesem Morgen gestritten, wie üblich, wegen des Geschirrspülens oder irgendwas, und sie wollte keine Energie verschwenden, indem sie sich ein weiteres Mal mit ihm stritt. Sie mußte am Abend in Hochform sein – sie hatte eine Probe in einer Kirche in Kilburn mit einem Quintett, das ein Freund von ihr organisiert hatte. Sie knallte die Tür zu, warf sich aufs Bett und riß den Briefumschlag mit den Zähnen auf. Der Brief glitt ihr aus den Händen; er war noch länger als erwartet.

Als sie ihn beendet hatte, standen ihr Schweißperlen auf dem Gesicht. Sie hielt sich die Fingerknöchel an die Wangen und stellte fest, daß sie heiß waren, fast fiebrig. Sie sprang vom Bett und lief ins Badezimmer hinunter. Behutsam, beinahe verstohlen, schloß sie die Tür hinter sich und lehnte sich dagegen, um Atem zu schöpfen.

Auf seinem Schreibtisch stand ihr Bild, hatte er geschrieben. Er hatte es gerne vor sich, wenn er ihr schrieb. Aber irgendwie war es auch schrecklich, wie es ihn immer anschaute: Es gab so viel, worüber er schreiben wollte, aber jedesmal, wenn sein Blick auf dieses Bild fiel, mußte er an die Lymington Road und an Hampstead denken. Aber das stimmte auch nicht ganz, traf es eigentlich nicht genau. Er «dachte» nicht an die Lymington Road, sondern er konnte sie sehen, klar und deutlich, als säße er da mit ihr zusammen unter dem Kirschbaum im Garten.

Ein Abend im September zum Beispiel, am Ende eines herrlichen Tages. Tagsüber hatte es nur einen kurzen Alarm gegeben, und das war um Mittag herum. Es dämmerte jetzt schon, und die Sonne tauchte bereits hinter den Häusern auf der anderen Seite der West End Lane weg. Bald würde er zur Nummer 44 zurückkehren müssen – bald, aber noch nicht sofort. Solange noch Zeit war, konnte er doch mal runter zur Ecke gehen und sich das Haus ansehen, das gestern von einer Bombe getroffen worden war.

Es war der Wohnblock an der Ecke Lymington Road und West End Lane, ein Gebäude, das Lymington Mansions hieß. Er hatte es immer gemocht, mit seinen Giebeln und der freundlichen roten Backsteinfassade. Aber jetzt war nicht mehr viel davon übrig, vor allem im oberen Teil. Es war ein Volltreffer gewesen. Er konnte im ersten Stock ein Fenster im Wind klappern hören, es sah aus, als würde der ganze Rahmen an seinen Scharnieren hin und her schwingen. Aber es gab nirgendwo Trümmer, sie waren alle weggeräumt worden.

Er sollte jetzt aber doch allmählich nach Hause gehen, es war schon spät . . .

Aber dann lief er, einem plötzlichen Impuls folgend, über die Straße, ohne nach rechts oder links zu gucken, wie er es gelernt hatte. Und tatsächlich erklang irgendwo rechts von ihm Reifengequietsche, gefolgt von aufgebrachtem Gehupe. Er wagte erst, sich umzusehen, als er wieder auf dem sicheren Bürgersteig war. Ein Mann mit einem großen roten Gesicht kletterte aus einem kleinen Morris und funkelte ihn faustschüttelnd an.

Er machte kehrt und rannte so schnell er konnte los, ohne sich noch einmal umzusehen. Er blieb erst wieder stehen, nachdem er eine andere große Straße überquert hatte und eine enge einsame Gasse fand, wo er sich verstecken konnte. Er war sich nicht sicher, wo er jetzt war, aber er vermutete, daß er an der Brondesbury Station vorbeigelaufen war. Er war jedenfalls ein ganzes Stück von der West End Lane entfernt, vor dem Mann in dem Morris war er jetzt sicher.

An eine Hauswand gelehnt, suchte er einen Platz, wo er sich ausruhen konnte. Auf der anderen Seite des Sträßchens war eine Reihe von Läden. Sie waren jetzt alle geschlossen. Auf seiner Seite befand sich eine hohe Mauer – nein, eigentlich keine Mauer, es war die Wand eines großen Gebäudes. Es war eine lange kahle rote Backsteinfläche – nirgendwo etwas, wo man sich hinsetzen konnte, nicht einmal ein Eingang. Er wollte gerade wieder den Weg zurückgehen, den er gekommen war, als etwas seine Aufmerksamkeit erregte – ein schwarzer Flecken in der Wand, am Ende des Sträßchens. Es sah aus wie eine Öffnung, aber eine Tür war es nicht, das konnte er sehen. Es sah eher wie ein Loch aus.

Aber er konnte nicht genau erkennen, was es war, und so beschloß er, mal nachzusehen.

Er hatte richtig vermutet – ein Stück Wand war herausgebrochen und hatte eine gezackte dreieckige Bresche hinterlassen. Die Finsternis und der Geruch von Staub, der von drinnen herauskam, hatten etwas eigenartig Faszinierendes. Er sah sich schnell nach beiden Seiten um, und als er sich vergewissert hatte, daß ihn niemand sah, kletterte er hinein. Es gab keinen Grund, warum man ihn nicht hineinklettern sehen sollte, aber dies war so ein Ort, wo dergleichen einfach dazugehörte.

Er befand sich in einem hohen, warenhausartigen Gebäude. Er sah sich verwundert um, versuchte dahinterzukommen, was es wohl sein könnte. Dann sah er lange gebogene Sitzreihen, und er wußte sofort, daß es ein Kino war. Doch jetzt blickten die leeren Sitze auf ein Loch in der Wand, denn eine große Partie des vorderen Gebäudeteils, wo einmal die Leinwand gehangen hatte, war weggesprengt worden – durch das Loch konnte er zwei Dächer sehen. Die Bombe war wahrscheinlich irgendwo dort bei der Leinwand explodiert – vielleicht hatte das wie eine Szene des Films ausgesehen, der gerade lief. Im Boden dort war ein tiefer Trichter, und an seinem Rand ragten ein paar Sitze in bizarren Stellungen auf, als hätten sie soeben die Zuschauer, die auf ihnen saßen, hineingekippt.

Er drehte sich um und sah, daß die Galerie, die über die hinteren Parkettreihen ragte, noch intakt war. Es sah aus, als sei sie gar nicht beschädigt worden. Er steuerte unwillkürlich darauf los. Wenn er ins Kino ging, saß er immer am liebsten auf der Galerie. Er war froh, daß dieser Saal eine hatte, es gab auch Kinos ohne. Er sprang locker über die paar verbogenen Sitze, die den Gang versperrten. Es gab keinen Schutt, er war säuberlich in die Ecken gekehrt worden.

Der Gang führte ihn zu einer Tür in der hinteren Saalwand. Er legte das Ohr an die Tür, und als er auf der anderen Seite nichts hörte, stieß er sie zaghaft auf. Sie öffnete sich auf ein Foyer. Das Kassenhäuschen war unberührt – es sah aus, als könnten jeden Moment die Lichter angehen. Er ließ die Tür los, sie schwang wieder zu und sperrte das reflektierte Dämmerlicht aus. Plötzlich war es sehr dunkel da drin. Er mußte sich an der Wand zu der Stelle entlangtasten, wo er die Treppe zur Galerie vermutete. Sie schien viel weiter entfernt zu sein, als er gedacht hatte, doch gerade als er dachte, er habe sich verirrt, stieß er mit dem Fuß gegen eine Stufe. Er ließ sich auf Hände und Knie nieder und begann hinaufzukriechen, vorsichtig tastend – er hatte keine Lust, durch ein Loch in der Treppe zu fallen. Er tastete sich um eine Biegung und dann eine weitere Treppe hinauf, und dann war er endlich da, am Eingang zur Galerie. Er konnte auch wieder sehen, weil das sanfte Licht der Dämmerung durch das Loch bei der Leinwand hereinfiel. Die Galerie war unbeschädigt, unberührt. Sie fiel sachte nach unten ab, die blauen Polster der Sitze schimmerten wie Samt im Zwielicht. Er ließ sich in einen der Sessel fallen und versuchte sich darin einzurollen – das machte er gerne im Kino, manchmal konnte er sogar mit den Knien seine Nase berühren. Aber heute probierte er es nicht. Statt dessen lehnte er sich zurück und blickte hoch. Es bescherte ihm ein sonderbares Hochgefühl, in einem Kino auf einem Plüschsessel zu sitzen und in den Abendhimmel zu schauen. Er stand auf, ging zum Rand der Galerie vor, legte sich auf den Bauch und spähte hinunter durch die Lücken in der schmiedeeisernen Balustrade. Die verbogenen Sitze sahen von hier oben komisch aus – wie Pflanzen, die sich zur Sonne hochbiegen. Er drehte den Kopf und stellte fest, daß er durch die Bresche in der Wand, durch die er hereingekommen war, den Bürgersteig sehen konnte.

Während er dalag, zur Straße hinausschaute und durch die Zähne pfiff, fiel ein Schatten über die Bresche in der Außenwand. Er hörte erschrocken auf zu pfeifen und wartete wachsam ab, bereit, loszurennen. Eine Frau in einem blauen Rock ging vorbei, kam im nächsten Augenblick wieder und blieb stehen, eingerahmt von dem gezackten Bogen in der Wand. Sie blickte verärgert zu Boden, und ihrem Blick folgend sah er, daß sie einen kleinen braun-weiß gefleckten Spaniel an der Leine hielt, der stehengeblieben war, um auf den Bürgersteig zu scheißen. Die Frau verzog das Gesicht, griff in ihre Handtasche, nahm eine Zigarette raus und zündete sie an. Sie zog kräftig daran, saugte die Wangen ein, und dann warf sie den Kopf zurück und ließ den Rauch langsam aus ihren Nasenlöchern heraus.

Und dann, während sie wieder an ihrer Zigarette zog, erschien ein zweites Paar Füße, diesmal von einem Mann, auf dem Bürgersteig auf der anderen Seite der Straße – obwohl sie von ihm aus gesehen am oberen Rand der bogenähnlichen Bresche zu hängen schienen, wie eine Wolke auf einem Gemälde. Die Füße blieben stehen, zögerten, drehten sich um und überquerten die Straße. Jetzt konnte er den Mann sehen: Er trug eine blaue

Uniform und eine Mütze, offenbar irgendein Flieger, vielleicht sogar ein Pilot. Er hatte einen schmalen Schnurrbart, und in seinem Mund steckte eine unangezündete Zigarette.

Die Frau wandte sich schnell ab, als sie den Mann auf sich zukommen sah. Sie zerrte an der Leine, aber der Hund rührte sich nicht vom Fleck. Er stemmte die Läufe in den Boden und begann zu winseln. Der Mann achtete nicht darauf. Er ging zu ihm, beugte sich herab, um ihm über den Kopf zu streicheln, richtete sich lächelnd wieder auf und sagte, mit einer Handbewegung auf seine unangezündete Zigarette, etwas zu der Frau. Die Frau nickte, griff in ihre Handtasche, holte ihr Feuerzeug heraus und gab es ihm. Der Mann zündete sich seine Zigarette an, wobei er die Hände um die Flamme wölbte, und gab es ihr zurück. Dann nahm er die Zigarette aus dem Mund, grinste und sagte ihr etwas ins Ohr, mit einem Kopfnicken zu der Bresche in der Kinowand. Zunächst warf die Frau den Kopf zurück und riß überrascht den Mund auf. Aber dann sah sie ihn wieder an, diesmal genauer, und ihre Miene wurde sanfter. Sie schüttelte den Kopf, ohne ihn aus den Augen zu lassen, und kicherte. Der Mann in der Uniform lachte und faßte sie unter. Sie hob den Hund auf, und mit einem kurzen Blick auf die Straße stiegen sie durch die Bresche.

Drinnen sahen sie sich erst mal um, geblendet, ihre Augen suchten das Dunkel zu durchdringen. Jetzt endlich bekam der Junge ihre Gesichter richtig zu sehen. Ihres war sehr weiß, und sie hatte grellrote Lippen. Er war viel größer als sie und schwer gebaut, aber sie sah viel älter aus als er.

Der Mann legte ihr einen Arm um die Hüfte und deutete den Gang hinunter auf eine Stelle, die sich fast direkt unter dem Jungen befand. Wieder kicherte sie und schüttelte den Kopf, ließ sich jedoch von dem Mann am Ellbogen wegführen. Sie trug hochhackige Schuhe und stolperte dauernd auf dem zerfetzten Läufer und über die verbogenen Stühle im Gang, doch der Mann schien sich in dem Saal auszukennen und konnte sie vor dem Fall bewahren.

Als sie endlich zu der sauberen Stelle auf dem teppichbespannten Gang kamen, über der der Junge lag, atmeten beide schwer. Der Mann ließ plötzlich ihren Arm los, wirbelte sie herum und gab ihr einen Kuß mitten auf die Stirn. Er nahm ihr den Hund aus den Händen, setzte ihn auf einen der Kinositze und wickelte die Leine um die Armlehne.

Dann wirbelte er herum, und sofort ergriff die Frau seinen Kragen, zog seinen Kopf zu sich herunter und drängte ihren Mund gegen seinen. Sie hielt seinen Kopf so fest, daß ihre Knöchel von der Anstrengung ganz weiß wurden. Doch der Mann riß seinen Kopf los, befreite lächelnd seine eine Hand, während er mit der anderen die Frau an die Brust gedrückt hielt, griff hinunter und zog an ihrem Rock. Die Frau spreizte die Beine, stellte sich auf Zehenspitzen und drückte ihre Lippen gegen sein Ohr. Er lachte, hob sie mit einem kräftigen Schulterschwung ein paar Zentimeter vom Boden hoch und schob seine Hand sanft ihre Schenkel hinauf und in ihren Rock hinein. Die Frau knabberte an seinem Ohr, als Reaktion schob er seine Hand ganz hinauf unter ihren Rock und behielt sie dort. Sie stieß einen winzigen Schrei aus, zwischen zusammengebissenen Zähnen, und ihr Kreuz begann zu zucken. Da ließ der Mann sie wieder herunter, zog seine Hand aus ihrem Rock und hielt sie sich an die Nase, wobei er die Finger aneinanderrieb. Er schnüffelte lächelnd an seinen Fingerspitzen und hielt sie dann ihr unter die Nase. Sie wandte sich ab und verzog das Gesicht, und so küßte er seine Fingerspitzen und lachte. Sie stimmte ein, er zog sie an sich und drückte seinen Mund auf ihren, und sie zwängte eine Hand zwischen ihre Körper und versuchte sie in seine Hose zu schieben. Seine Schultern schnellten zurück, er ergriff ihren Arm und hielt ihn dort, wo er war, in seiner Hose. Dann trat er einen Schritt zurück, lockerte seinen Gürtel, legte einen Arm um ihre Schultern und ließ sie auf den Boden nieder.

Plötzlich begann der Hund zu bellen. Es war ein schriller, häßlicher Laut. Der Junge blickte schnell zu der Bresche in der

Wand und sah einen Mann mit einem schwarzen Hut vorbeigehen. Als er den Hund bellen hörte, blieb der Mann mit dem Hut stehen und spähte herein. Jetzt hatte der Junge Angst um den Mann in der Uniform und die Frau in dem blauen Rock. Er wünschte sich, sie würden den Hund dazu bringen, mit dem Gebell aufzuhören.

Die Frau setzte sich auf und versetzte dem Hund einen Schlag auf die Nase. Er winselte und hörte auf zu bellen. Der Mann mit dem schwarzen Hut schüttelte den Kopf und ging weiter.

Die Frau hatte es jetzt eilig. Der Junge merkte es an ihrem hastigen Atem. Sie griff schnell nach dem Saum ihres Pullovers und zog ihn sich zusammen mit der Bluse über die Schultern. Dann setzte sie sich kurz auf, griff nach hinten, und plötzlich fiel ihr Büstenhalter ab. Ihre Brüste waren schwer und voll und reichten ihr fast bis zum Bauch, die Haut war sehr blaß und etwas runzlig, als hätte sie gerade stundenlang im Meer gebadet. Der Junge konnte ihre Brustwarzen sehen, sie waren braun und rund, wie die Zweipennymünzen, mit denen er jeden Morgen zum Zeitungskiosk ging. In der Mitte waren sie hart und spitz, und sehr dunkel, wie Rosinen. Er spürte das Verlangen, hinunterzufassen und sie zwischen seinen Fingern zu zwirbeln.

Der Mann in der Uniform legte seine Hände darauf, und der Körper der Frau schien zu zittern, ihr Oberkörper krümmte sich zurück. Sie lächelte nicht mehr. Sie schwitzte, und die Tropfen zogen Furchen durch die weiße Schminke auf ihrem Gesicht.

Sie löste den Verschluß ihres Rocks, und der Mann zog ihn runter. Dann zog er ihr auch die weiße Unterwäsche aus, legte seine Hand auf den feuchten Schatten zwischen ihren Beinen und rieb sanft und lächelnd mit seinem Daumen darüber. Sie stöhnte und stieß ihr Becken gegen seinen Körper, aber sie fror jetzt, auf Brüsten und Bauch hatte sie eine Gänsehaut, und sie versuchte, ihn schnell auf sich herunterzuziehen. Aber er wand sich aus ihrem Griff, setzte sich auf, balancierte auf Zehen und Knien und schob seine Hose runter bis zu den Knöcheln.

Die Frau streckte die Arme nach dem Mann aus, und wie er so auf sie hinabsah, hatte der Junge das Gefühl, daß sie ihre Arme nach ihm ausstreckte, und plötzlich wand auch er sich, drückte das Becken gegen den Holzboden der Galerie.

Als er wieder nach unten sah, lag der Mann auf ihr, mit den Hüften zwischen ihren gespreizten Schenkeln. Er hatte immer noch seine Mütze auf und seine Jacke an, nur sein Gesäß war nackt. Der Junge konnte den Schweiß an den Seiten herabrinnen sehen, er blieb auf der Linie dunkler Haare in der Mitte in kleinen Tropfen hängen.

Dann fing der Hund wieder an zu bellen, und der Junge blickte schnell zu dem Loch in der Wand. Diesmal gingen zwei Paar Füße vorbei, auf der anderen Straßenseite. Er hielt den Atem an und fragte sich, ob sie den Hund oder die Geräusche, die die beiden machten, vielleicht hörten. Ihre Liebeslaute kamen ihm jetzt unglaublich laut vor, ein heftiges, keuchendes Geräusch, zusammen mit dem rhythmischen, verschwitzten Klatschen ihrer Körper. Er spürte, wie seine Knie zitterten, vor Besorgnis, von einem Verlangen, das er nicht verstand, und von einem wilden, dräuenden Schmerz, der seinen Körper durchlief und sich in seinem Schoß sammelte. Aber er wußte, er wollte nicht, daß sie von diesen anderen Leuten da draußen entdeckt wurden. Er wußte, er war auf ihrer Seite. Er wünschte sich, sie irgendwie warnen zu können.

Die zwei Paar Füße auf dem Bürgersteig entfernten sich, ohne stehenzubleiben, und der Junge war so froh, für die beiden, für sich, daß er fast loskicherte. Und dann hörte er unten den Mann einen erstickten Seufzer ausstoßen, während sein ganzer Körper erstarrte. Die Frau schrie leise auf, ihre Beine schlugen aus, und ihr Rücken hob sich vom Boden und drückte den Mann nach oben.

Da erhob sich der Junge ganz leise und schlüpfte unbemerkt hinaus.

May spritzte sich Wasser ins Gesicht und betrachtete sich, während das Wasser ins Waschbecken tropfte.

Es war alles so lange her, hieß es in dem Brief, daß er nicht mehr wußte, ob es tatsächlich passiert war oder ob er sich alles nur eingebildet hatte.

Er wußte nur, daß er ihr, May, so begegnen wollte – als Fremder, in einer Ruine. Er wollte, daß sie sich als vollkommene Fremde begegneten – Fremde aus fernem Lande –, um so mehr, weil sie sich bereits kannten. Er wollte, daß sie sich weit entfernt von ihren Freunden und Verwandten begegneten – an einem Ort ohne Vergangenheit, ohne Geschichte, frei, wirklich frei, zwei Menschen, die zusammenkommen mit der völligen Freiheit von Fremden.

Aber wenn das so geschehen sollte, müßte sie natürlich nach Indien kommen. Irgendwo würden sie so einen Ort finden. Er war Fachmann für Ruinen.

May setzte sich auf den Rand der Badewanne und berührte wieder ihr Gesicht – es war immer noch heiß.

Es war heiß, weil sie zornig war, beschloß sie. Kein Wunder, daß sie zornig war – das wäre jede, die einen pornographischen Brief von einem Mann bekam, den sie nie kennengelernt hatte und nie kennenlernen würde. Sie zitterte jetzt vor Zorn. Was für ein Recht hatte er eigentlich, ihr so etwas zu schreiben? Wirklich, was für ein Recht? Es war eine Störung, eine Verletzung ihrer Privatsphäre. Deswegen zitterte sie. Das war so, als würde man einen Exhibitionisten sehen. Es war unglaublich, verrückt. Nur ein Verrückter konnte auf die Idee kommen, so einen Brief zu schreiben.

Sie hörte Nick die Treppe hochlaufen, am Badezimmer vorbei, in sein Zimmer. Jedes Geräusch im Haus schien mit unnatürlicher Deutlichkeit ins Badezimmer zu dringen – sie nahm sich vor, ihre Mutter daran zu erinnern, etwas dagegen zu unternehmen. Das gehörte sich einfach nicht, in so einem Haus wie ihrem, richtig unanständig ...

Sie öffnete die Badezimmertür und ging in ihr Zimmer zurück. Sie stopfte den Brief wieder in den Umschlag und versteckte ihn in einer Schublade unter einem Stoß Wäsche. Dann ließ sie sich aufs Bett fallen und fragte sich plötzlich, warum sie ihn eigentlich versteckt hatte. Es war doch nicht ihre Schuld, wenn jemand, den sie nicht kannte, ihr einen pornographischen Brief schrieb. Warum sollte ihre Mutter ihn nicht finden? Sie war genauso daran schuld wie jeder andere.

Sie warf einen Blick auf die Uhr und sah, daß es Zeit war, zu ihrer Probe zu gehen. Bevor sie aufbrach, lief sie noch ins Wohnzimmer, um ihrer Mutter zu sagen, daß sie wegginge und erst wieder zum Abendessen nach Hause käme.

Mrs. Price saß in einem Sessel und las. Sie setzte die Brille ab, um May anzusehen, nickte und sagte abwesend: Komm aber nicht zu spät, hörst du?

Natürlich nicht, antwortete May. Das weißt du doch.

Sie wollte das Zimmer schon wieder verlassen, als Mrs. Price sagte: Ach, was hat Tridib denn eigentlich in seinem Brief geschrieben?

Bevor sie sich versah, hörte May sich sagen: Ach, nichts Besonderes. Er hat mich nach Indien eingeladen.

Mrs. Price lächelte und blickte mit verschleiertem Blick von ihrem Buch auf. Ja, sagte sie. Das ist eine gute Idee. Du solltest hinfahren.

May lächelte ihr kurz zu und eilte aus dem Haus. Erst als sie die Lymington Road hinunterging, fragte sie sich, warum sie ihre Mutter eigentlich angelogen hatte, wo sie sich doch vorgenommen hatte, es nicht zu tun.

Die Probe schien endlos zu dauern.

Als sie später zusammen Tee tranken, redete der Klarinettist, der über moderne französische Musik forschte, über Messiaen und die indischen Einflüsse auf seine Musik. Sie war überrascht, sie hatte immer gedacht, es ginge nur um Vogelrufe und solche Sachen. Es kam ihr irgendwie wie ein unheimlicher Zufall vor.

Als sie später die Kilburn High Road hinunterging, mußte sie wieder an Messiaen denken. Sie hatte zu Hause keine Aufnahmen von ihm. Vielleicht konnte sie sich morgen mal in einem Plattenladen umschauen.

Ein Stück weiter unten mußte sie eine Straße überqueren, und während sie darauf wartete, daß sie frei wurde, stellte sie fest, daß ihre Aufmerksamkeit mehr einem indischen Restaurant galt, vor dem sie stand, als dem Verkehr. Das Taj Mahal Curry Place. Im Schaufenster hing ein Bild vom Taj Mahal. Während sie darauf starrte, fragte sie sich, ob ihre Mutter nicht doch recht hatte – vielleicht wäre es gar keine schlechte Idee. Sie mußte ja was über Messiaen herausfinden, mit Tridib hatte das nichts zu tun.

Sie berührte ihr Gesicht. Es war wieder heiß. Sie drehte sich abrupt um und eilte über die Straße.

*Meinem Vater*, der in mancher Hinsicht ein sehr jungenhafter Mann war, machte es große Freude, anderen eine gute Nachricht zu überbringen. Wie ein Kind mit einer Tafel Schokolade zögerte er das Vergnügen hinaus, indem er neckende Fragen stellte oder so tat, als hätte er die Neuigkeit vergessen, die er erzählen wollte, und dann rückte er plötzlich mit der Überraschung heraus und lehnte sich händereibend zurück, um den Moment zu genießen. Dieser Augenblick bescherte ihm so viel Freude, daß er manchmal vor lauter Begierde, ihn zu genießen, nicht mehr zwischen einer Nachricht unterscheiden konnte, die wirklich gut war, und einer, die bloß überraschend war.

Als er eines Abends im März 1963 von der Arbeit nach Hause kam, stand ihm dieser unverwechselbare Blick von Schalk und Vorfreude groß und deutlich ins Gesicht geschrieben. Meine Mutter bemerkte es, als sie ihm seine Tasse Tee brachte. Sie fragte ihn, was los sei, aber er schüttelte nur geheimnisvoll lächelnd den Kopf und sagte, wir sollten abwarten – beim Abendessen würden wir's schon erfahren.

An diesem Abend kam meine Großmutter zu spät zum Abendessen. Sie war wieder im Park unterwegs. Ich spürte die wachsende Ungeduld meines Vaters, während wir draußen im

Garten saßen und darauf warteten, daß sie endlich kam, damit wir reingehen und zu Abend essen konnten. Als er dann das Knarren des Tors hörte und sie den Weg heraufkommen sah, sprang er von seinem Stuhl auf und schimpfte sie aus: Sie solle sich doch nicht noch so spät im Park aufhalten, ob sie denn nicht wisse, daß es gefährlich sei, und so weiter. Meine Großmutter war verblüfft. Und ob *er* denn nicht wisse, entgegnete sie, daß sie nicht erst seit gestern auf der Welt sei?

Als wir dann endlich am Tisch saßen, hatte mein Vater keine Geduld mehr für seine üblichen Ratespielchen.

Ich hab eine Neuigkeit für dich, sagte er zu meiner Großmutter.

Eine Neuigkeit? fragte meine Großmutter mißtrauisch. Was für eine Neuigkeit?

Mein Vater rieb sich die Hände und sagte ihr, daß der Shaheb auf einen neuen Posten versetzt und befördert worden sei – eine der verantwortungsvollsten Berufungen, die sich für einen Diplomaten vorstellen ließen.

Meine Großmutter schnaubte und griff nach dem Dal.

Unmöglich, sagte sie mit einem kleinen Kopfschütteln.

Wieso? Mein Vater war entrüstet.

Wer würde *ihn* denn befördern wollen? sagte meine Großmutter, ihr Profil stachlig vor Verachtung. Er trinkt. Er ist ein Säufer.

Mein Vater schüttelte heftig den Kopf und sagte, daß sie ja keine Ahnung habe, wovon sie rede. Der Shaheb sei überhaupt kein Säufer – er trinke nur gelegentlich ein Gläschen, und das sei ganz normal in seinem Beruf. Es sei allgemein bekannt, daß er äußerst kompetent sei, und wenn er nicht ganz so weit aufgestiegen sei, wie es eigentlich hätte der Fall sein sollen, dann nur deswegen, weil gewisse Cliquen in seinem Ministerium ihm Steine in den Weg gelegt hätten. Es habe überhaupt nichts mit Trinken zu tun. Da irre sie sich gewaltig. Und so weiter.

Doch meiner Großmutter war an ihrer Miene anzumerken, daß sie sich von den Argumenten meines Vaters nicht überzeugen ließ. Das war nicht weiter überraschend, denn die Verachtung meiner Großmutter für den Shaheb hatte überhaupt nichts mit dem Trinken zu tun, wie mein Vater glaubte. Sie entsprang derselben eisernen Fairneß, die sie veranlaßte, nach ihrem Antritt als Schulleiterin eine ihrer engsten Freundinnen – eine gutmütige, aber unverbesserlich faule Frau – aus ihrer Schule zu entlassen. Im Grunde war sie der Überzeugung, daß der Shaheb seiner Aufgabe nicht gewachsen war, daß er schwach war, einen schwachen Charakter hatte und kein Rückgrat besaß. Man konnte sich unmöglich vorstellen, daß er angesichts einer Bedrohung Standhaftigkeit bewies, daß er auf eine schwierige oder gefährliche Situation mit dieser kontrollierten, gezielten Gewalt reagierte, der Eigenschaft, die sie bei Männern, die mit Staatsangelegenheiten befaßt waren, über alles schätzte. Sie wußte instinktiv, daß es eigentlich Mayadebi war, die für ihn die Entscheidungen fällte, die scine ganze Arbeit erledigte, die mit allen Mitteln versuchte, noch etwas von seiner Karriere zu retten, und da sie sich ihn als einen bloßen blassen Abglanz ihrer Schwester vorstellte, kam sie nicht umhin, ein wenig Verachtung für ihn zu empfinden.

Nicht daß sie den Shaheb nicht mochte, sie mißtraute ihm und verachtete ihn bloß auf eine leicht amüsierte Art und Weise, und wie sie oft betonte, hätte sie nichts an ihm auszusetzen gehabt, wenn er nur etwas anderes getan hätte, etwas weniger Wichtiges, doch ich konnte mir nie vorstellen, was dieses andere hätte sein können, denn sie hätte ihm gegenüber bestimmt auch nicht mehr Toleranz gezeigt, wenn er Lehrer oder gar Steuerprüfer gewesen wäre. Vielleicht hätte sie ihn am liebsten als Hotelier oder auch als Künstler gesehen, denn diese Berufe verkörperten in ihren Augen die verabscheuungswürdigste Art von Weltbürgertum.

Eine geschlagene halbe Stunde lang versuchte mein Vater sie hartnäckig davon zu überzeugen, daß der Shaheb ein sehr fähiger Mann sei und es verdiene, die höchsten Ämter seines Berufs zu bekleiden. Als er schließlich aufgab, bemerkte meine Großmutter ruhig: Du hast mir immer noch nicht erzählt, wohin er versetzt worden ist.

Mein Vater schlug sich gegen die Stirn. Ach ja, rief er. Ich hab ja ganz vergessen, daß das die eigentliche Neuigkeit ist.

Wieso? sagte meine Großmutter. Wo geht er denn hin?

Da kommst du nie drauf, sagte mein Vater.

Wo?

Nicht weit von hier, sagte er, und seine Augen blitzten schalkhaft.

Meine Großmutter schob ihren Teller weg. Sie wirkte jetzt beunruhigt, möglicherweise sogar ein wenig erschrocken.

Nun sag mir endlich wo, bettelte sie.

Er geht nach Dhaka, verkündete mein Vater triumphierend. Er ist zum Councillor im dortigen Hochkommissariat ernannt worden.

Meine Großmutter starrte ihn lange mit leerem Blick an, dann schob sie ihren Stuhl zurück und ging langsam in ihr Zimmer hinauf. Als ich ihr etwas später folgte, stellte ich fest, daß sie ihre Tür abgeschlossen hatte.

In den nächsten paar Tagen wurde Dhaka in ihrer Gegenwart mit keinem Wort mehr erwähnt, doch einmal hörte ich meine Mutter sehnsüchtig zu meinem Vater sagen, wie *schön* es doch wäre, wenn meine Großmutter Urlaub in Dhaka machen würde – dann könnten alle mal aufatmen.

Eine Woche später kam ein Brief für meine Großmutter. Er war von Mayadebi. Mein Vater drehte ihn um und warf meiner Mutter einen Blick zu. Dann übergab er mir den Brief mit der Bitte, ihn meiner Großmutter zu bringen.

Ich spurtete die Treppe hoch und platzte in ihr Zimmer, den Brief wie eine Fahne schwenkend: Tha'mma, Tha'mma, ein Brief für dich.

Sie runzelte die Stirn vor erregter Erwartung und berührte ihr Goldkettchen, bevor sie den Brief entgegennahm. Während sie ihre Brille aufsetzte und den Umschlag aufriß, setzte ich mich, um ihr zuzusehen. Aber als sie zufällig aufblickte und mich sah, legte sie den Brief hin und befahl mir, das Zimmer zu verlassen.

Beim Abendessen hüteten sich meine Eltern, den Brief zu erwähnen. Eine Zeitlang redete meine Großmutter nervös über Politik, den Zustand des Bildungssystems, die Rede des Ministerpräsidenten im Parlament und so weiter. Und dann sagte sie übergangslos mit derselben tonlosen Stimme: Maya hat mich zu sich nach Dhaka eingeladen.

Meine Eltern blickten lächelnd auf, und mein Vater seufzte und sagte: Ja, natürlich, das hab ich mir gedacht.

Meine Großmutter kaute auf ihren Lippen und sah auf ihren Teller hinab. Leise sagte sie: Ich weiß nicht, ob ich hinfahren soll.

Meine Eltern wechselten erstaunte Blicke.

Natürlich mußt du hin, Ma, sagte mein Vater.

Erst vor ein paar Monaten hast du doch selber gesagt, daß das eigentlich das einzige ist, was du noch machen willst, sagte meine Mutter.

Ja, ich weiß, entgegnete meine Großmutter unsicher. Aber jetzt ... Ich weiß nicht. Ich hab Angst. Meint ihr, das ist wirklich klug, nach all den Jahren? Es wird nicht mehr wie früher sein.

Die Cham-Chams und all die anderen Süßigkeiten sind bestimmt noch die gleichen, sagte meine Mutter aufmunternd. Und die ganzen Fischsorten auch. Und dann die ganzen schönen Dhakai-Saris, die du dir kaufen kannst.

Und stell dir vor, fügte mein Vater hinzu, dann kannst du zum erstenmal in einem Flugzeug fliegen. Das wird bestimmt ein ganz wundervoller Urlaub.

Das traf meine Großmutter. Sie funkelte meinen Vater an und sagte: Wenn ich hinfahre, dann nicht, um Urlaub zu machen. Du solltest eigentlich wissen, daß ich von so einem Luxus nichts halte. Ich hab in meinem ganzen Leben noch keinen Urlaub gemacht, und ich werd jetzt auch nicht damit anfangen. Wenn ich hinfahre, dann wegen Jethamoshai. Da ich die einzige in der Familie bin, der er was bedeutet, ist es meine Pflicht zu versuchen, den alten Mann heimzuholen.

Dann fährst du also? fragte meine Mutter begierig.

Daraufhin wurde meine Großmutter wieder unsicher. Ich weiß nicht, sagte sie. Ich weiß es wirklich nicht ...

Im Verlauf der nächsten paar Monate versuchten meine Eltern oft, sie sanft zu einer Entscheidung zu drängen. Doch jedesmal, wenn sie das Thema anschnitten, schüttelte meine Großmutter den Kopf oder stand einfach auf und verließ das Zimmer.

Eines späten Abends im Juni, inzwischen waren drei Monate vergangen, klingelte unser Telefon. Mein Vater ging ran. Er lauschte und sagte mir dann, ich solle meine Großmutter holen – ein Ferngespräch für sie aus Delhi. Es war Mayadebi.

Ein Ferngespräch aus einer anderen Stadt war eine sehr aufregende Angelegenheit, so etwas wie ein kleines Wunder, aber auch Anlaß zur Sorge, bis man erfuhr, ob es sich um eine gute oder eine schlechte Nachricht handelte. Ich rannte so schnell die Treppe hoch, daß ich, als ich in ihr Zimmer kam, zu atemlos war, um ihr zu sagen, worum es ging. Statt dessen packte ich sie an der Hand und zog sie die Treppe hinunter.

Meine Eltern und ich blieben in der Nähe, während sie sich einen zitternden Finger ins eine Ohr steckte und den Hörer ans andere hielt. Wir hörten sie sagen: Ja, ja, ich weiß noch nicht, ich kann mich nicht entschließen, wann fahrt ihr? Es gab eine kurze Pause, während Mayadebi etwas sagte. Dann fing sie an, lauthals zu erklären, daß ihr Onkel noch lebe und immer noch in ihrem alten Haus in Dhaka wohne, daß sie, Maya, ihn besuchen müsse, sowie sie in Dhaka ankäme, es müsse irgendwas unternommen werden, um ihn nach Indien zu holen ... Dann ging ihr die Puste aus, und sie hörte wieder eine Weile zu. Ich weiß nicht, antwortete sie auf eine Frage. Nein, wirklich, ich kann mich nicht entscheiden – nicht meinetwegen, ich mach mir Sorgen wegen Jethamoshai. Dann hörte sie wieder zu, lächelnd, und schließlich sagte sie: Na gut, ich komme, versprochen.

Mayadebi, der Shaheb und Robi waren letzte Woche nach Delhi geflogen, erklärte sie meinen Eltern, als sie aufgelegt hatte. In ein paar Tagen wollten sie nach Dhaka abreisen. Sie könnten nicht in Kalkutta Station machen – sie hatten nicht genug Zeit.

Aber fährst du nun nach Dhaka? fragte mein Vater. Darum geht's doch.

Meine Großmutter zuckte hilflos die Achseln. Was soll ich sonst machen? sagte sie. Ich hab's jetzt nicht mehr in der Hand. Es scheint alles darauf hinzudeuten.

Und wann?

Wenn, sagte sie, dann nächstes Jahr im Januar. Ich muß ihnen etwas Zeit lassen, sich in ihrem neuen Haus einzuleben.

Einige Wochen später beim Abendessen schob mein Vater meiner Großmutter mit einem breiten Grinsen einen Umschlag über den Tisch. Der ist für dich, sagte er.

Was ist das? fragte sie und beäugte ihn argwöhnisch.

Na los, sagte er. Sieh doch mal nach.

Sie hob den Umschlag auf, öffnete ihn und spähte hinein. Keine Ahnung, sagte sie. Was ist das?

Mein Vater lachte. Das ist dein Flugticket, sagte er. Nach Dhaka – für den 3. Januar 1964.

An diesem Abend schien meine Großmutter zum erstenmal seit Monaten richtig aufgeregt zu sein. Als ich vor dem Insbettgehen noch einmal zu ihr ging, lief sie in ihrem Zimmer auf und ab, mit gerötetem Gesicht und glänzenden Augen. Ich war begeistert. Zum erstenmal in meinem elf Jahre alten Leben hatte sie eine Reaktion gezeigt, die ich voll und ganz verstehen konnte – da ich selbst noch nie geflogen war, erschien es mir als das Natürlichste von der Welt, daß die Aussicht auf ihren ersten Flug sie in große Erregung versetzte. Aber ich machte mir auch Sorgen um sie, denn ich wußte auch, daß sie, anders als ich, keine Ahnung von Flugzeugen hatte, und bevor ich an jenem Abend einschlief, nahm ich mir vor, dafür zu sorgen, daß sie vor ihrer Abreise ordentlich vorbereitet wurde. Aber ich sah schnell ein, daß es nicht leicht sein würde, sie zu erziehen. Ich merkte an den Fragen, die sie meinem Vater stellte, daß sie, sich selbst überlassen, nichts über Flugzeuge erfahren würde.

Als wir eines Abends draußen im Garten saßen, wollte sie zum Beispiel wissen, ob sie vom Flugzeug aus die Grenze zwischen Indien und Ostpakistan sehen würde. Mein Vater lachte und meinte, ob sie etwa glaube, daß die Grenze ein langer schwarzer Strich sei, und das Land auf der einen Seite grün und auf der andern rot, wie in einem Schulatlas. Sie reagierte auf diese Bemerkung eher verwirrt als gekränkt.

Nein, das hab ich natürlich nicht gemeint, sagte sie. Aber irgendwas muß es da doch geben – vielleicht Schützengräben, oder Soldaten, oder Kanonen, die gegeneinander gerichtet sind, oder einfach nur öde Landstreifen. Heißt das nicht Niemandsland?

Mein Vater war bereits ein erfahrener Reisender. Wieder lachte er und sagte: Nein, du wirst überhaupt nichts sehen außer Wolken und vielleicht ein paar grünen Feldern, wenn du Glück hast.

Sein Lachen ärgerte sie. Bleib gefälligst ernst, fauchte sie ihn an. Red nicht so daher, als wäre ich irgendeine Sekretärin in deinem Büro.

Jetzt war er gekränkt. Es störte ihn, wenn sie in meiner Gegenwart ihm gegenüber so einen scharfen Ton anschlug.

Mehr kann ich dir dazu nicht sagen, meinte er.

Meine Großmutter dachte eine Weile darüber nach und sagte dann: Aber wenn es keine Schützengräben oder so was gibt, woran kann man es dann erkennen? Ich meine, wo ist dann der Unterschied? Und wenn es keinen Unterschied gibt, sind doch beide Seiten gleich. Dann muß es ja genau wie früher sein, als wir in Dhaka in den Zug gestiegen und am nächsten Tag in Kalkutta wieder ausgestiegen sind, ohne daß wir angehalten wurden. Was soll das Ganze dann – die Teilung und das ganze Morden und alles –, wenn da nichts dazwischen ist?

Ich weiß wirklich nicht, was du erwartest, Ma, entgegnete mein Vater verzweifelt. Das ist nicht so, als würdest du über den Himalaya nach China fliegen. Wir leben in einer modernen Welt. Die Grenze ist nicht an der Landesgrenze, sie ist schon am Flughafen. Du wirst schon sehen. Du überquerst sie, wenn du diese ganzen Einreiseformulare und so ausfüllen mußt.

Meine Großmutter rutschte nervös auf ihrem Stuhl herum. Was für Formulare? fragte sie. Was wollen die auf diesen Formularen wissen?

Mein Vater kratzte sich den Kopf. Mal überlegen, sagte er. Die wollen deine Staatsangehörigkeit wissen, deinen Geburtstag, Geburtsort, solche Sachen eben.

Meine Großmutter riß die Augen auf und ließ sich auf ihren Stuhl zurückfallen.

Was ist los? fragte mein Vater besorgt.

Mit einiger Mühe setzte sie sich wieder aufrecht und strich sich die Haare zurück. Nichts, sagte sie und schüttelte den Kopf. Überhaupt nichts.

Da erkannte ich, daß ihr ein hoffnungsloses Durcheinander blühte, und so übernahm ich es, meinen Vater um alle wesentlichen Informationen über Fliegen und Flugzeuge zu bitten, die sie meiner Meinung nach zur Verfügung haben sollte – ich war zum Beispiel überzeugt davon, daß sie mitten in der Luft das Fenster herunterkurbeln würde, wenn ich sie nicht davor warnte, es zu tun.

Erst viele Jahre später begriff ich, daß ihr da plötzlich eingefallen war, daß sie auf diesem Formular Dhaka als ihren Geburtsort würde angeben müssen und daß ihr diese Vorstellung Sorgen machte, etwa so, wie schmutzige Schulbücher ihr Sorgen machten – weil sie es gerne hatte, wenn die Dinge sauber und ordentlich und an ihrem Platz waren –, und in diesem Augenblick hatte sie nicht ganz verstehen können, wie ihr Geburtsort auf einmal so gar nicht zu ihrer Nationalität passen wollte.

Mein Vater merkte, daß sie sich über irgend etwas Sorgen machte. Aber Ma, sagte er neckend. Wieso machst du dir solche Gedanken wegen dieser kleinen Reise? Du reist doch schon seit Jahren zwischen verschiedenen Ländern umher. Erinnerst du dich denn nicht mehr – diese ganzen Reisen nach Burma?

Ach *die*, lachte meine Großmutter. Das war nicht das gleiche. Damals gab's keine Formulare und so ein Zeugs, und außerdem war das Reisen früher viel einfacher. Ich konnte jederzeit nach Dhaka zurückkommen.

Ich sprang auf, begeistert darüber, sie ertappt zu haben – sie, die siebenundzwanzig Jahre lang Lehrerin gewesen war.

Tha'mma, Tha'mma, rief ich. Wie kannst du denn nach Dhaka zurück«gekommen» sein? Du kennst ja den Unterschied zwischen Kommen und Gehen nicht!

Noch Jahre danach neckte ich sie mit diesem Satz. Wenn sie zum Beispiel sagte, sie wolle mir die bengalische Grammatik beibringen, lachte ich und sagte: Aber Tha'mma, wie willst du mir denn Grammatik beibringen? Du kennst ja noch nicht mal den Unterschied zwischen Kommen und Gehen. Schließlich ging der Ausspruch an die ganze Familie weiter und wurde Teil ihres geheimen Sagenguts, ein Stück Stacheldraht in diesem Zaun, den wir errichteten, um uns von den anderen abzugrenzen. Ila und ich trieben damit auch noch in späteren Jahren unsere Scherze. Wenn Ila zum Beispiel gerade in Kalkutta war und wir einen Bekannten trafen, der fragte: Wann gehst du nach London zurück?, verfielen wir oft in einen Geheimjargon: Aber sie muß zuerst nach Kalkutta gehen. Nicht, wenn ich nicht nach London komme. Auch nicht, wenn du nach Kalkutta kommst ... Und am Schluß, mit einem hysterischen, prustenden Gelächter, das denen, die es hörten, ebenso affektiert wie unerklärlich vorkommen mußte, sagte ich: Es ist nämlich so: In unserer Familie wissen wir nicht, ob wir kommen oder gehen – und an allem ist meine Großmutter schuld. Aber natürlich war es überhaupt nicht ihre Schuld. Es lag an der Sprache. In jeder

Sprache geht man von einer Zentralität aus, einem fixen und festen Punkt, von dem man weggeht und zu dem man zurückkommt, und meine Großmutter suchte ein Wort für eine Reise, die nichts mit Kommen und Gehen zu tun hatte, sondern eine Suche nach ebendiesem Fixpunkt war, der die richtige Verwendung von Verben der Bewegung gestattet.

Im November, als meine Großmutter schon mit ihren Reisevorbereitungen beschäftigt war, kam eine weitere Neuigkeit. Mayadebi hatte geschrieben, daß May, die Tochter ihrer alten Freundin Elisabeth, im Dezember zu einem Urlaub nach Indien käme. Sie wollte erst nach Delhi und Agra und dann nach Kalkutta, wo sie ein paar Tage verbringen würde, bevor sie mit meiner Großmutter nach Dhaka flog. Mayadebi wollte wissen, ob sie während ihres Aufenthalts in Kalkutta bei uns wohnen könne – sie sei sicher, daß sie bei uns besser aufgehoben sei als bei ihnen am Ballygunge Place, wo Tridibs bettlägerige Großmutter den Haushalt führte.

Meine Großmutter gab den Brief an meinen Vater weiter, und er schrieb sofort zurück, daß wir May gerne bei uns aufnehmen würden.

Zwei Wochen später stattete uns Tridib einen Besuch ab. Er plauderte eine Weile lustlos mit meinen Eltern und verkündete schließlich, daß auch er nach Dhaka fahren werde, zusammen mit May und meiner Großmutter.

Das ist eine günstige Gelegenheit, meinte er, wo offenbar alle hinfahren.

Zu mir gewandt, sagte er: Ich hole May vom Bahnhof ab, wenn sie in zehn Tagen kommt. Hast du Lust, mitzukommen?

*Mit May sprach ich* zum erstenmal über ihren Besuch in Kalkutta am Tag nach Ilas Hochzeit.

Der Londoner Teil von Ilas Hochzeit war sehr schlicht. Sie und Nick unterschrieben in irgendeinem Standesamt eine Heiratsurkunde, und am Abend lud Mrs. Price ein paar Leute, darunter mich, zum Essen ein. Nick und Ila wollten am Tag darauf nach Kalkutta fliegen. Nick hatte befunden, daß es lustig wäre, eine «richtige» Hindu-Hochzeit zu feiern. In Kalkutta liefen schon die Vorbereitungen. Meine Mutter erzählte mir am Telefon, daß es eine der großartigsten Hochzeiten zu werden versprach, die sie je erlebt hatte. Ilas Eltern waren in Kalkutta und kümmerten sich um alles. Auf ihrem Rückflug von Tansania hatten sie in London Station gemacht, weil Ilas Vater beschlossen hatte, ihnen in London eine Wohnung zu kaufen, als Hochzeitsgeschenk. Da er von Ilas Urteilsfähigkeit in praktischen Dingen noch nie sonderlich viel gehalten hatte, wollte er das Haus vor dem Kauf selbst in Augenschein nehmen. Nick hatte sich auf dem Wohnungsmarkt gründlich umgesehen, und schließlich hatten sie sich für eine Zweizimmerwohnung am Clapham Common entschieden. Nick war sehr glücklich über die Wahl und Ila eigentlich auch, obwohl sie behauptete, daß es ihr egal sei. Da Ila arbeitete und keine Zeit erübrigen konnte, hatte Nick Vorhänge und Möbel gekauft und die Wohnung eingerichtet, damit sie gleich nach ihrer Hochzeitsreise dort einziehen konnten. Sie hatten vor, ihre Flitterwochen in Afrika zu verbringen. Sie würden etwa eine Woche bei Ilas Eltern in Daressalam bleiben und danach mit dem Wagen von Ilas Vater durch Kenia und Tansania fahren.

An diesen Abend bei Mrs. Price kann ich mich kaum mehr erinnern. Ich weiß noch, daß ich ein Geschenk dabeihatte. Es war ein winziger silberner Salzstreuer, den ich in buntes Papier eingewickelt hatte. Ich hatte ihn in einem englischen Laden gekauft, so einer, vor dem ein schwarzes Schild hängt, mit akkuraten «Times Roman»-Lettern und einem kleinen goldenen Monogramm mit dem Siegel: By appointment to ... Es war das billigste Stück in dem Laden, hatte aber trotzdem fast zwanzig Pfund gekostet – gerade soviel hatte ich in meinen sechs Monaten in London gespart. Und dann hätte ich mein Geschenk unterwegs zu Mrs. Price auch noch fast verloren.

Als ich im U-Bahnhof West Hampstead ankam, war es noch etwas zu früh, und um die Zeit herumzubringen, ging ich noch in einen Pub und bestellte mir ein Glas Bier. Aber dann kam ich mit einem libanesischen Journalisten ins Gespräch. Wir tranken ein paar Runden Bier, und als ich wieder auf die Uhr sah, merkte ich, daß ich schon über eine Stunde zu spät dran war. Ich sprang auf, eilte aus dem Pub und rannte Richtung Lymington Road. Ich war noch nicht weit gekommen, als ich hinter mir lautes Fußgetrappel hörte. Ich sah mich um. Der libanesische Journalist kam mir keuchend und winkend nachgerannt. Ich blieb stehen, und als er mich eingeholt hatte, ließ er den kleinen papierumwickelten Gegenstand in meine Hand fallen und sagte: Das ist dir in den Aschenbecher gerollt.

Ila war sehr belustigt, als ich es ihr überreichte. Was ist das denn? sagte sie. Laß mich raten – eine Miniaturkrawattennadel, mit Edelsteinen besetzt. Oder nein, ein Goldtellerchen zum Füttern von zahmen Ameisen. Oder warte, ich weiß, es ist ein Fingerhut für den kleinen Finger eines Babys . . .

Jemand kam ins Zimmer, und sie wandte sich ab. Ich lehnte mich an eine Wand und beobachtete sie. Sie lächelte strahlend, gab dieses herrliche, klingelnde Gelächter von sich, während sie in einem Wirbel von roter Seide durch das Zimmer rauschte und mit ihren Gästen sprach. So glücklich wie an diesem Abend hatte ich sie noch nie gesehen.

Nach einer Weile reichte May mir ein Glas Wein und führte mich ins Wohnzimmer. Es war voller Leute, die ich nicht kannte. May wollte gerade etwas sagen, aber es gab irgendein Problem in der Küche, und jemand rief sie weg. Ich fand noch ein Glas Wein, sank in einen Sessel und schloß die Augen.

Dann hörte ich verschwommen, wie May zu mir sagte: Wach auf, wach auf, es ist Zeit, nach Hause zu gehen, und ich spürte ihre Hand auf meinem Arm. Als ich die Augen öffnete, blickte sie besorgt auf mich herunter. Außer uns war niemand mehr im Raum.

Ich erhob mich wankend. Ich versuchte zu sprechen, doch meine Kehle fühlte sich wie Schmirgelpapier an, und meine Stimme war ganz heiser geworden. Wo ist Ila? brachte ich heraus. Wo ist sie?

May legte mir ihre Hand stützend auf die Schulter. Ila ist mit Nick nach Hause gegangen, sagte sie. Sie müssen noch packen – für morgen. Und Mutter ist schlafen gegangen, und ich wollte jetzt auch gerade nach Hause.

Ich fiel in den Sessel zurück und biß mir auf die Knöchel. Ich wußte, ich hatte Ila noch irgendwas sagen wollen, bevor sie ging, ich hatte es mir seit Tagen im Geiste immer wieder aufgesagt, aber jetzt fiel mir nicht mehr ein, was es war.

Was machst du jetzt? fragte May.

Ich fahr jetzt mal lieber nach Fulham zurück, sagte ich und rappelte mich auf.

Während ich meinen Mantel und meinen Schal holte, sah May mir ruhig zu, die Arme vor der Brust verschränkt. Als ich mich von ihr verabschiedete, sagte sie trocken: Ich bin nicht ganz davon überzeugt, daß es klug wäre, wenn du jetzt allein nach Hause gehst, in deiner Verfassung.

Ich hielt mich am Kaminsims fest und sagte: Mir geht's gut, wirklich.

Ich habe da einen Plan, der deinem in mancher Hinsicht überlegen ist, sagte sie lächelnd. Ich glaube, du solltest mit zu mir nach Islington kommen. Ich kann dir ein Bett richten und dir was zu essen geben. Und morgen früh kannst du dich dann auf den Heimweg machen, als ein wiederauferstandener Sohn Bengalens. Ich flehe dich an, diese Möglichkeit ernsthaft in Erwägung zu ziehen, weil du mir sonst morgen nur den ganzen Vormittag stiehlst, wenn du jetzt versuchst, nach Fulham zu fahren – ich würde stundenlang bei allen Krankenhäusern anrufen müssen, um sicherzugehen, daß du nicht in einem davon gelandet bist.

Ich fand, ich müßte mit irgendeinem Gegenargument aufwarten, aber zu meiner Erleichterung fiel mir kein einziges ein.

Na gut, sagte ich. Ich tu, was du sagst – aber nur, wenn es dir nicht zu viele Umstände macht.

Gut, sagte sie. Ich bin froh, daß du beschlossen hast, vernünftig zu sein.

Da wir die letzte U-Bahn schon verpaßt hatten, rief May ein Funktaxi. Einige Minuten später war es schon da. Sie führte mich aus dem Haus und schloß hinter sich die Tür ab.

Kaum saßen wir im Taxi, bekam ich Atemnot, die Kehle schnürte sich mir zusammen, ich war kurz davor, hysterisch zu werden. Ich kurbelte das Fenster herunter und steckte den Kopf hinaus. Die Luft war kalt und scharf vom Geruch gesäuerter Pommes frites und gebratenen Fischs von einer noch offenen Imbißbude. Meine Ohren wurden ganz gefühllos und die Augen tränten, doch die schneidende Luft weckte mich wieder auf, mein ganzer Körper begann zu prickeln wie nach einer Senfölmassage an einem Wintermorgen. Ich spürte, wie Haut und Haare meines Hodensacks und meiner Oberschenkel zum Leben erwachten. Als hätte ein Teil meines Körpers in meiner Trunkenheit ein Mittel entdeckt, mich zu drängen, über Mittel und Wege nachzusinnen, wie ich um Ilas Heirat trauern könnte.

Ich spürte eine Berührung an meinem Arm. May sah mich besorgt an. Ist alles in Ordnung? fragte sie. Soll ich ihm sagen, daß er anhalten soll?

Nein – ich schüttelte den Kopf. Dann nahm ich ihre Hand von meinem Arm und rieb sie zwischen meinen Händen.

Soso, bemerkte sie trocken und zog ihre Hand weg.

Ich lehnte mich zu ihr hinüber, legte meinen Arm um ihre Schulter und küßte sie, indem ich mit der Zungenspitze über ihr Ohrläppchen fuhr.

Einen Moment lang verschlug es ihr die Sprache. Dann keuchte sie auf und erstarrte. Sie stemmte die Hände gegen meine Brust und stieß mich zurück.

Du stinkst nach Alkohol, sagte sie mit einer Grimasse. Hoffentlich machst du mir keinen Ärger.

Ich begegnete dem Blick des Fahrers im Rückspiegel. Es war ein junger Schwarzer aus der Karibik. Er beobachtete mich, sein Blick wechselte von der Straße zum Spiegel und wieder zurück, blieb dabei aber völlig ausdruckslos. Als sich unsere Blicke wieder trafen, schlängelte sich seine Hand zum Armaturenbrett. Er spielte mit irgend etwas und ließ es dann mit einem metallischen Geräusch zurückfallen. Es war ein Schlagring. Er lächelte, als er das nächste Mal meinem Blick begegnete.

Als wir endlich bei ihrer Wohnung ankamen, war May besorgt. Ich merkte das an der linkischen Art, wie sie den Fahrer bezahlte. Aber ich war lediglich neugierig. Es kam mir nicht in den Sinn, daß sie Angst haben und daß ihre Angst irgend etwas mit mir zu tun haben könnte.

Bitte sei leise, wenn du die Treppe raufgehst, sagte sie, indem sie jedes Wort langsam und deutlich aussprach. Die Vermieterin wird *sehr* böse, wenn man sie aufweckt.

Ich werd schon leise sein, sagte ich. Ich fuhr ihr mit einem Finger durchs Haar.

Laß das! rief sie und zog ihren Kopf weg. Was fällt dir ein?

Psst! sagte ich. Du weckst die Vermieterin auf.

Sie ging auf Zehenspitzen die Treppe hoch, schloß ihre Tür auf und machte sie hinter mir schnell wieder zu. Jetzt geh da rüber, sagte sie und zeigte auf ihr Bett. Leg dich ins Bett und schlaf sofort ein. Ich kann dir leider keine Nachtsachen geben, du mußt also in den Sachen schlafen, die du anhast.

Sofort? sagte ich grinsend. Das meinst du doch nicht wörtlich, oder?

Bitte, sagte sie. Ihre Stimme war jetzt heiser. *Bitte* geh ins Bett.

Ich drehte mich um und sah mir das Bett an. Es war klein und schmal mit einem Turm von Federbetten und Decken darauf, überzogen mit einer grünen Bettdecke.

Plötzlich kam mir eine Idee.

Aber wenn *ich* da schlafe, sagte ich mit trunkener Schläue, wo schläfst *du* dann?

Ich komm schon zurecht, sagte sie schnell. Kümmere dich nicht um mich.

Aber ich *muß* mich einfach um dich kümmern, antwortete ich. Wo schläfst du denn jetzt?

Sie ging zum Bett und zog den Überzug zurück. Es war sauber und ordentlich gemacht, mit frischen Laken und Kopfkissenbezügen, aber es sah seltsam unbenutzt aus. Unter dem Federbett lagen Beutelchen mit einer Duftmischung, und die Laken rochen muffig nach Lavendel und Rosen.

Ich benutze das Bett sowieso nicht, sagte sie und sammelte die Beutelchen ein.

Ach ja? sagte ich. In wessen Bett schläfst du dann, wenn du nicht hier schläfst?

Sie warf mir einen kurzen, funkelnden Blick zu. Ich schlaf da drüben, sagte sie und zeigte auf den Boden auf der anderen Seite des Zimmers.

Wo? fragte ich.

Ohne mir zu antworten, öffnete sie einen Schrank, holte eine dünne Matratze, ein paar Decken und ein Laken heraus und schleppte sie durchs Zimmer. Sie rollte die Matratze auf dem Boden aus. Sie war sehr dünn, kaum dicker als ein Laken.

Auf so was kannst du doch nicht schlafen, sagte ich erstaunt. Das glaub ich dir nicht. Wozu hast du dann ein Bett?

Ach das, sagte sie. Das ist nur zum Vorzeigen – damit man nicht denkt, ich sei komisch.

Aber du hast ja noch nicht mal ein Kopfkissen, sagte ich.

Nein, entgegnete sie ironisch. Daran hab ich mich besonders schwer gewöhnt.

Warum machst du das? fragte ich. Das muß ja schrecklich sein, da unten zu schlafen.

Es ist gar nicht so schlimm, sagte sie forsch. «No big deal», wie man im Fernsehen sagt. Schließlich schlafen die meisten Menschen auf der Welt so. Ich hab mir einfach gedacht, ich richte mich nach der Mehrheit.

Sie sprang auf und staubte sich die Hände ab. So, sagte sie. Geh jetzt ins Bett – bitte.

Darf ich mein Fleisch auch kasteien? fragte ich. Kann ich da mit dir schlafen?

Sie lachte, die Spannung wich ihr aus dem Gesicht.

Morgen früh wirst du dir reichlich dämlich vorkommen, sagte sie. Ich freu mich schon darauf, was für ein Gesicht du machen wirst, wenn ich dich dran erinnere.

Bitte, May, sagte ich.

Du Dummkopf, sagte sie lachend. Du bist doch bloß besoffen. Du willst doch nicht wirklich – ich bin alt genug, um deine Tante zu sein.

Doch, wirklich, sagte ich. Ich will's wirklich.

Na, mal sehen, ob du das auch noch über die Lippen bringst, wenn du wieder nüchtern bist, sagte sie. Fürs erste wirst du wohl oder übel drauf verzichten müssen, nicht wahr?

Sie schob mich sanft zum Bett. Und jetzt geh bitte schlafen, sagte sie.

Du lachst mich aus, sagte ich und stieß ihre Hand weg. Du solltest mich nicht auslachen.

Ich nahm ihr Gesicht zwischen meine Hände und zog sie an mich.

Bitte nicht, sagte sie mit angstgeweiteten Augen. Bitte.

Warum denn nicht? sagte ich. Ich küßte sie auf den offenen Mund und schob meine rechte Hand schnell ihren Hals herunter, in ihre Bluse hinein und unter ihren Büstenhalter.

Hör auf! rief sie und fuhr mir mit den Händen ins Gesicht.

Wieso denn? sagte ich. Ich drückte sie mit der Linken an meinen Körper, hielt sie fest, so daß sie ihre Hände nicht befreien konnte. Meine Rechte war jetzt tief in ihrem Kleid, umfaßte ihre Brust.

Mit einer ungeheuren Anstrengung und zusammengebissenen Zähnen wand sie sich aus meinem Griff, warf sich zurück und fiel auf die Matratze. Ihr Kleid riß mit einem lauten Ratscher, und ich hatte nur noch Luft zwischen den Händen. Als ich auf sie hinabsah, kauerte sie auf der Matratze, ihre Brust hing aus dem Loch in ihrem Kleid und schlenkerte ihr gegen die Rippen.

Du Dreckskerl! schrie sie. Sie stürzte vom Bett weg durchs Zimmer, und plötzlich ging das Licht aus. Ich hörte sie durchs Zimmer ins Bad gehen, und ich schlich mich zum Bett und kroch hinein. Im nächsten Moment war ich schon eingeschlafen.

Als ich am nächsten Morgen aufwachte, brummte mir der Schädel, und im Mund hatte ich einen bitteren Gallengeschmack. Ich hörte das Klappern von Geschirr aus der Küche. Ich hob den Kopf und sah May am Spülbecken stehen. Sie hatte eine verwaschene braune Cordjeans und einen weißen Pullover an, ihre graumelierten Haare hatte sie mit einem Gummiband zu einem Pferdeschwanz zusammengebunden. Matratze und Decken lagen ordentlich zusammengerollt in einer Ecke.

Ich wollte gerade nach ihr rufen, als ein Bild von ihr an meinem geistigen Auge vorbeiflitzte, wie sie auf der Matratze kauerte und versuchte, ihre nackte Brust zu bedecken. Ich fiel aufs Kissen zurück und schloß die Augen, und langsam kam alles, was ich am Abend zuvor getan und gesagt hatte, wieder, in allen schrecklichen Einzelheiten.

Sie muß gewußt haben, daß ich wach war, muß den Schweiß auf meinem Gesicht gesehen haben. Ich hörte ihre Stimme über mir, tief und rauh: Na, meinst du, du bist jetzt in der Lage, was zu essen?

Als ich die Augen öffnete, blickte sie mit ruhiger, ernster Miene auf mich herab.

May . . ., setzte ich an. Ich konnte sie nicht ansehen. Ich senkte den Kopf.

Ja? sagte sie kühl. Ich wußte, daß sie wartete.

Ich weiß nicht, wie . . . begann ich wieder. Ich hob mit einiger Überwindung den Kopf. Sie sah mich immer noch an, stetig und unbewegt.

Ich fürchte, irgendwas wirst du dir schon einfallen lassen müssen, sagte sie. Das ist absolut das Mindeste, was ich erwarte.

Es tut mir leid, sagte ich. Was kann ich sonst sagen? Kann ich irgend etwas tun, um dir zu zeigen, wie leid es mir tut?

Sie sah mich immer noch stetig an, aber jetzt zuckte es um ihre Mundwinkel.

Gehe ich richtig in der Annahme, daß wir uns nicht mehr ganz so stark und männlich fühlen? fragte sie.

Ja.

Ihre Lippen verzogen sich zu einem Lächeln. Sie streckte ihre Hand aus und klopfte mir auf den Hinterkopf.

Na los, sagte sie. Steh auf und wasch dir dein Gesicht. Dann wollen wir mal sehen, ob ich dir was zum Frühstück mache.

Als ich wieder aus dem Bad kam, erwarteten mich auf ihrem Tisch ein Teller mit Spiegeleiern, Toast und ein Glas Orangensaft. Mir fiel wieder ein, daß ich am Abend zuvor gar nichts gegessen hatte. Doch May war noch in der Küche beschäftigt, und so stellte ich mich hinter einen Stuhl und wartete.

Fang ruhig schon ohne mich an, rief sie. Hau rein. Du hast sicher Hunger, wo du dich gestern so verausgabt hast.

Und du? fragte ich verlegen. Frühstückst du denn nicht?

An deiner Stelle würde ich mir darüber keine Gedanken machen, sagte sie. Wenn ich du wäre, würde ich mich jetzt mal schleunigst dem Toast und den Eiern widmen, bevor alles kalt und knatschig wird. Das Brot ist dieses Vollkornzeugs, das neuerdings ja so gesund sein soll – das Problem ist nur, daß es sich wieder in Teig verwandelt, wenn man es länger als eine Minute sich selbst überläßt.

Ohne ein weiteres Wort setzte ich mich hin und begann zu essen. Bald hatte sie ihr Geschirr fertig weggeräumt und lehnte sich an die Wand, um mir beim Essen zuzusehen.

Noch mehr Toast? fragte sie.

Ja bitte, sagte ich. Aber was ist mit dir? Willst du denn gar nichts essen?

Sie reichte mir noch eine Scheibe und schüttelte den Kopf.

Dann hast du also schon gefrühstückt?

Nein.

Jetzt war ich etwas verwirrt. Ja und? sagte ich.

Ich frühstücke heute nicht, sagte sie.

Wieso denn nicht?

Sie lachte. Offenbar kennt man in Kalkutta nicht das alte englische Sprichwort «Neugier bringt die Katze um». Die Antwort auf deine Frage lautet: Ich frühstücke heute nicht, weil heute Samstag ist.

Was soll das denn heißen? fragte ich und verstand gar nichts mehr.

Samstags esse ich nichts, sagte sie. Man könnte es meinen Fasttag nennen.

Deinen Fasttag? fragte ich. Willst du damit sagen, daß du jeden Samstag fastest?

Sie nickte: Genau das will ich damit sagen.

Aber wieso? fragte ich.

Das artet ja allmählich zu einem Verhör aus, sagte sie. Nun, ich faste, weil mir vor ein paar Jahren der Gedanke kam, daß es vielleicht keine gar so schlechte Idee wäre, wenn ich hin und wieder auf etwas verzichten würde. Wer weiß, was mir die Zukunft bringen wird – oder dir, oder überhaupt der Menschheit? Da tut man doch gut daran, sich darauf vorzubereiten. Und da sich die meisten Tage der Woche ziemlich ähnlich sind, bei mir zumindest, hab ich mir gedacht, dann kann's ebensogut der Samstag sein. Dein Toast wird wieder kalt. Ich finde, ich sollte dich warnen.

Ich versteh's einfach nicht, sagte ich. Ich glaube, du willst mich auf den Arm nehmen.

Ach, bitte, sagte sie. Hör jetzt auf damit – es lohnt sich nicht.

Sie ging in die Kochecke und kam mit einer Tüte Orangensaft wieder.

Ich weiß nicht, ob du heute was vorhast, sagte sie und füllte mein Glas. Ich muß jedenfalls auf die Straße und Geld sammeln, für eine meiner diversen guten Sachen. Ich bin für die Ecke Oxford Street, Regent Street eingeteilt, der Prestigebezirk bei uns Guten Samaritern, nebenbei bemerkt – einer der lukrativsten. Du kannst mitkommen, wenn du Lust hast.

Wofür sammelst du denn?

Für die Hungerhilfe, sagte sie. Hauptsächlich in Afrika. Aber wer weiß, vielleicht kommt es auch dir eines Tages zugute.

Na gut, sagte ich und leckte mir Honig und Butter vom Mund. Ich komm mit. Kann sein, daß ich dir keine große Hilfe bin, aber ich mach's gerne.

Es wird sehr voll sein, sagte sie, und nicht sonderlich angenehm. Ich warne dich.

Ach, ich bin Menschenmengen gewohnt, sagte ich.

Na, wir werden ja sehen, meinte sie. Diese spezielle Menschenmenge findest du vielleicht etwas überwältigend.

Sie hatte recht. Sowie wir an der Kreuzung Oxford Street, Regent Street aus dem U-Bahnhof traten, unsere Plakate unter den Armen und Sammelbüchsen in den Händen, wurde ich von einer Masse von Einkäufern überrannt, die mit Plastiktaschen und Päckchen beladen an mir vorbeihasteten. Eh ich mich versah, wurde ich fortgetrieben, und als ich mich umsah, konnte ich nur die hohen Schaufensterscheiben der Kaufhäuser sehen, ein Geglitzer von Licht und Schaufensterpuppen, und den Strom der Einkäufer, der sich die ganze Straße hinunter erstreckte. Dann hörte ich Mays Stimme und entdeckte sie an der Ecke, wie sie mir lachend zuwinkte. Es dauerte eine Weile, bis ich wieder bei ihr war. Ich mußte mich an dem Strom vorbeidrängen, mit dem Rücken an den Schaufenstern.

Du bist also Menschenmengen gewohnt, meinte May lachend.

Sie zeigte mir, wie man die Plakate an das Geländer hängte, das den Bürgersteig von der Straße trennte. Dann tippte sie auf meine Sammelbüchse und sagte: Also los – viel Glück.

Ich stand am Rand der wogenden Menschenmenge und streckte hoffnungsvoll meine Büchse aus. Doch nach einer Viertelstunde war immer noch niemand stehengeblieben, um etwas hineinzuwerfen, und ich begann mich allmählich zu fragen, ob man mich überhaupt sah. Ich trat niedergeschlagen ans Geländer zurück und beobachtete May.

Mir war sofort klar, daß sie die Sache sehr professionell anging. Sie hatte ihre gewohnte zögernde und scheue Art völlig abgelegt, ihre Stimme war laut und gebieterisch geworden. Sie pickte sich eine Person aus der Menge, stellte Augenkontakt her, trat an sie heran und schob ihr die Büchse vor die Brust. Es wurde immer etwas hineingeworfen.

Ich ging zu meinem Platz zurück und probierte ihre Technik aus, und alsbald warf man auch in meine Büchse Münzen. Ein paar Stunden später, meine Büchse war inzwischen halb voll, kämpfte ich mich wieder zu May durch und setzte mich auf meine Büchse.

Schon müde? fragte May.

Ich mach nur Pause, sagte ich. Können wir nicht irgendwo hingehen und einen Kaffee trinken?

Nein, entgegnete sie. Wir haben zu tun.

Sag mal, du bist doch inzwischen ziemlich weit oben in der Hierarchie von dieser Hilfsorganisation, oder? Du könntest doch bestimmt schon entscheiden, wo die Hubschrauber hinfliegen sollen und so was. Diese Beinarbeit *mußt* du doch sicher nicht mehr machen. Das ist doch was für die Neulinge.

Es macht mir Spaß, sagte sie. Ich find's irgendwie, na ja, nützlich.

Sie blickte zu mir herab und lächelte, ein listiges sanftes Lächeln, das die harten Linien in ihrem Gesicht milderte.

Weißt du, daß du genauso ausgesehen hast, als wir uns kennengelernt haben? sagte ich. Weißt du noch? Ich hab damals auch zu dir aufgeschaut, so wie jetzt.

Damals mußtest du zu jedem aufschauen, meinte sie und hielt ihre Sammelbüchse einer Frau mit einem violetten Hut hin.

Aber erinnerst du dich denn? fragte ich sie.

Ja, natürlich, sagte sie. Das war in der Howrah Station, nicht?

Sie war mit dem Frontier Mail Express gekommen. Mein Vater, Tridib und ich waren zum Bahnhof gefahren, um sie abzuholen.

Auf dem Weg nach Howrah war ich sehr in Sorge. Wie wirst du sie denn erkennen? fragte ich Tridib ständig – du weißt doch nicht mal, wie sie jetzt aussieht, du hast sie doch nicht mehr gesehen, seit sie ein Baby war.

Doch Tridib machte sich keine Sorgen. Ich werd sie schon irgendwie erkennen, sagte er. Wart's ab.

Aber ich machte mir natürlich Sorgen. Ich wußte nicht, daß sie sich Fotos geschickt hatten. Insgeheim war ich mir sicher, daß ich sie als erster erkennen würde. Das kam daher, weil ich mir eine Theorie bezüglich ihres Namens zurechtgelegt hatte. Anfangs war es mir ein Rätsel gewesen, warum sie diesen Namen trug. Wieso war sie bloß nach einem Monat benannt worden? Dann las ich irgendwo, daß englische Butterblumen im Mai blühten. Damit war alles klar: Offenbar hieß sie May, weil sie wie eine Butterblume aussah. Ich war sicher, daß ich sie zuerst erkennen würde. Ich wußte als einziger, wonach man Ausschau halten mußte.

Wir warteten schon auf dem Bahnsteig, als der Frontier Mail hereingedampft kam. Eine riesige Menschenmasse strömte aus ihm hervor und überschwemmte den Bahnsteig. Wir warteten eine halbe Stunde, aber von ihr war immer noch nichts zu sehen. Tridib war jetzt nicht mehr so optimistisch. Er begann an den Nägeln zu kauen. Ich war den Tränen nahe.

Es kam genauso, wie ich es erwartet hatte: Ich sah sie zuerst. Sie stand geduldig neben einem Teestand, ihren Koffer zwischen den Beinen. Ich war verblüfft. Sie sah auch nicht im entferntesten so aus, wie ich sie mir vorgestellt hatte. Sie sah, wie ich sie anstarrte, und winkte zögernd. Dann sah auch mein Vater sie und winkte zurück.

Sie ergriff ihren Koffer und kam auf uns zugelaufen. Sie ließ ihn auf den Bahnsteig fallen, schüttelte meinem Vater die Hand und sah dann auf mich hinab, aus großer Höhe, wie mir schien, und zerstrubbelte mir die Haare mit einem Lächeln, das ihre blauen Augen erglänzen ließ wie Wasser in einem Lüftchen.

Ich war jetzt nicht mehr enttäuscht. Es machte mir nichts aus, daß sie überhaupt nicht wie eine Butterblume aussah – mir war sie exotisch genug.

Sie richtete sich auf, blickte über meinen Kopf und trat zurück. Ich wußte, sie hatte Tridib erblickt, und so drehte ich mich nicht um, denn ich wollte ihr Gesicht beobachten, während sie ihn begrüßte. Sie erkannte ihn zuerst nicht – das merkte ich daran, wie sie so allgemein und unschlüssig lächelte, als sei ihr klar, daß er zu uns gehörte und nur aus Höflichkeit lächelte. Dann erlosch ihr Lächeln, und ihre Augen weiteten sich. Sie hob die Hand, deutete auf ihn und sagte: Du bist doch nicht etwa, du bist doch nicht . . .

Ich schlüpfte zur Seite, um die beiden besser im Blick zu haben.

Tridib nickte schüchtern. Ich merkte, daß er sich bemühte zu lächeln. Ich konnte ihn gut verstehen. Der Augenblick war so unerträglich ergreifend, daß ich an seiner Stelle bestimmt auch nicht hätte lächeln können.

Ich habe immer noch vor Augen, was May dann gemacht hat, als wäre es ein Film, der mir in Zeitlupe durch den Kopf läuft. Ich erinnere mich, wie sich der Lärm und das Gedränge auf diesem belebten Bahnsteig in nichts aufzulösen schienen, ich erinnere mich an das Gesicht eines Mannes hinter dem Teestand, der mit offenem Mund herüberglotzte, ich erinnere mich sogar daran, wie die Augen meines Vaters vor ungläubigem Staunen ganz groß wurden.

Sie trat zu Tridib und küßte ihn auf beide Wangen.

Ein Sperrfeuer von Pfiffen gellte von allen Ecken und Enden des Bahnsteigs. Ein Chor von Stimmen rief: Noch mal! Noch mal! Tridibs Brillengläser beschlugen, und er sah aus, als würde er gleich vor Verlegenheit platzen.

Oh, das tut mir aber leid, sagte May. Sie errötete. Das macht man hier offenbar nicht.

Nein, nein, stammelte Tridib. Vielen Dank . . .

Was gibt's da zu glotzen? fuhr mein Vater die Leute, die sich um uns versammelt hatten, händefuchtelnd an. Dann ergriff er Mays Koffer und führte uns aus dem Bahnhof.

Unterwegs zu uns nach Hause erzählte Tridib uns, wie er vor vielen Jahren in London, als er gerade draußen im Garten saß, einmal von Mrs. Price ins Haus gerufen wurde, weil er ins Wohnzimmer gehen und sich May anschauen sollte. Verwundert war er an ihre Wiege getreten und hatte hineingeguckt. Als er sie sah, standen ihm die Haare zu Berge, und er machte sich fast in die Hosen. Er rannte schreiend aus dem Zimmer: Sie habe sich in ein Insekt verwandelt, ihr Gesicht sei ganz schwarz und glänzend, und aus ihrem Mund sei eine lange schwarze Schnauze geworden, wie die eines Schweins.

Später hatte man ihm lachend erklärt, daß es nur eine Gasmaske gewesen sei – eine Kindergasmaske, zu ihrem Schutz, falls die Deutschen Gasbomben abwarfen. Aber man hatte ihn erst überzeugen können, als man sie abnahm und ihm Mays Gesicht zeigte, das weich, rosa und gänzlich unverändert war.

Ich warf einen verstohlenen Blick zu May hinüber, und sie wurde mir sehr sympathisch, als ich sie lachen sah.

Doch jetzt erinnerte sich May nicht mehr an Tridibs Geschichte. Sie war damals zu aufgeregt gewesen, um richtig zuzuhören.

Mit einem Blick auf den Strom von Einkäufern, die an uns vorbeizogen, schnitt sie eine Grimasse und sagte: Wir haben genug getan für heute – die restlichen verdammten Seelen können sich ruhig noch weiter im Sumpf ihrer Selbstgefälligkeit suhlen, meinst du nicht auch? Komm, wir gehen in einen kleinen Laden hier um die Ecke und trinken eine Tasse Kaffee.

Soll das heißen, daß du doch nicht mehr fastest? fragte ich.

Die Versuchung ist groß, sagte sie. Aber ich werd versuchen, noch ein bißchen durchzuhalten.

Wir rollten die Plakate zusammen und kämpften uns durch die schnellfließende Menge. Schließlich schlugen wir uns in ein kleines Seitensträßchen der Regent Street, und May führte mich in eine Sandwichbar, hinter deren beschlagener Schaufensterscheibe große Tabletts mit Salat, Shrimps und Salami auslagen. Drinnen roch es nach Brot und Mayonnaise. Es war nur ein kleiner schmaler Raum, der auf einer Seite eine Theke hatte, aber er wirkte größer, weil die hintere Wand aus einem riesigen Spiegel bestand, in den ein schmaler, konsolenartiger Tisch eingebaut war. May fand ein paar hohe Hocker, die wir zusammen durch den Raum zu der Konsole trugen. Dann ging ich zur Theke zurück, um mir ein Sandwich auszusuchen und eine Tasse Kaffee zu holen, und als ich wiederkam, blickte May gerade in den Spiegel und lachte lautlos.

Was ist los? fragte ich.

Sie schüttelte den Kopf: Ich mußte gerade an diese alberne Geschichte denken, ich als Baby mit Gasmaske.

Sie hatte zwar nicht richtig zugehört, als Tridib sie erzählt hatte, aber sie hatte trotzdem gelacht – daran konnte sie sich erinnern –, sie hatte gelacht, weil sie überschwenglich war vor Erleichterung. Sie hatte den ganzen Tag über Angst gehabt, im Zug. Eigentlich hatte sie schon seit ihrer Ankunft in Delhi Angst gehabt. Sie konnte sich nicht mehr erinnern warum. Es gab keinen wirklichen Grund. Aber sie erinnerte sich an ihre Angst, daran, wie sie sich in ihr Hotelzimmer eingeschlossen hatte – das Gefühl war so ähnlich wie damals, als sie sich als kleines Mädchen plötzlich ganz allein im tiefen Teil eines Schwimmbeckens befunden hatte. Sie hatte Angst, weil sie allein war, weil sie nicht wußte, was sie tun sollte. Eines Morgens hatte eine Frau mit einer übel zugerichteten Hand sie um Geld angebettelt, und sie hatte wie gelähmt dagestanden, völlig ratlos. Das einzige, was sie tun konnte, war, ihr Geld zu geben, und damit tat sie eigentlich gar nichts. Es war ein Akt der Hilflosigkeit. Sie war es nicht gewohnt, hilflos zu sein, sie war es gewohnt, die Dinge in die Hand zu nehmen. Immer schon.

Sie hatte gedacht, es wäre eine gute Idee, zuerst Delhi und Agra zu besuchen. Auf die Weise hätte sie Tridib klarmachen können, daß sie nicht sozusagen auf sein Geheiß hin nach Indien gekommen war. Aber jetzt konnte sie sich nicht dazu überwinden, nach Agra zu fahren. Sie schloß sich in ihrem Hotelzimmer in Delhi ein, lag im Bett und fragte sich, warum sie eigentlich hierhergekommen war. Natürlich gab es keinen Grund, nicht den geringsten triftigen Grund, außer Neugier – Neugier auf das, was jenseits von West Hampstead lag, eine Neugier, die sich allmählich immer mehr auf diesen Mann konzentriert hatte, dem sie nie begegnet war. Doch als sie da voller Angst in ihrem Hotelbett lag, schien ihr Neugier überhaupt kein Grund mehr dafür zu sein, fünftausend Meilen weit zu reisen. Sie schien kein Grund für überhaupt irgendwas zu sein – was ist Neugier denn schon? Sie versuchte darüber nachzudenken, warum sie neugierig gewesen war; sie gab sich die größte Mühe, aber sie konnte keine Antwort darauf finden – sie wußte nicht mehr, was es gewesen war, es war verschwunden.

Statt dessen ging ihr Tridib durch den Kopf. Sie versuchte sich vorzustellen, wie er sie am Bahnhof von Kalkutta erwartete, aber sie hatte keine Ahnung, wie der Bahnhof aussehen würde. Sie stellte sich eine belebtere Ausführung von Paddington Station in London vor, und sie sah ihn am Buchkiosk auf sie warten. Sie sah sich auf ihn zugehen, eine Hand ausstrecken und sehr spröde «Guten Tag, wie geht's» sagen. Aber er erwiderte nichts – er lächelte sie mit einem schmalen Lächeln an und ließ seinen leuchtenden, durchdringenden Blick über sie schweifen. Er sah genauso aus wie auf dem Bild, das er ihr geschickt hatte – ernst, düster, mehr als nur ein bißchen verrückt. Und dann bekam sie wirklich Angst. So einem Mann wollte sie nicht allein begegnen, noch dazu in einem fremden Land. Daraufhin hatte sie meinem

Vater ein Telegramm geschickt, mit der Bitte, sie am Bahnhof abzuholen.

Doch als sie ihn dann sah, wie er sie über meinen Kopf hinweg anschaute, sah er überhaupt nicht wie auf dem Foto aus. Er wirkte linkisch, unglaublich jung, und irgendwie sehr vertrauenerweckend. Auch ein bißchen komisch, weil seine Augen durch die Brillengläser riesig vergrößert waren und er ständig auf eine nervöse, verlegene Art und Weise blinzelte. Sie hatte ihn einfach umarmen müssen, aus purer Erleichterung. Endlich wußte sie, warum sie gekommen war, und sie war froh. Es hatte nichts mit Neugier zu tun.

Sie bekam unser Gästezimmer – ein großes, luftiges Zimmer, von dem man einen Blick auf den Garten hatte. So oft wie möglich schlüpfte ich dort zu ihr hinein. Ich saß dann auf ihrem Bett und sah ihr einfach zu – beim Briefeschreiben, beim Blockflötespielen, beim Haarebürsten. Ich liebte ihren Geruch. Den Geruch von Shampoo und Seife und irgendwas anderem, aber nicht Parfum, da war ich mir sicher, denn den Geruch von Parfum konnte ich nicht ausstehen. Es war irgendwas Kühles, Luftiges.

Ich beugte mich auf meinem Hocker vor, zupfte an ihrem Pullover und roch daran. Sie wich überrascht zurück.

Was soll denn das? fragte sie. Was hast du denn jetzt schon wieder vor?

Ich wollte nur wissen, ob du immer noch so riechst wie damals, sagte ich.

Und?

Ja, sagte ich. Immer noch der gleiche Geruch. Wonach riechst du eigentlich?

Sie schnüffelte selbst an ihrem Pullover und verzog das Gesicht: Nach Schweiß? Nach Ruß?

Nein – nach irgendwas anderem.

Na schön, sagte sie lachend. Ich gesteh's: Es ist Lavendelwasser.

Später, als ich größer war, schämte ich mich in Grund und Boden, daß ich sie so angestarrt, an ihr gerochen und verstohlen ihre Kleidung befingert hatte. Ich wand mich bei dem Gedanken daran, wie ich mich benommen hatte, und dann, um mich wieder ins Lot zu bringen, redete ich mir ein, daß sie ja nichts dagegen gehabt hatte, wahrscheinlich hatte sie die Aufmerksamkeit genossen, vielleicht war es ihr nicht einmal aufgefallen – schließlich dürfte ich ihr wie ein kleiner Marsmensch vorgekommen sein. Doch dann schämte ich mich schon wieder, weil ich wußte, daß es nicht stimmte. Nein, sie war nur gutherzig – so gutherzig, daß sie sich nicht den Anblick erspart hatte, sich durch meine Augen zu sehen.

Eines Abends machten wir einen Spaziergang. Ich ging mit ihr die Southern Avenue hinunter Richtung Gole Park, teils weil ich ihr unsere alte Wohnung zeigen und teils weil ich Montu eine Lehre erteilen wollte. In der Schule hatte ich ihm gegenüber mit unserem Gast geprahlt, und er hatte nur gelacht und mir kein Wort geglaubt. Unterwegs begegneten wir dem «Baumwollmann». Wie üblich zupfte er auf dem Instrument, das er bei der Ausübung seines Gewerbes verwendete – ein einsaitiges Werkzeug, wie ein sehr langer Bogen, mit dem er die Baumwolle in alten Matratzen und Federbetten aufbauschte. Als May ihn sah, blieb sie wie angewurzelt stehen. Was ist *das* denn für ein Instrument? fragte sie mich. Ich suchte noch nach einer Antwort, als sie sagte: Das ist eine Art Harfe, oder? Ich wußte nicht, was eine Harfe war, aber sie sah so gespannt aus, daß ich einfach nickte. Sie war begeistert, daß sie richtig geraten hatte. Ach bitte, sagte sie, meinst du, du könntest ihn bitten, mal kurz stehenzubleiben und uns etwas vorzuspielen?

Mir blieb keine andere Wahl. Ich ging zu ihm und sagte: Diese ausländische Dame möchte den Klang Ihres Geräts hören. Können Sie sich auf den Bürgersteig setzen und ein bißchen drauf rumzupfen? Er war sehr erstaunt, aber er nickte, hockte sich an den Straßenrand und zupfte an der Schnur. Wir hörten uns eine

Weile das tiefe monotone Brummen an. May war etwas enttäuscht. Die Möglichkeiten des Instruments sind ziemlich begrenzt, meinte sie, findest du nicht? Aber sie gab dem Baumwollmann fünf Rupien, und er zog glücklich zupfend davon.

Ob wir dann tatsächlich noch bis zum Gole Park gegangen sind und ob ich vor Montu glänzen konnte, weiß ich nicht mehr. Ich weiß nur noch, daß wir bei unserer Rückkehr erfuhren, daß der Baumwollmann inzwischen dagewesen war und meinen Eltern von seiner Begegnung mit mir und May berichtet hatte. Mein Vater mußte so heftig lachen, daß er einen Schluckauf bekam. Ich schnitt ihm Gesichter, um ihn dazu zu bringen, still zu sein, aber es nützte nichts, das Geheimnis war dahin. Ich hatte Angst, May würde böse auf mich sein, wenn sie dahinterkäme, ich befürchtete, sie würde mich nicht mehr in ihr Zimmer lassen. Aber sie war's nicht, sie zwinkerte mir nur mit ihren blauen Augen zu, zerstrubbelte mir die Haare und sagte: Du hast also einen kleinen Schabernack mit mir getrieben, wie?

Ich schloß sie ins Herz.

Als ich Jahre später Ila von May und dem Baumwollmann erzählte, verzog sie den Mund und sagte: Typisch May. Sogar in London hat sie diese naive staunende Art – wie eine wackere Landpomeranze, die einen Wochenendausflug in die Großstadt macht.

Aber das hatte ich überhaupt nicht gemeint. Ich fand, daß Mays Neugier von einer Art Unschuld herrührte, einer Unschuld, durch die sie sich für mich von allen anderen Frauen unterschied, die ich kannte, denn es war nicht die Unschuld der Unwissenheit, sondern eine aufrichtige, unweltliche Art von Unschuld, wie ich sie noch nie bei einer Frau angetroffen hatte, denn unter den Frauen, die ich kannte, wie meine Mutter und meine Verwandten, gab es keine, ganz gleich wie zurückgezogen sie lebte, die von dieser gewissen manipulativen Weltlichkeit frei war, die durch den Umgang mit großen Familien entsteht – ein Wesenszug, der bei diesen Frauen um so ausgeprägter war, je abgeschiedener sie von ihrer Umwelt lebten.

Wenn May mit Tridib ausging, nahm sie mich oft mit, vor allem während der ersten Tage ihres Besuchs. Eines Morgens fuhr Tridib uns in dem alten blauen Studebaker zum Victoria Memorial, das May besonders gerne sehen wollte. Es war May, die darauf bestand, mich mitzunehmen. Natürlich kam ich gerne mit. Nichts machte mir größeren Spaß, als beim Victoria Memorial Chaat und Eis zu essen. Unterwegs erzählte ich May, über den Vordersitz gelehnt, von all den leckeren Sachen, die sie dort erwarteten. Als wir die Ecke Lower Circular Road und Chowringhee erreichten, sagte ich ihr, sie solle die Augen schließen. Sie tat mir den Gefallen, und als der riesige Marmorbau direkt vor uns war, rief ich: May, gucken!

Ich erinnere mich, daß sie so laut «Mein Gott!» rief, daß Tridib heftig auf die Bremse trat und der Studebaker abrupt am Fuß der riesigen schwarzen Statue von Queen Victoria stehenblieb. Wir starrten alle zu ihr hoch wie Maharadschas bei einem Durbar. Tridib und ich mußten lachen, weil Ilas Mutter von dieser Statue ihren Spitznamen bekommen hatte, denn sie saß immer ganz genauso da, die Hände majestätisch auf die Armlehnen ihres Sessels gelegt, und hielt ihre Teetasse wie ein Zepter. Wir fingen an, May den Familienscherz zu erklären, verloren aber mittendrin den Faden. Und da bemerkten Tridib und ich beide gleichzeitig, daß May den Kopf weggedreht und den Blick von der Statue und dem Gebäude abgewendet hatte.

Als sie sah, wie wir sie anstarrten, riß sie ihre Tür auf. Na kommt! sagte sie. Sehen wir uns das Denkmal doch mal an.

Wir gingen zu den schmiedeeisernen Toren hoch und betrachteten die sonderbare kleine Kuppel und die verkümmerten Minarette. Dann legte sie ihre Hand auf meine Schulter und sagte: Laßt uns bitte gehen, ich halt's nicht mehr aus.

Sie war auf einmal sehr blaß. Tridib legte seinen Arm um sie, führte sie zum Auto zurück und half ihr beim Einsteigen. Er gab mir Zeichen, daß ich einsteigen solle, und setzte sich dann hinters Steuer. Er griff abwesend nach dem Zündschlüssel, ließ dann aber die Hand wieder sinken und drehte sich zu May um. Zusammengekauert auf ihrem Sitz starrte sie mit leerem Blick auf das Armaturenbrett.

Er streckte die Hand nach ihr aus, legte sie ihr unters Kinn und drehte ihren Kopf zu sich herum. May? flüsterte er. Was ist los, May?

Sie hatte die Zähne zusammengebissen und wollte ihn nicht ansehen.

Was ist los? Sag's mir.

Es ist hier fehl am Platz, entfuhr es ihr. Es ist ein Gewaltakt. Es ist obszön.

Tridib lachte und kippte ihr Gesicht hoch. Ihre Augen waren jetzt weit aufgerissen und sahen ihn an.

Nein, das ist es nicht, sagte er. Das ist *unsere* Ruine. Es ist genau das, was wir gesucht haben.

Da lachte sie auch, legte ihre Hand auf seine, drehte sie um und küßte sie.

Ja, sagte sie. Das mag als unsere Ruine durchgehen.

Dann gab mir Tridib einen Fünfrupienschein und sagte mir, ich solle mir irgendwas zu essen kaufen. Sie würden auf mich warten.

Warum erinnere ich mich an diesen Vorfall, wo ich soviel anderes vergessen habe? Ich weiß es nicht. Vielleicht wegen der Art und Weise, wie sie sich angesehen haben, wie er sie berührt und sie seine Handfläche geküßt hat, wie sie beide gelächelt haben, als gäbe es zwischen ihnen ein Geheimnis, das ich nie verstehen würde. Ich war eifersüchtig, schmerzhaft eifersüchtig, wie nur ein Kind es sein konnte, weil es immer einzig und allein mein Privileg gewesen war, Tridib zu verstehen, und an diesem Tag beim Victoria Memorial wußte ich, daß ich dieses Privileg verloren hatte. May hatte es mir irgendwie genommen.

Außerdem erinnere ich mich daran, weil May diesen Ort für mich verändert hat. Nie wieder konnte ich in dieser früheren Stimmung fröhlicher Erwartung dort hingehen. Ich wußte, daß diesem Gebäude jetzt etwas anderes innewohnte, irgendeine andere Bedeutung, eine Bedeutung, die ich nicht ergründen konnte, die aber, wie ich wußte, trotzdem existierte. Es wurde ein gespenstischer Ort. Ich konnte dort nicht hingehen, ohne Tridibs Stimme leise flüstern zu hören: Das ist unsere Ruine. Hier begegnen wir uns. Immerzu dachte ich über diese Worte nach, sie gingen mir durch den Kopf, ich versuchte sie auseinanderzunehmen, festzustellen, was sie bedeuteten, stets erfolglos, bis zu jenem Nachmittag in dieser Sandwichbar, als sie in den Spiegel sah und mir von seinem Brief erzählte, dem Brief über Ruinen.

Eines Abends meinte mein Vater, daß May Diamond Harbour besichtigen sollte. Da er selbst zu tun hatte, schlug er vor, daß Tridib am Sonntag mit uns beiden dort hinfahren könnte. Ich weiß nicht mehr, was Tridib dazu sagte, aber ich weiß, daß er mich nicht so gerne mitnehmen wollte.

Ich *geh* aber mit, schrie ich ihn an. Ihr könnt nicht ohne mich fahren.

Da nahm May mich in die Arme, drückte mich an sich und sagte: Natürlich kommst du mit. Ich würde nicht im Traum daran denken, ohne dich zu fahren.

Tridib blieb also nichts anderes übrig, als sich einverstanden zu erklären.

Als er uns am Sonntagmorgen abholte, war er in einer seiner sonderbaren abwesenden Stimmungen. Nur wenige Minuten nachdem wir von zu Hause aufgebrochen waren, verfuhr er sich bei einer Abzweigung und merkte es nicht einmal. Wenn ich ihn nicht auf seinen Irrtum aufmerksam gemacht hätte, wären wir in Dalhousie gelandet.

Siehst du, sagte May und klopfte mir anerkennend auf die Schulter. Ohne dich würden wir da gar nicht hinkommen.

Bald hatten wir die Stadt verlassen und ratterten, so schnell der uralte Studebaker konnte, die Straße entlang. Die beiden waren nicht sehr gesprächig, und so plauderte ich von meinen Freunden, von Montu und den anderen, und was wir so in der

Schule anstellten. Keiner von beiden hörte mir zu. May steckte den Kopf aus dem Fenster, ließ sich den Wind durchs Haar blasen und äußerte sich begeistert über die hübschen grünen Reisfelder, die in der Brise wogten. Tridib war vollauf mit dem steifen alten Lenkrad des Studebakers beschäftigt.

Als wir etwa eine Stunde gefahren waren und uns gerade auf einer Strecke befanden, wo die Straße hoch über den Reisfeldern auf einem Damm verlief, sahen wir vor uns ein kleines, undeutliches Etwas mitten auf der Straße liegen. Tridib fuhr jetzt ziemlich schnell, und er mußte scharf ausweichen. May und ich streckten die Hälse aus unseren Fenstern. Ich erhaschte einen kurzen Blick auf ein verrenktes, blutverschmiertes Tier und machte sofort die Augen zu. Ich hörte May rufen: Es ist ein Hund! Er lebt noch!

Ach so? sagte Tridib mit einem Blick in den Rückspiegel, während der Wagen wieder beschleunigte. Ich hab's nicht so genau gesehen.

Ja, warum hältst du denn nicht an? sagte May mit lauter werdender Stimme.

Anhalten? fragte Tridib verwundert? Wieso? Wozu soll das gut sein?

Das Tier lebt doch noch, sagte sie. Das «lebt» schrie sie heraus. Wir sollten umkehren und ihm helfen.

Wieso denn? sagte Tridib. Wir können nichts für ihn tun.

Der Wagen beschleunigte immer noch.

May faltete die Hände im Schoß und sank in den Sitz zurück, als wollte sie einschlafen. Ihre Stimme war ganz ruhig, als sie sich zu Tridib umdrehte und sagte: Wenn du nicht sofort anhältst, mach ich die Tür auf.

Tridib zuckte die Achseln, hielt an und wendete. Danke, sagte May und legte ihre Hand auf seinen Arm, doch er schüttelte sie mit versteinerter Miene ab.

Ein paar Meter vor dem Hund bremste er scharf. May sprang heraus und lief über die Straße. Tridib und ich folgten ihr.

Der Hund lag auf der Seite, die eine Hälfte seines Rückens im rechten Winkel zur anderen. Er winselte, und ein Blutrinnsal tröpfelte langsam aus seinem Maul.

Sein Rückgrat ist gebrochen, sagte May tonlos. Wahrscheinlich ist er von einem Auto angefahren worden.

Sie verzog das Gesicht, wandte den Kopf ab, und ein Zittern schien ihren ganzen Körper zu durchlaufen. Dann holte sie tief Luft, zwang sich, wieder aufzublicken, ging zum Wagen hinüber und kehrte mit einer großen Ledertasche zurück, die sie immer dabei hatte. Sie öffnete sie und holte ein Taschenmesser und ein Taschentuch heraus.

Was hat sie vor? rief ich Tridib voller Panik zu. Du mußt sie dran hindern! Tu doch was!

Tridibs Hand schoß hervor und packte ihr Handgelenk. Das darfst du nicht machen, sagte er. Das ist zu gefährlich. Er kann noch beißen, wahrscheinlich hat er die Tollwut.

May schüttelte wortlos seine Hand ab. Sie öffnete das Taschentuch, wickelte es sich um die linke Hand und kniete sich neben den Hund nieder. Er schnappte jetzt nach ihr, versuchte, wild die blutunterlaufenen Augen rollend, den Kopf hoch genug zu heben, um sie anzuspringen. Sie führte mit der taschentuchumwickelten Hand einen schnellen Stoß gegen seine Schnauze aus, doch der Hund riß plötzlich den Kopf hoch und biß mit schäumenden Fängen nach ihr. May konnte ihre Hand gerade noch rechtzeitig zurückziehen, doch die Zähne des Hundes hatten eine Ecke aus ihrem Taschentuch gerissen. Sie zitterte jetzt, ihr Gesicht war schweißgebadet. Schwer atmend sackte sie zurück auf die Hacken. Der Hund ließ den Kopf wieder auf die Straße fallen, ließ May aber nicht aus den Augen. Tief drinnen in seiner Kehle machte er ein rasselndes Geräusch, das zu schwach war, um als Knurren bezeichnet zu werden.

Laß ihn, May, flehte Tridib sie an. Wir können wirklich nichts für ihn tun.

Sie warf ihm einen Blick zu.

Kannst du nicht mal mithelfen? sagte sie. Du kannst immer nur reden. *Tu* doch mal was.

Tridib erhob sich und stellte sich hinter den Hund, so daß dieser ihn nicht sehen konnte. Dann hockte er sich nieder und pirschte sich krebsartig an ihn heran. Der Hund hörte ihn und versuchte den Kopf zu drehen, und als es ihm nicht gelang, begann er leise zu winseln. Dann stürzte sich Tridib auf ihn, packte Hals und Kopf fest mit beiden Händen und drückte ihn gegen den Asphalt. Der Hund kratzte wie wild mit den Beinen, als er versuchte, sich aus Tridibs Griff zu winden, aber er war jetzt schon sehr schwach, und Tridib konnte ihn ohne große Mühe festhalten.

May beugte sich vor und preßte dem Tier mit der Linken, die immer noch in das zerrissene Taschentuch gewickelt war, das Maul zu. Dann klappte sie mit dem Daumen das Taschenmesser auf, drückte den Kopf zurück und setzte die Klinge auf die Schlagader. Das Messer machte ein dumpfes, kratzendes Geräusch, als es gegen das drahtige Fell des Hundes schabte. Der vordere Teil des Körpers zuckte jetzt wie wild, die Pfoten krallten sich gegen Mays Füße. May führte einen letzten entschlossenen Stoß mit dem Taschenmesser aus und sprang zurück. Eine Blutfontäne spritzte aus dem zerklüfteten Schnitt im Hals. Der verrenkte Körper zuckte krampfartig und sank dann leblos auf den Asphalt.

May ließ das Taschenmesser fallen und stand auf. Ihre Hände und Arme waren mit Blut bespritzt. Sie kletterte den Damm hinunter zu den überfluteten Reisfeldern und tauchte ihre Arme tief ins Wasser. Sie blieb lange dort, wusch sich Hände, Arme und Gesicht.

Tridib und ich saßen schon im Auto, als sie endlich wieder zur Straße hochkam. Sie stieg ein, machte sanft die Tür zu und sagte: Tut mir leid, daß ich euch soviel Scherereien mache. Sie bemühte sich um eine forsche, derbe Herzlichkeit, aber die Anspannung in ihrer Stimme war nicht zu überhören. Tridib startete den

Wagen, und sie fügte noch hinzu: Das haben wir jedenfalls hinter uns, also dann jetzt mal auf zum Hafen.

Ohne sie anzusehen, sagte Tridib: Du brauchst dich nicht zu entschuldigen, du hast das Richtige getan.

Er drehte den Zündschlüssel herum, und als der Wagen zu rattern begann, räusperte er sich und sagte: Ich möchte, daß du mir etwas versprichst.

Was denn? fragte sie leichthin. Daß ich nie wieder einen sterbenden Hund ermorde?

Nein, nicht das, sagte er lächelnd. Er hob das Kinn und fuhr mit dem Zeigefinger an seinem Hals hinunter, wie ein Barbier, der sein Rasiermesser wetzt.

Versprich mir, sagte er, daß du das auch für mich tust, falls es jemals nötig wird.

Ich glaube, sie hat gelacht, aber es war ein unsicheres Lachen.

Es dämmerte schon, als wir wieder in Kalkutta waren. Tridib setzte mich vor unserem Haustor ab und sagte: Sag deinen Eltern, daß May und ich essen gehen. Ich bring sie später nach Hause.

Nun brauch ich aber auch einen Kaffee, sagte jetzt May. Ich hab für heute genug gefastet.

Sie ging zur Theke und kam mit einer Tasse Kaffee und einem Sandwich wieder.

Wir sind zu diesem alten Haus gefahren, wo er gewohnt hat, sagte sie, während sie in ihrem Kaffee rührte und mich im Spiegel ansah.

Wir sind direkt in sein Zimmer hochgegangen. Es war das erste Mal, daß wir wirklich richtig allein waren. Er hat das Licht angemacht, ist mitten im Zimmer stehengeblieben und hat mich nur angeguckt. Es war ein seltsam asketisches Zimmer – eine nackte Glühbirne, Haufen von Büchern, die wie alte Zeitungen auf dem Boden aufgestapelt waren, ein paar verstreute Matten und Kissen – nichts, was darauf hindeutete, daß sich hier ein erwachsener Mann häuslich eingerichtet hatte.

Er ist zum Fenster rübergegangen und hat es mit großem Getue aufgemacht, an dem Riegel rumgefummelt, es aufgestoßen und wieder zugezogen. Dann hat er sich umgedreht – er sah aus wie ein kleiner Junge, so dünn, mit seinem kleinen kantigen Gesicht und seinen kurzen Haaren und den leuchtenden schwarzen Augen. Er hat ein etwas betretenes Gesicht gemacht und irgendwas gesagt, von wegen, wie lange er schon gehofft habe ...

Ich wußte nicht, was ich sagen sollte. Ich bin zu ihm gegangen und hab ihm die Hände auf die Schulter gelegt – er war nicht viel größer als ich –, und dann haben wir uns sehr, sehr lange angesehen. Er war schrecklich schüchtern, es hat schon richtig weh getan. Er wollte irgendwas sagen – über Liebe oder so was –, aber ich ließ ihn nicht, ich wollte nichts davon wissen.

Und du? fragte ich.

Sie nahm den Plastiklöffel aus der Tasse und zwirbelte ihn zwischen den Fingern. Ich? sagte sie.

Warst du in ihn verliebt?

Das *weiß* ich nicht, sagte sie. Wie kannst du von mir erwarten, daß ich das weiß? Was fällt dir überhaupt ein, mich so was zu fragen? Was meinst du, was ich mich die letzten siebzehn Jahre lang gefragt habe? Ich weiß nicht, ob irgendwas davon real war, ob ich in ihn verliebt war oder nur fasziniert von der Aura des Scheiterns, die ihn umgab. Ich weiß nicht, ob alles andere, was passiert ist, meine Schuld war, ob ich mich anders verhalten hätte, wenn ich ihn wirklich geliebt hätte. Was meinst du, woran ich seitdem zu knabbern habe? Mit diesem Schuldgefühl fertig zu werden. Ich weiß es nicht, ich weiß es einfach nicht – wie konnte ich es denn wissen, wo nur so wenig Zeit war und es so viele Fragen gab? Ich war noch so jung, ich hab nicht gewußt, was mit mir passiert.

Und? fragte ich.

Sie wandte sich ab, damit ich ihre Augen nicht sehen konnte, nicht mal im Spiegel.

Ich erinnere mich nur, wie er gesagt hat – du bist meine Liebe, meine treue Liebe, meine Liebe aus fernen Landen. Was muß ich tun, um dich bei mir zu behalten? Aber es ist nur ein Flüstern.

Sie ergriff die Plakate und die beiden Sammelbüchsen und erhob sich. Nimm du das hier, sagte sie und schob mir ihr ungegessenes Sandwich entgegen. Du kannst es einwickeln und mit nach Hause nehmen. Ich muß jetzt los. Es ist schon spät, und ich muß noch zu einer Sitzung. Außerdem muß ich noch das Geld hier abliefern.

Wir verließen zusammen die Imbißstube und gingen schweigend die kleine Straße hinunter. Sie war jetzt verlegen, fühlte sich in meiner Gesellschaft unbehaglich, und sowie wir wieder in die Menschenmassen auf der Regent Street eingetaucht waren, ging sie vor und ließ mich hinterherlaufen. Am Eingang zum U-Bahnhof holte ich sie wieder ein.

Sie blieb stehen, um nach mir Ausschau zu halten, die klappernden Sammelbüchsen in den Händen, und verzog den Mund zu einem absurden kleinen entschuldigenden Lächeln, wenn ihre Plakate den Leuten, die an ihr vorbei die Treppe hinunterhasteten, in die Rippen stießen. Sie sah besorgt und beunruhigt aus, doch das Licht fiel auf ihre blauen Augen, und der Wind hatte ihr die grausträhnigen Haare ins Gesicht geweht, und plötzlich wirkte sie viel jünger, sah der May, zu der ich vor so vielen Jahren auf jenem Bahnsteig in der Howrah Station aufgeblickt hatte, sehr viel ähnlicher.

Ich weiß wirklich nicht, warum ich dir das alles erzählt hab, sagte sie, als ich sie erreichte. Das hab ich noch nie jemandem erzählt.

Natürlich nicht, sagte ich. Es gab ja auch sonst niemand, dem du es erzählen konntest. Niemand hat Tridib so gut gekannt wie ich.

Ihr rutschte ein Plakat zu Boden. Ich hob es auf und schob es ihr wieder unter die Achsel.

Also, sagte sie nervös, ich muß jetzt gehen. Ich bin spät dran. Wahrscheinlich hat die Sitzung schon angefangen.

Warte noch, sagte ich. Ich mußte mich räuspern, bevor ich weiterreden konnte.

May, sagte ich. Wegen gestern abend: Es tut mir wirklich leid, ich weiß nicht, was ich sonst sagen kann.

Schon gut, erwiderte sie schroff. Ich hatte etwas Schiß, aber es hat mir eigentlich nichts ausgemacht – jedenfalls nicht so viel. Eigentlich war ich eher erstaunt – daß jemand in so einem Zusammenhang überhaupt an mich denkt.

Wirklich? fragte ich.

Ja, wirklich, sagte sie lächelnd.

Sie drückte mir unter dem Geklapper der Geldbüchsen die Hand, und dann war sie verschwunden.

Einige Tage vor meinem Rückflug nach Delhi ging ich ein letztes Mal in die Lymington Road, um mich von Mrs. Price zu verabschieden.

Früher in jener Woche hatte es eines Morgens an meine Tür geklopft, nicht lange nach Sonnenaufgang.

Es war jetzt wieder September, der kurze englische Sommer war längst vorbei. In dem heruntergekommenen Haus in Fulham, wo ich mir ein Zimmer genommen hatte, war es morgens immer sehr kalt. Ich hörte das Klopfen durch mehrere Lagen Decken hindurch. Ich beachtete es nicht, drehte mich nur um und versuchte, meine Glieder von den kühlen Rändern des Betts zurückzuziehen. Das kleine Gasfeuer in meinem Zimmer war erloschen. Es funktionierte durch Einwurf von Fünfpencemünzen, und mein Vorrat war mir schon längst ausgegangen. Das Klopfen hörte aber nicht auf, und so mußte ich das Bett schließlich verlassen. Das Zimmer ähnelte in grotesker Weise einem Kühlschrank, das Fenster war vereist wie ein Eistablett. Ich warf mir meinen Mantel über und humpelte zur Tür.

Es war Kerry, das amerikanische Mädchen, das im Nachbarzimmer wohnte. Sie war eine Kunststudentin aus Seattle und verbrachte sechs Monate in London, bevor es nach Rom und Paris weiterging. In den paar Monaten, die wir zusammen in dem Haus verbracht hatten, waren wir gute Freunde geworden. In dem Gebäude hauste noch ein halbes Dutzend anderer Leute, Studenten und Reisende verschiedener Provenienz, aber die meisten waren nicht sonderlich gesellig und blieben selten länger als einen Monat. Ich hatte Kerry in einer späten Julinacht kennengelernt, auf dem Treppenabsatz vor unseren Zimmern. Wir waren beide aus unseren Zimmern gestürzt, nachdem wir eine Reihe lauter Schläge aus dem dritten Zimmer auf unserem Stock gehört hatten, wo vor kurzem ein junger bärtiger Skandinavier eingezogen war. Es war ein seltsam beunruhigendes, ziemlich unheimliches Geräusch, wie ein Peitschenknall. Dazwischen hörte man langes tiefes Stöhnen. Ich fand, wir sollten den Arzt rufen, doch Kerry lächelte mich weise an und schüttelte den Kopf. Das bringt nichts, sagte sie. Die scheinen sich da drinnen ganz gut zu amüsieren. Ich lauschte wieder, und es wurde bald klar, daß sie recht hatte. Und so gingen wir hinunter in die Küche, wo sie uns eine Kanne Hagenbuttentee machte. Sie hielt mich zuerst für einen Chinesen, vielleicht wegen meiner Augen, und obwohl sie sich bemühte, begeistert zu klingen, als ich ihr erklärte, daß ich Inder sei, war deutlich zu spüren, daß sie irgendwie enttäuscht war. Später erfuhr ich, daß sie sich deswegen für China interessierte, weil sie gerade eine Diätkur machte, bei der man keine Milch oder Milchprodukte zu sich nehmen durfte. Nachdem sie irgendwo gelesen hatte, daß Chinesen keine Milch mochten, hatte sie spontan eine Zuneigung zu diesem Land gefaßt. Schließlich konnte ich sie davon überzeugen, daß ich auch keine Milch mochte, und danach wurden wir gute Freunde.

Jetzt hatte Kerry einen ultramarinblauen Trainingsanzug an, und zwischen jedem Klopfen an meiner Tür joggte sie auf unserem Treppenabsatz hin und her und schlug sich mit den geballten Fäusten gegen die Oberschenkel. Sie war gut zehn Zentimeter größer als ich und erheblich kräftiger gebaut, mit einem großen, kantigen Gesicht.

Hallo! sagte sie. Telefon für dich unten. Eine Dame.

Sie kicherte, als sie meinen Mantel sah. Mann! Du Ärmster. Du frierst wohl ganz schön, was?

Sie unterbrach ihr Jogging, um mich zu umarmen.

Du solltest nicht in so ’ner primitiven Gegend wohnen, sagte sie. Du gehörst wohin, wo es Zentralheizung und heißes Wasser gibt, wie in den Staaten.

Du hast recht, sagte ich und folgte ihr die Treppe hinunter in die Küche, wo unser Münztelefon an der Wand hing.

Ila war am Telefon. Es war das erste Mal seit ihrer Rückkehr aus den Flitterwochen vor drei Monaten, daß sie mich anrief.

Wieso hat das so lange gedauert? fragte sie.

Ich setzte zu einer Erklärung an, aber sie schnitt mir das Wort ab.

Hör zu, sagte sie mit sanfter werdender Stimme. Ich bin gestern aufgewacht, und da ist mir plötzlich eingefallen, daß du ja in einer Woche oder so wieder abreist, stimmt’s?

Ja, sagte ich. Ich fügte noch etwas von wegen Kommen und Gehen hinzu.

Laß das, sagte sie atemlos. Hast du schon gepackt? Hast du schon alles organisiert? Du mußt ja tausend Dinge zu erledigen haben. Wie kann ich dir helfen?

Verärgert über ihren drängenden Ton sagte ich: Du weißt doch seit Monaten, daß ich nächste Woche zurückfliege – wieso tust du jetzt auf einmal so überrascht?

Stimmt, gab sie zu. Wahrscheinlich hab ich’s schon gewußt. Aber ich hatte nicht so richtig drüber nachgedacht, was es für dich bedeutet. Als ich gestern aufgewacht bin, ist es mir wieder eingefallen, und dann hab ich an all die Dinge gedacht, die *ich* erledigen müßte, wenn ich nach Hause fahren würde. Allein der Gedanke daran hat mich derart in Panik versetzt, daß ich fand, ich müßte dich auf der Stelle anrufen. Aber gestern warst du nicht zu erreichen, und da dachte ich, ich versuch’s mal heute morgen in aller Frühe.

Ich mußte lachen. Ich war überzeugt davon, daß sie mir nichts anderes als die reine Wahrheit erzählte. Ich wußte sehr wohl, daß ihr in den seltenen Momenten, in denen sich die Wolkendecke ihrer Egozentrik teilte, die praktischen Nöte und Zwänge anderer Menschen derart klar bewußt wurden, daß diese in ihren Gedanken vorübergehend eine Dringlichkeit annahmen, als wären es ihre eigenen. Ich konnte mir ohne weiteres vorstellen, daß sie vor lauter Sorge über meine Abreise an diesem Morgen Nicks Ei versaut und sich vielleicht sogar Zucker ins Müsli geschüttet hatte.

Hast du deine Buchklubrechnungen bezahlt? fragte sie. Hast du deine Kreditkarten alle zurückgegeben?

Ich lachte. Sie wußte ganz genau, daß ich keine Kreditkarten besaß.

Hast du schon deine ganzen Sachen zur Verschiffung fertig? fragte sie. Hast du das alles in die Wege geleitet? Ich kann dir helfen, ich weiß genau, was zu tun ist.

Ich hab nicht viel Gepäck, sagte ich.

Ach so, sagte sie. Es gibt also nichts für mich zu tun?

Ich stellte sie mir vor, den Telefonhörer in der Hand, wie sie sich betreten am Kinn kratzte, und auf einmal zerbröckelte mein Entschluß, sie ein wenig zu verletzen, indem ich sie von diesem letzten intimen Akt der Abreise ausschloß, so wie es immer passierte, wenn ich mir vorgenommen hatte, mich an ihr zu rächen.

Doch, sagte ich, es gebe schon etwas, bei dem sie mir helfen könne – ich wolle Mrs. Price besuchen, um mich von ihr zu verabschieden, und vielleicht könne sie das organisieren und womöglich sogar mitkommen. Sie reagierte mit einem Seufzer der Erleichterung. Ja natürlich, sagte sie, nichts lieber als das. Sie würde mit Mrs. Price reden und mich zurückrufen.

Und so war es abgemacht, daß ich an meinem letzten Samstag in England, drei Tage vor meinem Rückflug nach Delhi mit Thai Airways, zusammen mit Ila zum Tee zu Mrs. Price gehen sollte. Und Nick? fragte ich, als sie mich anrief, um es mir zu sagen. Wollte Nick nicht auch mitkommen? Daran hatte sie schon gedacht. Nick käme später, sagte sie. Er würde uns dort treffen. Sie lachte: Sie wollte mich erst mal ganz für sich haben, bevor Männe kam.

Wo wollen wir uns dann treffen? fragte ich, und während sie noch überlegte, sagte ich schnell: Wie wär's mit Trafalgar Square, auf den Stufen von St. Martin-in-the-Fields? Sie lachte prustend. Man könnte denken, du schreibst ein Drehbuch für einen schlechten Film, sagte sie, fügte aber dann hinzu: In Ordnung. Wir treffen uns dort.

Ich war schon etwas früher bei der Kirche von St. Martin-in-the-Fields. Ich wollte einen letzten langen Blick auf Trafalgar Square werfen, einen Blick, der so lang war, daß das Bild noch jahrelang in meiner Vorstellung lebendig bleiben würde. Ich fand ein sauberes Plätzchen auf den Stufen, bei einer der Säulen, wo die Touristen nicht über mich stolpern würden, und kaum hatte ich mich gesetzt, teilten sich wie auf mein Geheiß die Wolken am Himmel, und ein großer goldener Sonnenschauer überflutete den Platz. Der Verkehr wurde zu einem Schemen, ein Rahmen für die weiße Leinwand des Platzes, für die Kleidung der Touristen, die herumsaßen, ihre Sandwiches verspeisten und am Fuß der Nelsonsäule die Tauben fütterten, die die imposanten Steinlöwen umschwärmten und auf den Simsen der Springbrunnen tänzelten. Jubelnd dröhnten aus der Orgel von St. Martin-in-the-Fields die ersten aufschwingenden Töne einer Bach-Tokkata heraus, und im selben Moment entdeckte ich sie, Ila, wie sie sich durch die Menge schlängelte, dic sich auf den Stufen zur National Gallery versammelt hatte. Sie trug einen langen Pelzmantel mit silbrigen Spitzen. Ihr Kopf war nach hinten gegen den Kragen gedrückt, ihr Gesicht ein dunkler Fleck vor dem schimmernden Silber. Sie ging langsam, den Blick aufs Pflaster geheftet, gedankenversunken, ohne die Leute wahrzunehmen, die stehenblieben, um ihr nachzustarren. Ich drückte mich an die Säule und wünschte mir inständig, daß sie mich nicht sehen möge. Ich wollte sie so lange wie möglich beobachten, wie sie mir ganz unbefangen entgegenkam. Sie blieb am Zebrastreifen stehen, neben einer Gruppe von Punks mit Regenbogenfrisuren. Ihr schien etwas einzufallen. Sie griff in die Tasche ihres Mantels, zog eine Sonnenbrille hervor und setzte sie auf. Dann ging sie langsam über die Straße, die Hände tief in den Taschen ihres Mantels vergraben. Sie blickte zur Kirche hoch, entdeckte mich und lächelte. Einigen Touristen, die neben mir standen, klappte der Kiefer herunter. Sie war so unwahrscheinlich, unsinnig schön, daß ich lachen mußte. Immer noch lachend ging ich die Stufen hinab, und während ich sie auf Armeslänge von mir weghielt, damit ich sie richtig sehen konnte, nahm ich ihr die Sonnenbrille ab.

Sie versuchte sie sich wieder zu schnappen, aber es war zu spät, denn ich hatte bereits ihre Augen gesehen: Sie waren rotgerändert und geschwollen, als hätte sie die ganze Nacht durchweint.

Was ist passiert? rief ich bestürzt. Was ist los, Ila?

Gar nichts ist passiert, fauchte sie mich an. Komm, gehen wir, wir sind schon spät dran.

Es dauerte eine Dreiviertelstunde, bis wir endlich in der Lymington Road waren. Mrs. Price öffnete uns die Tür. Seitdem ich sie das letzte Mal gesehen hatte, schien sie noch kleiner und zerbrechlicher geworden zu sein. Sie führte mich ins Wohnzimmer, während Ila in die Küche ging, um Tee zu machen. Es waren Sandwiches für uns gerichtet, mit einem feuchten Tuch bedeckt, sowie ein Kuchen. Sie hatte ihn selbst gebacken, sagte sie. Es war eine Spezialität aus Cornwall, der Lieblingskuchen ihres Vaters. Während sie mir ein Stück abschnitt, erkundigte sie sich nach Mayadebi und dem Shaheb. Ich konnte ihr wenig erzählen, außer daß Mayadebi wieder in ihr altes Haus in Raibajar ziehen werde – allein, weil der Shaheb nicht daran dachte, auf seine Klubs zu verzichten und außerhalb Kalkuttas zu wohnen. Sie hörte aufmerksam zu, aber es war offensichtlich, daß sie bereits sehr müde war. Ich sah ihr an, daß sie sich fragte, wie sie die nächste halbe Stunde mit uns durchstehen sollte. Als Ila mit dem Tee hereinkam, merkte sie es auch gleich, und sowie wir jeder eine Tasse Tee getrunken hatten, fragte sie mich taktvoll, ob ich noch eine letzte Runde durch das Haus und den Garten machen wolle. Ich nickte schnell, und Mrs. Price winkte uns erleichtert aus dem Zimmer.

Im Flur fragte Ila mich, ob ich ein bißchen in den Garten hinausgehen wolle. Aber ich wußte schon, wo ich hinwollte.

Nein, sagte ich. Laß uns in den Keller gehen.

Ohne ein Wort zu sagen, ging sie durch den Flur, öffnete die Kellertür und knipste das Licht an. Die Feldbetten standen noch so da, wie wir sie zu Weihnachten verlassen hatten. Wir hatten vergessen, sie vorm Weggehen wieder zusammenzuklappen. Jetzt waren sie mit einer dünnen Staubschicht bedeckt. Ila setzte sich mit übergeschlagenen Beinen auf eines der Betten und winkte mir zu, mich neben sie zu setzen.

Da wären wir also wieder, sagte sie. Wieder in Raibajar.

Ich setzte mich auf den harten Rand des Feldbetts und ließ den Blick durch den Keller schweifen – über die Haufen von alten Truhen und Koffern, die Stapel von Taschenbüchern, die Gartengeräte, die verrostet in einer Ecke lagen. Während ich mich umblickte, schienen diese verstreuten Gegenstände in dem harten flachen Licht der nackten Glühbirne ganz allmählich ihre Schärfe zu verlieren. Ihre dritte Dimension schien sich aufzulösen. Sie drückten sich flach an die Wände, die Truhen schienen wie Gemälde an den Wänden zu hängen. Diese leeren Ecken füllten sich mit Gestalten der Erinnerung, mit den Geistern, die ich von der Zeit empfangen habe: dem Geist des neun Jahre alten Tridib, der auf einem Feldbett sitzt, genau wie ich, und mit seinem kleinen konzentrierten Gesicht auf die Bomben lauscht; dahinten in der Ecke, bei seiner Arzneitruhe, der Geist von Snipe, der sich um sein Gebiß sorgt; der Geist der acht Jahre alten Ila, die mit mir unter diesem riesigen Tisch in Raibajar sitzt. Sie hatten sich alle um mich versammelt, endlich waren wir vereint, es waren gar keine Geister; geisterhaft war lediglich das Fehlen von Zeit und Entfernung – denn mehr ist ein Geist nicht als eine in der Zeit versetzte Gegenwart.

Und wenn Ila sich nun zu mir umdreht und das Gesicht in meine Schulter vergräbt, dann ist es diese andere acht Jahre alte Ila – und ich, mein eigenes Anderes –, wir beide, die da unter diesem Tisch in Raibajar sitzen. Sie hat die Arme um mich gelegt, und sie weint, weil sie mir gerade die Geschichte von Nick Price und Magda zu Ende erzählt hat. Sie weint sich die Augen aus, aus irgendeinem Grund, den ich nicht verstehe. Wir hören, wie die Tür zu unserem geheimen unterirdischen Raum aufgeht, und ich flehe sie an, doch mit dem Weinen aufzuhören, weil sie uns sonst finden, ich bitte sie, aber sie kann ihr Schluchzen nicht unterdrücken. Und dann geht die Tür seltsamerweise wieder zu, und jetzt hört sie auf, weil sie Angst hat, und wir klammern uns aneinander, weil wir wissen, daß jetzt noch jemand außer uns in dem Raum ist, aber wir wissen nicht, wer oder was es ist.

Aber dann ist es nur Tridib, der lächelnd auf uns herabblickt und uns fragt, was wir da unten im Staub treiben, und ich erkläre ihm, daß wir «Haus» spielen, daß wir gar nicht in Raibajar sind, sondern in London, in Mrs. Prices Haus in der Lymington Road. Ich zeig ihm, wo's reingeht, durch den Garten, an dem Kirschbaum vorbei – er hat etwas Schwierigkeiten, hereinzukommen –, aber sowie ich ihn durch die Haustür geführt und ihm das Wohnzimmer gezeigt habe, weiß er genau, wo's langgeht. Natürlich. Er kennt das Haus ja viel besser als ich. Er hat als Junge dort gewohnt.

Als wir im Wohnzimmer sind, fängt Ila wieder an zu weinen. Was ist denn? fragt Tridib sie. Aber sie will ihm nicht antworten, sie reibt sich nur die Augen mit den Fäusten und schluchzt. Und so legt Tridib seine Arme um uns beide und führt uns in den Garten zurück, wo wir uns im Schneidersitz unter dem Kirschbaum ins Gras setzen müssen. So, Ila, sagt er. Jetzt erzähl mir, warum du weinst.

Doch das löst bei Ila nur einen weiteren Tränenausbruch aus, und ich verliere jetzt die Geduld mit ihr und erkläre Tridib, daß das alles nur wegen einer dummen Geschichte ist, die sie sich ausgedacht hat, über ihre Puppe Magda und Nick Price. Ich erzähle ihm die Geschichte, so wie Ila sie mir erzählt hat, und weil Ila immer noch weint, als ich fertig bin, brülle ich sie an, daß sie endlich still sein soll – daß sie nicht so eine dumme Göre sein soll, es war doch nur eine Geschichte über eine dumme kleine Puppe, und sie weint sich die Augen aus, als hätte sie selbst darin gelebt.

Tridib packt mich lachend im Nacken, schüttelt mich und sagt, ich soll sie nicht anbrüllen. Jeder lebt in einer Geschichte, sagt er, meine Großmutter, mein Vater, *sein* Vater, Lenin, Einstein und eine Menge andere Namen, die ich noch nie gehört habe. Sie leben allesamt in Geschichten, weil man in nichts anderem leben kann als in Geschichten, die Frage ist nur, welche man wählt . . .

Doch das kann Ila nicht trösten – sie weint nur noch heftiger.

Tridib kratzt sich am Kopf und überlegt, was er machen soll, und dann sagt er plötzlich: Ja, kommt, wir gehen rein, in den Luftschutzkeller, und dann hören wir uns alle eine Geschichte an, eine schöne – die beste der Welt.

Ilas Neugier ist geweckt, und endlich vergißt sie ihr albernes Geheule. Wir stehen auf und folgen ihm durch die Haustür. Unterwegs erklärt er, daß heute ein ganz besonderer Tag ist, der 25. September 1940, sein neunter Geburtstag. Und deswegen kriegen wir auch eine Geschichte erzählt – es ist ein Geburtstagsgeschenk von Snipe, der es ihm als Belohnung versprochen hat für all die Gänge zum Apotheker an der West End Lane, um Dentesive und Sanatogen und Rennie's Verdauungspillen zu kaufen. Aber es gibt auch noch einen anderen Grund – weil sie nächste Woche abreisen. Tridib, sein Vater und seine Mutter, sie fahren nach Kalkutta zurück, seinem Vater geht es wieder gut, er ist wieder ganz gesund. Tridib graut davor, London zu verlassen, aber es stimmt – sie reisen nächste Woche ab, sie fahren nach Hause.

Aber wenigstens kann er sich auf Snipes Geschichte heute abend freuen. Snipe hat versprochen, daß es eine schöne lange Geschichte wird, eine richtige gute Geschichte aus dem englischen Mittelalter. Er kennt sie gut, sagt er, weil er sie schon seit Jahren seinen Studenten erzählt.

Tridib findet, daß er sie sich verdient hat: Heute hat er keinen guten Tag gehabt.

Früh am Morgen hat ihm seine Mutter gesagt, daß er heute unter keinen Umständen das Haus verlassen dürfe. Aber als er sie nach dem Grund fragte, wollte sie es ihm nicht erklären. Tu einfach, was ich dir sage, befahl sie nur. Das war wirklich zuviel verlangt. Wie konnte sie von ihm nur erwarten, daß er den ganzen Tag zu Hause blieb und nichts tat? Vor allem, wo draußen soviel los war.

Bald nach dem Frühstück, als seine Mutter ins Bad ging, um seinem Vater beim Rasieren zu helfen, schlüpfte er zur Haustür hinaus, durch das kleine Gatter, und spurtete dann links runter zum Kricketplatz in den Alvanley Gardens. Es gab dort eine Flakstellung, wo früher das Square Leg war, wenn man von der Pavillonseite aus warf. Einer der Männer, die das riesige Flakgeschütz bedienten, war früher mit der Army in Indien gewesen. Er konnte ein paar Worte Tamil, aber er wußte nicht, was sie bedeuteten, und er wollte Tridib auch nicht verraten, wie er sie gelernt hatte. Tridib durfte manchmal zusehen, wenn er und die anderen das Geschütz putzten: ein riesiges stahlgraues Ungetüm, so groß wie ein Baum. Und vor zwei Nächten hatte dann eine Bombe einen riesigen, fünf Meter breiten Krater ins Kricketfeld gerissen, kaum fünfzig Meter von der Flakstellung entfernt. Das war bei Extra Cover, wenn man in Richtung des Pavillons schlug.

Er kroch unter dem Zaun hindurch und rannte über den Platz zum Krater. Er hatte sich über Nacht verändert. Er hatte sich mit Wasser gefüllt, vom Regen. Die Erdhaufen, die drum herum aufgeworfen worden waren, hatten sich in Schlamm verwandelt. Er kroch auf allen vieren an den Kraterrand. Er bekam einen Schreck und fiel fast hinein, und dann lachte er: Sein eigenes Gesicht starrte ihm aus dem Wasser entgegen.

Dann hörte er die Stimme seiner Mutter, die die Straße entlanglief und seinen Namen rief. Er antwortete ihr unwillkürlich und bereute es sofort, denn sie kam auf den Platz gerannt, packte ihn beim Ohr und schleppte ihn zum Haus zurück. Und als sie die Tür zugemacht hatte, drehte sie sich um und gab ihm eine schallende Ohrfeige. Sie hatte ihn noch nie geschlagen. Er war so schockiert, daß er nicht einmal weinte.

Mrs. Price hörte den Schlag und kam aus der Küche geeilt. Ach, mein armer Tridib! sagte sie, als sie sah, wie er sich die Wange rieb. Sie führte ihn in die Küche und flüsterte ihm ins Ohr: Das hat sie nicht so gemeint – sie macht sich heute nur so schreckliche Sorgen.

Sie machte sich Sorgen wegen der bevorstehenden Reise, erzählte ihm Mrs. Price. Aber noch mehr Sorgen machte sie sich über die Toffeedosen. Toffeedosen? fragte Tridib. Ja, sagte sie, Toffeedosen.

Gestern hatte Snipe ihnen einen ARP-Hinweis der Luftschutzbehörde gezeigt, auf dem stand: Es wird vermutet, daß von feindlichen Flugzeugen Dosen mit Toffees abgeworfen worden sind. Sie sind wie Handtaschen geformt, und einige haben bunte Schottenmuster, mit einem Puzzle auf dem Deckel, dazu die Aufschrift «Lyons Assorted Toffee» und «Skotch» und der Firmenbezeichnung von J. Lyons and Co.

Sie hätten die Sache nicht weiter beachtet, wenn es kein ARP-Hinweis gewesen wäre. Doch selbst Snipe, der Gerüchte sonst immer schnell abtat, hatte einen ARP-Hinweis nicht einfach mit einem Lachen übergehen können. Und außerdem war es gar nicht so abwegig, meinte er, die Bevölkerung zu demoralisieren, indem man die Kinder attackierte. Und Mayadebi hatte sich eingeredet, daß Tridib sicher so eine Toffeedose finden würde – er war so ziemlich das einzige Kind in der Lymington Road, alle anderen waren aus London verschickt worden. Früher oder später würde er bestimmt auf so eine Dose stoßen, hatte sie sich angstvoll ausgemalt, wo er doch den ganzen Tag draußen herumstreunte. Deswegen hatte sie sich nicht einmal getraut, ihn ausdrücklich davor zu warnen – sie war sicher, wenn er es wüßte, würde er sich erst recht auf die Suche danach machen.

Und so mußte er zu Hause bleiben, während Snipe zur Arbeit ging und sein Vater ins Guy's Hospital zu einem Termin bei seinem Arzt. Dann verließ auch Mrs. Price das Haus, um zu sehen, ob sie irgendwas Besonderes fürs Abendessen bekommen konnte.

Eine Stunde später kam sie erschöpft wieder. Es war ihr gelungen, einen Laib Brot, ein Dutzend Eier und ein Pfund Lammleber zu kaufen. Sie stellte ihre Tasche auf dem Küchentisch ab und setzte sich hin, um sie zu betrachten.

Was machen wir bloß mit deinem Geburtstagsessen? sagte sie. Das hier ergibt ja nicht mal eine vernünftige Mahlzeit.

Ist nicht so schlimm, erwiderte Tridib. Ich krieg sowieso ein Geburtstagsgeschenk von Snipe.

Und weil Mrs. Price von dem Geschenk nichts wußte, erzählte ihr Tridib von der Geschichte, die Snipe ihm versprochen hatte.

Aber letzten Endes bekam er dann doch noch sein Geburtstagsessen und auch noch andere Geschenke. Mrs. Price durchforstete ihre Speisekammer und fand ein paar Reste, mit denen sie ein recht herzhaftes Mahl zusammenzauberte (heute mal keine gekochten Blumenkohlblätter, mein Lieber) *und* einen kornischen Kuchen (mit unsichtbaren Verdunkelungskerzen, sagte Snipe). Von seinen Eltern bekam er eine Jacke und ein Hemd geschenkt, von Mrs. Price ein schönes altes Opernglas aus Messing, mit dem er die Flugzeuge beobachten konnte, und, das allerschönste, ein nagelneuer Bartholomew's Atlas von Snipe. Also hatte er insgesamt ganz gut abgeschnitten, selbst ohne die

Geschichte. Aber er konnte sich nicht so lange mit seinen Geschenken beschäftigen, wie er es gerne getan hätte, weil die Sirenen Fliegeralarm gaben, während sie noch beim Abendessen saßen.

Sowie sie die ersten Flugzeuge hörten, wußten sie, daß ihnen eine schlimme Nacht bevorstand. Sie hörten es daran, wie laut die Flugzeuge das Haus überflogen – in dichten Formationen, ihre Motoren brummten in einem stetigen, entschlossenen Rhythmus. Dann eröffnete das Geschütz auf dem Kricketplatz in Alvanley Gardens das Feuer, und sofort begannen die Bilder an der Wand zu wackeln und die Tassen auf dem Tisch zu rattern. Bald brachte Snipe, May auf dem Arm, sie alle hinunter in den Keller, und dann saßen sie auf ihren Betten, blickten im Schein der Öllampe zur Decke und fragten sich, wie lange der Luftangriff dauern würde. Irgendwo ganz in der Nähe gab es eine sehr laute Explosion. Der Boden des Kellers erbebte, und die Öllampe kippte fast vom Regal. May fing an zu weinen, und gerade als Tridib selbst unsicher wurde, wie lange er seine Tränen noch würde zurückhalten können, fiel ihm Snipes Versprechen wieder ein: Ach bitte, Snipe, die Geschichte – du hast sie mir versprochen . . .

Und was war nun mit der Geschichte?

Ich sehe sie in den Mündern der Geister, die mich in dem Keller umringen: wie Snipe sie Tridib erzählt, wie Tridib sie Ila und mir erzählt, in diesem unterirdischen Raum in Raibajar. Ich sehe mich selbst, drei Jahre später, wie ich mit May, der jungen May, das Haus in Raibajar besuche, am Tag vor ihrer Reise nach Dhaka mit meiner Großmutter und Tridib. Ich sehe mich selbst, wie ich sie in diesen unterirdischen Raum in diesem alten Haus hinunterführe und ihr den Tisch zeige, unter dem Ila und ich gesessen hatten, als sie mich mit Nick Price bekannt machte. Ich schildere ihr, wie Ila damals geweint hatte, nachdem sie mir die Geschichte von Magda erzählt hatte, und jetzt erzählt mir May von Nick, und ich erzähle ihr, wie Tridib mich gefragt hatte, was denn mit Ila los sei, und ich sag's ihm, und um sie abzulenken, kriecht er in das Haus in der Lymington Road und führt uns in den Keller hinunter und erzählt uns die Geschichte, die Snipe ihm einmal erzählt hatte.

Was für eine Geschichte? fragte May. Ich versuchte mich zu erinnern, strengte mich ungeheuer an, aber irgendwie wollte sie mir nicht wieder einfallen. Doch später am selben Tag, als wir wieder in Kalkutta bei Tridib am Ballygunge Place waren und Tridib mich fragte, was ich May in Raibajar gezeigt hätte, sagte ich: Ich bin mit ihr in diesen unterirdischen Raum gegangen – weißt du noch, wo ...

... Wo ich dich und Ila gefunden habe? Sie hat geweint, und du hast neben ihr gehockt, sagte er.

Und damit sie aufhörte zu weinen, hast du uns eine Geschichte erzählt, weißt du noch?

Was war das für eine Geschichte? fragte May. Ich will's wissen.

Tridib setzte sich auf eine Matte und verschränkte die Beine.

Es war eine wunderbare traurige kleine Geschichte, sagte er. Während er sie mir erzählte, hab ich den Luftangriff völlig vergessen.

Wo spielt sie? fragte ich. In welchem Land?

Ah, sagte Tridib. Das ist gerade das Besondere an ihr. Sie spielt überall, wo du willst. Es sei eine alte Geschichte, die beste Geschichte Europas, hat Snipe gesagt, die erzählt wurde, als Europa noch ein besseres Land war, ein Land ohne Grenzen und Staaten – eine deutsche Geschichte in Deutschland, nordisch im Norden, französisch in Frankreich, walisisch in Wales, kornisch in Cornwall. Die Geschichte von einem Helden namens Tristan, eine sehr traurige Geschichte, von einem heimatlosen Mann, der sich in eine Frau aus fernen Landen verliebte ...

Das war an dem Tag, bevor sie nach Dhaka flogen. Es war die letzte Geschichte, die Tridib mir je erzählt hat.

Und ich hörte seine Stimme wieder, in diesem Keller, während Ila neben mir auf dem Feldbett saß und weinte.

Sie weinte sehr heftig. So hatte ich sie noch nie weinen sehen. Ihr ganzer Körper wurde von den Krämpfen ihres Schluchzens durchgeschüttelt. Manchmal sah es so aus, als würde sie sich gleich in ihr Taschentuch übergeben.

Ich legte einen Arm um sie und hielt sie fest an mich gedrückt. Sowie ich am Trafalgar Square ihre Augen gesehen hatte, wußte ich, daß sie mir etwas sagen wollte. Ich wußte, daß sie darauf wartete, daß ich sie fragte, was es sei, wußte aber auch, daß ich es nicht tun würde. Ich wollte es nicht wissen. Ich wollte ihr kein Mitleid schenken, das ich nicht empfand.

Es dauerte eine ganze Weile, bis sie aufhörte zu weinen, und auch danach lag sie mit dem Kopf an meiner Brust da, mit einem Schluckauf, unfähig, etwas zu sagen.

Verzeihung, sagte sie schließlich. Ich weiß nicht, was über mich gekommen ist.

Ich wartete schweigend.

Es ist wegen Nick, sagte sie.

Na gut, sagte ich. Komm, erzähl's mir schon. Was hat er verbrochen? Hat er vergessen, dir Rosen zu kaufen, oder hat er deinen Frühstückstee verschüttet?

Du gemeiner Kerl, sagte sie und setzte sich aufrecht. Was fällt dir ein, so mit mir zu reden?

Na los, sagte ich. Bringen wir's hinter uns. Jetzt kannst du's mir ruhig sagen. Was ist passiert? Bist du in der Stille der Nacht nach Hause geschlichen und hast ihn mit einer anderen Frau im Bett erwischt?

Sie warf mir einen erschrockenen Blick zu und wandte sich wieder ab, um ihre Fingernägel zu betrachten.

Nie hätte ich mir träumen lassen, sagte sie, daß ich, Ila Datta-Chaudhuri, eine freie Frau und ein ungebundener Geist, jemals in diesem elendigen Zustand leben würde, wo die Vorfälle im eigenen Leben so vorhersehbar sind wie die Vorankündigungen für eine miese Fernsehserie. Nie und nimmer, und doch ist es so. Ja, du hast es getroffen, mehr oder weniger – du hast es alles schon gesehen, im Fernsehen. Genau das ist passiert, so ziemlich genau.

Sie hatte ihn eines Nachmittags angerufen, kurz nach der Rückkehr von ihren Flitterwochen in Afrika. Sie vermißte ihn immer sehr, wenn sie im Büro war. Aber sie hatte sich strikt vorgenommen, ihn nicht zu oft anzurufen. Er sollte nicht das Gefühl bekommen, daß sie ihn zu sehr vereinnahmte.

Doch an jenem Nachmittag kapitulierte sie. Sie nahm den Hörer in ihrem Büro ab, als die anderen zufällig alle draußen waren, und wählte, in der Hoffnung, daß er zu Hause war. Er ging gewöhnlich nicht weg, das behauptete er jedenfalls, da er noch nicht arbeitete. Das Telefon klingelte eine ganze Weile, und gerade als sie wieder auflegen wollte, meldete sich eine weibliche Stimme – atemlos, als wäre sie gerade bei einem neckischen Spielchen unterbrochen worden. Die Stimme sagte: «Allo?», mit einem französischen Akzent. Ila war so erstaunt, daß sie unwillkürlich sagte: Könnte ich bitte mit Nick Price sprechen?, als würde sie mit der Sekretärin ihres Bankdirektors einen Termin vereinbaren. Die Stimme kicherte und sagte: Wär sprischt bitte?

Seine Frau, antwortete Ila und knallte den Hörer auf.

Ich mußte lachen. Oh, arme kleine Ila, sagte ich. Jetzt haben dich deine Sünden endlich eingeholt.

Wenn's doch so wäre, sagte sie mit einem müden kleinen Kopfschütteln. Wenn ich mir doch einfach sagen könnte, was soll's, so was hab ich früher auch gemacht, das bedeutet doch gar nichts. Aber ich *hab* so was nie gemacht. Weißt du, das hast du nie verstanden. Du hast dich immer beeindrucken lassen, wenn ich so dahergeredet hab, als wir noch aufs College gegangen sind. Ich hab nur so dahergeredet, um dich zu schockieren und weil ich das Gefühl hatte, daß du es irgendwie von mir erwartest. Ich hab all diese Dinge nie getan. Ich bin auf meine Art bestimmt genauso keusch wie jede andere normale Frau.

Ich schämte mich jetzt. Ich senkte die Augen und sagte: Hast du ihn zur Rede gestellt?

Ja, sagte sie. Er hat auf mich gewartet, als ich nach Hause kam. Er war sehr ruhig, sehr cool. Er hatte sich offensichtlich alles schon zurechtgelegt. Ich glaube, irgendwie wollte er, daß ich dahinterkomme. Vielleicht hatte er sogar vermutet, daß ich anrufen würde, und hat sie gebeten, ans Telefon zu gehen. Er wollte damit etwas klarstellen: Und zwar, daß ich nichts für selbstverständlich halten sollte, nur weil wir in einer Wohnung wohnen, die mir mein Vater gekauft hat, oder nur weil ich einen Job habe und er nicht.

Sie drehte sich zu mir um und sah mich an, ihre Augen funkelten hysterisch, ihr Mund war zu einem schiefen Lächeln verzogen.

Er hat mir erzählt, daß die Frau, die am Telefon war, aus Martinique ist. Er hat sie in einem Pub oder irgendwo kennengelernt und hat etwa seit einem Jahr was mit ihr, also lange vor unserer Heirat. Irgendwo hat er auch noch eine Indonesierin in petto. Und dann mich natürlich.

Warum macht er das? fragte ich.

Sie lachte zähneknirschend, während ihr Tränen die Wangen hinunterliefen.

Genau das hab ich ihn auch gefragt. Er hat gesagt, er hat einfach gerne etwas Abwechslung. Das sei seine Art zu reisen.

Ich wußte nicht, was ich sagen sollte. Wußte nicht, wie ich sie über die Entdeckung hinwegtrösten könnte, daß die Verkommenheit der feinen kleinen Existenzen, die sie so verachtet hatte, auch zu dieser freien Welt gehörte, die sie versucht hatte für sich aufzubauen.

Du mußt ihn verlassen, Ila, sagte ich.

Das kann ich nicht, sagte sie. Verstehst du denn nicht, daß ich das nicht kann?

Wieso denn nicht?

Wieder lachte sie. Es war ihr vertrautes, fröhliches Lachen, und ich fiel unwillkürlich darin ein.

Verstehst du denn nicht? sagte sie. Selbst wenn er sich einen ganzen Massagesalon aus Bangkok ins Haus holen würde, würde ich ihn nicht verlassen. Und das weiß er ganz genau. Er weiß, ich liebe ihn so sehr, daß ich ihn niemals verlassen könnte.

Und doch hatte sie, wie ich bald feststellte, ihre eigenen Mittel gefunden, ihn zu bestrafen.

Als Nick eine halbe Stunde später eintraf und ins Wohnzimmer seiner Mutter kam, verkündete sie lachend vor mir und Mrs. Price: Wißt ihr eigentlich das Neueste? Nick hat wieder so eine von seinen Schnapsideen gehabt. Er versucht meinen Vater dazu zu bringen, ihn in ein Versandgeschäft einzukaufen.

Sie warf ihm einen langen Blick zu, und dabei verhärtete sich ihr Gesicht in einer Weise, wie ich es bei ihr noch nie beobachtet hatte. Natürlich muß man sehr hart arbeiten, sagte sie, um so ein Vorhaben zum Erfolg zu führen, und Nick, na ja . . .

Nicks Gesicht fiel in sich zusammen, und er blickte mit hängendem Kopf auf den Teppich.

Während ich ihn betrachtete, versuchte ich mir seine Zukunft vorzustellen, so wie sie ihm erscheinen mußte: hilflose Abhängigkeit, gekoppelt mit verzweifelten kleinen Akten der Rebellion. Da wollte ich aufstehen und ihn festhalten, Brust an Brust, seine Schultern an meiner. Aber das tat ich natürlich nicht – er wußte nichts von der Rolle, die er in meinem Leben gespielt hatte, wie er da in den Spiegeln meiner Kindheit neben mir gestanden hatte. Ich wußte, er hätte es nicht verstanden.

Ich erinnerte mich an das, was May in diesem unterirdischen Raum in Raibajar über ihn gesagt hatte: Er ist anders. Ganz anders als wir.

Das war ein Tag vor ihrer Reise nach Dhaka.

*Am 2. Januar 1964,* dem Tag vor ihrer Reise nach Dhaka, erhielt meine Großmutter einen Brief. Er war von Mayadebi. Er hatte zehn Tage bis Kalkutta gebraucht, weil er mit der Diplomatenpost über Delhi gekommen war.

Mayadebi schrieb, daß sie noch nicht dazu gekommen sei, ihr

altes Haus zu besuchen, weil sie mit allen möglichen Sachen beschäftigt gewesen war, und außerdem war das Haus, in dem sie jetzt wohnten, sehr weit von der Jindabahar Lane entfernt. Zudem waren sie als indische Diplomaten in ihrer Bewegungsfreiheit eingeschränkt – wie wir sicher verstehen würden. Aber sie hatte Erkundigungen eingeholt und großes Glück gehabt: Sie hatte erfahren, daß einer der Fahrer des Hochkommissariats jemand kannte, der in ihrem alten Haus wohnte – einen Mechaniker namens Saifuddin, der in ihrem alten Hof eine Werkstatt eingerichtet hatte.

Eine Werkstatt! empörte sich meine Großmutter. In unserem Hof! Was ist aus dem alten Jackfruit-Baum geworden?

Der Fahrer hatte Saifuddin zu ihr gebracht. Er war ein freundlicher Mann, mit einer sehr gewählten Ausdrucksweise, und sehr höflich. Er war aus Motihari in Bihar. Er war mit seiner großen Familie völlig mittellos nach Ostpakistan gekommen, und es war ihm gelungen, einen blühenden kleinen Betrieb aufzubauen. Der Fahrer sagte, er sei einer der besten Mechaniker in Dhaka.

Sie hatte Saifuddin nach ihrem alten Jethamoshai gefragt, von dem sie als Shri Goshtobihari Bose sprach. Er hatte zunächst nicht verstanden, wen sie meinte. Anscheinend kannte man ihn allgemein als Ukil-babu, weil er bis vor kurzem immer noch Testamente und Affidavits aufgesetzt hatte und sogar hin und wieder noch ins Oberste Gericht gegangen war. Doch jetzt, sagte Saifuddin, sei er ganz und gar bettlägrig, und sein Geist wandere viel umher – oft erkenne er Menschen nicht mehr, die er seit Jahren kannte. Zu seinem Glück wurde er von einer Familie gepflegt, die er vor Jahren in seinem Haus aufgenommen hatte. Aber sie waren sehr arm – ihr einziges Einkommen bezogen sie von einer Fahrrad-Rikscha. Sie würden wahrscheinlich nicht mehr lange für den Alten sorgen können. Es sei ein Glück, meinte Saifuddin, daß sie, seine Verwandten, jetzt nach Dhaka gekommen seien, eine göttliche Vorsehung. Vielleicht könnte der Alte jetzt seine letzten Tage mit seinen Verwandten verbringen, in Frieden und Behaglichkeit, so wie er es verdiene.

Meine Großmutter habe es also richtig im Gespür gehabt, schrieb Mayadebi: Sie mußten eindeutig etwas für den Alten tun. Aber das könnten sie klären, wenn sie nach Dhaka käme. Vielleicht könnte sie Saifuddin ein kleines Geschenk mitbringen – vielleicht einen schönen indischen Sari für seine Frau.

Meine Großmutter reichte den Brief mit einem ruhigen, unüberraschten Triumphgefühl herum: Sie hatte es doch immer gewußt. Doch sowie alle anderen außer Hörweite waren, schüttelte sie mich vergnügt und sagte: Ach, ich bin so froh, daß Maya noch nicht dort war – ich wollte nicht, daß sie die erste ist.

Später an diesem Abend verkündete sie, daß ich bei ihr übernachten solle. Sie vermisse mich bereits jetzt, sagte sie. Ich hatte schon gehofft, daß sie mich darum bitten würde. Ich lag gern bei ihr im Bett und lauschte ihren Geschichten. Doch heute abend stand auch noch eine andere, ernstere Sache an. Wenn ich sie ganz für mich hatte, so hatte ich mir vorgenommen, würde ich noch mal alle meine Anweisungen bezüglich des Flugzeugs mit ihr durchgehen. Ich hatte das ungute Gefühl, daß sie das letzte Mal nicht richtig zugehört hatte.

Sowie sie neben mir ins Bett stieg, begann ich meine Liste abzuhaken: ob sie auch daran dächte, sich mit dem Sitzgurt anzuschnallen? Und die Tüte bei der Hand zu haben, falls ihr schlecht würde? Und die Fallschirme unter den Pilotensesseln? Ob ihr das auch alles klar sei? Sie lachte und sagte, ich solle jetzt schlafen, aber ich sagte, nein, nicht ohne eine Geschichte. Also begann sie mit einer ihrer Geschichten aus Dhaka, über das alte Haus und die Leute, die in der Straße wohnten. Doch ihre Stimme wurde allmählich leiser, und als sie bei Kana-babus Süßwarenladen ankam, vergaß sie mich völlig, stieg aus dem mit einem Moskitonetz überspannten Bett und zog sich ihren Lieblingssessel ans Fenster. Als ich einschlief, saß sie immer noch da und starrte hinaus auf die verwischte Schwärze des Sees.

Als ich aufwachte, befand sich das Haus schon in den Wehen der Reisevorbereitungen: Meine Mutter war in der Küche und überwachte das Verpacken von drei verschiedenen Sorten Shandesh, das sie auf die Reise mitbekamen. Meine Großmutter war ganz fiebrig vor Aufregung, suchte einen Sari für Saifuddins Frau aus, schloß ihre Kommoden ab und prüfte nach, ob sie auch alle notwendigen Medikamente dabeihatte. Nur May schien von der ganzen Aufregung unberührt. Es war mir schleierhaft, wie sie einfach so in ihrem Zimmer sitzen und auf ihrer Blockflöte spielen konnte, als wäre es ein ganz gewöhnlicher Morgen.

Gegen Mittag fuhren wir zum Flughafen Dum Dum. Als wir am Ballygunge Place ankamen, um Tridib abzuholen, kicherte meine Großmutter schon wie ein Schulmädchen. Sie konnte es nicht fassen, daß sie wirklich in den Himmel fliegen würde.

Nachdem wir uns am Flughafen verabschiedet hatten und sie von der Zoll- und Paßkontrolle verschluckt worden waren, gingen wir auf die Dachterrasse, um den Start ihres Flugzeuges zu beobachten. Erst nach einer halben Stunde sahen wir sie, drei winzige Figuren auf dem Rollfeld. Sie wußten, daß wir ihnen zusahen, und sie gingen zur Maschine mit der scheuen Befangenheit von Laienschauspielern bei ihrem ersten Auftritt auf einer großen Bühne. Als sie die Treppe erreichten, die zu der brandneuen Fokker Friendship hinaufführte, drehte meine Großmutter sich um und winkte in unsere Richtung, ihr Sari ein weißer Fleck auf dem schwarzen Asphalt. Wir winkten zurück, obwohl wir wußten, daß sie uns nicht sehen konnte. Dann geleitete eine Hosteß sie mit einer Verbeugung durch eine lukenartige Tür, und weg waren sie. Doch Minuten später sah ich in einem der Fenster ein Gesicht erscheinen, wie ein verwischtes Miniaturporträt, und winkte ihm wild zu, überzeugt davon, daß es meine Großmutter sei. Die Tür wurde zugeknallt, die Treppe weggerollt, und das Flugzeug setzte sich in Bewegung. Es drehte langsam und schlingerte mit einer unansehnlichen watschelnden

Bewegung zur Startbahn. Ich hörte auf zu winken. Es war schwer zu glauben, daß dieses plumpe, schwerfällige Ding tatsächlich die Kühnheit haben könnte, sich in die Lüfte zu schwingen. Es erreichte ein breites Vorfeld, drehte wieder und richtete seine Nase zur Startbahn hin aus. Einen langen Augenblick stand es da, plötzlich schien ihm die Kraft auszugehen. Stille senkte sich über den Flugplatz. Dann beschleunigten die Propeller, und im nächsten Moment drehten sie sich so schnell, daß sie mit dem Flimmern der Hitze über dem Asphalt verschmolzen. Ich beobachtete immer noch das Fenster meiner Großmutter – es war das dritte von der hinteren Tür aus gesehen. Ich war mir sicher, daß ich sie sehen konnte, wie sie lächelte und in die Scheibe winkte. Dann bebte das ganze Flugzeug, ein Schaudern durchlief den Rumpf. Es begann die Startbahn hinunterzurollen, mit kreischenden Motoren, auf seinem silbernen Körper blitzte die Mittagssonne. Seine Schwerfälligkeit war verschwunden. Die Kraft der Maschinen hatte dem langen Rumpf die schmale muskulöse Straffheit des Halses eines Kranichs in vollem Flug verliehen. Es schoß jetzt die Startbahn hinunter. Das Fenster meiner Großmutter verlängerte sich zu einem langen weißen Strich. Es hob die Nase, ganz sanft, und dann, plötzlich, unfaßbar, hatte sich der ganze riesige Metallkörper in den Himmel erhoben.

Während das Flugzeug über uns eine Kurve flog, gestattete sich meine Mutter endlich einen langen tiefen Seufzer der Erleichterung. Bis zu diesem Augenblick hatte sie nicht wirklich daran geglaubt, daß meine Großmutter tatsächlich nach Dhaka reisen würde.

Mein Vater seufzte auch, aber anders, und sagte: Ja, es ist gut, daß sie weg sind.

Irgendwas in seiner Stimme veranlaßte meine Mutter zu fragen: Wieso? Wieso betonst du das so?

Er kratzte sich am Ohr und sagte: Es heißt, daß es hier demnächst zu Unruhen kommen wird. Ich bin froh, daß sie im

Ausland sind – vor allem May; da drüben werden sie weit genug entfernt sein.

Was für Unruhen? fragte ich.

Meine Mutter bedachte ihn mit einem Stirnrunzeln und einem kurzen Kopfschütteln, und so drehte er mich um, zeigte auf das Flugzeug und sagte: Nichts. Du würdest es sowieso nicht verstehen.

Wir beobachteten das Flugzeug, bis es am Horizont verschwand.

*Jahre später erzählte mir Robi,* daß meine Großmutter, als sie sich am Flughafen trafen, als erstes zu Mayadebi sagte: Wo ist Dhaka? Ich seh kein Dhaka.

Dann versuchte ich, Dhaka so zu sehen, wie sie es in jener Nacht gesehen haben mochte, in ihrem Sessel am Fenster. Aber ich war noch nie in Dhaka gewesen, und außerdem war ihr Dhaka längst in der Vergangenheit verschwunden. Ich hatte nur ihre Erinnerungen als Anhaltspunkt, und zusammengesetzt konnten diese mir nur ein schwaches, sepiafarbenes Bild ihrer anderen, Jahrzehnte zurückliegenden Ankünfte in Dhaka vermitteln. Ein Bild, auf dem ich unscharf im Mittelgrund eine schwarze qualmende Dampflokomotive erkennen konnte, mit einer langen Reihe Waggons, die in der rechten Ecke verschwanden, im Vordergrund ein in tiefem Schatten liegender Bahnsteig, Träger und Verkäufer, und Trauben von Verwandten, die sich drängten, die Neuankömmlinge zu begrüßen, sowie sie ihrem Waggon entstiegen; im Hintergrund vielleicht die Minarette einer Moschee. Ich kann mir die Umrisse des Bildes ausmalen, das in ihrer Vorstellung lebt, aber ich habe nicht die geringste Ahnung von all den Geräuschen und Gerüchen, an die sie sich erinnerte. Vielleicht unterschieden sie sich gar nicht von denen der vielen tausend anderen Bahnhöfe auf dem Subkontinent. Aber vielleicht bildeten sie auch irgendeine einzigartige alchimistische Mischung aus den Lauten des Dialekts und dem

Geruch riesiger, meilenbreiter Flüsse, eine Mischung, die allein die Macht hatte, meine Großmutter in diese behagliche Trägheit zu versetzen, die das Gefühl von Heimkehr ausmacht.

Mit dem kahlen Flughafen aus Glas und Linoleum, so ähnlich dem, den sie gerade erst verlassen hatte, hatte sie jedenfalls am allerwenigsten gerechnet. Auf die Fahrt zum Haus des Shahebs, auf einer langen geraden Straße, die von hohen Eukalyptusbäumen und vereinzelten Vorortbungalows gesäumt war, war sie ebensowenig vorbereitet.

May gefiel es. Sie sagte: Was für eine hübsche Straße. Es ist alles soviel großzügiger als in Kalkutta. Doch meine Großmutter wiederholte immer nur: Das hab ich alles noch nie gesehen. Wo ist Dhaka?

Das Dhaka, an das sie dachte, war die Stadt, die ihr altes Haus umgeben hatte.

Sie hatte mir oft von diesem Haus und dieser Straße erzählt. Ich konnte sie jetzt auch sehen, wenn auch nur bruchstückhaft, denn ihre Erinnerung hatte diese Plätze mit der unterbrochenen Strahlkraft eines Leuchtturmlichtkegels beleuchtet. So konnte ich zum Beispiel Kana-babus Süßwarenladen am Ende des Sträßchens ganz deutlich sehen, ich konnte sogar die in ihren Schalen aufgestapelten rosa Cham-Chams sehen, das frischgepreßte Shandesh, zu säuberlichen Kegeln aufgehäuft unter dem gesprungenen, verfärbten Glas der Vitrine. Ich konnte das Summen der Fliegen hören, und ich konnte Kana-babu gekrümmt vor seiner Kasse hocken und sich den Bauch kratzen sehen, denselben Kana-babu, der einmal ihren Cousin beim Diebstahl eines Rosogolla erwischt und ihm einen ganzen Topf klebrigen Sirups vorn auf seine Shorts geschüttet hatte. All das konnte ich sehen, weil Menschen wie meine Großmutter, deren einzige Heimat ihre Erinnerungen sind, es in der Kunst des Sicherinnerns zu großer Geschicklichkeit bringen. Für mich war Kana-babus Süßwarenladen am Ende des Sträßchens ebenso wirklich wie der in unserer eigenen Straße, und doch konnte ich nicht sagen, ob das Sträßchen gepflastert war oder nicht, ob es gerade oder gebogen war, oder ob es Abflußrinnen hatte.

Mayadebis neues Haus befand sich auf der anderen Seite der Stadt, in Dhanmundi.

Durch all das, was Robi mir darüber erzählt hat, wurde dieser Name, Dhanmundi, einer der geheimen Klänge meiner Kindheit, wie das Trommeln des Dug-dugi des Affenmannes und das Glöckchengeklingel des Magnolia-Eiswagens in der Stille heißer Nachmittage. Er wurde Bestandteil meiner eigenen geheimen Weltkarte, einer Karte, die nur ich entschlüsseln konnte, aber die deswegen nicht weniger real war, als es die Kombination eines Safes für einen Bankier ist.

Ich hätte dem Namen Dhanmundi nicht entrinnen können, selbst wenn ich es gewollt hätte. Anfang der siebziger Jahre tauchte er überall auf, in Büchern, in den Zeitungen. Irgendwie kam es mir so vor, als wäre alles, was in der Hauptstadt des neugeborenen Bangladesh geschah, in Dhanmundi geschehen: Dort gaben Minister ihre Erklärungen ab und vertrauten sich ungenannte, aber verläßliche westliche Diplomaten den Journalisten an; dort lebte Scheich Mujibur Rahman, und dort starb er, eines Morgens, als er auf einen Balkon trat, seinen uniformierten Mördern entgegen, und nicht glauben wollte, daß sie, in den Uniformen, die *er* ihnen gegeben hatte, ihre Gewehre gegen *ihn*, ihren Befreier, richten würden. Wie ich diese Berichte in den Zeitungen las, fragte ich mich immer, ob der dreizehnjährige Robi, wenn er noch dort gewesen wäre, diese ersten Gewehrsalven gehört hätte, die die Leibwache des Scheichs niedermähten, und aufs Dach gerannt wäre und gesehen hätte, wie der bluttriefende Körper des alten Mannes auf die Einfahrt hinunterstürzte, bevor Nityananda oder seine Mutter die Stufen hinauf hinterhergerannt kamen und ihm die Augen zuhielten und ihm atemlos ins Ohr flüsterten: Nicht hinsehen, nicht hinsehen – es ist nur ein Spiel.

Doch 1964 gab es in Dhanmundi noch nichts, was den späteren Nobelvorort erahnen ließ. Es war ein fast leeres Ödland, bestehend aus überfluteten Fundamentgräben, Grenzmauern, innerhalb deren sich nichts als Staub und Gras befand, und ein paar riesigen eingefriedeten Häusern, die sich wie Katafalke an Straßen erhoben, die nur kraft gemeinsamen Einverständnisses existierten, denn sie hatten keine Oberfläche, durch die sie sich von den umliegenden Feldern abhoben. Und so entfuhr es meiner Großmutter, die vielleicht nach Süßwarenläden und Sträßchen Ausschau hielt, beim Anblick des Hauses des Shahebs in Dhanmundi unwillkürlich: Aber das hier ist doch für Ausländer! Wo ist Dhaka? Und Tridib konnte sich das boshafte Vergnügen nicht verkneifen, ihr zu sagen: Aber du bist ja jetzt eine Ausländerin, ebensosehr wie May – sogar noch viel mehr als May. Sieh sie dir doch an, sie braucht nicht mal ein Visum, um hierherzukommen. Darauf sah meine Großmutter May lange nachdenklich an und sagte: Ja, ich bin hier wirklich eine Ausländerin – so fremd wie May in Indien oder Tagore in Argentinien. Dann warf sie wieder einen Blick auf das Haus und sagte kopfschüttelnd: Aber du kannst sagen, was du willst – das hier ist nicht Dhaka.

Trotzdem lebte man als Dreizehnjähriger gut in diesem Haus: ein wunderbarer Ort für Robi. Es hatte ein großes Dach, nach allen Seiten offen, ideal zum Drachensteigenlassen. Denn man brauchte den Drachen bloß hochzuhalten, dann riß ihn einem der Wind schon aus den Händen, seine plastikbeschichtete Schnur summte, und im nächsten Moment war er schon so weit weg, daß man ihn kaum noch sah, und man hatte auch gar keine Zeit, ihm nachzuspähen, weil man alle Hände voll damit zu tun hatte, die Schnur festzuhalten.

Wie alle anderen Häuser in Dhanmundi war auch ihres rundherum von einer hohen Mauer eingefaßt. Hinterm Haus, direkt unter der Mauer, gab es einen Teich, wo nachmittags Angler hinkamen, um ihr Glück zu probieren. Normalerweise war es ein ruhiger, zahmer kleiner Teich, doch in der Monsunzeit, wenn die großen Zyklone aus der Bucht von Bengalen Dhaka beutelten, wurde dieser Teich violett, wie der Himmel, der sich in ihm spiegelte, und er stieg mit dem Wind und schleuderte sich gegen das Haus, schoß durch die Einfahrt und ergoß sich auf die Straßen dahinter. Wenn das geschah, rannte Nityananda, ihr Koch, bewehrt mit einem alten Sari, hinaus auf die überflutete Einfahrt, trieb die Fische in die Pfützen in der Garage und schöpfte sie heraus. Manchmal behielt er die Fische tagelang dort, in einem Steintopf, und lief dann bei Bedarf in die Garage und holte sich einen frischen.

Hinterm Haus war ein Innenhof, der mit Kokospalmen und Papayabäumen eingesäumt war. Nityananda hielt dort ein paar Enten und Hühner, und einmal die Woche gab er in diesem Hof eine Vorstellung für Robi. Das hier war diese Woche ganz unartig, sagte er etwa, indem er ein Huhn am Hals packte. Dann hob er seine Sichel, rief eine Beschwörung – *Joi Ma Jagad-janani* –, und dann blitzte die Schneide, und der Kopf des Huhns hüpfte vom Hals und landete zu Robis Füßen, den Schnabel verdutzt aufgesperrt. Danach rannte Robi gewöhnlich nach oben, aber dann konnte er doch nicht widerstehen und streckte den Kopf durch das Geländer der hinteren Veranda und sah fasziniert zu, wie das kopflose Huhn flügelschlagend im Hof umherrannte. Nityananda wußte natürlich, daß Robi zusah, und dann wippte er auf seine Fersen zurück, ging in die Hocke, strich sich über den Schnurrbart und paffte an seinem Biri, und nach einer Weile blickte er zu Robi hoch, zwinkerte mit seinen leuchtenden schwarzen Augen und sagte, auf den wirbelnden Kadaver zeigend: Siehst du – das kommt davon, wenn man unartig ist.

Es war auch Nityananda, der Robi mit dem Garten vorn bekannt machte. Er zeigte ihm, wie man den wäßrigen Nektar aus den Stielen der Kanna-Lilien saugt, brachte ihm bei, wie man Libellen fängt, indem man ihre Flügel zwischen Daumen und Zeigefinger zusammenkneift. Doch das allerbeste war, daß er Robi zeigte, wie man auf den Mangobaum kletterte, der in der Mitte des Gartens stand. Es war ein großer Baum, nicht leicht zu erklimmen, denn der Stamm wuchs fast drei Meter hoch gerade und glatt aus dem Boden, bevor er sich verästelte. Es kostete ihn viel Mühe, aber er konnte es gerade so meistern. Und als er und seine Eltern mit ihren Besuchern vom Flugplatz zurückkamen, kraxelte er natürlich zuallererst auf den Baum. Als er in die höchsten Äste geklettert war, rief er zu meiner Großmutter hinunter: Guck mal, Mashi! Guck mal, wo ich bin!

Sie sah nach oben, und als sie ihn entdeckte, sagte sie sehnsüchtig: Wenn ich das doch auch noch könnte – vielleicht könnte ich von da oben Dhaka sehen.

Als sie an diesem Abend vor dem Essen noch im Garten saßen, fragte meine Großmutter Mayadebi, wann sie zum alten Haus wollten, um ihren Onkel zu holen.

Wann du willst, erwiderte Mayadebi, und meine Großmutter rief eifrig: Morgen – wir fahren gleich morgen hin! Je früher, desto besser.

Doch dann schaltete sich zu ihrer Überraschung der Shaheb ein: Nein, das ist jetzt keine günstige Zeit, um dort hinzufahren. Das Haus befindet sich im Herzen der Altstadt, und wir haben in der Kanzlei gehört, daß es dort Unruhen geben wird. Ich glaube, ihr solltet jetzt lieber nicht dort hinfahren.

Meine Großmutter hätte sich selbst verachtet, wenn sie gegenüber dem Shaheb klein beigegeben hätte. Sie beugte sich vor, rüttelte an seinem Knie und sagte: Wenn es wirklich Unruhen geben soll, dann ist es um so wichtiger, daß wir ihn da rechtzeitig rausholen. Ich hab mir nur seinetwegen die ganze Mühe gemacht, nach Dhaka zu kommen, und ich laß mich jetzt auf keine weiteren Verzögerungen mehr ein. Ein paar kleine Unruhen können mich nicht abschrecken. Wir müssen das so schnell wie möglich erledigen.

Aber wirklich, protestierte der Shaheb und verschüttete seinen Whisky vor Erregung. Wirklich – es ist gefährlich, jetzt dort hinzugehen. Ich kann es nicht zulassen. Ihr müßt ein paar Tage warten.

Er appellierte stumm an Mayadebi, sie zur Vernunft zu bringen.

Natürlich gehen wir bald, sagte Mayadebi ruhig. Wir machen es einfach ein paar Tage später. Eine Woche früher oder später macht keinem was aus.

Meine Großmutter überdachte die Sache. Na gut, wir warten bis nächste Woche, sagte sie. Bis Donnerstag. Donnerstag ist ein guter Tag. Aber länger nicht – keinen Tag länger.

*Ich weiß nicht mehr,* wie lange sie schon weg gewesen waren, als ich eines Morgens herausfand, daß es auch in Kalkutta Unruhen gab.

Ich erinnere mich, daß meine Mutter an dem Morgen viel zu tun hatte, vielleicht war es einer von diesen Tagen, an denen mein Vater früh zur Arbeit mußte. Jedenfalls hatte sie keine Zeit, sich im Radio die Morgennachrichten anzuhören, und sie schickte mich mit meiner Tasche und meiner Wasserflasche los, und ich ging, wie immer, zur Ecke, um dort auf den Schulbus zu warten.

Jahre später wunderte ich mich über die sonderbare Beziehung meiner Mutter zu ihrem kleinen Kofferradio. Es hatte einen einzigartigen Ehrenplatz in ihrem Zimmer: Es stand auf demselben Regal, auf dem sie die gerahmten Bilder ihrer verstorbenen Eltern aufgestellt hatte. Wenn sie nur irgend konnte, ließ sie sich die Morgennachrichten nie entgehen. Diese Meldungen waren die Liturgie unseres Frühstücksrituals. Auf dem College hatte ich meinen Freunden immer stolz erklärt: Meine Mutter interessiert sich sehr für Politik – sie hört seit Jahren regelmäßig die Morgennachrichten. Natürlich wollte ich sie nur beeindrucken. Ich wußte ganz genau, selbst damals schon, daß sie nicht das geringste Interesse an Politik hatte, wie sie im Radio besprochen wurde. Nur erkannte ich diese Eigenschaft damals nicht als eine Tugend, und ich hätte nie zugeben können, gemästet wie ich war mit Versprechungen auf bürokratischen Fortschritt, genau wie alle anderen in meinem Alter, daß für sie das Nachrichtenhören eine schlichte Überlebensregel war. Doch an jenem Morgen verpaßte sie die Nachrichten, und so ging ich los, um auf meinen Bus zu warten, wie immer.

Ich mußte sehr lange warten. Ich erinnere mich, wie neidisch ich war, als die anderen beiden Jungs, die gewöhnlich mit mir zusammen warteten, nicht erschienen. Es wunderte mich aber nicht, weil an diesem Tag in Madras das erste Testmatch des 1964er Kricketturniers gegen England beginnen sollte. Ich nahm an, daß sie ihre Eltern überredet hatten, sie erst später zur Schule zu schicken, damit sie sich das Spiel im Radio anhören konnten. Ich hatte meine Mutter gar nicht erst gefragt.

Während ich wartete, tigerte ich auf dem Pflaster auf und ab: Ich machte mir Sorgen wegen des Matches. In der Morgenzeitung hatte gestanden, daß Farouk Engineer verletzt sei und nicht spielen würde. Ein Budhi Kunderan sollte für ihn einspringen. Das waren besorgniserregende Nachrichten. Engineer war unser Held, der verwegenste Spieler unseres Teams. Von diesem Kunderan hatte ich noch nie gehört. Ohne Engineer hatten wir doch nicht die geringste Chance. Es war äußerst ärgerlich, warten zu müssen, wo ich doch so darauf brannte, mit meinen Freunden im Bus über das Match zu reden.

Dann kam er endlich, unser großer Schulbus, rollte behäbig heran. Voller Ungeduld rannte ich ihm, meine Wasserflasche schwingend, entgegen. Doch als er näher kam, kam mir irgendwas an ihm komisch vor, und ich hielt inne. Ich wußte, es war der richtige Bus – ich konnte den Namen meiner Schule in großen Lettern auf der Seite sehen –, aber ich merkte, daß irgendwas nicht stimmte. Dann wurde es mir klar: Wenn der Bus mich abholte, war er gewöhnlich bereits voll, aus jedem Fenster ragten Köpfe und Arme. Doch heute schien der Bus seltsam leer zu sein, hinter den Scheiben waren keine Köpfe zu sehen.

Der Bus hielt an, und ich stieg ein. Es waren nur noch ein Dutzend andere Jungs drin, und sie saßen ganz hinten auf einer

Bank, eng aneinandergedrückt, als fühlten sie sich von der Leere des Busses bedroht. Sie schienen erleichtert zu sein, mich zu sehen, obwohl keiner meiner Freunde unter ihnen war. Normalerweise hätten wir uns gegenseitig gar nicht beachtet, aber heute rückten sie auf, sowie sie mich sahen, und machten mir Platz.

Kaum hatte ich mich gesetzt, bemerkte ich, daß sie wie ein Mann auf meine Schulter starrten. Was ist denn los? fragte ich unruhig. Was glotzt ihr denn so? Ich blickte mich schnell um und sah, daß meine Wasserflasche ihre Aufmerksamkeit erregt hatte.

Rechts von mir saß ein molliger Junge namens Tublu, der manchmal im Park Kricket mit uns spielte. Was ist denn los? fragte ich ihn. Hast du noch nie eine Wasserflasche gesehen?

Sein Mund klappte dämlich auf, und er sagte: Du hast also auch eine dabei? Bevor ich etwas entgegnen konnte, zeigte er auf einen jüngeren Jungen und flüsterte mir ins Ohr: Er hat heute kein Wasser drin. Seine Mutter hat ihm eine Flasche Soda gegeben.

Er funkelte den zusammengekauerten Jungen an und befahl ihm, mir zu sagen, warum er kein Wasser mitgenommen hatte.

Ich erinnere mich noch gut an den weinerlichen Singsang seiner Stimme, als er uns erzählte, daß seine Mutter ihm an diesem Morgen verboten hatte, Wasser zu trinken, weil sie gehört hatte, daß jemand Gift in das Talabecken geschüttet habe, daß der gesamte Wasservorrat Kalkuttas vergiftet sei. Ich erinnere mich, wie wir ihm zuhörten und ihn wiederholen ließen, was er gesagt hatte. Und irgendwo in dem Schutt, der zusammen mit dieser Erinnerung ausgegraben wurde, liegt ein weiteres, viel kleineres Detail: Ich erinnere mich, daß wir ihm keine Fragen gestellt haben – nicht, wer «jemand» war, auch nicht, warum «jemand» sein eigenes Wasser vergiftet hatte. Wir brauchten keine Fragen zu stellen. Wir wußten die Antworten, sowie er es uns gesagt hatte: Es war eine Realität, die nur existierte, wenn sie ausgesprochen wurde, und wenn man sie hörte, dann spielte es keine Rolle, ob man es glaubte oder nicht – allein daß es ausgesprochen worden war, spielte eine Rolle. Jetzt wurde alles klar: die leeren Straßen, das Fehlen der anderen Jungs – es paßte alles zusammen. Es gab keine Fragen mehr.

Dann sagte Tublu laut: Nach Gole Park werden wir's erfahren.

Wieso? fragtc jemand.

Weil da Montu zusteigt, sagte er. Er wird's wissen. Er ist doch Moslem.

Er drehte sich mit einem Lächeln zu mir um. Natürlich, sagte er, Montu ist doch ein Freund von dir, oder?

Ich erinnere mich, wie meine Kehle ganz trocken wurde, während ich nach einer Antwort suchte.

Nicht mehr, seit wir weggezogen sind, log ich. Ich hab mich schon seit Monaten nicht mehr mit Montu getroffen.

Ich sah aus dem Fenster, als wir Gole Park erreichten, und beobachtete die Stelle, wo Montu gewöhnlich auf den Bus wartete. Er war nicht da. Ich warf einen kurzen verstohlenen Blick seine Straße hinunter. Ich sah einen Spalt in seiner Gardine, und ich wußte, daß er uns beobachtete. Ich war sehr froh, daß er nicht gekommen war.

Bald darauf schraubten wir einer nach dem anderen unsere Flaschen auf und gossen das Wasser aus.

In der ersten Stunde an diesem Morgen hatten wir Mathematik. Unsere Lehrerin war eine ältliche Angloinderin, Mrs. Anderson, eine große dünne Frau, die Röcke trug und kurze Kräuselhaare hatte. Es war nur eine Handvoll Jungs zum Unterricht gekommen, und Mrs. Anderson verzichtete auf das Ritual, uns alle namentlich aufzurufen. Das löste bei uns Unruhe aus, weil es eine weitere Abweichung vom Normalbetrieb darstellte, und inzwischen konzentrierten wir uns alle stumm darauf, alles so normal wie möglich zu halten. Doch Mrs. Anderson pochte mit ihrem Stift auf ihren Tisch und runzelte über dem Rand ihrer Brille die Stirn. Zur Einsicht gebracht, öffneten wir unsere Bücher und beruhigten uns. Bald erzählte uns ihre besänftigende, vertraute Stimme, daß wir den Buchstaben X benutzen konnten, um damit jede beliebige Zahl darzustellen. Nach kurzer Zeit erschien der Tag wieder fast normal, der Unterricht nicht anders als sonst.

Ich hatte einen Tisch am Fenster. Als die Stunde etwa zur Hälfte herum war, meinte ich ein Geräusch zu hören, irgendwo in der Ferne. Es war schwach und diffus, wie das Brutzeln eines Kurzwellensenders. Ich war mir nicht ganz sicher, ob ich überhaupt irgendwas gehört hatte, doch Tublu, der neben mir saß, blickte auch auf. Ich fragte ihn stumm: Was ist das? Aber er wußte es auch nicht. Er verzog das Gesicht und zuckte die Achseln. Immer Mrs. Anderson im Auge behaltend, hob ich verstohlen den Kopf und sah zum Fenster hinaus. Das Geräusch war jetzt lauter. Es hörte sich wie Stimmen an, viele Stimmen, aber es war nicht das geordnete Gebrüll einer Demonstration. Wir waren daran gewöhnt, daß an unserer Schule Demonstrationen vorbeizogen, das kam jeden zweiten Tag vor, und wir achteten schon längst nicht mehr darauf. Aber das hier war was anderes – ein Ruf, gefolgt von einem anderen und wieder einem anderen, in abgerissener, beliebiger Folge, und dann plötzlich Stille, und gerade als es den Anschein hatte, daß sie wieder verschwunden waren, waren sie wieder da, eine Stimme, gefolgt von einem Dutzend, und dann wieder einen Augenblick Stille.

Der Klang dieser Stimmen hat etwas einzigartig Furchterregendes: Er ist nicht elementar, nicht machtvoll, wie das Gebrüll einer wütenden Menschenmenge – er hat eher etwas Zerrissenes, Zerfetztes, ein Crescendo von Dissonanzen, das man, sobald man es hört, wegen der schlüpfrigen Gestaltlosigkeit der Angst, die es in einem erzeugt, als den ureigensten Klang des Chaos erkennt.

Die anderen konnten es jetzt auch hören. Jeder Kopf in der Klasse hatte sich gedreht, um aus den Fenstern zu sehen.

Mrs. Anderson versuchte mit aller Willenskraft den Lärm draußen zu halten. Sie las jetzt lauter, klopfte auf ihren Tisch, um sich unserer Aufmerksamkeit zu versichern, erfüllte den Raum mit ihrer Stimme. Aber auch diese anderen Stimmen waren lauter geworden. Wir konnten sie an den hohen Mauern unserer Schule vorbeirauschen hören.

Mrs. Anderson konnte sie nicht länger ignorieren. Sie legte ihr Buch hin und marschierte durch den Raum, um die Fenster zuzumachen. Die Scheiben unserer Fenster waren grün gestrichen, um die Sommersonne abzuhalten. Nun saßen wir in einem grünlichen Schummerlicht gefangen, während Mrs. Andersons Stimme durchs Klassenzimmer dröhnte und hallte und uns die Prinzipien der Algebra erklärte.

Mrs. Anderson war sichtlich erleichtert, als die Klingel läutete. Sie befahl uns in strengem Ton, unsere Geschichtsbücher durchzusehen und keinerlei Lärm zu machen, und dann eilte sie aus dem Klassenzimmer.

Sobald sie draußen war, rissen wir die Fenster auf. Wir konnten nicht sehr weit sehen, weil unsere Schule sehr hohe Mauern hatte. Der Mob war weitergezogen. Es schien alles ruhig zu sein. Dann hörten wir das Gebimmel eines Feuerwehrautos, und eine Minute später raste es an uns vorbei. Jemand zeigte in die Ferne, und hochblickend sahen wir eine graue Rauchsäule in den Himmel steigen. Wir konnten aber nicht feststellen, wo das Feuer war.

Wer jetzt wohl grade am Schläger ist? sagte jemand. Niemand antwortete. Das Match hatten wir vollkommen vergessen.

Dann brüllte Mrs. Anderson uns an, und wir spurteten alle wieder zu unseren Pulten zurück. Sie funkelte uns an, die Hände in die Hüften gestemmt, aber wir merkten, daß sie nicht wirklich böse war, so wie sie es hätte sein sollen. Sie klopfte auf ihren Tisch und verkündete, daß der Unterricht für den Rest des Tages ausfalle. Man würde uns in Bussen nach Hause bringen.

Wieso? fragte jemand. Sie sah ihn stirnrunzelnd an und fragte: Willst du vielleicht nicht frei haben?

Wir verließen schweigend den Raum und marschierten in den

Hof. Die ganze Schule hatte sich draußen aufgestellt. Die massiven Stahltore schwangen auf. Sofort gab es eine kleine Welle der Aufregung an der Spitze der Reihe. Die Jungs vorn reckten die Hälse und sahen sich erstaunt um. Als wir die Tore erreichten, sahen wir, daß ein Verband bewaffneter Polizisten die Schule umzingelt hatte.

Was machen die denn da? murmelte ich zu Tublu.

Du Dummkopf, sagte er. Die bewachen uns.

In betretenem Schweigen bestiegen wir die Busse. Diesmal wählte jeder von uns automatisch einen Fensterplatz. Sowie der Bus die Schule verließ, merkten wir, daß sich auf diesen Straßen in den paar Stunden, seit wir das letzte Mal durch sie hindurchgefahren waren, etwas verändert hatte. Wir sahen diese Straßen zweimal täglich, doch jetzt wirkten sie irgendwie fremd. Die Bürgersteige, auf denen sich normalerweise die Verkäufer und Passanten tummelten, waren jetzt unheimlich und leer – bis auf Trupps patrouillierender Polizisten. Alle Geschäfte waren geschlossen, sogar die Paan-Stände an den Ecken. Keiner von uns hatte jemals erlebt, daß *die* geschlossen waren. Dann bog der Bus in eine andere, engere Straße, die wir nicht kannten. Die Bürgersteige waren hier nicht ganz so leer, wir sahen Pulks von Männern an den Ecken herumlungern. Sie betrachteten den Bus grüblerisch, während wir vorbeifuhren. Sie waren ruhig, wachsam. Sie schienen auf etwas zu warten.

Gott sei Dank, dachte ich, daß Tha'mma und May jetzt nicht hier sind.

Tublu rüttelte mich am Ellbogen und zeigte auf eine Rikscha, die man vor die Öffnung einer schmalen Gasse gezogen hatte. Die anderen sahen sie auch und drehten sich um, um sie anzustarren. Wir mußten immerzu hinsehen, selbst nachdem wir sie schon längst hinter uns gelassen hatten. Es gab überhaupt keinen Grund für uns, so zu starren: Wann immer wir auf die Straße gingen, sahen wir irgendwo querstehende Rikschas. Und doch mußten wir sie anstarren. Da war etwas an dem Winkel, in dem sie aufgestellt war, aus dem eine Absicht sprach, die wir nicht verstanden: War sie dort aufgestellt worden, um Moslems oder Hindus den Durchgang zu verwehren? In dem Augenblick konnten wir die aus dem Lot geratene Ordnung unserer Welt an dem völlig normalen Winkel einer verlassenen Rikscha ablesen.

Dann fuhr unser Bus Richtung Park Circus, und plötzlich waren diese Stimmen überall um uns herum, genau dieselben jähen Lärmausbrüche, nur jetzt sehr viel lauter. Nach vorn durch die Windschutzscheibe blickend, sah ich eine verstreute Menschenmenge auf dem Platz. Noch während ich sie beobachtete, trennte sich eine Gruppe von der Masse und pirschte sich an uns heran. Und dann wurde ich umgeworfen, als unser Bus unvermittelt mit quietschenden Bremsen stehenblieb.

Mit dem Lenkrad kämpfend, riß der Fahrer den schwerfälligen alten Bus herum. Der Bus neigte sich, als er mit zwei Rädern auf den Bürgersteig fuhr, und dann war er wieder auf der Straße. Mit einem lauten metallischen Kreischen der Gangschaltung setzte er sich langsam in Bewegung.

Die Männer, die uns verfolgten, waren inzwischen nur noch wenige Meter von unserem Bus entfernt. Wir duckten uns unter die Sitze, als Steine gegen die Fenster prasselten. Dann fuhr der Bus endlich schneller, und sie fielen wieder zurück. Als wir uns wieder erhoben und zurückblickten, sahen wir, daß einige von ihnen lachten und sich die Arme um die Schultern legten.

An der nächsten Ecke bog der Bus in eine Straße, die keiner von uns kannte. Tublu, der dem Fahrer am nächsten saß, stand auf und sagte ihm, daß das nicht der Weg zu seinem Haus sei, er würde bestimmt nicht heimfinden.

Ohne die Geschwindigkeit zu drosseln, stieß der Fahrer Tublu auf seinen Platz zurück.

Keiner von uns sah den anderen an. Wir erkannten die Straßen nicht, durch die wir jetzt hindurchrasten. Wir wußten nicht, ob wir nach Hause fuhren oder nicht. Die Straßen hatten sich verwandelt. Unsere Stadt hatte sich gegen uns gewandt.

Tublu fing an zu weinen. Einer nach dem anderen versammelten wir uns um ihn. Zu jeder anderen Zeit hätten wir gelacht, doch jetzt lauschten wir ihm schweigend und entsetzt. Er weinte wirklich, das sahen wir – nicht um Aufmerksamkeit zu erhaschen, nicht weil er verletzt war. Ein Meer der Trostlosigkeit lag in seinem Schluchzen. Bis nach Hause weinte er so, für uns alle.

Wir hatten nicht bloß Angst, wir waren betäubt vor Angst. Diese ganz bestimmte Angst kann man weder vergessen noch beschreiben. Sie ist wie die Angst der Opfer eines Erdbebens, wie die Angst von Menschen, deren Vertrauen in die Festigkeit der Erde erschüttert ist. Und doch ist sie anders. Sie ist ohne Analogie, denn sie ist nicht vergleichbar mit der Angst vor der Natur, der universalsten aller menschlichen Ängste, und auch nicht mit der Angst vor staatlicher Gewalt, der verbreitetsten der modernen Ängste. Es ist eine Angst, die dem Wissen entspringt, daß Normalität alles andere als eine Selbstverständlichkeit ist, daß die Räume, die einen umgeben, die Straßen, die man bewohnt, plötzlich und ohne Warnung so feindselig werden können wie eine Wüste in einer Springflut. Das ist es, was die Abermillionen Menschen, die den Subkontinent bewohnen, von der übrigen Welt trennt – weder Sprache noch Speise, noch Musik: Es ist diese bestimmte Einsamkeit, die durch die Angst vor dem Krieg zwischen uns selbst und unserem Spiegelbild entsteht.

*Als Robi am Donnerstagmorgen* aufwachte, blieb er lange im Bett liegen und lauschte aufmerksam dem Gezwitscher der Spatzen im Mangobaum, dem Brummen des Verkehrs auf der Straße, die zum Flughafen führte, dem Klappern von Milchkannen auf einem Fahrrad, das langsam ihr Sträßchen hinunterfuhr. Nicht einmal das Echo einer Dissonanz konnte er in diesem vertrauten Gemisch von Morgengeräuschen hören. Er stand auf und ging ans Fenster: Falls es wirklich Unruhen geben sollte, wollte er der erste sein, der sie sah. Er wußte nicht so genau, was «Unruhen» eigentlich waren. In Kanada und Rumänien, den einzigen Ländern, in denen er gelebt hatte und an die er sich noch erinnern konnte, war nicht viel davon zu spüren gewesen, und in seinem Internat in Nordindien gab's auch keine Unruhen, jedenfalls nicht auf ihrer Seite der Mauern.

Die Expedition zu dem alten Haus hing davon ab, ob es heute morgen Anzeichen von Unruhen gab oder nicht. Ihm war es allerdings ziemlich egal, ob sie wegfuhren oder zu Hause blieben, um sich die «Unruhen» anzusehen – es würde auf jeden Fall aufregend werden. Aber er hatte es so im Gefühl, daß sie fahren würden – den Gerüchten zum Trotz hatte es in den letzten paar Tagen keine Unruhen gegeben, und Mashi war inzwischen sehr ungeduldig geworden. Gestern abend beim Abendessen hatte sein Vater nachgeben müssen, als sie insistierte. Na gut, sie könnten gehen, hatte er gesagt, aber sie müßten einen Wächter des Hochkommissariats mitnehmen.

Robi lehnte sich aus dem Fenster und sah hinunter. Der Garten lag ins friedliche Licht der Wintersonne getaucht da. Zwischen den Kanna- und Malvenblüten sah er die Flügel der Libellen blitzen. Ihr Nachbar Mr. Haque war draußen in seinem Garten mit einer Tasse Tee und schnupperte wie üblich an seinen Rosen. Keine Spur von irgendwas, was man als Unruhe bezeichnen konnte. Zufriedengestellt ging er hinunter und verkündete May und Tridib, daß alles in Ordnung sei. Ihrer Fahrt stand also nichts im Wege.

Eine Einzelheit, die Robi von diesem Tag im Gedächtnis blieb, war, daß meine Großmutter zweimal den Sari wechselte, bevor sie losfuhren. Zum Frühstück kam sie in einem schlichten, aber frischen weißen Sari herunter und erklärte, daß sie so bald wie möglich losfahren wolle. Doch als der Mercedes von der Chancery eintraf, mit einem Wächter und einem Chauffeur, sah sie noch einmal gründlich an sich hinunter, ging wieder nach oben und kam nach einer Viertelstunde wieder herunter, in einem weißen Sari mit grünem Rand. Endlich abfahrbereit, stiegen sie nun ins Auto. Doch dann rief meine Großmutter, daß sie das

Geschenk für Saifuddins Frau vergessen habe, und eilte ins Haus zurück. Aber als sie wieder erschien, hatte sie einen weißen Sari mit rotem Rand an. Er erinnerte sich, wie seine Mutter sie ausgelacht hatte, als sie wieder einstieg, und irgendwas gesagt hatte, von wegen sie sei ja so aufgeregt wie eine Braut, die zum erstenmal das neue Haus betritt. Er erinnerte sich, wie sie zurückgelächelt und erwidert hatte: Du irrst – ich betrete das Haus zum erstenmal als Witwe.

Während sie durch die Straßen fuhren, spähte Robi wachsam nach Anzeichen von «Unruhen». Aber er wurde bald enttäuscht. Am New Market zum Beispiel waren alle Geschäfte geöffnet, und die Straßen waren wie gewöhnlich voller Menschen, Fahrradrikschas und Autos. Niemand schenkte ihrem Wagen mit dem CD-Nummernschild besondere Beachtung.

Der Chauffeur machte im Vorbeifahren meine Großmutter auf die Sehenswürdigkeiten aufmerksam: den Plaza-Kinopalast mit einem fünf Meter hohen Plakat von Ben Hur, das Gulshan Palace Hotel, die Ramna-Rennbahn und so weiter.

Das ist ja alles wundervoll, sagte sie. Aber wo ist Dhaka?

Doch allmählich, bald nachdem sie eine Brücke überquert hatten, änderte sich das Bild. Die Straßen wurden schmaler und voller, die Häuser älter und baufälliger. Meine Großmutter saß jetzt aufmerksam auf dem Rand ihres Sitzes, sah hinaus und sog schnuppernd die Luft ein. Der Wagen bog auf einen großen belebten Platz ein, und plötzlich packte sie Mayadebi am Arm und rief: Sieh nur, Shador-bajar, da ist die Royal Stationery, erinnerst du dich? Mayadebi legte ihr den Arm um, und während sie einander festhielten und sich lachend ihre Tränen wegwischten, erklärten sie May, daß sie dort als Schülerinnen immer ihre Bücher gekauft hatten. Es sah damals ganz genauso aus, sagte Mayadebi, als sie an dem Geschäft vorbeifuhren, nur das Ladenschild hat sich geändert. Doch meine Großmutter wollte nicht einmal das gelten lassen. Sie sagte heftig: Nein, es ist noch dasselbe Ladenschild. Ich erinnere mich genau dran.

Einige Minuten später bogen sie in eine schmale Gasse ein, die auf beiden Seiten mit Geschäften gesäumt war. Jetzt wußte meine Großmutter nicht mehr, wo sie zuerst hingucken sollte, denn plötzlich stürmten die Bilder der Erinnerung wie ein Stapel alter Fotografien auf sie ein. Sie wand und drehte sich auf ihrem Sitz und deutete auf alles: Da haben die Jungs immer Fußball gespielt, da hat Shyam Lahiri gewohnt, das ist Rinas Haus, ich hab sie neulich im Park getroffen, da hat Naresh-babu immer gesessen – hinter dem Gitter in diesem Juwelierladen – und den Goldstaub mit dem Saum seines Dhoti zusammengekehrt ...

Bei der Mündung einer schmalen Gasse hielt der Fahrer. Zu Mayadebi gewandt, deutete er dorthin und sagte: Da ist Ihr Haus – da hat Saifuddin seine Werkstatt.

Von plötzlicher Panik ergriffen, protestierte meine Großmutter: Das kann's unmöglich sein. Das *kann* nicht unsere Straße sein. Wo ist denn Kana-babus Süßwarenladen? In dem Laden da drüben werden Werkzeuge und Haushaltswaren verkauft. Wo ist der Süßwarenladen geblieben?

Der Chauffeur wedelte traurig mit den Händen in der Luft herum und sagte: Hier gibt's keinen Süßwarenladen. Alles weg. Jetzt ist nur noch der da.

In dem Moment bemerkte er eine plötzliche Bewegung, und er riß die Tür auf und sprang los, um einen Jungen zu verjagen, der den Mercedesstern auf der Kühlerhaube berühren wollte. Der Junge verschwand in einem Pulk junger Männer und Kinder, die sich um das Auto versammelt hatten. Während er sie unbehaglich beäugte, gab der Chauffeur dem Wächter ein Zeichen und bat ihn, die Rückseite des Autos zu bewachen, er selbst würde die Kühlerhaube im Auge behalten.

Da! rief meine Großmutter und zeigte die Gasse hinunter. Seht doch! Unser Haus!

Seine Ränder waren mit Moos überwachsen, und Banyantriebe klammerten sich an die zerbröckelnde Silhouette, doch die Umrisse waren genauso, wie sie sie in Erinnerung hatte, groß, einladend und plump. Meine Großmutter schloß die Augen und rührte sich nicht vom Fleck, bis Robi schließlich an ihrer Hand zerrte und sagte: Komm, wir gucken es uns an.

Doch bevor sie weitergehen konnten, kam der Chauffeur atemlos zu Mayadebi gelaufen, flüsterte ihr ein paar Worte ins Ohr und rannte zum Wagen zurück. Was hat er gesagt? fragte Tridib, doch sie blickte mit einem verträumten Lächeln zum Haus hinüber, und erst nachdem er seine Frage wiederholt hatte, sagte sie: Ach, nichts – wir sollen uns beeilen, falls es doch Ärger gibt.

Mit einem Rattenschwanz neugieriger Kinder gingen sie das Sträßchen hinunter. Die meisten hielten sich an May. Robi hörte ihr aufgeregtes Flüstern und Raunen, und ein kleines Mädchen schob seine Hand in Mays.

Sie konnten das Haus jetzt deutlich sehen. Von der Terrasse hingen nasse Saris herunter, breite bunte Bahnen, wie verschüttete Farbe, und hinter den offenen Fenstern konnten sie rußverschmierte Wände sehen und die Moskitonetze über den Betten, und Kleider, die an Nägeln an der Wand hingen. Auf einer kleinen Tafel unter einem der Fenster im obersten Stock stand: Lutfullah Ismail, BA, MA (Patna), der seine Dienste in Schreibmaschineschreiben und Stenographie anbot.

Robi lief vor, warf einen Blick durch die Toreinfahrt und kam wieder zurückgerannt. Motorräder, sagte er tief beeindruckt. Überall Motorräder.

Es bereitet mir nicht die geringste Mühe, mir den verdutzten und ungläubigen Blick vorzustellen, mit dem Mayadebi und meine Großmutter diese Neuigkeit aufnahmen. Über die Werkstatt wußten sie natürlich Bescheid, aber sie hatten nicht gedacht, daß sie ausgerechnet dort sein würde. Doch nicht dort, auf diesem kleinen Fleckchen Garten, wo die beiden so oft gesessen und über das Treiben im Andersrum-Haus ihres Onkels fabuliert hatten.

Das kann nicht wahr sein, sagte meine Großmutter. Das muß eine Lüge sein.

Doch am Tor mußte sie die Arme heben, um ihre Augen vor einem Schwall blendendweißen Lichts zu schützen, und sie sah, daß Robi nur die Wahrheit gesagt hatte: Dem alten Portikus war ein Blechschuppen gewachsen, der im Licht eines Schweißbrenners glänzte, mit dem ein Mann an einem Motorradschutzblech arbeitete. Der Rasenflecken, den sie einmal als Garten bezeichnet hatten, war jetzt von schwarzen Öllachen zernarbt und übersät mit Reifenschläuchen und Auspuffrohren.

Es hatte sich alles verändert, aber jetzt war es meiner Großmutter egal. Es war nicht das Haus, das sie in Erinnerung hatte, das Haus, das sie mir in Kalkutta gebaut hatte, aber es kam ihm ziemlich nahe.

Ich sehe sie vor mir, wie sie in diesen Hof tritt, ohne auf die schmierigen Lachen und die alten Reifen zu achten, wie sie zu den Balkonen mit ihren spindeligen gußeisernen Geländern hinaufstarrt, über ein verzogenes Rad stolpert, während sie nach den Limonenbäumen sucht, die ihre Mutter einst gepflanzt hatte, sich die Knie an einer verbogenen Lenkstange anhaut, bis Saifuddin, der Mechaniker, sie sanft zu einer Bank führt und sie überredet, sich hinzusetzen. Dann betrachtet sie sein ölverschmiertes Gesicht und grübelt darüber nach, aus welchem Teil des Hauses dieser neue Verwandte, an dessen Gesicht sie sich nicht erinnern kann, aufgetaucht ist. Und Mayadebi, die versucht, sie aus ihrer Verwirrung zu befreien, erklärt ihr sanft, daß dies Saifuddin ist, der Mechaniker, der ihnen helfen wird, ihren Onkel nach Indien zurückzubringen. Meine Großmutter zuckt zusammen, weil sie ihren Onkel ganz vergessen hat, doch langsam, kraft ihres erstaunlichen Willens, holt sie sich in die Gegenwart zurück, erinnert sich daran, daß sie eine ernste Pflicht zu erfüllen hat, daß sie diese ganze Reise schließlich nicht unternommen hat, um bloß in Nostalgie zu schwelgen – meine Großmutter haßt Nostalgie, jahrelang hat sie mir eingeschärft, daß Nostalgie eine Schwäche ist, Zeitverschwendung, daß es jedermanns Pflicht ist, die Vergangenheit zu vergessen, nach vorn zu schauen und sich ohne Zögern daranzumachen, die Zukunft zu bauen – und so erinnerte sie sich jetzt langsam an die Pflicht, die sie hierhergeführt hat, die Pflicht, ihren Onkel aus seiner Vergangenheit herauszuholen und ihn in die Zukunft zu stoßen.

Ach ja, Jethamoshai, sagte sie zu Saifuddin. Und wie geht es ihm?

Saifuddin, ein stämmiger, kräftig gebauter Mann Mitte Vierzig, erklärte ihr in schnellem, mit Hindustani eingefärbtem Bengali, daß es ihm nicht gutgehe, daß sie so schnell wie möglich irgendwas für ihn tun sollten.

Meine Großmutter blickte ernst nickend auf ihre Hände hinunter und bemerkte überrascht, daß sie ein braunes Päckchen trug. Dann fiel ihr wieder ein, warum sie es mitgebracht hatte, und sie drückte es Saifuddin in die Hände. Hier, sagte sie. Ein Sari für Ihre Frau.

Ein Lächeln freudiger Überraschung erschien auf Saifuddins ölgeschwärztem Gesicht. Er beteuerte, daß sie sich nicht die Mühe hätte machen sollen, dankte ihr dann überschwenglich und brüllte zu seiner Frau hoch, daß sie für ihre Gäste aus Indien Tee machen solle.

Aber sollten wir denn jetzt nicht lieber zu ihm gehen und mit ihm reden? meinte Mayadebi. Wir haben nicht viel Zeit.

Bevor Sie wieder gehen, müssen Sie hier unbedingt noch eine Tasse Tee trinken, sagte der Mechaniker bestimmt. Wo Sie doch von so weit her gekommen sind. Außerdem hat es keinen Zweck, jetzt schon zu Ukil-babu zu gehen. Sie müssen auf Khalil warten.

Und wer ist Khalil? fragte meine Großmutter.

Khalil und seine Familie kümmern sich um Ukil-babu, erklärte Saifuddin. Er ist ein netter Kerl. Er ist auch von Indien rübergekommen, aus Murshidabad in Bengalen. Er ist ein bißchen beschränkt, aber er hat ein gutes Herz. Das sag ich den Leuten immer – ich sag, er ist vielleicht ein bißchen dumm, aber er hat ein gutes Herz. Warum würde er sich sonst um diesen

Alten kümmern, auch noch ein Hindu, wo er ihn doch ohne weiteres hätte rauswerfen und beide Räume für seine Familie bekommen können?

Er wandte sich an Tridib und fragte: Sind Sie schon mal in Motihari gewesen, Sahb, in Bihar? Da bin ich geboren.

Tridib schüttelte den Kopf.

Saifuddin schürzte enttäuscht die Lippen. Das ist bedauerlich, sagte er. Wenn Sie zurück sind, müssen Sie unbedingt Motihari besuchen. Es ist schön dort, obwohl da jetzt natürlich eine Menge Unruhen sind.

Wie verdient Khalil seinen Lebensunterhalt? fragte meine Großmutter.

Er betreibt eine Fahrradrikscha, sagte Saifuddin. Und verdient sich hier und dort was dazu. Es reicht gerade, um seine Frau und seine Kinder über Wasser zu halten. Es war kein Problem, als der Ukil-babu selber noch ein bißchen was verdiente. Aber jetzt, wo er bettlägerig ist, weiß ich wirklich nicht, wie sie es schaffen.

Er rieb sich nachdenklich das Kinn. In Motihari gibt's jetzt bestimmt auch schon Hotels, sagte er zu Tridib. Ich glaube, die Stadt hat Dutzende von Kinos.

Kocht Khalils Frau auch für ihn? fragte meine Großmutter nachsichtig.

Natürlich, sagte Saifuddin. Sonst würde der Alte überhaupt nichts zu essen kriegen.

Sie und Mayadebi wechselten erstaunte Blicke. Kannst du dir vorstellen, flüsterte sie Robi zu, es gab eine Zeit, wo dieser alte Herr so orthodox war, daß er den Schatten eines Moslems nicht näher als drei Meter an sein Essen heranließ? Und sieh ihn dir jetzt an, wie er für seine Sünden bezahlen muß.

Drei Meter! gab Robi in einem verhaltenen Flüstern an May weiter, erstaunt über die Genauigkeit der Maßangabe. Wie hat er das denn gemessen? flüsterte er meiner Großmutter zu. Hat er beim Essen immer ein Maßband in der Tasche gehabt?

Ach was, erwiderte meine Großmutter ungeduldig. Damals haben viele Menschen solche Regeln befolgt: Sie hatten einen Instinkt dafür.

Trigonometrie! rief Robi May triumphierend zu. Sie kannten sich sicher mit Trigonometrie aus. Wahrscheinlich haben sie es wie eine Aufgabe ausgerechnet: Wie lang ist der Schatten eines Moslems, wenn er unter einem sieben Meter hohen Gebäude steht? Wir sind nämlich viel schlauer als ihr. Wetten, daß dein Großvater nicht wußte, ob der Schatten eines Deutschen drei Meter von seinem Essen entfernt war?

Aber wie kam Khalil dazu, in dieses Haus zu ziehen, fragte Tridib Saifuddin. Wurde das Haus vom Staat konfisziert und dann aufgeteilt oder so was?

Nein, erwiderte Saifuddin ein wenig überrascht. Er kam genauso her wie wir alle, nur später. Wußten Sie das nicht? Nach der Teilung ging Ukil-babu überall herum und suchte Leute, die in das Haus einzogen, weil er Angst hatte, daß die Familie seines Bruders zurückkommen und ihren Anteil beanspruchen könnte. Er stand immer vor dem Tor und lud die Leute ein, hereinzukommen. Seine eigenen Kinder waren schon längst fortgegangen, keiner wußte wohin. Einmal kam einer seiner Söhne, aber Ukil-babu hat ihn weggeschickt. Khalil kam viel später als wir. Er erschien einfach irgendwann mit seiner Familie, und der Ukil-babu ließ sie hier wohnen. Und seitdem kümmert sich Khalil um ihn.

Er warf ihnen einen kurzen Blick aus den Augenwinkeln zu. Natürlich, fügte er hinzu, wird es für ihn jetzt sehr schwierig. Er kann es sich nicht mehr leisten.

Armer alter Mann, sagte meine Großmutter kopfschüttelnd. Glauben Sie, er wird damit einverstanden sein, jetzt mit uns zurückzugehen?

Wer weiß? Saifuddin hob die Handflächen himmelwärts. Er ist sehr alt und nicht mehr ganz richtig im Kopf. Er erkennt die Leute nicht mehr – deswegen müssen Sie auf Khalil warten, wenn Sie zu ihm gehen wollen. Es wird vielleicht nicht so einfach sein, ihn dazu zu bringen, hier wegzugehen. Er ist hier alt geworden. Ich konnte meinen Vater auch nicht überreden, Motihari zu verlassen und mit uns nach Pakistan zu ziehen. Er ist da auch alt geworden . . . Aber Sie müssen es probieren, es gibt jetzt keine andere Wahl.

Draußen auf der Straße erklang das heisere Tröten einer Gummihupe. Im nächsten Moment kam eine Fahrradrikscha in bedenklicher Schräglage durchs Tor und in den Hof geschossen. Der Fahrer stand auf einem Pedal, bereit zum Absprung.

Das ist Khalil, sagte Saifuddin. Normalerweise fällt er runter. *Dhishum!* Voll auf den Kopf. Aber er hat einen harten Schädel.

Khalil sprang von seiner Rikscha, während sie sich noch bewegte, fiel auf alle viere und rappelte sich verlegen wieder auf. Er war ein kleiner stämmiger Mann mit kräftigen Beinen und breiten Schultern und einem ewig jungen Gesicht. Respektvoll seinen gefalteten Lungi senkend, schlurfte er zu Saifuddin und sagte: Ja, Sir? Aus seiner demutsvollen Kopfhaltung war ersichtlich, daß er beträchtliche Ehrfurcht vor dem Mechaniker hatte.

Khalil, das hier sind Ukil-babus Verwandte, sagte Saifuddin. Ich hab dir von ihnen erzählt. Sie sind extra von Indien hergekommen, um ihn heimzuholen. Du mußt tun, was du kannst, um ihnen zu helfen, den Ukil-babu dazu zu überreden, daß er mit ihnen geht.

Khalil drehte sich zu ihnen um und grinste. Wo seine Vorderzähne hätten sein sollen, war eine große Lücke. May erinnerte sich später, daß dieses breite Lächeln sie sofort für ihn eingenommen hatte. Es war ein scheues, schlichtes Lächeln, aber als sie in sein Gesicht sah, wußte sie instinktiv, daß dahinter kein schlichtes Gemüt lag, sondern genau das Gegenteil, geistiger Adel.

Mit einer tiefen leisen Stimme sagte Khalil kopfschüttelnd: Er wird nicht gehen. Es hat keinen Zweck, mit ihm zu reden. Er wird nicht gehen.

Khalil! sagte der Mechaniker in scharfem Ton. Denk dran, was ich dir gesagt habe! Du mußt irgendwas unternehmen, damit er sich bereit erklärt zu gehen. Es ist nur zu seinem Besten. Hier ist es für ihn nicht mehr sicher.

Khalil zuckte die Achseln. Na gut, sagte er. Sie können es ja versuchen. Aber ich sage Ihnen, es hat keinen Zweck. Er wird bestimmt nicht gehen.

Er gab ihnen ein Zeichen, daß sie ihm folgen sollten, und führte sie über den Hof. Meine Großmutter hatte jetzt Mühe, auf die Beine zu kommen. Tridib mußte ihr aufhelfen. Mayadebi hakte sie unter, während sie langsam über den Hof gingen. Als sie vor der Tür stehenblieben, liefen beiden Tränen die Wangen herunter. Jetzt erfahren wir endlich, wie es im Andersrum-Haus aussieht, sagte meine Großmutter.

Khalil drückte die Tür auf und geleitete sie hinein.

Der Raum war groß und sehr schmutzig, nicht weil man ihn hatte verkommen lassen, sondern weil zu viele Menschen darin wohnten. Der Putz blätterte in geschwärzten Rollen von den Wänden, und von der Decke hingen Waben von Spinnweben. Auf dem Boden lagen alte Reifenschläuche und rostige Lenkstangen herum, an den Wänden standen Regale mit zerschlissenen Büchern und zusammengebundenen Akten.

Mayadebi und meine Großmutter fielen sich lachend in die Arme. Hier ist ja gar nichts andersrum, sagte meine Großmutter.

Eine Frau, den Kopf in einen Sari gehüllt, an den Knien zwei klammernde Kinder, beobachtete sie im Schutz eines durch einen Vorhang abgetrennten Durchgangs am anderen Ende des Raumes. *He!* sagte Khalil zu ihr. Mach Tee für sie, schnell, das sind Ukil-babus Verwandte aus Kalkutta.

Der Vorhang fiel herab, und sie verschwand, doch die Kinder blieben und beobachteten sie mit glänzenden Kulleraugen.

Erst als Khalil durchs Zimmer ging, bemerkten sie den Alten. Er saß in einem hohen vierpfostigen Bett auf der anderen Seite des Raums und blickte aus dem Fenster, ohne sich ihrer Gegenwart bewußt zu sein. Robi wich zurück. Noch nie hatte er so einen alten Menschen gesehen: Er war so alt, daß er fast wie ein Kind wirkte – geschrumpft, winzig, in den Mundwinkeln hingen Speichelfäden.

Der Blick meiner Großmutter verschleierte sich, als sie den alten Mann betrachtete. Jethamoshai, rief sie, wir sind endlich nach Hause gekommen.

Da bemerkte er sie schließlich und drehte langsam den Kopf, um sie zu betrachten.

Sie bedeckte ihren Kopf und eilte zu ihm. Wir sind zurückgekommen, Jethamoshai, sagte sie, und ihre Stimme wurde von einem Schluchzen erstickt. Wir sind gekommen, um dich heimzuholen.

Stehenbleiben! kreischte er schrill und kauerte sich in die schmierigen Polster und Kissen, die verstreut um ihn herumlagen. Stehenbleiben! Was soll das, Frau? Stehenbleiben!

Meine Großmutter erstarrte. Was soll das heißen, stehenbleiben? sagte sie, wobei ihre tränenerstickte Stimme einen empörten Tonfall annahm. Erkennst du mich denn nicht? Ich bin deine . . .

Ich weiß, wer du bist, Frau, sagte er aufbrausend mit einer dünnen zittrigen Stimme. Aber ich laß mich von Klienten nie berühren. Mein Vater hat es auch nie zugelassen. Das ist eine schmutzige Angewohnheit, hat er immer gesagt. Setz dich auf den Hocker da drüben und schildere mir deinen Fall.

Meine Großmutter gehorchte ihm verdutzt und setzte sich.

Der Alte schüttelte seinen knorrigen Finger und befahl Khalil, auf die anderen deutend: Sag ihnen, sie sollen sich draußen aufstellen. Ich empfange sie einen nach dem anderen. Ich kann nicht mehr als einen Klienten auf einmal empfangen.

Jetzt hören Sie mal zu, Ukil-babu, brüllte Khalil, so laut er konnte. Das sind keine Klienten, Ukil-babu. Das sind Ihre Verwandten.

Aber der Alte hörte nicht zu. Sein Blick war auf May geheftet.

Sein schlaffer Mund stand offen, und seine Zunge hatte sich durch seine Zahnlücken geschoben.

Er wackelte schäkernd mit dem Kopf. Sie lächelte zurück.

Sie ist eine Ausländerin, Ukil-babu, brüllte Khalil so laut, daß Robi ihn mit den Füßen hörte. Sie ist mit Ihren Verwandten aus Kalkutta gekommen.

Ich weiß, sagte der Alte und zwinkerte ihr zu. Ich weiß. Ich weiß alles. Clara Bow, Mary Pickford, ich weiß.

Ukil-babu hat so viel Wissen im Kopf! sagte Khalil stolz zu meiner Großmutter.

How do you do? sagte der Alte auf englisch zu May, durch seine Zahnlücken pfeifend. How do you do?

Ihm schien irgendein Gedanke zu kommen, er hob den Kopf und betrachtete die Wände. Die Pupillen seiner Augen waren wie angestochene Eidotter, ins Weiß geflossen. Er fand, was er gesucht hatte, und hob langsam einen streichholzdünnen Arm.

Da, sagte er und deutete auf ein Bild. Unser König-Kaiser. God save our gracious king.

Auf dem Bild lag so eine dicke Staubschicht, daß Robi nichts erkennen konnte außer einem Spitzbart am unteren Rand und einer Krone, die oben auf einer Wolke von Spinnweben schwebte.

Der Alte fing an zu singen – God save our gracious . . . Doch dann vergaß er die Melodie und schaffte es irgendwie, die Worte in ein fröhliches Summen umzuwandeln.

May lachte und fing auch an zu singen: God save our . . .

Genau, sagte der Alte und klopfte auf seinen Kissen Beifall. Dann kippte ihm plötzlich die Kinnlade herunter, und seine Miene verfinsterte sich sorgenvoll.

Khalil! flüsterte er mit einem Pfeifen, das durchs Zimmer schrillte. Khalil, lauf, lauf, geh schnell und kaufe Klopapier.

Wie? fragte Khalil. Wieso?

Was ist, wenn sie scheißen will? sagte der Alte. Mein Vater hat immer gesagt: Wenn ein Ausländer in dein Haus kommt, mußt du zuallererst daran denken, Klopapier zu kaufen.

Machen Sie sich keine Sorgen, versuchte Khalil ihn brüllend zu beruhigen. Sie war heute morgen schon.

Woher willst *du* das denn wissen? fuhr er ihn an. Hat sie's dir gesagt? Du kannst ja noch nicht mal Englisch.

Meine Großmutter war jetzt ganz außer sich, sie ertrug es nicht, noch länger stillzusitzen. Sie sprang auf und rief: Jethamoshai, weißt du denn nicht, wer ich bin?

Sein Gesicht verzog sich zu einer gereizten mißmutigen Miene, als er sich langsam zu ihr umdrehte. Hab ich dir nicht gesagt, du sollst dich hinsetzen, Frau? fauchte er sie an.

Gehorsam setzte sich meine Großmutter wieder hin. Verstehst du denn nicht? stöhnte sie händeringend. Ich bin die Tochter deines eigenen Bruders.

Also gut, Frau, sagte er. Schildere mir deinen Fall. Worum geht es?

Jetzt schaltete sich Tridib ein. Jetzt hören Sie doch mal, sagte er sehr laut. Wir sind Ihre Verwandten. Wir sind gekommen, um Sie heimzuholen. Erinnern Sie sich an Ihren Bruder, der im anderen Teil des Hauses gelebt hat?

Die Miene des Alten hellte sich auf. Sie sind gestorben! sagte er, seine Stimme bebte triumphierend. Sie hatten zwei Töchter: Die eine hatte ein Gesicht wie ein Geier, und die andere war giftig wie eine Kobra, aber hübsch und putzig anzusehen.

Tridib lachte. Die beiden sind jetzt wiedergekommen, um Sie zu retten, sagte er.

Die beiden haben sich irgendwo verlustiert, fuhr der Alte fort. Und sowie ich konnte, bin ich auf die Straße gegangen und hab mir den ersten besten geschnappt und hier einquartiert. Jetzt wart ich nur darauf, daß sie zurückkommen.

Er grinste, und Tridib fuhr zurück vor der geifernden Bösartigkeit in seinem kahlen schwarzen Zahnfleisch.

Ich warte nur darauf, daß sie zurückkommen, sagte er, damit ich sie durch jedes Gericht des Landes schleppen kann, bis hoch zum Viceroy's Council. «Was man hat, das hat man», hat mein

Vetter Brajen immer gesagt, und der wußte Bescheid, weil er mit der Familie seines Onkels vor jedes Gericht im Königreich gezogen ist, weil sie ihm von dem Land auf seiner Seite des Kanals eine Handvoll Boden weggenommen und ihrem eigenen zugeschlagen hatten.

Das stimmt, sagte Mayadebi zu Tridib. Ich kann mich noch an ihn erinnern: Er mußte sein ganzes Land verkaufen, um seine Anwälte zu bezahlen.

Wegen einer Handvoll Erde! sagte der Alte bewundernd und starrte zur Decke. Aus so einem Holz bin ich auch geschnitzt. Das werden sie schon noch merken. Sollen sie nur zurückkommen.

Sie *sind* zurückgekommen, sagte meine Großmutter sanft. Aber nicht, um mit dir vor Gericht zu gehen. Wir wollen das Haus nicht haben. Wir sind gekommen, um dich heimzuholen. Hier ist es nicht sicher für dich. Es kann jetzt jeden Tag zu Unruhen kommen. Du mußt hier wegziehen, solange es noch geht.

Wegziehen? fragte der Alte ungläubig. Wohin wegziehen?

Hier ist es nicht sicher für dich, sagte meine Großmutter drängend. Ich weiß, daß diese Leute sich gut um dich kümmern, aber das ist nicht dasselbe. Das verstehst du nicht.

Ich verstehe sehr wohl, murmelte der Alte. Ich weiß alles, ich verstehe alles. Wenn man einmal mit dem Wegziehen angefangen hat, hört man nie wieder auf. Das hab ich auch meinen Söhnen gesagt, als sie den Zug genommen haben. Ich hab gesagt: Ich glaube nicht an dieses Indien-Schindien. Schön und gut, ihr geht jetzt weg, aber was ist, wenn ihr ankommt und die einfach beschließen, wieder irgendwo eine Linie zu ziehen? Was macht ihr dann? Wo zieht ihr dann hin? Nirgendwo will euch jemand haben. Und was mich angeht, ich bin hier geboren, und hier werde ich auch sterben.

Daraufhin gab meine Großmutter auf. Sie seufzte und erhob sich, um zu gehen. Es hat keinen Zweck, noch länger mit ihm zu reden, sagte sie. Wir haben getan, was wir konnten. Wir gehen jetzt lieber.

Dann ging Saifuddin der Mechaniker, der aufmerksam zugehört hatte, schnell durch den Raum und sagte: Es hat keinen Zweck, mit *ihm* zu reden. Er ist nicht verantwortlich für das, was er sagt. Es ist das glciche, wie wenn er verrückt wäre. Sie müssen sich irgendwas anderes einfallen lassen, wie Sie ihn nach Hause kriegen.

Plötzlich wandte sich Khalil an meine Großmutter, appellierte an sie mit ausgebreiteten Armen.

Hören Sie nicht auf ihn, rief er. Er sagt das nur, weil er Anspruch auf das ganze Haus erheben will, und das kann er nicht, solange der alte Herr noch hier wohnt. Sie können ihn nicht wegholen, er wird nicht gehen. Außerdem ist er inzwischen wie ein Großvater für meine Kinder – was sollen sie ohne ihn machen?

Der Mechaniker zerrte ihn herum und drückte ihn an die Wand.

Er lügt, sagte er. Es hat überhaupt nichts mit dem Haus zu tun. Da sehen Sie, wie einfältig Khalil ist. Er kapiert überhaupt nichts. Ich sage Ihnen, Sie sollen ihn um *seinetwillen* mitnehmen. Er hat sich im Laufe der Jahre eine Menge Feinde gemacht. Bei den letzten Unruhen hatten wir große Mühe, ihn zu verteidigen. Wer weiß, was beim nächstenmal passiert?

Sie dürfen ihn nicht mitnehmen, rief Khalil. Er wird dran sterben.

Dann schaltete sich eine weibliche Stimme ein. Es war Khalils Frau, halb hinterm Vorhang versteckt.

Nehmen Sie ihn mit, sagte sie. Khalil weiß ja nicht, was er da sagt. Er muß ja auch nicht für ihn kochen und ihn füttern. Wir haben auch noch zwei andere Kinder. Wie lange soll es noch so weitergehen? Wo soll das Geld herkommen?

Und während sie da saßen, erstarrt in einem lebenden Bild der Unentschlossenheit, kam der Chauffeur zur Tür gerannt.

Bitte kommen Sie schnell, Madam, rief er. Wir müssen los – draußen gibt's Probleme.

Er machte kehrt und verschwand.

Meine Großmutter faßte einen Entschluß.

Hör zu, Khalil, sagte sie. Wir machen folgendes: Wir nehmen ihn jetzt mit und behalten ihn ein paar Tage bei uns, bis die Unruhen vorüber sind. Wenn er danach wieder zurück will, bringen wir ihn zurück. Was sagst du dazu?

Khalil gab sich geschlagen. Na gut, sagte er mißmutig. Aber nicht in Ihrem Auto. Ich werd ihn in meiner Rikscha fahren müssen. Ich sag ihm, er muß zum Gericht – sonst weigert er sich, das Haus zu verlassen. Ich fahre Ihrem Wagen nach.

Der Mechaniker lachte abschätzig. Wie willst du denn ihrem Wagen nachfahren? Hast du ihn gesehen? Es ist ein Mercedes.

Keine Sorge, sagte Khalil und funkelte ihn an. Ich schaff's schon, wenn sie ein bißchen langsamer fahren.

Dann ging er zu dem Alten und sagte ihm etwas ins Ohr. Der Alte wandte den Kopf und fuchtelte mit den Händen wild in der Luft herum. Doch Khalil redete auf ihn ein, und schließlich nickte er und streckte die Arme aus. Khalil nahm einen schwarzen Baumwollmantel von einem Haken und half ihm hinein. Dann griff er unters Bett, holte ein Paar Schuhe hervor, zog sie ihm an und band die Schnürsenkel zu.

So, sagte der Alte. Ich bin bereit.

Khalil reichte ihm seinen Gehstock, legte ihm einen Arm um die Schulter und half ihm vom Bett herunter.

Gehen Sie voraus, sagte er zu meiner Großmutter. Steigen Sie in Ihr Auto.

Sie verließen zusammen mit Khalil den Raum, und der Alte folgte ihnen nach. Als sie den Hof erreicht hatten, half Tridib Khalil, den Alten in die Rikscha zu heben.

Der Mechaniker begleitete sie bis zum Tor.

Sie haben das Richtige getan, sagte er zu Mayadebi und meiner Großmutter. Das war das einzige, was Sie tun konnten.

Ohne ihn zu beachten, warfen sie einen letzten Blick auf das Haus, auf die Balkone und Terrassen, die sich stufenweise aus dem Boden erhoben, auf den Garten, wo sie einst ihre Abende damit zugebracht hatten, Geschichten über die Hausseite ihres Onkels zu erfinden.

Dann traten sie durch das Tor und machten sich auf den Weg zum Auto.

Die Kinder warteten schon auf sie und folgten ihnen lachend und schnatternd das Sträßchen hinunter. Das kleine Mädchen, das so zutraulich zu May gewesen war, erschien auch wieder und ergriff ihre Hand. Einige rannten neben der Rikscha her, redeten mit Khalil und versuchten, auf die Lenkstange zu springen.

Der Chauffeur winkte ihnen vom Auto aus verzweifelt zu. Er und der Wächter rissen die Türen auf und brachten sie eilig unter.

Schnell jetzt, Madam, sagte der Chauffeur und biß sich auf die Lippen. Schnell jetzt.

Robi hatte gedacht, daß sie von einer Menschenmenge erwartet würden, doch die Straße war leer, ausgestorben, und alle Geschäfte waren geschlossen.

Hier ist doch gar nichts los, sagte er zum Chauffeur. Weswegen haben Sie sich denn solche Sorgen gemacht?

Wart nur ab, sagte der Chauffeur und wischte sich die Stirn mit dem Handrücken ab. Nur ein paar Minuten, Master Robi.

Er ließ den Wagen an, und sie setzten sich langsam in Bewegung, die leere Straße hinunter, die Rikscha dicht hinter ihnen.

Robi sah sie als erster, sowie sie um die erste Ecke gebogen waren, die Ecke, an die sich meine Großmutter so gut erinnerte, wo früher die Jungs auf einem Rasenfleck Fußball gespielt hatten.

Es waren Dutzende, über die ganze Breite der Straße verteilt. In der Mitte der Straße hatten sie ein Feuer angezündet mit ein paar zerbrochenen Stühlen und Holzstücken. Einige hockten um das Feuer herum, andere lehnten an den Laternen und Ladenfassaden. An der Art und Weise, wie sie die Straße beobachteten, merkte Robi, daß sie auf das Auto gewartet hatten.

Da wußte er, an dem Schauder, der von seiner Magengrube ausstrahlte, daß er jetzt endlich seine Unruhen erleben würde.

*Jedes Wort,* das ich über diese Ereignisse von 1964 schreibe, ist das Produkt eines Kampfes mit dem Schweigen. Es ist ein Kampf, den ich mit Sicherheit verlieren werde – schon verloren habe, denn auch nach all diesen Jahren weiß ich immer noch nicht, wo in meinem Innern, in welchem Winkel meiner Welt dieses Schweigen liegt. Ich weiß nur, was es nicht ist. Es ist zum Beispiel nicht das Schweigen eines lückenhaften Gedächtnisses. Noch ist es ein von einem unbarmherzigen Staat erzwungenes Schweigen – nichts Derartiges: kein Stacheldraht, keine Checkpoints, die mir sagen, wo seine Grenzen liegen. Ich weiß nichts über dieses Schweigen, außer daß es sich meinem Verstand entzieht, daß es sich Worten entzieht – deswegen muß dieses Schweigen auch siegen, muß mich unweigerlich besiegen, weil es gar keine Anwesenheit hat, es ist bloß eine Lücke, ein Loch, eine Leere, in der es keine Worte gibt.

Der Feind des Schweigens ist die Sprache, aber es kann keine Sprache geben ohne Worte, und es kann keine Worte geben ohne Bedeutungen – daraus folgt unumstößlich, in der Art von Syllogismen, daß wir uns, wenn wir von Ereignissen zu sprechen versuchen, deren Bedeutung wir nicht verstehen, in dem Schweigen verlieren müssen, das in der Lücke zwischen Worten und der Welt liegt. Dieses Schweigen widersteht jedem erdenklichen Akt des Trotzes oder der Tapferkeit. Man kann ihm nicht trotzen – denn welche Mittel haben wir denn, der bloßen Abwesenheit von Bedeutung zu trotzen? Wo keine Bedeutung ist, da ist Banalität, und genau darin besteht dieses Schweigen, genau deswegen kann es nicht besiegt werden – weil es das Schweigen einer absoluten, undurchdringlichen Banalität ist.

So vollständig ist dieses Schweigen, daß ich tatsächlich *fünf-*

*zehn Jahre* zu der Entdeckung brauchte, daß es eine Verbindung gab zwischen meiner Alptraumfahrt mit dem Schulbus und den Ereignissen, in die Tridib und die anderen in Dhaka gerieten. Und selbst dann war meine Entdeckung das Ergebnis eines Zufalls, einer beiläufigen Bemerkung. Noch lange Zeit, nachdem ich diese Entdeckung gemacht hatte, fiel es mir schwer, mir meine eigene Dummheit zu verzeihen. Aber in gewissem Sinne gab es da natürlich nichts zu verzeihen. Ich war ein Kind, und wie alle Kinder um mich herum wuchs ich im Glauben an die Wahrheit der Grundsätze heran, die mir zur Verfügung standen: Ich glaubte an die Realität des Raums, ich glaubte, daß Entfernung trennt, daß sie eine körperliche Materie ist. Ich glaubte an die Realität von Staaten und Grenzen. Ich glaubte, daß jenseits der Grenze eine andere Realität existiert. Das einzige Verhältnis, das mein Vokabular zwischen diesen beiden Realitäten gestattete, war Krieg oder Freundschaft. Für diese andere Sache gab es darin keinen Platz. Und Dinge, die nicht in mein Vokabular paßten, wurden einfach über den Rand in den Abgrund dieses Schweigens gekippt.

Daß zwischen jenen Ereignissen in Kalkutta, von denen ich durch die Fenster dieses Busses eine Ahnung bekommen hatte, und jenen anderen Ereignissen in Dhaka mehr als nur eine zufällige Verbindung bestand, hätte ich gar nicht erkennen können, aus dem einfachen Grund, weil Dhaka in einem anderen Land lag.

Eines Nachmittags im Jahr 1979, bald nachdem ich mit der Arbeit an meiner Doktorarbeit begonnen hatte, besuchte ich einen Vortrag in der Teen Murti House Library in Neu-Delhi. Der Referent war ein australischer Asienexperte, und er sprach über Indiens Krieg mit China im Jahr 1962. Er war kein besonders guter Redner, und er hatte auch nichts Neues zu sagen, doch trotzdem rüttelte es unser Gedächtnis wieder auf, und als ich nach dem Vortrag mit meinen Freunden zur Kantine hinunterging, redeten wir unwillkürlich über unsere Erinnerungen an diese Zeit.

Wir waren alle davon überrascht, an wie vieles in diesem Monat – Oktober 1962 – wir uns erinnern konnten. So fiel mir ein, daß wir gerade erst in unser neues Haus an der Southern Avenue eingezogen waren, als der Krieg ausbrach. Es war kurz nach den Pujas. Eines Abends hatten meine Mutter und ich unsere neuen Puja-Gewänder angezogen, und wir warteten darauf, daß mein Vater nach Hause kam, damit wir dann alle zusammen unsere Verwandten besuchen konnten. Aber er kam sehr spät, und als wir endlich das Quietschen des Eingangstores hörten, führte meine Mutter mich sofort in den Garten, um ihm unseren geballten Unmut entgegenzuschleudern. Aber als er erschien, blieb er gänzlich unbeeindruckt von unseren strafenden Blicken. Seine Augen waren ganz verschwiemelt, und er grinste übers ganze Gesicht. Er schwang mich grinsend über seinen Kopf (ich konnte seine Whiskyfahne riechen) und sagte: Wißt ihr, was passiert ist? Nehru hat der Armee befohlen, diese Schlitzaugen von unseren Grenzen zu vertreiben. Es gibt Krieg.

Ich sprang aus seinen Armen und lief, unentwegt jubelnd, zum Zimmer meiner Großmutter hoch. Tha'mma, brüllte ich. Es gibt Krieg, es gibt Krieg mit China.

Ich erinnere mich, daß sie lachte – es war lange her gewesen, daß sie das letzte Mal gelacht hatte –, mich umarmte und sagte: Hoffentlich können wir ihnen eine Lektion erteilen.

Bei unseren Kännchen Tee in der Kantine entsannen wir uns, wie schnell wir gelernt hatten, die Silhouetten ihrer Flugzeuge von unseren zu unterscheiden, wie unsere Mütter Armreifen und Ohrringe für die Sache gespendet hatten, wie wir an den Straßenecken gesammelt und kleine Papierfähnchen verkauft hatten. Wir konnten uns alle daran erinnern, wie die Begeisterung sich zur Verwirrung verflüchtigt hatte, als uns allmählich dämmerte, daß die Chinesen die indische Armee zurückgeschlagen hatten, wie wir uns gefragt hatten, ob sie Assam oder Kalkutta besetzen würden.

Einer von uns, ein großgewachsener bärtiger Marxist namens

Malik, erzählte uns, wie sein Vater, der damals Parlamentsmitglied gewesen war, eines Morgens die Zeitung aufgeschlagen hatte und dann, nur mit einem Lungi bekleidet, aus dem Haus gestürzt und die Straße hinuntergerannt war, zum Bungalow des Außenministers.

Ist das nicht seltsam, sagte jemand, daß wir uns alle so gut daran erinnern können?

Eigentlich nicht, meinte Malik. Das ist überhaupt nicht seltsam. Es war die wichtigste Sache, die sich in unserem Land ereignet hat, als wir Kinder waren.

Die anderen nickten zustimmend, aber ich mußte meinem Ruf als Widerspruchsgeist gerecht werden, schüttelte daher den Kopf und sagte: Ach komm, das war doch bloß ein dummes kleines Scharmützel irgendwo in den Bergen. Es war überhaupt nicht wichtig. Wir hätten es schon längst vergessen, wenn die indische Armee nicht so eine Schlappe erlitten hätte. Für die meisten Leute war die ganze Sache völlig bedeutungslos.

Na schön, sagte Malik lächelnd. Dann sag uns doch mal – was war denn wichtiger als der Krieg von '62?

Seine Frage brachte mich in arge Verlegenheit. Sie beobachteten mich, während ich mir scharf überlegend den Kopf kratzte.

Plötzlich sagte ich ohne einen für mich jetzt ersichtlichen Grund: Zum Beispiel die Ausschreitungen . . .

Welche Ausschreitungen? fragte Malik. Es gibt so viele.

*Die* Ausschreitungen, sagte ich. Ich mußte die Jahre an meinen Fingern abzählen.

Die Ausschreitungen von 1964, sagte ich.

Sie machten verdutzte Gesichter.

Was war mit den Ausschreitungen von 1964? fragte Malik und runzelte ratlos die Stirn. Ich merkte, daß er wirklich keine Ahnung hatte, wovon ich redete.

Ich wandte mich den anderen zu und rief: Erinnert ihr euch denn nicht?

Sie blickten verlegen weg und schüttelten die Köpfe. Da fiel mir plötzlich ein, daß sie ja alle aus Delhi kamen, daß ich als einziger von ihnen in Kalkutta aufgewachsen war.

Daran müßt ihr euch doch erinnern, sagte ich. 1964 gab es furchtbare Ausschreitungen in Kalkutta.

Aha, sagte Malik. Was ist denn da passiert?

Ich öffnete den Mund, um zu antworten, und stellte fest, daß ich nichts zu sagen hatte. Ich hätte ihnen lediglich von den Stimmen erzählen können, die an den Mauern meiner Schule vorbeigebraust waren, und von einem kurzen Blick auf einen Mob auf dem Park Circus. Das stumme Entsetzen, das meine Erinnerung an jene Ereignisse umgab, und mein Glaube an ihre Wichtigkeit schien sich in einem grotesken Mißverhältnis zu diesen trivialen Erinnerungen zu befinden.

Es gab Ausschreitungen, sagte ich hilflos.

Es gibt dauernd Ausschreitungen, entgegnete Malik.

Das hier waren aber schreckliche Ausschreitungen, sagte ich.

Ausschreitungen sind immer schrecklich, erwiderte Malik. Aber es muß was Lokales gewesen sein. Schrecklich oder nicht, das kann man doch kaum mit einem Krieg vergleichen.

Aber *erinnert* ihr euch denn nicht dran? fragte ich. Habt ihr denn nicht drüber gelesen oder davon gehört? Der Krieg mit China ist ja auch nicht vor eurer Haustür passiert, aber an *den* könnt ihr euch erinnern. Ihr erinnert euch doch bestimmt – ihr *müßt* euch doch dran erinnern.

Sie schüttelten bedauernd die Köpfe und stießen Wolken von Zigarettenqualm aus.

Ich stand auf und klopfte Malik auf die Schulter. Ich war jetzt fest entschlossen, meine Vergangenheit nicht spurlos verschwinden zu lassen. Ich war entschlossen, meine Gefährten von ihrer Wichtigkeit zu überzeugen.

Komm mit, sagte ich. Gehen wir in die Bibliothek und sehen den Zeitungsjahrgang von 1964 durch. Ich zeig's dir.

Er grinste den anderen zu und stürzte seinen Rest Tee hinunter. Na gut, sagte er. Gehen wir.

Wir betraten den stillen klimatisierten Dämmer der Bibliothek und gingen nach hinten zu den Regalen, wo die gebundenen Bände alter Zeitungen standen. Die Jahrgänge der Zeitung, die ich suchte – eine bekannte Tageszeitung von Kalkutta –, befanden sich in der dritten Regalreihe. Von 1964 gab es vier riesige Bände.

Kannst du dich an das Datum erinnern? Oder auch nur an den Monat?

Ich schüttelte den Kopf. Nein, sagte ich. Das weiß ich nicht mehr.

Jedenfalls hat es keinen Zweck, die alle hier auf gut Glück durchzusehen, sagte er mit einem Kopfnicken zu den vier Bänden. Das würde Tage dauern.

Was sollen wir dann machen? fragte ich.

Vielleicht gibt's in irgendeinem Buch oder so was einen Hinweis, meinte er.

Und was ist, wenn wir nicht das richtige Buch finden? fragte ich.

Dann, sagte Malik geduldig, werden wir annehmen müssen, daß du dir das Ganze nur eingebildet hast.

Er drehte sich um und ging zu einer Regalreihe.

Malik kannte sich in der Bibliothek ziemlich gut aus. Er hatte schon mehrere Jahre lang dort über dieses und jenes geforscht. Er blieb bei einem Regal stehen und zeigte darauf. Es war die Abteilung über den Krieg von 1962. Es gab ganze Regale voller Bücher über den Krieg – historische Überblicke, politische Analysen, Memoiren, Schriften –, gewichtige Zeugnisse von der Beredsamkeit des Krieges. Mit einem breiten Lächeln zeigte er mir eine andere Reihe von Regalen: Es war der Abschnitt über den Krieg mit Pakistan von 1965.

Wenigstens haben wir den gewonnen, sagte er.

Doch nach einer halben Stunde hatten wir immer noch nichts über meine Ausschreitungen gefunden.

Malik wurde es jetzt langweilig. Er warf einen verstohlenen

Blick auf seine Uhr und gab mir einen freundlichen Klaps auf die Schulter. Ich muß jetzt nach Hause, sagte er. Vielleicht ein andermal ...

Ich nickte stumm, entmutigt von der Möglichkeit, daß ich all die Jahre mit einer Erinnerung an ein eingebildetes Ereignis gelebt haben könnte. Aber gerade als Malik sich zum Gehen wandte, regte sich ein merkwürdiges kleines Detail in meinem Kopf, eine schwache Erinnerung an die Aufregung, die ich verspürt hatte, als ich an jenem Morgen auf dem Bürgersteig stand und auf meinen Schulbus wartete.

Nein, geh noch nicht, sagte ich und packte Malik am Arm. Jetzt fällt mir wieder was ein. Es ist während des Testmatchs passiert – gegen England, glaube ich. Erinnerst du dich an das Turnier? Als dieser Wicket-Keeper, der dann später fallengelassen wurde, sechs Würfe ohne einen Lauf geschlagen hat?

Ja, natürlich, sagte er lachend. Ja, daran erinnere ich mich. Das war doch Budhi Kunderan, nicht?

Ja! rief ich. Genau – Budhi Kunderan. Es muß also während der Kricketsaison passiert sein – vielleicht im Januar oder Februar.

Also gut, sagte Malik. Aber das ist jetzt deine letzte Chance – sehen wir mal nach.

Wir gingen zurück zur Zeitungsabteilung und holten den Band für Januar und Februar 1964 herunter. Wir öffneten ihn und gingen die Zeitungen rückwärts durch, begannen mit den Sportseiten. Bald fand Malik eine Meldung über das englische Kricketteam, das gerade Indien besuchte. Ein paar Seiten weiter stolperten wir über eine Schlagzeile, die lautete: HEUTE BEGINNT TESTMATCH IN MADRAS.

Da ist es, rief ich triumphierend. Genau an dem Tag war es, jetzt erinnere ich mich wieder. Ich hab das Spiel im Radio verfolgt, als ich wieder von der Schule zurück war.

Es war die Ausgabe von Freitag, dem 10. Januar 1964.

Rasch blätterten wir die schlaffen, vergilbten Seiten um, bis wir zur ersten Seite kamen.

Und, wo sind jetzt deine Ausschreitungen? sagte Malik.

Die Hauptmeldung hatte nicht das geringste mit irgendwelchen Ausschreitungen zu tun, auch nicht mit Kalkutta. Es ging um den 68. Parteitag der Congress Party in Bhubaneshwar. Benommen und ungläubig las ich einen Bericht über die Rede von Mr. Kamaraj, dem Parteivorsitzenden, der alle, die der Ideologie des Sozialismus und der Demokratie verpflichtet waren, einlud, mit vereinten Kräften am Aufbau einer neuen Gesellschaft mitzuwirken.

Deine Ausschreitungen haben offenbar keine Schlagzeilen gemacht, meinte Malik.

Doch einen Augenblick später fand ich endlich, was ich gesucht hatte: eine kurze Meldung unten auf der Seite mit der Überschrift: 29 TOTE BEI AUSSCHREITUNGEN.

Bitte sehr, sagte ich und klopfte mit der Faust auf die Zeitung. Da: Lies selbst.

Ich trat keuchend einen Schritt zurück, ganz ausgelassen vor Erleichterung, und beobachtete sein Gesicht, während er die Meldung las. Er las sie einmal langsam durch. Er runzelte die Stirn, fing wieder oben an und las sie noch einmal.

Dann sah er auf und fragte: Hast du nicht gesagt, daß die Ausschreitungen in Kalkutta waren?

Ja, natürlich, erwiderte ich.

Das ist aber komisch, sagte er und klopfte auf die geöffnete Zeitung. Weil diese Ausschreitungen in Khulna waren, in Ostpakistan, gegenüber von Kalkutta.

Der Boden dieser ruhigen, vertrauten Bibliothek schien mir unter den Füßen wegzusacken und mich im leeren Raum hängen zu lassen. Ich wäre umgefallen, wenn Malik nicht die Hand ausgestreckt und mich gestützt hätte. Ich hielt mich mit beiden Händen aufrecht und beugte mich über den Tisch, um die Meldung zu lesen.

Darin stand, daß am Vortag in Khulna die Armee eingesetzt wurde, nachdem es bei einer Demonstration zu Gewalttätigkeiten und Ausschreitungen gekommen war.

Seltsam, sagte Malik und beäugte mich neugierig. Es ist wirklich sehr seltsam, daß du dich an Ausschreitungen erinnerst, die sich in Pakistan ereignet haben.

Dann nickte er mir zu und ging.

Erst lange danach fiel mir ein, daß Ereignisse ja immer mit einem Tag Verspätung in der Zeitung gemeldet werden. Ich blätterte zur Ausgabe vom Samstag, dem 11. Januar 1964, weiter, und da war es dann – eine riesige Schlagzeile: AUSGANGSSPERRE IN KALKUTTA, POLIZEI ERÖFFNET FEUER: 10 TOTE, 15 VERLETZTE.

Durch den weißen Nebel hindurch, der mir vor den Augen wirbelte, bemerkte ich undeutlich eine weitere Schlagzeile, unten auf der Seite: KUNDERANS GROSSER TAG IN MADRAS, UNGESCHLAGEN 170 IM ERSTEN TEST. Und direkt darüber war eine winzige Kästchenmeldung in fetten Buchstaben mit der Überschrift: HEILIGE RELIQUIE ZURÜCKGEFÜHRT und folgendem Wortlaut: «Unter großer Begeisterung der Bevölkerung und mit Freudenfesten in ganz Kaschmir wurde heute in Srinagar das heilige Haar des Propheten Mohammed in den Hazratbal-Schrein zurückgeführt.»

Und so begann ich, in der klimatisierten Ruhe einer exklusiven Bibliothek, meine seltsamste Reise: eine Reise in ein Land jenseits des Raumes, in eine Weite ohne Entfernungen, in ein Land gespiegelter Ereignisse.

*Es heißt, daß die* als Mu-i-Mubarak bekannte heilige Reliquie – angeblich ein Haar des Propheten Mohammed – im Jahr 1699 in Bijapur (Hyderabad) von einem kaschmirischen Kaufmann namens Khwaja Nur-ud-din erworben wurde. Im folgenden Jahr wurde die heilige Reliquie ins Tal von Kaschmir gebracht. Dies ist eine von mehreren Versionen über die Herkunft der Reliquie. Man ist sich jedoch darüber einig, daß die Ankunft der Reliquie im Tal mit einem großen Freudentumult begrüßt wurde. Die Menschen sollen zu Tausenden aus allen Teilen Kaschmirs herbeigeströmt sein – selbst von so fernen und entlegenen Horsten wie dem Banihalpaß –, um einen Blick auf die Reliquie zu werfen. Später fand die Reliquie einen Platz in der schönen Hazratbalmoschee bei Srinagar. Diese Moschee wurde ein beliebter Wallfahrtsort, und jedes Jahr, wenn die Reliquie in der Öffentlichkeit gezeigt wurde, strömten die Menschen, Kaschmiris aller Art, Moslems, Hindus, Sikhs und Buddhisten, in großen Mengen nach Hazratbal. Das ist hinreichend bezeugt, selbst von europäischen Beobachtern, deren christliches Empfinden für die Notwendigkeit einer strikten Trennung zwischen den Doktrinen durch den Anblick dieser ökumenischen Pilger verletzt wurde. Und so wurde der Schrein über die Jahrhunderte zu einem Symbol für die einzigartige Kultur Kaschmirs.

Am 27. Dezember 1963, zweihundertunddreiundsechzig Jahre nachdem es nach Kaschmir gebracht worden war, war das Mu-i-Mubarak plötzlich von seinem Platz in der Hazratbalmoschee verschwunden.

Als sich die Nachricht verbreitete, kam das Leben im Tal von Kaschmir zum Stillstand. Trotz der bitteren Kälte (die Wetterberichte in den Zeitungen von Delhi melden, daß an jenem Tag in Srinagar die Wasserleitungen zugefroren sind) veranstalteten Tausende von Menschen, darunter Hunderte wehklagender Frauen, Trauermärsche von Srinagar zur Hazratbalmoschee. Überall im Tal machten Schulen, Colleges und Geschäfte dicht, und Busse und Autos verschwanden von den Straßen.

Am nächsten Tag, Sonntag, dem 29. Dezember, gab es in Srinagar Massendemonstrationen, an denen Moslems, Sikhs und Hindus gleichermaßen teilnahmen. Es gab auch eine Reihe von Kundgebungen mit Teilnehmern und Rednern von allen großen Religionsgemeinschaften. Es gab vereinzelte Ausschreitungen, worauf die Behörden umgehend eine Ausgangssperre verhängten. Doch die Ausschreitungen richteten sich nicht (mit welchem Unglauben wir dies heute lesen) gegen Menschen – weder gegen Hindus noch gegen Moslems oder Sikhs –, sondern gegen Eigentum, das mit dem Staat und der Polizei in Verbindung gebracht wurde.

Die Regierung machte «antinationale Elemente» für diese Angriffe verantwortlich.

Während der nächsten paar Tage schien das Leben im Tal in einem spontanen Ausbruch kollektiver Trauer zu erstarren. Es gab zahllose Trauerdemonstrationen, an jedem Geschäft und an jedem Gebäude wehte eine schwarze Fahne, und jeder auf der Straße trug eine schwarze Armbinde. Doch im ganzen Tal wurde kein einziger Zwischenfall bekannt, bei dem es zu Feindseligkeiten zwischen kaschmirischen Moslems, Hindus und Sikhs gekommen wäre. In den Zeitungsberichten klingt Überraschung darüber an – so dünn ist unser Glaube an die Macht synkretischer Zivilisationen –, daß der Diebstahl der Reliquie die Menschen Kaschmirs wie nie zuvor zusammengeschweißt hat. Dies wird zum Teil der Führerschaft von Maulana Masoodi zugeschrieben – ein echter Held, heute vergessen und unbesungen, wie es einem Befürworter der Vernunft in der Hysterie unseres Subkontinents unweigerlich ergeht. Er war es, so heißt es in den Meldungen, der die ersten Demonstranten überredete, mit schwarzen Fahnen zu marschieren statt mit grünen, und damit die verschiedenen Gemeinschaften in einer kollektiven Bekundung von Trauer vereinte.

In Delhi war man bestürzt. Ministerpräsident Nehru appellierte an die Bevölkerung, Geduld zu bewahren, und beauftragte die höchsten Beamten des Central Bureau of Intelligence und des Innenministeriums, die verschwundene Reliquie zu suchen. Der Ministerpräsident von Kaschmir erklärte, der Diebstahl sei die «Wahnsinnstat von gewissenlosen Schurken».

In Pakistan gab es in den Städten beider Landesteile Kundgebungen und Demonstrationen. Die religiösen Führer, die sonst mit der Verurteilung von Götzenverehrung schnell bei der Hand waren, erklärten, der Diebstahl der Reliquie sei ein Angriff auf die Identität der Moslems. In Karatschi beging man den 31. Dezember als «schwarzen Tag», und andere Städte folgten bald dem Beispiel. Für die pakistanischen Zeitungen war der Diebstahl Teil einer raffinierten Verschwörung zur Entwurzelung der geistigen und nationalen Hoffnungen der Kaschmiris, und es war dunkel die Rede von «Völkermord».

Am 4. Januar 1964 wurde das Mu-i-Mubarak von Beamten des Central Bureau of Intelligence «sichergestellt». Erklärungen gab es keine. Bis heute weiß niemand genau, was mit der Reliquie von Hazratbal passiert war.

Doch in der Stadt Srinagar brach ein Freudentaumel los. Menschen tanzten auf den Straßen, es gab zahllose Dankkundgebungen, und Moslems, Hindus und Sikhs marschierten in gemeinsamen Demonstrationen, um zu fordern, daß die Identität der Verschwörer publik gemacht werde. Zum ersten- und bestimmt zum letztenmal hallte der Lobesschrei «Central Intelligence zindabad!» durch die Straßen einer indischen Stadt.

In diesem ganzen großen Freudenfest gab es nur ein kleines warnendes Grollen. In Khulna, einer kleinen Stadt im fernen Ostteil Pakistans, schlug eine Demonstration gegen den Diebstahl der Reliquie in Gewalt um. Es wurden einige Geschäfte niedergebrannt und einige Menschen getötet.

Als ich diese kurze Meldung bereits zum fünftenmal durchlas, traf mich plötzlich, wie ein Schlag ins Gesicht, die Erkenntnis, daß May, Tridib und meine Großmutter am Tag davor nach Dhaka geflogen sein mußten. Und dann sah ich Tridib wieder vor mir, wie er sich umdrehte, um mir zum letztenmal unseren geheimen Inkagruß zuzuwinken, bevor er in die Abflughalle des Flughafens Dum Dum verschwand.

Noch lange Zeit danach brachte ich es nicht über mich, noch einmal in diese Bibliothek zu gehen. Ich lag auf meinem Bett in meinem feuchten Studentenzimmer, starrte auf die pelzigen grünen Flecken an der Decke, die dort während der Monsunzeit gesprossen waren, und grübelte darüber nach, wieso mein Vater es zugelassen hatte, daß sie die Reise machten. Es schien so willkürlich und sinnlos, und so untypisch, denn er war ein realistischer, praktischer und vor allem *vorsichtiger* Mensch. Er muß doch gewußt haben, daß irgendwas passieren würde – ich erinnerte mich deutlich daran, wie er sich unterbrochen hatte, als er sah, daß ich bei dem Wort «Unruhen» aufgemerkt hatte. Ich wurde einfach nicht schlau daraus, und allmählich, während ich zusah, wie diese grünen Gebilde über die Decke meines Zimmers krochen, bekam ich den Eindruck, daß er sie absichtlich dort hingeschickt hatte, daß er Tridibs Tod geplant hatte.

Doch später, als ich schließlich wieder in die Bibliothek ging, einen Band der Zeitung herunterholte, die wir damals abonniert hatten, und ihn bei diesem in meiner Erinnerung eingebrannten Datum, dem 4. Januar 1964, aufschlug, machte ich eine weitere Entdeckung. Ich stellte fest, daß sich darin nicht der geringste Hinweis auf irgendwelche Unruhen in Ostpakistan befand und nur eine äußerst knappe Erwähnung der Ereignisse in Kaschmir. Es war schließlich eine Regionalzeitung aus Kalkutta, die von Leuten gemacht wurde, die genauso fest wie ich an die Macht der Entfernung glaubten.

Eine alte Zeitung besitzt eine ganz besondere Ausstrahlung. Etwas von ihrer drängenden Aktualität – die Wetterberichte, das Verzeichnis der Veranstaltungen an jenem Tag, die Anzeigen für halbvergessene Filme, schreit uns immer noch in fetten Buchstaben entgegen, als würde das alles *jetzt* geschehen, heute – und auch dieses Gefühl, daß man einmal zwar nicht genau diese Zeitung, aber ihr Ebenbild, ihren Zwilling, in den Händen gehabt hat, was einen mehr als irgend etwas anderes in die vergangene Zeit versetzt. Und wie ich mir nun die Zeitung ansah, die mein Vater an jenem Morgen gelesen hatte, wußte ich, daß man es ihm nicht zum Vorwurf machen konnte, die Unruhe des Schweigens, das ihn umgab, nicht bemerkt zu haben: Diese Zeitung enthielt nicht den geringsten Hinweis auf das bevorstehende Blutbad. Sie war von vorn bis hinten voll mit Normalität. Und bei den Ausgaben vom 1., 2. und 3. Januar verhielt es sich nicht anders. Wie konnte ich es ihm verübeln? Er war auch nur ein Opfer dieses saumlosen Schweigens.

Und doch *wußte* er es, und *sie* müssen es auch gewußt haben, all diese vorsichtigen Journalisten, jeder muß es in irgendeiner stimmlosen Kammer seiner selbst gewußt haben – denn Ereignisse von derartiger Tragweite können nicht ohne Vorboten geschehen. Wenn sie es wußten, wieso konnten sie dann nicht darüber reden? Sie redeten über soviel anderes, über den Parteitag der Congress Party, über die drohende Spaltung der Kommunistischen Partei, über Kriege und Revolutionen. Was macht diese ganze sogenannte «Politik» so beredt und all dieses Unaussprechliche so stumm? Diese Journalisten und Historiker waren schließlich insgesamt intelligente Menschen mit guten Absichten, genauso wie andere auch, und als die Unruhen begonnen hatten, produzierten sie Tausende von Wörtern und präzise Beschreibungen. Doch als sie vorbei waren und es nichts mehr zu beschreiben gab, redeten sie nie wieder davon – während diese anderen Ereignisse, Parteispaltungen, Parteikongresse und Wahlen, noch Jahre nachdem sie vorbei waren, ihre Wortflut in Zeitungen und geschichtlichen Abhandlungen ergossen, so als ließe sich ihre Wichtigkeit niemals mit Worten erschöpfen. Doch für diese anderen Dinge können wir nur dann, wenn sie geschehen, Worte der Beschreibung verwenden und anschließend wieder verstummen, denn nach irgendwelchen anderen Worten zu suchen hieße ihnen eine Bedeutung geben, und dieses Risiko können wir genausowenig eingehen, wie wir es uns leisten können, dem Wahnsinn zuzuhören.

Deswegen kann ich Tridibs Tod nur aus zweiter Hand beschreiben, mir fehlen die Worte, ihm eine Bedeutung zu geben. *Mir fehlen die Worte*, und ich habe nicht die Kraft zuzuhören.

*Sobald die Unruhen in Khulna* ausgebrochen waren, entsandte die ostpakistanische Regierung schnellstens Truppen, um die «Störungen» zu beseitigen. Aber es war bereits zu spät. Eine der

Schlagzeilen vom 7. Januar lautet: GREUELTATEN BEI KHULNA FORDERN 14 TOTE.

Im Verlauf der nächsten Tage breiteten sich die Unruhen von Khulna in die benachbarten Städte und Bezirke Richtung Dhaka aus. Bald strömten die ersten Hinduflüchtlinge in Zügen und zu Fuß über die Grenze nach Indien. Die pakistanische Regierung stellte diese Züge unter bewaffnete Bewachung und scheint alles in ihrer Macht Stehende getan zu haben, sie zu beschützen. An manchen Orten an der Grenze wurden die Züge vom Mob angehalten, einige sangen angeblich «Kashmir Day zindabad!» (vielleicht riefen die Mengen in Kaschmir zur gleichen Zeit «Central Intelligence zindabad!»). Aber anscheinend gab es keine ernsten Angriffe auf die Züge. Die Städte Ostpakistans waren jetzt im Griff eines «Terrors» von Plünderung, Mord und Brandschatzung.

In Kalkutta lagen Gerüchte in der Luft – vor allem dieses alte vertraute Gerücht, der Vorbote aller ernsthaften Ausschreitungen, daß die Züge, die aus Pakistan eintrafen, von Leichen überquollen. Ein paar Tageszeitungen in Kalkutta druckten Fotos von weinenden, gestrandeten Hinduflüchtlingen ab, zusammen mit ein paar grausigen Berichten über die Ereignisse im Osten. Am 8. und 9. Januar, als immer noch neue Flüchtlinge ankamen, begannen die Gerüchte wie Flutwasser durch die Stadt zu strömen, und aufgebrachte Menschenmengen versammelten sich am Bahnhof.

Und so verliefen die Ereignisse nach ihrer eigenen grotesken Logik, und am 10. Januar, dem Tag, an dem das Kricketturnier in Madras begann, explodierte Kalkutta. Der Mob zog durch die Stadt, brachte Moslems um, plünderte ihre Geschäfte und Häuser und setzte sie in Brand.

An mehreren Stellen eröffnete die Polizei das Feuer auf fanatisierte Menschenmengen, und über einige Teile der Stadt wurde eine nächtliche Ausgangssperre verhängt. Doch die Polizei war der Lage nicht mehr gewachsen. Am 11. Januar wurden die

Streitkräfte in Fort William mobilisiert, und mehrere Bataillone bezogen Stellungen in der Stadt. In der Zeitung vom nächsten Tag sind unter den Schlagzeilen Fotos von Sikh-Soldaten zu sehen, die durch die verlassenen Straßen patrouillieren. Doch im Moulin Rouge in der Park Street ging alles seinen gewohnten Gang, mit einem Nachmittagstanztee von fünf bis sieben und einem Dinner Dance mit Delilah, begleitet vom «beliebten Moulin Rouge Quintett».

Am nächsten Tag, während Armeelaster durch die Straßen donnerten, kündigte das Moulin Rouge einen Twist-Wettbewerb und eine Jamsession zu «Bongorhythmen» an. Vielleicht hatte man wegen der Ausgangssperre nicht mehr rechtzeitig die Zeitungsredaktion erreichen können, um die Anzeige zu stornieren.

Einige Tage lang kam es trotz der Anwesenheit zweier Armeen in Dhaka wie auch in Kalkutta immer wieder zu «vereinzelten Fällen» von Brandstiftung und Plünderung. Es dauerte etwa eine Woche, bevor die Zeitungen schreiben konnten, daß sich «die Lage normalisiert» habe.

Es gibt keine verläßlichen Schätzungen darüber, wie viele Menschen bei den Ausschreitungen von 1964 ums Leben kamen. Es könnten mehrere Hundert oder mehrere Tausend gewesen sein, auf alle Fälle waren es nicht viel weniger Todesopfer als im Krieg von 1962.

Aus den Zeitungen geht hervor, daß nach Beginn der Ausschreitungen die «verantwortungsbewußte Öffentlichkeit» in Indien wie in Ostpakistan gleichermaßen bestürzt und empört reagierte. Die Mitglieder der Universitäten von Dhaka und Kalkutta ergriffen die Initiative, indem sie Hilfsmaßnahmen und Friedensmärsche organisierten. In den Zeitungen auf beiden Seiten der Grenze gab es einige Beispiele hervorragender und humaner Berichterstattung. Wie immer gaben in zahllosen Fällen Moslems in Ostpakistan Hindus Zuflucht und bezahlten oft dafür mit ihrem Leben, und gleichermaßen nahmen Hindus in Indien Moslems bei sich auf. Aber das waren alles gewöhnliche

Menschen, die bald wieder vergessen waren – für sie gab es kein Märtyrerdenkmal, keine Ewige Flamme.

Die beiden Regierungen schließlich tauschten eine Reihe merkwürdig ähnlich lautender Beschuldigungen aus. Am 7. Januar erklärte ein Sprecher des Außenministeriums in Neu-Delhi, daß die in Ostpakistan herrschende «Gesetzlosigkeit» die «unvermeidliche Folge» der «Aufhetzung und provokanten Äußerungen» von Politikern und Presse in Pakistan sei. Einige Tage später wurde der indische Hochkommissar in Pakistan ins Außenministerium zitiert und über die Auffassung der pakistanischen Regierung in Kenntnis gesetzt, daß die kommunalen Zwischenfälle in Ostpakistan von der indischen Presse hochgespielt würden, um «die Aufmerksamkeit der Bevölkerung von den gravierenden Ereignissen in Kaschmir abzulenken». Doch noch merkwürdiger ist es, wie sich binnen weniger Tage ein beinahe anerkennender Ton in den Notenaustausch zwischen den beiden Ministerien einschlich, als sie auf ihren jeweiligen Erfolg bei der «Eindämmung» der Unruhen zurückblickten. Kurze Zeit dachten die Präsidenten der beiden Länder sogar ernsthaft daran, einen gemeinsamen Appell zu nachbarlicher Harmonie zu veröffentlichen. Doch dieser Plan ging alsbald den Weg aller guten Absichten auf dem Subkontinent, und die Erinnerung an die Ausschreitungen verschwand in der üblichen Wolke rhetorischer Wortwechsel.

Tatsächlich ging aus den Zeitungen eindeutig hervor, daß beide Regierungen nach Beginn der Ausschreitungen alles unternahmen, ihnen so schnell wie möglich ein Ende zu setzen. Darin waren sie einer Logik unterworfen, die mächtiger war als sie selbst, denn der Wahnsinn solcher Ausschreitungen ist die pathologische Umkehrung jener unteilbaren Vernunft – und somit auch eine Erinnerung daran –, die Menschen unabhängig von ihren Regierungen miteinander verbindet. Und diese frühere, unabhängige Beziehung ist der natürliche Feind jeder Regierung, denn es liegt in der Logik der Staaten, ihre Existenzberechtigung allein daraus zu beziehen, daß sie das Monopol auf alle Beziehungen zwischen den Völkern beanspruchen.

Das Theater des Krieges, in dem sich die Generäle treffen, ist die Bühne, auf der sich die Staaten tummeln. Sie haben keine Verwendung für Erinnerungen an Ausschreitungen.

Ende Januar 1964 waren dic Ausschreitungen bereits wieder aus den Seiten der Zeitungen gewichen, hatten sich aus der kollektiven Phantasie der «verantwortungsbewußten Öffentlichkeit» verflüchtigt, verschwanden, ohne in den Geschichtsschreibungen und Bücherregalen eine Spur zu hinterlassen. Sie waren aus der Erinnerung heraus in den Krater eines Vulkans des Schweigens gefallen.

*Einige Monate nach* meiner Entdeckung in der Teen Murti Library fand ich ganz unten in meinem Bücherregal den zerfledderten alten Bartholomew's Atlas, in dem mir Tridib immer die Orte, Gegenden und Länder gezeigt hat, wenn er mir in seinem Zimmer seine Geschichten erzählte. Mayadebi hatte ihn mir vor vielen Jahren geschenkt.

Als er eines Tages in meinem Studentenzimmer geöffnet auf meinem Tisch lag, stieß ich ganz zufällig zuhinterst in meiner Schublade auf einen alten verrosteten Zirkel. Wahrscheinlich hatte mein Vorgänger ihn dort liegenlassen.

Ich nahm ihn in die Hand und setzte einfach so zum Spaß die Spitze auf Khulna und den Stift auf Srinagar.

Khulna ist nicht ganz hundert Meilen Luftlinie von Kalkutta entfernt. Die beiden Städte liegen sich in gleicher Entfernung von der Grenze wachsam gegenüber. Als ich die Entfernung zwischen den Punkten meines Zirkels ausrechnete, stellte ich fest, daß Khulna und Srinagar 1200 Meilen voneinander entfernt waren, fast 2000 Kilometer. Das kam mir nicht besonders weit vor. Doch als ich dann mit dem Zirkel über die Seiten dieses Atlas ging, auf denen immer noch die Flecken von Tridibs Fingern zu sehen waren, entdeckte ich, daß Khulna von Srinagar ungefähr genauso weit entfernt war wie Tokio von Peking oder Moskau von Venedig, oder Washington von Havanna, oder Kairo von Neapel.

Dann versuchte ich einen Kreis zu ziehen, bei dem Khulna im Zentrum und Srinagar am Kreisrand war. Ich merkte sofort, daß die Karte von Südasien nicht groß genug gewesen wäre. Ich mußte zu einer größeren Karte von Asien zurückblättern.

Es war ein erstaunlicher Kreis.

Wenn man in Srinagar begann und ihn entgegen dem Uhrzeigersinn zog, lief er durch die pakistanische Hälfte des Punjab, durch die Spitze von Rajasthan und den Rand der Wüste Sind, durch den Rand von Kutch, über das Arabische Meer, durch den südlichsten Zeh der indischen Halbinsel, durch Kandy in Sri Lanka, und hinaus über den Indischen Ozean, bis er den nördlichsten Finger von Sumatra berührte, dann durch die malaiische Halbinsel in den Golf von Siam, etwas nördlich von Phnom Penh durch Kambodscha, über die Berge von Laos, vorbei an Hué in Vietnam, über den Golf von Tongking, dann hinauf durch die chinesische Provinz Yünnan, vorbei an Chungking, über den Jangtsekiang, dann im Norden in Sichtweite der Großen Chinesischen Mauer durch die Innere Mongolei und Sinkiang, bis er nach einem letzten Sprung über das Karakorumgebirge wieder im Tal von Kaschmir landete.

Es war ein bemerkenswerter Kreis: Über die Hälfte der Menschheit muß sich in ihm befunden haben.

Und so wachte Tridib, fünfzehn Jahre nach seinem Tod, über mich, während ich versuchte, mir die Bedeutung von Entfernung klarzumachen. Sein Atlas zeigte mir zum Beispiel, daß innerhalb der exakten Ordnung des euklidischen Raums Chiangmai in Thailand viel näher bei Kalkutta liegt als Delhi, daß Chengdu in China näher ist als Srinagar. Doch hatte ich noch nie von diesen Orten gehört, bevor ich meinen Kreis zog, und ich kann mich an keine Zeit erinnern, in der ich so jung war, daß ich noch nie von Delhi oder Srinagar gehört hatte. Er zeigte mir, daß Hanoi und Chungking nicht so weit von Khulna sind wie Srinagar, und doch, kümmerten sich die Menschen in Khulna etwa um das Schicksal der Moscheen in Vietnam und Südchina (bloß einen Steinwurf entfernt)? Ich bezweifelte es. Doch in die andere Richtung dauerte es nicht länger als eine Woche ...

Verwirrt blätterte ich willkürlich den Atlas durch, machte die Augen zu und setzte die Spitze meines Zirkels auf eine Seite. Sie traf Mailand in Norditalien. Ich stellte den Zirkel auf den richtigen Maßstab ein und zog einen Kreis mit Mailand im Zentrum und einem Radius von 1200 Meilen.

Dies war ein weiterer erstaunlicher Kreis.

Er ging durch Helsinki in Finnland, Sundsvall in Schweden, Molde in Norwegen, über die Shetlandinseln und dann durch riesige leere Weiten des Atlantiks, bis er Casablanca erreichte. Dann durchzog er die algerische Sahara, ging durch Libyen, wieder hoch übers Mittelmeer, vorbei an Kreta und Rhodos, dann durch die Türkei, übers Schwarze Meer, in die UdSSR, durch die Krim, Ukraine, Weißrußland und Estland zurück nach Helsinki.

Ich brütete über diesen Kreis und machte dann ein kleines Experiment. Mit meinem beschränkten Wissen versuchte ich mir ein Ereignis vorzustellen, irgendein Ereignis, das in einer Stadt an der Peripherie dieses Kreises (oder auch viel näher) stattfinden könnte – Stockholm, Dublin, Casablanca, Istanbul, Kiew, irgendeine Stadt in irgendeiner Richtung –, ich versuchte mir ein Ereignis vorzustellen, das in einer dieser Städte stattfinden könnte und das die Bevölkerung Mailands auf die Straßen treiben würde. Ich strengte mich an, aber mir fiel keins ein.

Das heißt, keins außer Krieg.

Da hatte ich das Gefühl, daß es innerhalb dieses Kreises nur Staaten und Bürger gab, aber gar keine Menschen.

Als ich mich wieder meinem ersten Kreis zuwandte, ergriff mich Verwunderung darüber, daß es wirklich einmal eine Zeit gegeben hatte, noch gar nicht so lange her, als Menschen, vernünftige Menschen, mit guten Absichten, dachten, daß alle Karten gleich seien, daß Linien einen besonderen Zauber hätten. Ich mußte mich daran erinnern, daß man ihnen keinen Vorwurf daraus machen konnte, daß sie glaubten, es sei etwas Bewundernswertes daran, Gewalt an die Grenzen zu verlegen und mittels Wissenschaft und Fabriken damit fertig zu werden, denn das war das Muster der Welt. Sie hatten ihre Grenzen gezogen, im Glauben an dieses Muster, an den Zauber von Linien, vielleicht auch in der Hoffnung, daß die beiden Stücke Land von einander wegsegeln würden wie die sich verschiebenden tektonischen Platten des prähistorischen Gondwanalands, wenn sie auf ihren Karten erst einmal ihre Grenzen gezogen hatten. Was hatten sie empfunden, fragte ich mich, als sie entdeckten, daß sie keine Trennung geschaffen hatten, sondern eine bislang noch unentdeckte Paradoxie – die Paradoxie, die Tridib getötet hat: die einfache Tatsache, daß zu keinem Zeitpunkt in der 4000 Jahre alten Geschichte dieser Karte Dhaka und Kalkutta so eng miteinander verbunden waren, wie nachdem sie ihre Linien gezogen hatten – so eng, daß ich, in Kalkutta, nur in den Spiegel zu sehen brauchte, um in Dhaka zu sein. Ein Moment, als die eine Stadt das verkehrte Bild der anderen war, in eine unumkehrbare Symmetrie eingebunden durch die Linie, die uns befreien sollte – unsere Spiegelgrenze.

*Die Rüstung der Askese,* die, seit ich mich erinnern konnte, so sehr auf meiner Großmutter gelastet hatte, hatte nur eine schwache Stelle: Sie hatte eine geheime Vorliebe für Schmuck. Als sie noch ein Mädchen war, war nichts Geheimes an dieser Schwäche gewesen. Es war eine Leidenschaft.

Ich weiß es, weil ich manchmal mitbekam, wie Verwandte – Leute, die sie noch aus Dhaka kannten – sie wegen ihrer Liebe für Schmuck aufzogen. So fragten sie zum Beispiel, was aus all den Ketten und Armreifen geworden sei, die ihr Großvater für sie hatte kaufen müssen.

Ihre Neckereien störten meine Großmutter überhaupt nicht.

Es war gut, daß ich eine Rücklage hatte, entgegnete sie gelassen. Was meint ihr, wie ich das geschafft habe, all die Jahre, wo ich in diesem Slum gelebt hab, als ihr mich alle vergessen habt? Wie hätte ich das denn alles überleben sollen, wenn ich nicht meinen Schmuck als Rücklage gehabt hätte?

Damit wurde der Verwandte in seine Schranken verwiesen. Doch später, wenn sie außer Hörweite war, erklärten sie mir kichernd, daß man sich schon während ihrer Kindheit in der Familie über ihre Schwäche für Schmuck lustig gemacht habe. Sie war oft bei dem kleinen Juwelierladen an der Ecke Jindabahar Lane zu sehen, wie sie durch die Gitterstäbe spähte und die Goldschmiede bei ihrer Arbeit beobachtete. So begeistert äußerte sie sich über die Schmuckkästen ihrer verheirateten Cousinen, daß diese die Schlüssel an den Zipfeln ihrer Saris bereithielten, wenn die Kleine sie besuchen kam. Bei Hochzeiten hörten sich erfahrene alte Hausfrauen ihre Meinung zu dem Schmuck an, den die Braut geschenkt bekommen hatte, als wäre sie die Großmutter eines Goldschmieds und nicht noch ein halbes Kind.

Als sie verwitwet war, trug sie öffentlich natürlich keinen Schmuck mehr, und später, als mein Vater meine Mutter heiratete, schenkte sie ihr allen Schmuck, den sie noch nicht verkauft hatte. Sie sah es so gerne, wenn meine Mutter die Armreifen und die Ketten trug, die sie ihr geschenkt hatte. Doch meiner Mutter lag nicht viel an Schmuck, und sie trug selten welchen – nicht einmal bei Hochzeiten.

Das machte meine Großmutter immer rasend. Du gehst also mit nacktem Hals zu einer Hochzeit? fuhr sie meine Mutter an. Vermutlich willst du aller Welt den Eindruck vermitteln, daß du hier am Hungertuch nagst.

Aber es ist doch schrecklich, in dieser Hitze soviel Gold mit sich herumzuschleppen, protestierte meine Mutter.

Wozu hab ich denn dieses ganze Zeugs aufgehoben? sagte meine Großmutter und funkelte sie an. Ich hätt's ja mit all dem anderen zusammen verkaufen können – das Geld hätt ich gebraucht, weiß Gott –, aber ich hab's aufgehoben, damit meine Schwiegertochter einmal keinen Grund zur Klage hat. Und jetzt erzählst du mir, daß du dir zu fein bist, um bei einer Hochzeit Gold zu tragen. Das Problem ist, daß die Frauen in deiner Generation sich schon viel zu sehr an Luxus gewöhnt haben – ihr habt den Wert der Dinge vergessen. Ich möchte mal sehen, wie du deinen verwöhnten Sohn in einer Einzimmerwohnung im Slum großgezogen hättest. Das möcht ich mal sehen.

Um sie zu besänftigen, öffnete meine Mutter dann die Stahlkassette in ihrem Schrank, nahm eine der Ketten heraus, die sie geschenkt bekommen hatte, und legte sie an.

Meine Großmutter tat erst mal so, als würde sie es nicht bemerken, aber tatsächlich war sie natürlich immer begeistert. Nach einer Anstandspause ließ sie meine Mutter kommen und strich mit den Fingern über die Kette, lächelte dabei vor sich hin und erging sich in Erinnerungen darüber, wo sie sie gekauft und wie der Laden geheißen hatte.

Sowie meine Mutter aus dem Haus war, nahm sie die Kette wieder ab und verstaute sie in ihre Handtasche (schrecklich schweres Ding!), doch meine Großmutter durfte das nicht erfahren, der bloße Anblick der Kette stellte sie zufrieden.

Von einem Schmuckstück hatte sie sich jedoch noch nie getrennt. Es war eine lange dünne Goldkette mit einem winzigen Rubinanhänger. Sie war so sehr ein Teil von ihr, daß ich sie kaum bemerkte. Sie hatte sie noch nie abgelegt, jedenfalls nicht soweit ich mich erinnern kann.

Trotzdem schämte sie sich sehr, sie zu tragen, und sie gab sich große Mühe, sie unter ihrer Bluse zu verstecken, breitete sie über die Schultern aus, der Anhänger hing ganz tief unten, wo niemand ihn sehen würde. Sie glaubte, unsere Verwandten würden darüber tratschen, wenn sie die Kette an ihr sähen.

Ich weiß schon, was die sagen würden, murmelte sie. Seht sie euch an, würden sie sagen – jetzt ist sie schon jahrelang Witwe und trägt immer noch Schmuck wie ein junges Mädchen. Ich glaub sogar, daß auch dein Vater das denkt, tief drinnen.

Natürlich unterließ sie es nicht, meinen Vater über ihre Ansichten in Kenntnis zu setzen. Er seinerseits versuchte, sie davon zu überzeugen, daß es ihm überhaupt nichts ausmache, daß sie die Kette trug, daß er sich ganz im Gegenteil freuen würde, wenn sie mehr Schmuck trüge. Und vielleicht hätte es ihn in gewisser Weise wirklich gefreut, vielleicht hätte er es wirklich gerne gesehen, wenn sie sich richtig herausgeputzt hätte, wie die modischen Mütter seiner Kollegen, die mit ihren Söhnen die Klubs besuchten, mit gerade den richtigen Andeutungen von Gold um Nacken und Handgelenke, und die durch ihre Ablehnung der uralten, doch elend aus der Mode gekommenen Verbote Anspruch auf Schickheit erhoben.

Doch meine Großmutter glaubte meinem Vater nicht, als er sagte, daß es ihm nichts ausmache, und vielleicht hatte sie recht: Vielleicht nahm mein Vater trotz seiner Beteuerungen tatsächlich Anstoß daran, daß sie diese dünne Goldkette trug. Vielleicht empfand er das tief in seinem Herzen wirklich als ein Zeichen von Respektlosigkeit gegenüber seinem toten Vater.

Doch meine Großmutter hatte nicht die Absicht, Respektlosigkeit gegenüber seinem Andenken zu zeigen, ganz im Gegenteil.

Ich trage sie, weil *er* sie mir geschenkt hat, erklärte sie mir einmal. Du weißt schon – dein Großvater. Es war das allererste, was er mir geschenkt hat – das war in Rangun, kurz nach unserer Hochzeit. Es gibt dort wunderbare Rubine. Ich könnte es nicht ertragen, sie jetzt wegzugeben – das würde ihm nicht gefallen. Ich hab sie in diesen zweiunddreißig Jahren kein einziges Mal abgenommen – nicht einmal bei meiner Gallenblasenoperation. Die wollten, daß ich sie ausziehe, aber ich hab sie überredet, sie statt dessen zu sterilisieren. Ich wollte mich nicht ohne operieren lassen. Sie ist jetzt ein Teil von mir geworden.

Wenn ich ihr den Hals massierte oder wenn sie in ihrem Sessel eingeschlafen war, zog ich ihr manchmal die Kette aus der Bluse und ließ sie durch meine Finger gleiten. Sie war so zerkratzt und verfärbt, daß sie gar nicht mehr nach Gold aussah. Sie roch genau wie meine Großmutter, nach Seife, Stärke und Puder, doch auf eine geschärfte, metallische Weise. Sie war wirklich ein Teil von ihr.

Und dann, eines Tages im Jahr 1965, mehr als anderthalb Jahre nach ihrer Reise nach Dhaka, gab sie sie weg.

Ich kam eines Nachmittags von der Schule nach Hause und hörte das Radio im Zimmer meiner Großmutter auf voller Lautstärke dröhnen. Es war so laut, daß ich es draußen auf dem Bürgersteig hören konnte, wo der Schulbus mich abgesetzt hatte. Ich rannte ins Haus und fand meine Mutter ausgestreckt auf ihrem Bett, die Finger an die Schläfen gepreßt und ein feuchtes Tuch über den Augen.

Was ist los? fragte ich sie.

Weiß der Himmel, sagte sie. Deine Tha'mma ist heute morgen um zehn aus dem Haus gegangen und ein paar Stunden später wiedergekommen. Sie wollte nichts essen – ich hab sie selbst gefragt, ich hab gesagt, du wirst krank, wenn du nichts ißt, aber auf wen hört sie schon? –, und statt dessen ist sie raufgegangen und hat ihr Radio eingeschaltet, und so geht das jetzt schon stundenlang. Wenn Nachrichten kommen, dreht sie es noch mehr auf. Das ist schon dreimal passiert.

Wo ist sie denn hingegangen? fragte ich. Ich war sehr überrascht, weil meine Großmutter zu der Zeit ihr Zimmer so gut wie nie verließ. Wir konnten an den Fingern einer Hand abzählen, wie oft sie im letzten Jahr aus dem Haus gegangen war.

Meine Mutter zuckte wieder die Achseln und verzog das Gesicht. Wer weiß, wo sie hingegangen ist? sagte sie. Wen interessiert's?

Bist du nicht raufgegangen und hast sie gefragt? sagte ich, wohl wissend, daß die Antwort nein lauten würde, weil in jener Zeit ich der einzige war, den sie in ihr Zimmer ließ.

Geh *du* hoch und sag ihr, sie soll's leiser stellen, sagte meine Mutter. Vielleicht hört sie ja auf dich. Es hat überhaupt keinen Zweck, wenn ich sie bitte.

Ich rannte rauf und stieß die Tür zum Zimmer meiner Großmutter auf. Ich konnte nur ihren Rücken sehen. Sie kauerte über dem Radio und umfaßte es mit beiden Armen, als warte sie darauf, daß der Lärm ein Loch durch sie hindurchblies.

Ich wußte es sofort, sowie ich sie sah.

Tha'mma! schrie ich. Was ist mit deiner Kette passiert? Was hast du damit gemacht?

Da drehte sie sich zu mir um. Die Haare hingen ihr in nassen Strähnen übers Gesicht. Ihre Augen waren glasig, und die Brille war ihr heruntergefallen. Ihr Anblick machte mir angst. Ich wünschte, ich hätte die Tür nicht hinter mir zugemacht.

Ich hab sie weggegeben, sagte sie, und ihr glasiger, unscharfer Blick fiel nicht auf mich, sondern auf einen Punkt an der Wand über meinem Kopf.

Warum denn, Tha'mma? sagte ich. Warum hast du das getan?

Ich hab sie *weggegeben*, schrie sie. Ich hab sie für den Krieg gespendet. Das mußte ich, verstehst du das denn nicht? Für *dich*, für deine Freiheit. Wir müssen sie töten, bevor sie uns töten.

Sie hämmerte mit beiden Händen auf das Radio ein. Ich trat einen Schritt zurück, hantierte hinter meinem Rücken am Türknauf.

Das ist die einzige Chance, rief sie, und ihre Stimme erhob sich zu einem Kreischen. Die einzige. Endlich kämpfen wir richtig gegen sie, mit Panzern, Kanonen und Bomben.

Dann zersplitterte die Glasfront des Radios, als ihre Faust sich hineinbohrte. Scherben klirrten zu Boden, das Radio stotterte und verstummte. Sie zerrte ihre Hand heraus, riß und schnitt sie sich an den scharfen Glasrändern auf. Sie schüttelte ihre blutige Hand, legte sie in den Schoß und starrte sinnend darauf, während das Blut an ihrem Sari heruntertropfte und ihn mit einem sanften Batikrot einfärbte.

Ich muß zum Krankenhaus, sagt sie zu sich, jetzt wieder völlig ruhig. Ich darf nicht dieses ganze Blut vergeuden. Ich kann es für den Kriegsfonds spenden.

Da schrie ich. Ich schrie aus der Tiefe meiner Magengrube heraus, hielt mir den Kopf und schloß die Augen. Ich schrie, bis meine Mutter und die Diener hochkamen und mich in mein Zimmer trugen, und selbst dann schrie ich immer noch und weigerte mich, die Augen zu öffnen.

Ich winselte noch, als meine Mutter zusammen mit dem Arzt mein Zimmer betrat. Sie tätschelte mir den Kopf und sagte: Der Doktor gibt dir jetzt eine Spritze, damit du schlafen kannst.

Ich schlug ihre Hand weg und sagte: Was ist mit Tha'mma passiert?

Mach dir keine Sorgen um sie, sagte meine Mutter. Es geht ihr gut. Dein Vater ist mit einem anderen Doktor gekommen, und sie haben sie in ein hübsches Krankenhaus gebracht, wo sie sich ein paar Tage lang ausruhen kann. Die Ärzte und Krankenschwestern werden sich um sie kümmern, und sie wird sich ganz ruhig und glücklich fühlen. Mach dir keine Sorgen um sie.

Warum hat sie das getan? fragte ich. Was wollte sie?

Meine Mutter befühlte mit sorgenvoller Miene meine Stirn, während der Arzt die Spritze prüfte.

Mach dir keine Sorgen wegen Tha'mma, sagt sie. Es ist dieser Krieg mit Pakistan. Sie hört die ganze Zeit die Nachrichten im Radio, und das hat ihr nicht gutgetan. Sie ist wie verwandelt, seitdem Tridib da drüben getötet wurde, weißt du.

«Getötet»? sagte ich, als die Nadel in meinen Arm stieß. Wer hat Tridib getötet? Ihr habt mir doch gesagt, es war ein Unfall.

Ja, ja, natürlich, sagte meine Mutter hastig. Das meinte ich ja auch. Und jetzt schlaf und mach dir keine Sorgen.

Warum hast du gesagt «getötet»? Was hast du damit gemeint?

Doch die einschläfernde Wärme des Beruhigungsmittels durchpulste schon meinen Körper, und im nächsten Augenblick schloß ich die Augen und vergaß.

Bis zu diesem Tag hatte ich nicht die leiseste Ahnung gehabt, daß Tridibs Tod irgend etwas anderes als die Folge eines Unfalls gewesen sein könnte.

Als seine Leiche von Dhaka überführt wurde, war ich zum Bruder meiner Mutter in Durgapur geschickt worden. In der Zeit wurde er auch eingeäschert. May flog noch am selben Tag nach London zurück, und unmittelbar danach kehrten Mayadebi und ihre Familie nach Dhaka zurück.

Ich hatte keine Ahnung von dem, was passiert war, nicht die geringste – nicht einmal, daß Tridib tot war.

Eine Woche später holten mich meine Eltern in Durgapur ab, und auf der Rückfahrt nach Kalkutta hielt mein Vater beim Großen Tempel von Ma Kali in Dakshineshwar an. Ich war befremdet, weil ich wußte, daß mein Vater es nicht ausstehen konnte, sich durch die Menschenmengen bei dem Tempel zu kämpfen. Warum halten wir hier an? fragte ich.

Frag nicht, sagte er, und da wußte ich gleich, daß es irgendeinen besonderen Anlaß gab.

Wir schlossen das Auto ab und gingen hinein, gefolgt von einem Schwarm lästiger Pandas. Mein Vater entdeckte den Familienpriester, und er kam uns über den riesigen gepflasterten Hof entgegengerannt und führte uns durch die Menge zum inneren Tempel. Während wir den inneren Tempel umkreisten, unsere Opfergaben in den gehöhlten Händen, legte mir mein Vater die Hand auf die Schulter und sagte: Hör mal, ich muß dir was sagen. Während du in Durgapur warst, ist etwas sehr Trauriges passiert. Tridib ist in Dhaka bei einem Unfall gestorben.

Er blieb stehen und beugte sich herab, um mir ins Gesicht zu sehen. Ich glaube, er erwartete, daß ich in Tränen ausbrechen würde. Aber für mich war «tot» bloß ein Wort, das ich vage mit Filmen und Comicbüchern verband. Weiter nichts. Ich hatte keine Möglichkeit, dieses Wort auf ein reales Dasein zu beziehen wie Tridibs. Ich empfand nichts – weder Bestürzung noch Kummer. Ich begriff nicht, daß ich ihn nie wiedersehen würde. Mein

Vorstellungsvermögen reichte nicht aus, um eine so vollständige Abwesenheit zu erfassen.

Was für ein Unfall? fragte ich.

Ihr Wagen wurde von Rowdys gestoppt, erzählte mir mein Vater. Ganz gewöhnliche Rowdys, wie es sie überall gibt. Aber der Wagen ist geschleudert und irgendwie gegen eine Mauer gefahren . . . Weiter nichts. Sonst wurde niemand verletzt.

Ich nickte und ging weiter, meine Opfergaben immer noch sicher in den Händen.

Nein, warte, sagte mein Vater und hielt mich fest. Hör zu: Du mußt mir was versprechen. Vergiß nicht, daß du Ma Kalis Blumen in den Händen hältst, du darfst dein Wort also nie brechen. Versprich mir, daß du niemand etwas davon erzählst – weder in der Schule noch Montu, noch deinen Freunden im Park. Du weißt doch, daß Meshomoshai, Tridibs Vater, ein sehr wichtiger Mann in der Regierung ist, nicht? Er will nicht, daß andere Leute davon erfahren – es muß geheimgehalten werden, du darfst also nicht drüber reden. Vor allem darfst du deiner Tha'mma auf keinen Fall irgendwelche Fragen darüber stellen. Sie ist schon ganz krank vor Kummer, und es würde alles nur noch schlimmer machen, wenn sie darüber reden müßte. Du wirst allmählich erwachsen, du bist schon ein großer Junge, und du mußt verstehen, daß es Dinge gibt, über die Erwachsene nicht sprechen.

Ich nickte, aber eigentlich versprach ich es ihm nicht – nicht weil ich dachte, daß ich mein Versprechen nicht halten könnte, sondern ganz einfach weil ich nicht verstand, warum er so ein großes Theater darum machte. Meine Freunde hätten sich sowieso nicht für einen Unfall irgendwo im Ausland interessiert. Es gab gar nichts, worüber es was zu reden gab. Ein Unfall war so eine banale Art zu sterben.

*Das erste Mal, daß Robi* über Tridibs Tod sprach, war in London – am Ende dieses wunderbaren Septembertages, als Ila mit uns in die Lymington Road zu Mrs. Price gefahren war.

Ila hatte Robi und mir versprochen, uns nach unserem Besuch bei Mrs. Price in ihrem Lieblingsrestaurant zum Essen einzuladen – ein kleines Lokal in Clapham, wo es bengalische Küche gab. Während Nick uns zur U-Bahn-Station West Hampstead zurückbegleitete, tat sie ihr Bestes, ihn zum Mitkommen zu überreden. Doch er lehnte höflich ab. Er habe am Abend etwas vor, sagte er. Wir müßten es auf ein andermal verschieben. Am U-Bahnhof winkte er uns zum Abschied zu.

Ila war so enttäuscht, daß sie auf dem Weg nach Clapham Common kein einziges Wort sagte.

Das Restaurant war nur ein paar Minuten von der U-Bahn-Station entfernt. Ila zeigte es uns, sowie wir aus dem Bahnhof kamen – eine schummrig beleuchtete Fensterscheibe, mit schweren Samtvorhängen, eingezwängt zwischen einem Dutzend anderer Eßlokale, von guayanischer bis zu türkischer Küche. Als Robi die Tür aufstieß, befanden wir uns in einem engen, länglichen Raum, der in kleine Nischen aufgeteilt war, jede mit ihrem eigenen Tisch und Stühlen. Die Tische wurden von Messinglampen mit Quastenschirmen beleuchtet, und die Stühle waren mit abgewetztem rotem Stoff bezogen. In dem Raum roch es stark nach Gewürzen, als hätte die Zentralheizung die Gerüche der Küche tief in die Tapete und die Bezüge eingebrannt.

Das Restaurant war fast leer. Als der Mann, der im hinteren Teil des Raums hinter einer Theke stand, Ila sah, winkte er und eilte uns entgegen.

Wie geht's, Rehman-shaheb? sagte Ila, als sie ihm ihren Mantel gab.

Sehr gut, danke, sagte er mit einem breiten Lächeln. Er war ein kleiner Mann mittleren Alters, mit runden Backen und grauen Haaren, und er trug eine schwarze Jacke und eine weiße Fliege. Er sprach Bengali mit einem nasalen Sylhet-Akzent, und wir mußten sehr genau hinhören, um ihn zu verstehen, obwohl er sich offenkundig Mühe gab, seine Aussprache der unseren anzupassen.

Wo haben Sie denn die ganze Zeit gesteckt? fragte er Ila. Wir haben Sie hier ja lange nicht mehr gesehen, wir dachten schon, Sie wären aus Stockwell weggezogen.

Ila lachte. Aber nicht doch, Rehman-shaheb, sagte sie. Ich würde doch nicht wegziehen, ohne Ihnen vorher Bescheid zu sagen.

Rehman-shaheb geleitete uns zu einem Tisch, zog die Stühle zurück und gab uns jedem eine Speisekarte. Robi öffnete seine, betrachtete sie einen Augenblick und warf mir einen Seitenblick zu.

Hühnchen Singapur? sagte er flüsternd.

Shrimp Bombay? entgegnete ich.

Robi seufzte und klappte seine Karte zu. Bestell du doch für uns, Ila, sagte er. Du kennst doch den Laden.

Ila bestellte rasch, ohne auf die Speisekarte zu blicken. Als Rehman-shaheb die Bestellung aufgenommen hatte und in der Küche verschwunden war, beugte sie sich zu uns herüber und flüsterte: Ihr müßt so tun, als wär's was Exotisches – wie Eskimoküche –, dann wird's euch schmecken. Ihr kriegt bestimmt nicht Chochchori und Bhat wie bei Mutter. Ihr dürft nichts Vertrautes erwarten.

Sie hatte recht: Als das Essen dann kam, war alles etwas unvertraut – der übliche Gewürzgeschmack, verfremdet durch Brühe, Sahne und Worcestershire-Sauce. Aber irgendwie schmeckte es trotzdem, und wir speisten herzhaft, während Robi uns Geschichten über seine Kollegen im Indian Administrative Service erzählte – komische Geschichten über einsame junge Männer, die in entlegenen Regionen in riesigen Kolonialvillen lebten und ihre Zeit damit zubrachten, symbolistische Lyrik zu schreiben und zu masturbieren.

Als die Teller abgeräumt worden waren und Ila mit ihrer Kreditkarte die Rechnung bezahlt hatte, kam Rehman-shaheb mit drei Tassen Kaffee auf einem Tablett wieder.

Das ist von uns, sagt er. Ich meine, das geht auf Kosten des Hauses, *ar ki*, wissen Sie? Das ist bei uns so Brauch.

Oh, Rehman-shaheb! rief Ila aus. Wozu das alles? Das wäre doch nicht nötig gewesen. Aber jetzt müssen Sie sich auch ein bißchen zu uns setzen.

Ja, setzen Sie sich doch zu uns, stimmte ich zu. In den Straßen Londons bengalische Dialekte zu hören, die ich noch nicht einmal in Kalkutta vernommen hatte, kam mir noch ganz rätselhaft und paradox vor.

Na gut, sagte Rehman-shaheb und zog sich einen Stuhl an unseren Tisch. Einen Moment lang herrschte verlegenes Schweigen, und dann sagte Ila: Rehman-shaheb, mein Onkel Robi da hat als Kind in Ihrer Gegend der Welt gewohnt, in Dhaka.

Ach, tatsächlich? sagte Rehman-shaheb. Ja, da hab ich auch eine Zeitlang gewohnt. Wann waren Sie dort?

Das ist lange her, sagte Robi. Zwischen 1962 und 1964.

Aha, sagte Rehman-shaheb. Ich bin vorher weggegangen – hab auf einem Schiff angeheuert, wissen Sie. Waren Sie seitdem mal wieder da? Nachdem Bangladesh unabhängig wurde?

Robi schüttelte den Kopf.

Sie müssen unbedingt hin, sagte Rehman-shaheb. Es hat sich völlig verändert – es ist jetzt alles so modern. Sie würden es nicht wiedererkennen. In welchem Stadtteil haben Sie denn gewohnt?

In Dhanmundi, sagte Robi.

Ach da, bemerkte Rehman-shaheb. Das war für Reiche und Ausländer. Sind Sie jemals in die Altstadt gegangen? Die Süßigkeiten, die man da kriegt! So was gibt's sonst nirgends auf der Welt, nicht einmal in Kalkutta. Und die Menschen! Die sind so gastfreundlich, die nehmen Sie gleich mit nach Hause.

Robi lächelte dünn.

Ila warf mir einen besorgten Blick zu und stieß ihren Stuhl zurück.

Aber Sie waren vermutlich nie in dem Teil der Stadt, oder? fragte Rehman-shaheb und lächelte Robi zu.

Doch, sagte Robi. War ich. Meine Mutter ist da nämlich geboren.

Wirklich? rief Rehman-shahib. Wo denn da? Können Sie sich noch daran erinnern?

Robis Lächeln war jetzt eine Grimasse. O ja, sagte er. Allerdings. Man mußte an dem Shado-bajar vorbei, dann die nächste Abbiegung eine lange Straße mit vielen Geschäften hinunter, und dann nach rechts an der Ecke, wo die Jungs früher immer Fußball gespielt haben, und dann kommt ein Eisenwarenladen, und das ist die Ecke der Straße, wo meine Mutter geboren wurde – Jindabahar Lane, Dhaka.

Allah! rief Rehman-shaheb. Wie ich sehe, erinnern Sie sich sehr gut. Aber Sie müssen damals ja noch sehr jung gewesen sein. Wieso können Sie sich da noch so gut dran erinnern?

Ich schob meinen Stuhl zurück und stand auf. Wir sollten jetzt gehen, sagte ich.

Doch Robi hörte mich nicht. Er saß da zu Rehman-shaheb hingebeugt und klammerte sich mit weißen Knöcheln an den Tisch.

Ich kann mich deswegen so gut dran erinnern, weil mein Bruder dort getötet wurde, sagte er. Bei Ausschreitungen – ganz in der Nähe, wo meine Mutter geboren wurde. Verstehen Sie jetzt, warum ich mich daran erinnern kann?

Rehman-shaheb sprang auf, sein Gesicht ganz rot vor Verlegenheit.

Robi stand auf, schob sich an uns vorbei und ging raus.

Oh, das tut mir wirklich . . . sagte Rehman-shaheb zu Ila. Ich wollte nicht . . . Wirklich nicht.

Keine Sorge, sagte Ila schnell. Es ist nicht Ihre Schuld. Sie können nichts dafür. Es ist meine Schuld – ich hätte das Thema nicht anschneiden sollen.

Ila schnappte sich ihren Mantel, klopfte Rehman-shaheb noch einmal beruhigend auf den Arm und flüsterte: Ist schon gut, machen Sie sich keine Sorgen. Dann folgte sie mir aus dem Restaurant.

Als wir draußen waren, war er verschwunden. Es dauerte eine

Weile, bis wir ihn in der Ferne entdeckten, als er unter einer Laterne vorbeiging. Er ging mit schnellen großen Schritten die Clapham Road hinunter Richtung Stockwell. Wir fingen an zu laufen.

Als wir ihn eingeholt hatten, versuchten wir, in seinen Schritt einzufallen, aber seine Schritte waren so lang, daß wir fast rennen mußten, um mitzukommen. Wir gingen an den Imbißläden in der Clapham Road vorbei, unter der Eisenbahnbrücke hindurch und an der U-Bahn-Station Clapham North vorbei. Schließlich blieb Robi stehen. Er schüttelte die Arme und sagte: Ich muß mich irgendwo hinsetzen. Nur kurz.

Zu unserer Linken befand sich ein überwucherter Garten und darin eine verfallene weiße Kirche, zu der ein paar Stufen hinaufführten. Er wischte an einer Stelle das Laub weg, setzte sich und zündete sich eine Zigarette an.

Es ist ein Traum, wißt ihr, sagte er und blies den Rauch auf seine Füße. Ich hab ihn jetzt nur noch etwa zweimal im Jahr, aber früher hatte ich ihn einmal die Woche, als ich noch jünger war – im College zum Beispiel. Aber ich hab gelernt, ihn zu kontrollieren – oft weiß ich im voraus, wenn er kommt, und in solchen Nächten versuche ich, nicht zu schlafen. Er beginnt immer damit, daß unser Wagen um die Ecke biegt. Auf der einen Seite ist irgend so ein schlammiger Platz, ein sehr kleiner, aber im Matsch steckt ein altes krummes Tor. Wir biegen um die Ecke, und da sind sie, vor uns, über die ganze Breite der Straße verteilt. Manchmal ist es eine Menschenmenge, manchmal sind es nur ein paar Männer. Inzwischen kenne ich ihre Gesichter sehr gut, besser als die meiner Freunde. Da ist einer mit einem sehr schmalen Gesicht, einem schütteren Schnurrbart und einem schiefen Mund. Der ist immer dabei. Das Komische ist – egal wie viele Männer es sind, ob nur wenige oder Dutzende –, die Straße scheint immer leer zu sein. Als wir durchgefahren sind, war sie voller Menschen – da war Basar, alle Läden waren geöffnet, Leute, die rein- und rausgingen, Rikschas, Thelagaris, Straßenverkäufer, Esel. Und in den Häusern über den Läden waren auch Menschen, die von Fenstern und Balkonen auf uns herabsahen. Aber jetzt sind alle Läden zu, verbarrikadiert, und auch die Fenster in den Häusern. Niemand steht auf den Balkons. Die Straße ist ausgestorben, bis auf diese Männer. Manchmal sehe ich kleine Einzelheiten: eine grüne Kokosnuß zum Beispiel, die mitten auf der Straße liegt und hin und her kippt, wenn sie vom Wind erfaßt wird. Oder eine Sandale auf dem Pflaster – kein Paar, nur eine einzelne Gummisandale, die jemand da liegengelassen hat.

Irgendwo im Auto gibt es ein knirschendes Geräusch, und es macht einen Satz vorwärts, so daß wir alle nach vorn geschleudert werden. Ich schlag mir fast den Kopf am Armaturenbrett an. Jemand auf dem Rücksitz, ich glaube meine Mutter, aber ich bin mir nie sicher, ruft: Nicht stehenbleiben, weiterfahren.

Und der Wagen fährt auch weiter, der Chauffeur hatte nur den Gang gewechselt, ohne richtig auf die Kupplung zu treten. Er bewegt sich jetzt voran – nicht gleichmäßig, sondern ruckartig, weil der Chauffeur solche Angst hat, daß er seinen rechten Fuß nicht mehr unter Kontrolle hat. Die Mütze ist ihm vom Kopf gefallen, und er sitzt da übers Lenkrad gebeugt, mit schweißtriefendem Gesicht. Der Wächter, der neben mir auf dem Vordersitz sitzt, sieht nach vorn und fingert an seinem Hemd herum.

Dann bewegen sich die Männer auf uns zu – sie rennen nicht, sie schweben, wie Schlittschuhläufer bei einem Wettlauf. Sie schwärmen aus und kommen uns bedrohlich nahe. Es ist alles lautlos, ich kann nicht das geringste hören, keinerlei Geräusch.

Der Wächter drückt mich runter und greift nach hinten, um sich zu vergewissern, ob unsere Türen verriegelt sind. Von meiner Warte aus kann ich nur noch seine blaue Uniform sehen. Ich kann nicht sein Gesicht sehen, und ich kann nicht nach draußen sehen. Ich sehe, wie er unter sein Hemd greift, und als er seine Hand wieder hervorzieht, hält sie einen Revolver, einen sehr kleinen. Er hat eine merkwürdige Farbe, so schiefergrau. Ich kann ihn in allen Einzelheiten sehen, weil er direkt neben meinem Gesicht ist.

Dann schert der Wagen aus, und plötzlich hört man einen Riesenbums auf der Kühlerhaube und hinten schreit jemand. Da blicke ich auf, hebe den Kopf nur ein bißchen, bis er mit dem unteren Rand der Windschutzscheibe auf einer Höhe ist, und da ist ein Gesicht, auf der anderen Seite der Scheibe, die Nase ist plattgedrückt, die Augen blicken herein. Es ist der Mann mit dem schiefen Mund. Er liegt platt auf der Kühlerhaube, und er hat mich gesehen. Er hebt den Arm und schwingt ihn zurück. Er hält etwas in der Hand, aber ich weiß nicht, was es ist, ich kann es nie erkennen. Sein Arm schwingt in einem Bogen über seinem Kopf herunter, und plötzlich bewölkt sich die Windschutzscheibe und kracht ein. Als ich zum Chauffeur aufblicke, hat er einen Schnitt quer überm Gesicht, und er drückt sich einen losen Hautlappen an die Wange. Er hat das Lenkrad losgelassen. Der Wagen schlingert, rollt vorwärts, säuft ab, ein Vorderrad im Gully.

Der Wächter drückt mich wieder nach unten, dann wirft er die Tür auf und springt raus, den Revolver schußbereit in der Hand. Er brüllt etwas, ich weiß nicht was, und dann brüllt er wieder, und dann ein Krachen, und ich weiß, daß er einen Schuß abgegeben hat. Dann sehe ich hinaus, sehe aus dem Fenster, ich sehe die Männer, die uns umkreisen, zurückweichen, und das Echo des Schusses hallt noch von diesen geschlossenen Fenstern und leeren Balkons wider.

Es gibt einen Augenblick absoluter Stille, in dem sie uns beobachten und wir sie. Es ist so still, daß ich hören kann, wie das Blut des Chauffeurs auf das Lenkrad tropft. Und dann wird die Stille durchbrochen: Irgendwo hinter uns ertönt ein Knarren – es ist ein kleines Geräusch, doch in der Stille klingt es wie ein Donnerschlag. Wir drehen uns alle um. Wir im Auto und die draußen. Und wißt ihr, was es ist? Es ist die Rikscha – Khalils

Rikscha – mit dem alten Mann, unserm Großonkel, wegen dem wir hergekommen sind. Er sitzt dahinten, aufgeputzt in seinem Anwaltsmantel.

Und während ich zusehe, wächst die Rikscha. Sie wird riesig, diese Rikscha, sie wächst, bis sie größer ist als die Läden und Häuser, so groß, daß ich den Alten nicht mehr oben sitzen sehen kann. Aber diese Männer rennen auf sie zu, so schnell wie sie wächst, sie klettern an ihren Rädern hoch, an den Stangen, an den Seiten. Sie haben uns jetzt vergessen, es ist niemand mehr um uns herum – sie sind alle damit beschäftigt, die Rikscha hochzuklettern. Der Wächter springt grinsend in den Wagen und schreit dem Chauffeur etwas zu: Er sagt ihm, er soll den Wagen starten und losfahren, solange es noch geht, um sein Gesicht kann er sich später kümmern. Und hinten rufen sie auch, sagen dem Chauffeur, er soll sich beeilen und endlich losfahren. Der Chauffeur greift nach dem Schlüssel, er hat seinen Arm ganz ausgestreckt, aber er kommt nicht ran, sosehr er sich auch bemüht. Und während er seinen Arm nach dem Schlüssel ausstreckt, steigt hinten jemand aus. Ich höre die Tür zuschlagen. Als ich mich umdrehe, sehe ich May: Sie ist winzig, geschrumpft, und hinter ihr diese Rikscha, die sich in den Himmel dehnt, wie ein riesiger Ameisenhaufen, und an ihren Seiten brodelt es von Hunderten kleiner Männer.

May schreit uns an. Ich verstehe kein Wort, aber ich weiß, was sie sagt. Sie sagt: Diese beiden werden euretwegen umgebracht – ihr seid Feiglinge, Mörder, sie hier einfach so im Stich zu lassen.

Die Tür geht wieder auf, und ich weiß in meinem Herzen, daß Tridib auch aussteigen wird. Ich strecke eine Hand aus, um ihn wieder ins Auto zu ziehen, aber meine Hand erreicht ihn nicht. Ich versuche zu schreien, aber ich habe keine Stimme mehr. Ich kann keinen einzigen Laut von mir geben.

Und an der Stelle wach ich immer auf, würge, versuche zu schreien.

Robi schüttelte noch eine Zigarette aus seiner Schachtel und versuchte, ein Streichholz anzuzünden. Das erste Streichholz zerbrach, und er schmiß es weg, riß ein zweites an, hielt es still und zündete seine Zigarette an.

Ich hab diesen Traum nie loswerden können, sagte er. Seitdem es passiert ist. Als Kind hab ich immer gebetet, daß er weggehen möge. Wenn er's getan hätte, dann wäre da eigentlich nichts anderes mehr gewesen, was mich an diesen Tag erinnert hätte. Aber er ging nicht weg. Er blieb. Ich hab mir immer gesagt: Wenn dieser Traum doch nur weggehen würde, wäre ich wie andere Leute. Ich wäre frei. Ich hätte alles darum gegeben, frei von dieser Erinnerung zu sein.

Er lachte und betrachtete die glühende Spitze seiner Zigarette.

Frei, sagte er lachend. Wißt ihr, wenn ihr euch jetzt die Fotos auf den ersten Seiten der Zeitungen bei uns zu Hause anguckt, alle diese Bilder von toten Menschen – in Assam, im Nordosten, im Punjab, in Sri Lanka, in Tripura –, Menschen, die von Terroristen erschossen wurden, von Separatisten, von der Armee, von der Polizei, werdet ihr irgendwo hinter alldem dieses eine Wort finden. Jeder tut es, um frei zu sein. Wenn ich einen Bezirk geleitet hab, hab ich mir immer diese Bilder angeguckt und mich manchmal gefragt, was ich tun würde, wenn so was in meiner Region passieren würde. Ich weiß, was ich tun müßte. Ich müßte vor meinen Polizisten Reden halten und ihnen sagen: Ihr müßt hart vorgehen, ihr müßt eure Pflicht erfüllen. Ihr müßt, falls erforderlich, ganze Dörfer auslöschen – wir haben nichts gegen die Menschen dort, wir sind hinter den Terroristen her, aber wir müssen bereit sein, für unsere Einheit und unsere Freiheit einen Preis zu zahlen. Und zu Hause fände ich eine anonyme Mitteilung vor, auf der steht: Wir werden Sie kriegen, nichts Persönliches, wir müssen Sie um unserer Freiheit willen töten. Es wäre so, als würde ich meine eigene auf einen Spiegel übertragene Rede lesen. Und dann sage ich mir, warum ziehen die nicht Tausende von kleinen Linien durch den ganzen Subkontinent und geben jedem kleinen Platz einen neuen Namen? Was würde das ändern? Es ist ein Trugbild, die ganze Sache ist ein Trugbild. Wie kann denn jemand eine Erinnerung teilen? Wenn Freiheit möglich wäre, dann hätte Tridibs Tod mich doch sicherlich befreit. Und doch bedarf es nur einer zufälligen Bemerkung eines Kellners in einem Restaurant, daß meine Hand wie ein Blatt zittert, noch fünfzehn Jahre später, Tausende von Meilen entfernt, am Ende eines anderen Kontinents.

Er zuckte die Achseln, warf seine Zigarette fort und stand auf.

Ich glaube, wir sollten jetzt weitergehen, sagte er.

Dann erhob sich auch Ila, die neben ihm gesessen hatte, legte einen Arm um seine Schultern und den anderen um meine und hielt uns zusammen. Wir standen lange so da, auf den Stufen dieser kaputten Kirche in Clapham, drei Kinder eines freien Staates, die sich aneinanderklammerten.

*Ich hatte gehofft, meinen* letzten Tag in London damit verbringen zu können, ein letztes Mal vor meiner Abreise nach Indien noch einmal meine alten Reviere aufzusuchen – West End Lane, Lymington Road, Stockwell und das Embankment. Am Abend wollte ich nach Islington, weil May mich zum Abendessen eingeladen hatte.

Doch der Tag rauschte in einer atemlosen Hetze vorbei, und ich hätte fast das Abendessen verschwitzt.

Die Reise von Fulham zum West End mußte ich zweimal absolvieren, und meinen Koffer hatte ich immer noch nicht gepackt. Das erste Mal, als ich entdeckte, daß ich zwei von den Namen, die ich auf meiner Geschenkliste schon durchgestrichen zu haben glaubte, lediglich übersehen hatte. Ich rannte den ganzen Weg vom Haus bis zur U-Bahn-Station bei Putney Bridge, der Schweiß rann mir das Gesicht herunter, das Hemd klebte mir am Rücken. Dann schob ich mich durch die Menschenmassen auf der Oxford Street, hinein in überfüllte, konfuse Läden und wieder hinaus, mit verdrießlichen kleinen Päckchen im Arm – Velours-Denim-Jeans von genau der richtigen Länge und Farbe für einen Freund in Delhi und eine Digitaluhr für einen Familienfreund in Kalkutta –, und zurück in die Eingeweide des U-Bahnhofs und in den ersten Zug, trommle mit den Fingern auf meiner Armlehne, versuche, dem Blick des Skinheads auszuweichen, der mir mit einem Walkman auf dem Kopf gegenübersitzt und mich böse anstarrt. Zurück in mein Zimmer, um alles aus meinem Koffer zu zerren und wieder ganz von vorn anzufangen, wobei ich dann zu allem Überfluß einen Zettel in meiner Tickettasche fand, auf dem ich mich daran erinnerte, daß mein Flug noch nicht bestätigt war. Also wieder den langen Weg zurück in die Regent Street, der kalte Wind klatschte mir das Hemd an den Rücken, ich rannte bis zum Flugbüro, und dort angekommen, muß ich mir von dem Mädchen in Uniform am Schalter freundlich lächelnd sagen lassen, als sie mich den Schweiß von der Stirn wischen sieht: Das hätten Sie auch telefonisch erledigen können, junger Mann. Wieder zurück nach Fulham, mit schmerzenden Füßen, noch nichts getan, wo es doch noch so viel zu tun gab, und keine Zeit, es zu tun.

Ich muß morgen mittag in Heathrow sein.

Mittags rief ich Ila in ihrem Büro an.

Ach, du bist's, sagte sie abrupt, als sie meine Stimme erkannte.

Es gab eine kurze Schweigepause, dann sagte ich: Ila, hast du's etwa vergessen? Ich flieg morgen nach Indien zurück.

Ich weiß, sagte sie mit einer unvertrauten Verlegenheit in der Stimme. Das machte mich stutzig, und ich fragte sie, ob noch andere Leute im Raum seien.

Nein, nein, sagte Ila schnell, das ist es nicht. Es ist niemand da.

Und was ist dann los? Warum bist du so komisch?

Paß auf, sagte sie. Ich hab wirklich vorgehabt, dich zum Flughafen zu bringen. Ganz ehrlich. Aber . . .

Das ist doch nicht so wichtig, sagte ich. Was ist denn passiert?

Na ja, das ist so, sagte sie. Nick und ich fahren übers Wochenende nach Cornwall. Wir machen einen kleinen Urlaub.

Wie schön, sagte ich mit meiner neutralsten Stimme.

Vergiß, was ich dir da neulich erzählt hab, sagte sie hastig. Das wollte ich dir sagen. Ich war nur überanstrengt, und da hab ich mir alles mögliche eingebildet. Nick würde nicht im Traum daran denken, mir Kummer zu machen, wirklich, glaub mir. Du darfst kein Wort glauben von dem, was ich gesagt hab. Ich hab alles erfunden. Genau, ich hab alles erfunden. Das ist die Wahrheit. Ich hab dann später noch mal mit ihm drüber geredet, und er hat mir klargemacht, wie dumm das alles von mir war. Jetzt ist alles in Ordnung. Wir brauchen nur einen kleinen Urlaub, weiter nichts.

Sie redete sehr schnell, mit einer unnatürlich hohen Stimme.

Natürlich glaub ich dir, sagte ich. Warum denn nicht? Ich hoffe, ihr amüsiert euch gut.

Ich weiß genau, daß du mir nicht glaubst, sagte sie.

Ihre Stimme stockte, es klang fast so, als würde sie sich verschlucken.

Ila, sagte ich. Soll ich vorbeikommen? Ist alles in Ordnung?

Natürlich ist alles in Ordnung, schrie sie ins Telefon. Mir geht's bestens. Ich wünsch dir einen guten Flug.

Es klickte, als sie den Hörer aufknallte, und dann war die Leitung tot.

Ich ging wieder nach oben, zurück zu meinem Koffer.

Gegen sieben Uhr abends, als ich mit dem Packen fast fertig war, war ich gerade dabei, in einer Ecke meines Koffers für eine kleine Porzellanvase Platz zu schaffen. Mir wurde bald klar, daß sie kaputtgehen würde, wenn ich sie da hineintäte. Ich kratzte mich am Kopf und überlegte, was mich bewogen hatte, sie überhaupt zu kaufen.

Und dann fiel's mir wieder ein. Ich hatte sie vor einer Woche gekauft, als May anrief, um mich zum Essen einzuladen. Ich war so gerührt, daß ich noch am selben Morgen ein Geschenk für sie gekauft hatte. Und das war die Vase, ihr Geschenk, und ich wollte sie ihr an diesem Abend schenken.

Ich raste aus meinem Zimmer, schwang mich die Treppe hinunter, platzte in die Küche und riß dem skandinavischen Masochisten mehr oder weniger den Hörer aus der Hand. Er warf mir einen bösen Blick zu, hieb mit der Faust auf die blecherne Küchentischplatte und stürmte aus der Küche.

Es schien eine Ewigkeit zu dauern, bis ich Mays Stimme hörte.

Hallo, May, rief ich erleichtert. Ich komme. Ich bin schon unterwegs. Ich hoffe, du hast mich noch nicht aufgegeben.

Natürlich nicht, sagte sie. Ich hab dich erst für halb erwartet.

Ich bin in einer halben Stunde bei dir, sagte ich. Ich nehm ein Taxi.

Schon gut, sagte sie. Nur keine Eile. Komm, wann du willst.

Bald darauf stand ich vor ihrer Tür mit der Vase, die ich mir noch schnell in die Tasche gestopft hatte.

*Später, als ich wieder* in Delhi war, fragte ich mich oft, ob ich jemals den Mut gehabt hätte, May diese eine Frage zu stellen, die ich ihr schon so lange hatte stellen wollen. Ich weiß es nicht, und ich hab's nie erfahren, denn sie hat mir diese Mühe erspart. Sie war es, die der schleppenden Unterhaltung über meine Doktorarbeit, die uns übers Essen gerettet hatte, ein Ende setzte, den Kopf hob, mich mit ihren blauen Augen klar und geradeheraus ansah und sagte: Warum hast du mich nie gefragt, wie Tridib gestorben ist? Ich dachte, das wäre das allererste, was du mich fragen würdest.

Ich sagte ihr die Wahrheit: Daß ich nicht gewußt hatte, wie ich fragen sollte, daß mir einfach die Worte gefehlt hatten, daß ich nicht den Mut gehabt hatte, ihr Schweigen mit einem massiven Brückenkopf von Wörtern zu durchbrechen.

Du hättest fragen sollen, sagte sie. Es war dein Recht, und es ist meine Pflicht zu versuchen, eine Antwort zu finden.

Sie saß kerzengrade da, die Hände auf dem Tisch, die eine über der anderen.

Ich nehm an, du weißt das meiste schon, begann sie.

Ich merkte, daß sie sich auf diesen Augenblick vorbereitet hatte.

Wir waren auf dem Rückweg vom Elternhaus deiner Großmutter, fuhr sie fort. Das Auto wurde angehalten. Von einem Mob. Das weißt du bestimmt schon alles. Einige haben uns angegriffen. Sie haben die Windschutzscheibe zerbrochen und den Chauffeur verletzt. Wir hatten einen bewaffneten Wächter bei uns. Er gab einen Schuß auf sie ab. Daraufhin haben sie sich zurückgezogen. Vielleicht wären sie sogar ganz weggegangen. Aber der Onkel deiner Großmutter fuhr hinter uns her. In einer Rikscha. Der Mann, der sich all die Jahre um ihn gekümmert hatte, fuhr die Rikscha. Der Mob hat sich statt dessen auf sie gestürzt. Deine Großmutter wollte, daß der Chauffeur unseres Wagens losfuhr. Sie hat ihn angeschrien, daß er so schnell wie möglich abfahren solle. Ich hab sie angeschrien und bin ausgestiegen. Deine Großmutter hat mich angebrüllt. Sie hat gesagt, ich wüßte ja nicht, was ich da täte, und meinetwegen würden alle zu Tode kommen. Ich hab nicht auf sie gehört. Ich war eine Heldin. Ich würde doch nicht auf eine dumme, feige alte Frau hören. Aber sie hat gewußt, was passieren würde. Jeder wußte es, außer mir. Ich war die einzige, die es nicht wußte. Ich bin auf die Rikscha zugelaufen. Ich hab gehört, wie Tridib meinen Namen rief. Aber ich bin weitergelaufen. Dann hab ich gehört, wie er hinter mir herlief. Er hat mich eingeholt und mir von hinten einen Stoß gegeben. Ich bin gestolpert und hingefallen. Ich dachte, er würde stehenbleiben und mich zum Wagen zurückbringen. Aber er ist zur Rikscha weitergelaufen. Der Mob hatte die Rikscha umringt. Sie hatten den Alten heruntergezerrt. Ich konnte ihn schreien hören. Tridib rannte in den Mob hinein und sprang auf ihre Rücken. Ich glaube, er wollte sich einen Weg zu dem Alten bahnen. Dann hat der Mob ihn reingezogen. Er ist verschwunden. Ich konnte nur noch ihre Rücken sehen. Es ging alles blitzschnell. Die Männer liefen alle auseinander. Ich hab mich aufgerappelt und bin ihnen hinterhergerannt. Sie waren wie weggeblasen, in die Gassen hinein. Als ich zu der Stelle kam, sah ich dort drei Körper liegen. Alle drei tot. Khalil hatten sie den Bauch aufgeschlitzt. Dem Alten hatten sie den Kopf abgehackt. Und Tridib hatten sie die Kehle von einem Ohr zum anderen durchgeschnitten.

Das war's. Mehr gibt es nicht zu erzählen.

Ich erinnere mich, daß wir dann das Geschirr abräumten. Während May den Abwasch machte, wischte ich etwas Eis auf, das ich auf ihrem Tisch verkleckert hatte. Sie hatte ein schönes Essen gekocht – eine sämige Tomatensuppe und einen Spinat-Spargel-Auflauf. Es gab auch Eis und eine Flasche Weißwein. Ich hatte um meinen Teller herum eine ganz schöne Sauerei hinterlassen, wie ich es oft tat, und ich brauchte ziemlich lange, um alles sauberzumachen. Als ich endlich fertig war, stand May immer noch in ihrer kleinen Küche und trocknete das Geschirr ab.

Ich sah auf meine Uhr und stellte fest, daß es schon fast elf war. May, sagte ich, ich werd jetzt gehen, ich muß morgen mein Flugzeug kriegen.

Ja, das mußt du wohl, sagte sie forsch.

Sie war in der Küche, ich konnte ihr Gesicht also nicht sehen. Aber ihre Stimme hatte einen Tonfall, der mich stutzig machte. Ich trat in die Küche und berührte ihren Arm, und als sie sich zu mir umdrehte, sah ich, daß ihr Gesicht naß von Tränen war.

Geh nicht, sagte sie. Bitte. Ich will nicht allein sein – ich hab Angst.

Da ergriff ich ihre Schulter, und sie lehnte ihren Kopf an meine Brust, so daß ich ihr nasses Gesicht durch mein Hemd hindurch spürte. Ich strich ihr übers Haar, einmal, zweimal, und dann, aus Angst, ich könnte sie erschrecken, wie ich es schon einmal getan hatte, versuchte ich, einen Schritt zurück zu tun. Sie hielt mich einen Moment fest, ließ mich dann los und richtete sich auf.

Glaubst du, daß ich ihn umgebracht hab? fragte sie.

Ich schwieg. Ich wollte ihr nicht antworten.

Das hab ich auch immer gedacht, sagte sie. Ich hab gedacht, ich hab ihn umgebracht. Ich hab gedacht: Vielleicht wäre er nicht aus diesem Auto ausgestiegen, wenn ich ihn nicht dazu gezwungen hätte, wenn ich begriffen hätte, was ich da tat. Ich war nämlich nicht in Gefahr – ich hätte mich mitten in diesen Mob stürzen können, und sie hätten mir, einer englischen Memsahib, kein Haar gekrümmt, aber er, er muß gewußt haben, daß er sterben würde. Jahrelang hatte ich die Arroganz zu glauben, daß ich ihm sein Leben schuldete. Aber jetzt weiß ich, daß ich ihn nicht getötet hab. Ich hätt's gar nicht tun können, selbst wenn ich es gewollt hätte. Er hat sich aufgegeben. Es war ein Opfer. Ich weiß, daß ich es nicht verstehen kann, ich weiß, daß ich es auch gar nicht versuchen sollte, denn jedes wirkliche Opfer ist ein Mysterium.

Sie berührte sanft mein Gesicht mit ihren Fingerspitzen und sagte: Bleib doch heute nacht hier. Ich bring dich morgen früh zum Flughafen.

Ich blieb, und als wir uns in der Nacht still in den Armen lagen, wußte ich, daß sie froh war, und ich war auch froh, und dankbar, daß sie mir die Augen geöffnet hatte für ein letztes erlösendes Mysterium.

# GLOSSAR

*Shingara* – dreieckige, mit Gemüse und Gewürzen gefüllte Teigtaschen, die in Öl gebraten werden.

*Dalpuri* – in Öl gebratene Mehlteigfladen mit einem Curry- und Körner-Aufstrich

*Adda* – Bez. für mehr oder weniger regelmäßige Treffen von Freunden an bestimmten Straßenecken oder Plätzen, wo, ohne daß man konsumieren muß, mehrere Stunden diskutierend zugebracht werden.

*Paanwallah* – Verkäufer von Betelnüssen, Gewürzen, Limonen und Tabak

*Dhoti* – langes Männergewand

(Tridib) *da* – «älterer Bruder» (Respektbezeichnung)

*Chokra-Boy* – Straßenjunge

*Gymkhana* – von den Briten geprägte Bez. für aristokratische exklusive Klubs

*Ayah* – Kinder- bzw. Hausmädchen

*Raj* – Bez. für die britische Herrschaft in Indien

*Durga Puja* – Fest zu Ehren der Göttin Dinga (Kali)

*Ilish* – beliebter Fisch in Bengalen, wird bei allen festl. Anlässen serviert.

*Shoshti* – Sechster Tag nach Erscheinen des Mondes

*Puja* – Fünf Tage dauerndes Fest zu Ehren einer Gottheit

*Gali* – kleine Gasse

*Pandal* – Festbühne

*Zamindar* – Großgrundbesitzer

*Kurta* – ein langes, durchgeknöpftes Hemd

*Anushilan* – «Experiment»

*Jugantar* – «Wechsel der Generationen»

*Durwans* – Diener

*Dum aloo* – Kartoffelcurry

*Puri* – Teigfladen aus Weizenmehl

*begaraar karke hame yun na jaiyen* – «Vergiß mich nicht, nachdem du mich enttäuscht hast»

*Rosogollas* – Süßigkeit aus Milchsud, wird bei jedem Festessen serviert
*Churidar* – Frauenkleidung, Hose und langes Hemd
*Calcutta Corporation* – Abteilung des Rathauses
*Congress* – Congress Party
*CPI* – Kommunistische Partei Indiens
*Dahibara* – *dahi*: Yoghurt; *bara*: Reis und Gemüse
*Chowkidar* – Dienst- und Sicherheitspersonal
*Dalmuth* – Luisenpüree
*Halwa u. Shandesh* – Süßspeisen aus Milch und Mehl
*Basui* – Krähenvogel
*Dal* – Luisencurry
*Jhata* – Besen
*Cham-cham* – Süßigkeiten
*Chaat* – Gewürze, Curry und Joghurt
*ARP* – Air Raid Precautions
*Durbar* – im Palast des Herrschers abgehaltenes Parlament
*Dug-dugi* – kleine Handtrommel
*Biri* – Zigarette aus Tabak und Tendu-Blättern
*Shador-Sajat* – öffentlicher Markt
*Joi Ma Jagad-janani* – «Lang lebe meine Mutter Erde!»
*Pandas* – Bettler
*Chochchori* – Senf- und Fisch-Curry
*Bhat* – Reis
*Thelagaris* – Handkarren